文学的绿色革命

中国当代文学研究代表作

主编 孟繁华 张清华

谢冕 著

北方联合出版传媒（集团）股份有限公司
春风文艺出版社
·沈阳·

图书在版编目（CIP）数据

文学的绿色革命／谢冕著.—沈阳：春风文艺出版社，2022.2
（中国当代文学研究代表作）
ISBN 978-7-5313-5793-3

Ⅰ.①文… Ⅱ.①谢… Ⅲ.①中国文学—当代文学—文学研究 Ⅳ.①I206.7

中国版本图书馆CIP数据核字（2021）第007592号

北方联合出版传媒（集团）股份有限公司
春风文艺出版社出版发行
沈阳市和平区十一纬路25号 邮编：110003
辽宁新华印务有限公司印刷

责任编辑：姚宏越	助理编辑：孟芳芳
责任校对：陈 杰	装帧设计：陈天佑
印制统筹：刘 成	幅面尺寸：155mm × 230mm
字　　数：313千字	印　　张：23
版　　次：2022年2月第1版	印　　次：2022年2月第1次
书　　号：ISBN 978-7-5313-5793-3	
定　　价：65.00元	

版权专有　侵权必究　举报电话：024-23284391
如有质量问题，请拨打电话：024-23284384

目录

共和国的星光

第一章 和新中国一起歌唱 ……… 003
  一、论中国新诗传统 ……… 003
  二、和新中国一起歌唱 ……… 027
  三、历史的沉思 ……… 060

第二章 重获春天的诗歌 ……… 115
  一、新诗的进步 ……… 115
  二、重获春天的诗歌 ……… 124
  三、时代召唤着新的声音 ……… 134
  四、面对一个新的世界 ……… 140
  五、南疆吹来的风 ……… 148

第三章 在新的崛起面前 ……… 152
  一、在新的崛起面前 ……… 152

二、失去了平静以后 …………………………… 156

　　三、青年——属于未来的诗 ………………… 163

　　四、诗歌，写人民的真情 …………………… 166

　　五、呼唤多种多样的诗 ……………………… 170

　　六、让"自我"回到诗中来 ………………… 174

　　七、道路应当越走越宽 ……………………… 180

第四章　迎接诗的新时代 ………………………… 185

　　一、我们需要探索 …………………………… 185

　　二、迎接诗的新时代 ………………………… 190

　　三、从发展获得生命 ………………………… 198

后　记 ……………………………………………… 210

文学的绿色革命

文学思潮的历史投射——自序 …………………… 215

第一章　历史倾斜与文学异化 …………………… 220

　　一、潜伏危机的和谐 ………………………… 220

　　二、沉重的"精神化石" …………………… 222

　　三、误差与隔绝 ……………………………… 225

第二章　巨大的标准化工程 ……………………… 229

　　一、文化观念的偏离 ………………………… 229

　　二、极端的模式 ……………………………… 231

　　三、自我节制的绝境 ………………………… 234

第三章　文化性格的悲剧性 ……………………… 236

　　一、东西文化撞击的惶惑 …………………… 236

二、保护主义的排拒性……239
　　三、对固有文化的奴性依附……242
　　四、破坏被解释为建设……246
　　五、不求创造的趋同……248

第四章　失常时代及其解体……252
　　一、文学的失落……252
　　二、试探：把冰川留在身后……254
　　三、作为惯性的怀旧病……258

第五章　人性——从废墟醒来的灵魂……261
　　一、别无选择的选择……261
　　二、颠倒历史的颠倒……264
　　三、人性的证明……267

第六章　疏离化：秩序的反抗……271
　　一、逆反思维的抵抗……271
　　二、淡化——有节制的距离……273
　　三、向内转体现反拨精神……276
　　四、悠远的追寻……279
　　五、非禁欲的兴起……284
　　六、破坏与平衡的重建……287

第七章　从现代更新到多向寻求……290
　　一、秩序的网……290
　　二、传统文化心理面临挑战……292
　　三、现代接近的必然……294
　　四、多向选择的寻求……297

第八章　潘多拉魔盒的开启 ········· 302
　　一、历史大裂谷的生成 ········· 302
　　二、觉醒：秩序的怀疑 ········· 305
　　三、荒园的"遥感" ········· 307
　　四、异向接近的契机 ········· 311
　　五、潜在心态的现代透视 ········· 315

第九章　结构的错动 ········· 319
　　一、异质的进入与渗透 ········· 319
　　二、叙述系统的破坏 ········· 320
　　三、变形的占领 ········· 322
　　四、调侃的取代 ········· 325

第十章　没有主潮的文学时代 ········· 327
　　一、文化选择的逆转 ········· 327
　　二、线性发展的终结 ········· 330
　　三、网络作为形态 ········· 334
　　四、文学魔鞋的旋舞 ········· 339
　　五、"混乱"的价值 ········· 342

第十一章　不做宣告的革命 ········· 348
　　一、比较：历史的追溯 ········· 348
　　二、和平的方式——修复和肯定 ········· 351
　　三、建设的内涵 ········· 353
　　四、选择是这里的上帝 ········· 356
　　五、全面展开的试验性 ········· 357
　　六、巨大规模的反规范运动 ········· 360

共和国的星光

第一章　和新中国一起歌唱

一、论中国新诗传统

它写着两个大字：创造

中国的诗传统，无可争辩的，是一条浩瀚的长河。上下三千年间，它滔滔流逝。其间纵有变革，总不曾离了旧日宽阔的，然而又是淤积的河床。只有到了20世纪初叶，它仿佛一匹惊马腾起了前蹄，在突兀而起的无形的巨坝之前，顿然失去了因循的轨迹——河流改道的历史性时刻来到了。

这是一个灿烂的时代：封建主义的漫漫长夜已经宣告结束。新时代召唤着新文学，新文学召唤着新诗。而新诗的建立，注定要有一个持久的痛苦挣扎的历程。这是因为，在中国旧文学中，旧诗词是发展最充分、最健全，因而也最稳固的品种；而作为新文学的新诗，它不仅天然地有着旧诗词这样强大的对立面，客观的事实也是，较之白话为文，白话赋诗存在着更大的困难。朱自清说过，"给诗找一种新语言，决非容易，况且旧势力也太大"①。当白话的散文

---

①朱自清：《中国新文学大系·诗集》导言。

终于战胜古文并站稳脚跟的时候,对于白话诗的怀疑乃至攻击依然是激烈的。

胡适是新诗最早的开拓者之一。他在提出"文学改良"的主张之后,几乎立即着手创立白话诗的试验。他一开始就朝着打破旧诗词最顽固的语言形式桎梏的方向冲击。"若想有一种新内容和新精神,不能不先打破那些束缚精神的枷锁镣铐"①。他把这种努力概括为"诗体的大解放"。他认为,唯其有了诗体的解放,"丰富的材料,精密的观察,高深的理想,复杂的感情,方才能跑到诗里去"②。在历史的某一特定时期,文学形式严重阻碍了文学的发展,对于形式的革命必将大有作用于新内容之引进与包孕。对于胡适诗体解放的主张,一律判以"形式主义",恐怕未见妥切。朱自清在总结新文学第一个十年的新诗运动时说过,"新诗运动从诗体解放下手"③,也肯定了这样的战略方向。

胡适为这一开创性的"尝试",经历了一番曲折。他有感于旧诗词对于中国社会、历史的深远而顽强的影响,有感于当日知识界对旧诗词普遍存在的恋旧情绪,他"认定一个主义","非做长短不一的白话诗不可"④,表现了对于旧诗形式之整饬僵硬的愤懑。这当然是不尽适宜的矫枉过正,但即使是这样一种低限的目标,在旧诗词的森严壁垒面前,想要撞开一条通道,仍然困难重重。

当年的开拓者们的工作并不限于此,他们刻意于创立新诗。而新诗的创立,最重要的,乃是在诗中彻底扫荡旧诗词的痕迹,即使这一点,也要付出沉重的代价。据胡适的叙述,当时试验白话诗的新诗人中,"除了会稽周氏弟兄之外,大都是从旧式诗词曲里脱胎出来"。胡适显然并不肯定这种放大了小脚式的"脱胎",他重在

---

① 胡适:《谈新诗》。
② 同①。
③ 朱自清:《中国新文学大系·诗集》导言。
④ 胡适:《尝试集·自序》。

创造。他自己的创作，也经历了这种不能摆脱旧日桎梏的苦恼。他认为《尝试集》里就记载了他的诗作"从很接近旧诗的诗变到很自由的新诗"[①]的过程，这就是由"实在不过是一些刷洗过的旧诗"，到有了某些变革但仍"脱不了词曲气味与声调"，再发展为有了较大突破的"自由变化的词调时期"，最后才过渡到"'新诗'的地位"的确立。当他终于写出了摆脱了旧诗桎梏的属于自己"久想做到"的自由诗，回头对照最初"尝试"的结晶，如"到如今，待双双登堂拜母，只剩得荒草孤坟，斜阳凄楚"那样的诗篇时，他不禁感喟，"真如同隔世了"。

新诗创始期就开始了与旧传统决裂的恶战。当然，当时的战略方向是诗体的解放，而诗体的解放之标志，乃是对旧诗词的框架的彻底打破。在初期，由于新诗人们的艰苦奋斗，终于有了明显的战绩：自由体的白话诗已经诞生，而且地位得到了巩固——它和旧诗词划清了界限，不再留有用白话来写旧诗的痕迹，它失去了那种虽用了白话却仍然依附于旧诗的奴颜而卓然自立。

终于在旧诗词的沉重闸门之下涌出了一条新鲜的"小河"。周作人写于1919年的《小河》的出现，可以看作是新诗创始期奋斗之实绩的概括。这首完全独立于传统的旧诗词之外的崭新的诗，获得了胡适、朱自清等人的充分肯定。一条微不足道的"小河"获得了自己的生命。活泼、流动、自然代替了滞涩、僵硬和淤塞。也许它还只是浅底、细流，毕竟只是"小河"，但它还将发展。新诗历史的第一页便是庄严的，它写着两个大字：创造。

创造是新诗创业期虽然未曾确认，却实际存在的根本宗旨。它的目标是异常明确的，那便是对于中国数千年的诗传统的反叛。（半个世纪之后，有些人居然在理论上提出并实践着实际上是向着旧诗词妥协的主张，而且美其称为"革命"，当年的创业者有知，该作

[①] 胡适：《尝试集·再版自序》。

如何感想！）初期的白话诗的创立，当然只是长久的变革的一个序曲。这支序曲的历史性功绩在于证明，利用白话不仅可以为诗，而且可以为崭新的完全区别于旧诗的新诗。它实现了诗体大解放的宏伟目标。诗体解放的事业，始于胡适，而完成于严肃地实践着"文学为人生"主张的文学研究会诸诗人。

1921年，以郭沫若为旗帜的创造社成立，当时称之为"异军特起"。中国新诗的天幕之上，顿时出现了明亮的星云。这时，涌现了一批立志于创造的诗人。他们唱着创造之歌，从事于"开辟鸿荒"的伟业。他们宣称"他从他的自身，创造个光明的世界"，而且欣喜地望见"无明的混沌，突然现出光来"（郭沫若《创造者》）。创造社的成员并不满足于新诗最初数年的开创性工作所获得的成就，他们立志于从事新的创造。他们不再单纯着眼于诗的形式的创新，而把目光投向"缺陷充满的人生"。

创造社的主要诗人，尽管不曾直接参加过以《新青年》为核心的文学革命运动（他们中不少人当时留学日本），也不曾与当日的文学革命启蒙者有过直接的师友关系，但他们承继并发扬了"五四"先驱者的创造精神。创造社兴起的时候，新诗已经成功地取代了旧诗。创造社诗人的使命已经不是对于旧诗的否定，而是对新诗缔造者们开创性工作的总结与发展。诚如郭沫若所分析的，"前一期的陈、胡、刘、钱、周主要在向旧文学的进攻，这一期的郭、郁、成却主要在向新文学的建设，他们以'创造'为标语，便可以知道他们的运动的精神"[①]。

郭沫若自己的诗歌创作便是这种创造精神的典型体现。他的诗作一开始便超越了早期新诗人们的最高水准线：个性解放以及对底层人民的同情心。钱杏邨对郭沫若精神气质做了透辟的总结，认为在他的作品中，"确实表现了一种毫无间断的伟大的反抗的力。……

---

① 郭沫若：《创造社的回顾》。

一以贯之的反抗精神的表演"(《诗人郭沫若》)。闻一多则以高度的历史感评价郭沫若的出现,"郭沫若君的诗才配称新呢,不独艺术上他的作品与旧诗词相去最远,最要紧的是他的精神完全是时代的精神——二十世纪的时代的精神"(《女神之时代精神》)。新诗发展到郭沫若,有一个创造性的突破。他几乎无视胡适等人所做的追求,也不墨守他们的战绩,而从思想上和艺术上把新诗推向一个崭新的境界。

1920年,当郭沫若把《凤凰涅槃》那首不仅在当日,而且在今天也仍然显得"古怪"的诗,从日本寄给《学灯》时,宗白华当即肯定了他的创造的成果。宗白华复函给他:"你的诗意诗境偏于雄放直率方面,宜于做雄浑的大诗。所以我又盼望你多做像凤歌一类的大诗,这类新诗国内能者甚少,你将以此见长。"(《三叶集》)这时的郭沫若,确实是写着前所未有的"大诗":

无数的白云在空中怒涌,
啊啊!好幅壮丽的北冰洋的情景哟!
无限的太平洋提起他全身的力量来要把地球推倒。
啊啊!我眼前来了的滚滚的洪涛哟!
啊啊!不断的毁坏,不断的创造,不断的努力哟!
啊啊!力哟!力哟!
力的绘画,力的舞蹈,力的音乐,力的诗歌,力的
律吕哟!

(《立在地球边上放号》)

这里展现的,已不是小河的轻歌,而是大海汪洋的力的震荡与狂暴。这种力,表现为足以推倒地球的伟大气魄。一种不断摧毁旧的和不断创造新的、蔑视传统秩序的力的节律,给我们展示了时代的还有诗歌的美好前景。它无疑是当时的时代强音,而且也是历久

弥新的新诗。这种诗，是"五四"早期所不曾有过的。

六十年后重读《女神》，仍然惊慑于它那前无古人的创造精神。从《小河》到《立在地球边上放号》，新诗短暂的生涯，迈过了一个多么奇伟的变革！这种精神激励着后来的新诗探索者，不断地在前人的基础上去创造超越前人的新业绩，从而使新诗在它的长期发展中形成并不断生长着波澜起伏的创造的传统。

1928年创刊的《新月》，它的创办者们是一支新的探索与创造的生力军。从胡适开始，迄及"小诗运动"，包括写了《繁星》与《春水》的冰心，新诗的奋斗目标就是摆脱旧诗词羁绊的自由化。郭沫若虽有《地球，我的母亲！》一类形式较为整齐的诗篇，但其主要倾向也是走向内容和形式的无拘束的狂歌。

新月派的兴起，艺术上明确地提出为新诗"创格"的主张，这当然是对于前段自由化的大胆的和有力的反拨。闻一多完整地提出了节的匀称，句的均齐，以及诗的音乐美、绘画美、建筑美的主张。《死水》是这种主张的集中体现。尽管他们的思想达不到创造社诸诗人的高度，但他们在艺术上雄心勃勃，要对前一时期诗歌发展的现实进行变革和创新。

对于新月诗人，一般人易于看到他们在新诗的格律化方面的实绩，往往忽视了他们引进外国诗歌的经验并使之与中国的民族传统精神之融合方面所做出的贡献。闻一多习惯于把"霭霭的淡烟笼着的菊花，丝丝的疏雨洗着的菊花"以及"鸦背驮着夕阳"这些东方情调的形象，融入他那节奏新颖而整饬的、绝对区别于旧体诗词的新格律诗中来。朱湘的格律诗甚至讲究对仗与平仄的和谐。正因为他过于拘泥旧有的声律原则，因而尽管他的诗篇朗朗可诵，却过于"精美"而少了点生气。徐志摩比闻、朱都放得开。他的诗有着浓烈的现代生活的色彩，但又不乏民族风情的诗之韵调。他的诗具有回环往复、一唱三叹的特点，他的复沓流动着优美的诗韵——

轻轻的我走了，
正如我轻轻的来；
我轻轻的招手，
作别西天的云彩。

这是《再别康桥》的开头。变换了几个字，变成了这首诗的结尾——

悄悄的我走了，
正如我悄悄的来；
我挥一挥衣袖，
不带走一片云彩。

徐志摩把这种荡气回肠的功夫用在表达感情的微妙曲折方面，达到精湛的程度。到了这时，新诗不仅以其思想之吻合于时代潮流方面超越了旧诗，而且也以精妙的可供反复吟咏的诗艺术与旧诗进行了明显的较量。徐志摩创造了以精美的语言、流畅的韵调抒写人的心灵之和谐曼妙的声音（有时则是充满哀怨悲愁的）。当然，他缺少的是郭沫若的气魄，但精致华美胜过了郭沫若。这种各有短长、却不断创造的竞技般的推进，形成了新诗创立以来的源源不绝的潮流。

这种勤于创造、勇于探索的精神，不仅造出了中国新诗史上六十余年绵延不绝的创造传统，而且浸透到具体诗人的创造活动中来。某些卓有成就的诗人，总是勇于创新，又勇于否定，他们的作品因而总是处在变革的状态之中。戴望舒以《雨巷》的问世而赢得了声誉，他并不因此停止了新的创造性的探求。据记述，"望舒自己不喜欢《雨巷》的原因很简单，就是他在写成《雨巷》的时候，已经开始对诗歌的他所谓'音乐的成分'勇敢地反叛了"[1]。杜衡

---

[1] 杜衡：《望舒草序》。

指的就是戴望舒继《雨巷》之后写出的《我的记忆》对于前者那种"青鸟不传云中信,丁香空结雨中愁"的中国旧词韵味,以及那些"彷徨""惆怅""迷茫"的华美音响的扬弃。《我的记忆》造出了与《雨巷》截然不同的新诗——当时让人觉得有点"古怪"的新诗。

戴望舒被称为中国早期新诗取法象征派的代表人物之一。"他也注重整齐的音节,但不是铿锵的而是轻清的;也找一点朦胧的气氛,但让人可以看得懂;也有颜色,但不像冯乃超氏那样浓。他是要把捉那幽微的精妙的去处。"[①]朱自清的这些概括,主要是根据《我的记忆》之后的创作倾向做出的,《雨巷》当然在诗史占有地位,但《雨巷》之后的《我的记忆》,乃至于身经离乱之后写出的《元日祝福》《狱中题壁》诸作,不仅体现了这位诗人思想渐趋于成熟练达,而且体现了他在诗歌艺术上的不断求索、不断创新的进取精神。戴望舒的经验,融入并丰富了中国新诗的光荣的创造的传统的长流。

新中国成立之后的三十余年间,新诗虽历尽坎坷曲折,但中国新诗的创造女神并未停止创造。她的竖琴在新中国的艳阳之下,仍然颤动着美妙的音弦。20世纪50年代中叶,贺敬之以前人所不曾有的形式,写出了气势恢宏、一泻千里的长篇抒情诗《放声歌唱》。他的具有民族传统风格的"楼梯诗"是一种新的创造,他的长篇政治抒情诗的体式,也是一种新的创造。贺敬之的创造性实践是新中国诗坛的一大盛事,它给新诗在新时代的发展带来了美好的信息。

郭小川在新中国成立后是以《投入火热的斗争》《向困难进军》等富有革命激情而又充满鼓动性的诗篇而赢得了普遍注意的诗人。他也写中国式的"楼梯诗"。较之他早期的作品如《草鞋》等,这种以重大的政治题材为内容,并以现场鼓动为预期效果的抒情诗,

---

[①] 朱自清:《中国新文学大系·诗集》导言。

确是一种创新——这是一个获得了解放的人民在亢奋前进的时代的战歌，它理应得到历史的肯定。

但是富于创造性的诗人并不以此为满足。他在为新中国成立十周年编选的《月下集》序言中，令人意想不到地发出了沉重的声音："在我写了一些那样的东西之后……有时真想放弃这个工作，去做自己还能够做的事情。实在的，我是越来越感到不满足了，写不下去了，非得探寻新的出路不可了。"（《权当序言》）这位诗人的形象简直就是一个永无止境，也永远不知疲倦的探求者形象。他的不自满和他明确的创造的意识，使他能够成为当代诗歌史上最富于创造性的诗人之一。

正如戴望舒写出了蜚声一时的《雨巷》又立即扬弃了它一样，郭小川也是在他的《致青年公民》等诗引起巨大反响之时，说出了上面引述的那些话。由于这个勇敢的否定，他的创造闸门一旦开启就再也关不住了：《甘蔗林——青纱帐》式的极度铺陈排比的"现代赋体"，《林区三唱》式的由纯粹的短句构成的"现代散曲"，《将军三部曲》式的讲究意境以表现战争年代高级指挥员内心世界为对象的多部制抒情长诗，《雪与山谷》式的以明净的线索刻画人物心理活动为特点的抒情性的叙事长诗，直到《团泊洼的秋天》以高昂的乐观的奋斗精神宣告了这位诗人用毕生精力贡献于不断创造事业的终结。

新诗六十年间走过的路，每步都是对旧的否定，每步都是对新的追求。它每向前跨出一步，就把陈旧的因袭留在了身后。它的不懈怠的创造，使它离开延续了数千年的旧体诗词而获得了独立的生生不息的生命。整个诗潮如此，影响所及，那些富有朝气的诗人也如此。"江山代有才人出，各领风骚'五十年'。"每一代的"才人"，当然都从他的前辈那里取得了发展的基础，但他们又各自独立地创造着。唯有敢于突破并决心超越前人的人，唯有能够独立创造的人，才有可能在推进历史发展的事业中留下名字。

传统诚然值得珍惜和骄傲，中国诗歌的传统尤其如此。我们每一代诗人的笔下都流淌着民族诗歌传统的血液。传统诚然神圣，但又非不可变易。所谓的"反传统"，并不可能真把传统反掉。若是为了排除传统的骨骼中日益增多的石灰质，并且寻求输入新鲜的因素，即使叫作"反传统"，也并不应当为之反感。

传统的保持与发展有赖于创造。不断地创造，就是不断地革新。艾略特说的"新奇的东西总比反复出现的好"，一种习惯的势力总是条件反射式地把"新奇"（或他们称之为"古怪"）的东西看作异端，看作与传统（他们认为的传统总是凝固的化石）对立的东西。他们总是怀着神经质的警惕乃至敌视的心理，"关注"着这些闯入者。"五四"前的那批声称"拼我残年极力卫道"的人，就是当年的"传统"派。在他们眼里，陈独秀、李大钊、鲁迅当然是一些"数典忘祖"的妖魔。新诗的历史早已对此做了结论。今天那些口口声声高喊维护传统，而对着一批青年的新探索叹气、摇头、跺脚的人，难道不应当从历史的发展进程获得某些知识？

在论及传统时，钱锺书讲过一段很通达也很冷静的话。它对于我们今天的新诗讨论将有助益：

一时期的风气经过长时期而能保持，没有根本的变动，那就是传统。传统有惰性，不肯变，而事物的演化又使它不得不以变应变，于是产生了一个相反相成的现象。传统不肯变，因此惰性形成习惯，习惯升为规律，把常然作为当然和必然。传统不得不变，因此规律、习惯不断地相机破例，实际上做出种种妥协，来迁就事物的演变。

（《中国诗与中国画》）

现在的现实是，一部分人看到了传统的惰性，更多一些人看不到或是自觉地维护这种惰性，而改变了闭关锁国与世隔绝之后的形势，使这种惰性迎受到巨大的清新空气的压力，它凝滞着，不愿流动，但又不得不有所妥协。当前的形势是，貌似强大的"讨伐"是众多的，而悄悄的但又是缓缓的让步也在进行。把常然当成必然乃至永恒的情况，当然不会长久维持下去。对于新诗在新时代的新突破和新创造的呼声，已经起于四野，我们对它在未来的发展怀有信心。

多样而丰富的艺术探求

对于中国新诗六十年的发展，我们可以不预期它有震惊世人的奇迹。但我们真诚地期望沿着20世纪初叶那一番"河流改道"的新流不断开拓，使之有更宽阔的河床、更洪大的流量。我们总是怀念"五四"那个比较宽容、能够进行自由探讨的思想解放的时代，那是一个让人心胸开阔的时代。在那个时代里，有着为建设新文学而忘我创造的热情。那时，存在着一种互相磋磨的自由气氛，大体上保持一种平等讨论的气氛。

胡适回忆他早期尝试白话诗时，十分眷恋那时的气氛："若没有这一班朋友和我打笔墨官司，我也绝不会有这样的尝试决心。""我至今回想当时和那班朋友，一日一邮片，三日一长函的乐趣，觉得那真是人生最不容易有的幸福。"[1]

那个时代当然也有若干心胸狭窄而不能容纳新物的人，但大体只是林琴南一类。更多的人，成为汹汹滔滔的潮流的，是忧国忧民的亿万志士。他们学派不同，阶级殊异，大体上都能容忍而很少恶意地攻讦。

在新文学兴起的初期，提倡为人生、崇尚现实主义的文学研究会和提倡走向"内心要求"的浪漫主义的创造社，是同时存在的两个社团。它们代表当时的两大流派，但都得到充分的发展和繁荣，谁也没有统一了谁。当郭沫若化身为凤凰在烈火中唱着新生之歌，

---

[1] 胡适：《尝试集·自序》。

甚至化身为"天狗"要吞没日月的时候,冰心只是那墙角悄悄开放的小花,唱着梦一般的歌,她有她的属于自己的骄傲:

弱小的草呵!
骄傲些罢,
只有你普遍的装点了世界。

(《繁星:四八》)

那个时代容得下澎湃激荡的、汪洋恣肆的郭沫若,也容得下幽幽地散发着清香的冰心。他们并没有因为郭沫若女神再生式的狂歌是代表了时代的强音而泯灭其余各式各样的(也是更为大量的)歌声,而是让它们同时存在,各自获得发展。徐志摩的创作离胡适的创作甚远,但艺术和思想上的差异并不妨碍他们创作上的互相推进。徐志摩在一首诗的题目下写着:"——奉适之——下面这些诗行好歹是他撩拨出来的,正如这十年来大多数的诗行好歹是他撩拨出来的!"(《爱的灵感》)我们由此可以窥见当时创作思想的开阔。

"五四"最初十年新诗创作思想的活跃,已经记载在《中国新文学大系·诗集》上面。仅仅是20世纪20年代的后数年,中国诗坛几乎同时兴起了几个重大的诗派:新月派、象征派、现代派。其中诗人如闻一多、徐志摩、朱湘、戴望舒、李金髪等,以各自特有的声音色彩并立于诗坛。朱自清作为文学研究会的诗人,他与上述各派的艺术主张是大相径庭的。但他不怀偏见,在写诗集导言时,他持论客观而富有科学性。他的公允和求实精神,使得这篇导言至今仍然是研究新诗的重要资料。

朱自清的这种精神,在对于当时号称"诗怪"的李金髪评价上,甚至表现为充分的谅解:"他的诗没有寻常的章法,一部分一部分可以懂,合起来却没有意思。他要表现的不是意思而是感觉或情感;仿佛大大小小红红绿绿一串珠子,他却藏起那串儿,你得自己穿着瞧。这就是法国象征诗人的手法；李氏是第一个人介绍它到中国诗里。许多人抱怨看不懂，许多人却在模仿着。"[1]这位诗人兼批评家与后来的那些艺术趣味偏狭的人们相比，显得心胸豁达得多。后来的那些人，他们习惯于先是轻易而武断地判决，后是不容许他人怀疑他所做的"永恒"的结论。

中国新诗的丰富的传统，即使在内忧外患交织的年代，也呈现出它的多样多彩。20世纪30年代初期中国诗歌会倡导国防诗歌，他们团结了一批年轻诗人，执意要以诗为现实服务，他们甚至提倡诗的"斯达哈诺夫运动"。他们强调的是诗与行动的结合。他们认为，"国防绝不是空话。土地不会咆哮，虽然真正要咆哮的是我们的心，而我们得用工作来表示我们的怒吼"[2]。但当时的诗歌潮流也并不是单一的一道流水——尽管这可能是很有活力的一道流水。那时，《汉园集》三诗人何其芳、卞之琳、李广田写着属于他们自己心灵的诗篇；新月的余波还在泛着涟漪，陈梦家在唱着《自己的歌》；林庚在默默地，然而又是精心地编织着自己那节调很别致的"十一言体"，例如《正月》：

蓝天上静静的风意正徘徊
迎风的花蝴蝶工人用纸裁
要问问什么人曾到庙会去
北平的正月里飞起纸鸢来

文学现象是繁复的，诗歌现象也是繁复的，一切都在按照自己的规律生长发展。世界绝不是单一的，我们也无须要求它单一。也许在一个时期里，某种声音能够代表更多的人的愿望，但是，与此

---

[1] 朱自清：《中国新文学大系·诗集》导言。
[2] 蒲风：《怎样写"国防诗歌"》。

同时，另外一种、若干种声音仍要发出。它们是繁复的社会生活的反照。只要自然界和社会没有失去它的丰富性，诗歌总是丰富的。

成名于20世纪30年代、在以后的中国诗坛起了重大影响的是当时的三位年轻诗人：臧克家、艾青、田间。这三位当时负有盛名的诗人，都得到了新月派的前辈诗人闻一多的肯定与鼓励。闻一多亲自为臧克家的处女作《烙印》作序。他给这位青年诗人的诗以很高的评价："作一首寻常所谓好诗，不是最难的事。但是，作一首有意义的，在生活上有意义的诗，却大不同。克家的诗，没有一首不具有一种顶真的生活意义。没有克家的经验，便不知道生活的严重。"[①] 他关于艾青和田间的精辟见解，至今还具有权威的性质。闻一多曾经是诗的形式美的有力鼓吹者，他自己也认真地实践着"戴着镣铐跳舞"的新格律体创作。这三位青年诗人无论哪一位，都与闻一多自己的诗风迥异。但他不怀偏见，热情地肯定了他们的努力。

我们可以看到，在国家、民族生死存亡的严重关头，臧克家、艾青、田间的诗都表达了那个时代的音响，但它们的风格相去甚远。《老马》的质朴凝重，《大堰河——我的保姆》的深情绵邈，《给战斗者》的热情奔放，给我们展示出那个时代中国新诗丰富传统的一幅缩影。

近三十年来，某些文学和诗歌的理论指导，在强调思想性、现实主义和民族风格的同时，往往忽视了问题的另外一面。中国新诗兴起的时候，它的批判对象是具有深厚民族传统的旧诗词，而它所取法的，却是对于我们都是陌生的外国诗歌。那时，大批知识分子留学国外寻求救国真理，他们从英、美、俄、法、日诸国，带来了新诗的启蒙讯息。新诗的"揭竿而起"，尽管是中国诗歌自身规律运行的必然，却不是与这些"盗火者"无关。郭沫若把自己的创作

[①] 闻一多《烙印》序。

过程分为诗的休养时代（主要是唐诗的影响），诗的觉醒期（泰戈尔、海涅），诗的爆发期（惠特曼、雪莱）①。他在回答别人询问他所受的外国诗人的影响时，也印证了这个历史："顺序说来，我那时最先读着泰戈尔，其次是海涅，第三是惠特曼，第四是雪莱……"②

"五四"开始的这个潮流一直没有中断。中国多数有影响的新诗人，大体上都有一段接受外国优秀诗歌陶冶的经历。除郭沫若外，还有不少诗人。这种潮流一直带到了抗战的延安，何其芳在他的《夜歌和白天的歌》中，便保留有明显的外国诗歌影响的痕迹。

由于延安文艺座谈会讲话的指引，新诗从那时起开始涌入一股激流，外国诗的影响于是趋于减弱。这股激流就是在为中国人民所喜闻乐见的命题下的民族化、群众化的强调，后来把这种努力概括为在民歌和古典诗歌的基础上发展新诗。有一批诗人忠实地实践了这种理论。李季的《王贵与李香香》、张志民的《死不着》和《王九诉苦》、阮章竞的《圈套》以及后来的《漳河水》给新诗增添了新的血液。从"五四"初期刘半农、刘大白等人对此有某些实践之后，大约三十年间，在新诗史上似乎还不曾有过规模如此浩大的"走向群众"的行动。这就使新诗的多样化和丰富性顿增光彩。

在国民党统治区，诗人们大抵还是沿着"五四"所开辟的道路充分实践。生活在国民党统治区的袁水拍的《马凡陀的山歌》和生活在解放区的李季的《王贵与李香香》，堪称20世纪40年代中国新诗的双璧。它们对于诗之民族化的探索甚力。这种探索，在今后的长时期内被目之为主流。主流的确定当然有助于某种诗风的倡导，但由于忽略了多种风格的扶植，就造成了所谓的"走向窄狭"。

但新诗在新时代的发展，并不真的停止了它的多方面的丰富的探索。新诗的丰富的传统，并不因而中断。从反映生活的深度与广

---

①《离沪之前》，《沫若文集》第八卷。
② 蒲风整理：《郭沫若诗作谈》。1936年《现世界》创刊号。

度而言，诗人们仍然在探求从不同的侧面表现他们所生活的时代的真实面容。以抗战这一重大题材而论，高兰写于1942年的《哭亡女苏菲》，是一曲与当时许多诗人所发出的时代鼓点的声音截然不同的真挚的个人生活的哀歌——

姗姗而来的是别人的春天，
鸟啼花发是别人的今年！
对东风我洒尽了哭女的泪，
向着云天，
我烧化了哭你的诗篇！

从一个家庭的忧患中，我们看到了时代的苦难以及人生不可避免的哀痛。这样挚情和血泪凝成的诗篇，无疑地与那些时代的号角之声共同丰富了诗的传统。我们的时代要充分珍惜和尊重艾青、田间所作的那种正面表达了生活与时代之精神深度的诗篇，但也应该珍惜和尊重如《哭亡女苏菲》这样从某个侧面表现人们情感之丰富性方面的努力。它们，同样属于那个苦难的，然而又是战斗的时代！

应当支持对于诗歌民族化、群众化的提倡。谁能够脱离我们这块古老的，然而又是贫瘠的土地？我们的诗歌又怎能不带有这片土地上让人沉醉的温馨的泥土气息呢？提出以民歌和古典诗歌作为新诗发展的基础，要是为了纠正"五四"以来某些新诗缺少民族特点的强调，作为对于自己传统的忽视的提醒，这原是适当的。但问题出在我们因而断定：道路只此一条，其余道路是没有的，或虽有而不能走的。这就造成了片面性。

由于上述那种理论的提倡，新诗的格律化重新得到肯定。在众多诗人的创造性实践中，从20世纪40年代开始，历经长时间的实践，中国的半格律体诗得到了充分的发展。李季1949年后的诗风有变，他的《玉门诗抄》就是半格律体的实践。许多诗人的创作丰富了这方面的经验,闻捷在《复仇的火焰》中,把这种四行一节、每行顿数大体相近的诗体推向稳定化。

但中国新诗坚持它的丰富性,而抵制走向单一化。艾青一直坚持写自由体诗(《藏枪记》等诗是一种例外,而且也是一种不成功的例外),而且不停止他对诗的散文美的追求:"自从我们发现了韵文的虚伪,发现了韵文的人工气,发现了韵文的雕琢,我们就敌视了它;而当我们熟视了散文的不修饰的美,不需要涂抹脂粉的本色,充满了生活气息的健康,它就肉体地诱惑了我们。"[1]

我们看到诗在民族化和格律化方面取得了进步,我们不应忘记构成新诗传统的丰富性的"另一面"——有一些坚忍的坚持者在工作。何其芳的《夜歌》是散文的,也是"欧化"的,只是后来他自认为不合时宜了,没有坚持,转而鼓吹建立半格律诗。蔡其矫却从20世纪40年代开始始终坚持着以散文体为诗(当然,他也重视民族诗歌传统的继承,但他有自己特殊的认识与实践)。《回声集》《回声续集》《涛声集》几本诗集记载了这位诗人一贯的对于散文美的追求。

论及新中国成立后三十年的优秀诗篇,人们都会想起两首诗:一首短诗,未央的《枪给我吧》;一首长诗,石方禹的《和平的最强音》。它们都是体现了散文美的自由体的杰作。在那一片环佩叮当的诗韵的沉醉中,突然闯进了这样一些奇异而自由的声音,它给人以新鲜感是自然的——

不许战争
为了无数家庭骨肉团圆
为了星期六晚上的跳舞会

---

[1] 艾青:《诗的散文美》。

为了我们的工厂

我们的农庄

我们的学校

我们的戏院

不许战争

让无数的丹娘继续念完中学第九班

让刘胡兰活到今天成为劳动模范

不许战争

人民选择了拖拉机和麦穗

而不是原子弹和科罗拉多甲虫

（石方禹《和平的最强音》）

这样的诗，若说民族风格和民族形式，则全然不是，却是三十年来始终留在人们记忆中的诗篇。这些，无疑都属于中国新诗六十年来丰富传统的范围——尽管它遭到了某些习惯势力的冷遇。

20世纪40年代，在大后方，以西南联大为中心出现了一批青年探索者。他们植根于中华民族深厚的土壤，接受了传统的中国文化的熏陶，但又面向西方现代诗歌，从中吸收了有益的成分，形成了有特色的创作流派。这一流派的诗人，于20世纪40年代末集结在《中国新诗》的周围。他们感到他们所从事的是一份严肃的工作：

> 我们现在是站在旷野上感受风云的变化。我们必须以血肉似的感情抒说我们的思想的探索。我们应该把握整个时代的声音在心里化为一片严肃，严肃地思想一切，首先思想自己，思想自己与一切历史生活的严肃的关联。一片庞大的繁复的历史景色使我们不能不学习坚忍的挣扎，在中心坚持，也向前突破，对生活也对诗艺术做不断的搏斗。[1]

---

[1]《我们呼唤》，《中国新诗》第一辑。

但他们的"呼唤"并未获得应有的反响。随后的很长一段时间，人们似乎忘记了他们曾经存在过。

中国新诗长达六十余年的历史，它已形成了自己的传统，这个传统并不是零。说新诗"迄无成功"是不符合实际的。新诗的传统是丰富的，它之所以丰富，不仅表现在反映新时代新生活的范围之广泛上，而且表现在它对对象的把握方法之多元化上（不仅有现实主义，有浪漫主义，而且也有象征主义以及其他的方法）；不仅有源于古典诗歌和民歌的继承借鉴，而且有源于西方不同时期各主要流派的继承借鉴。新诗多种风格流派的纷陈杂现起始于"五四"初期，而且允许并鼓励各风格流派之间的自由论辩与自由竞争。在新诗发展的早期，并没有产生强制性的不正常风气。

继诗体大解放打破了古典诗词的僵硬格式的统治之后，新诗在长期发展中，一代又一代的诗人尝试着各式各样的新诗体式，或是一代又一代的诗人在不断地毁坏各种建立起来的新诗体式。应当认为，不论是建设还是破坏，都是有利于新诗的发展的。自从半个世纪之前，新诗打破了凝固的形式的控制，实现了诗体解放，恢复了诗与时代、生活、人民的沟通，新诗多种多样的形式就不断地被诗人创造出来，从此实现了由诗体大解放到诗体的多元化的过渡。由这个过渡的完成所造成的局面是正常的。对这种局面应施以保护的方针，而不是相反。新的格律可以不断创造，但是不宜以一种或数种格律强行统制诗歌。继承新诗的传统，意味着继承多种多样的、丰富多彩的传统，而不是单一的、单调的和枯竭的传统。20世纪初刘半农提出文学改良主张的第二条是"增多诗体"。他认为"诗律愈严，诗体愈少，则诗的精神所受的束缚愈甚"，因而主张通过"自造"和"输入"（今天称为"引进"）包括有韵、无韵诗的诗体的多样化以巩固发展诗体解放的成果。鉴于历史的教训，那种认为可以不经过广泛实践而"设计"诗体，并通过硬性规定以"推广"某种统一型号的观点，是不可取的。新诗只能通过多样的形式的反复试验以实现它的繁荣。

我们在回顾了历史之后确信：中国新诗业已形成的传统，是新诗发展的最巩固最丰富的基础。当然，我们在肯定新诗自身的传统之时，不能对长达三千年的中国古典诗歌传统持虚无的态度，我们当然要从那无比丰富的传统中获取我们继续发展的民族文化的"遗传基因"。我们将为中国诗歌之富有民族风格（是新鲜活泼的，而非陈腐僵硬的）而努力。但我们不是它的奴隶，我们鄙弃那新时代的复古倾向。我们将沿着"五四"先行者所开辟的道路前进。

始终活跃着战斗的生命

回顾了新诗六十年辉煌的历史，我们再客观地审视胡适文学改良的主张之基本环节——诗体解放，我们会发现，他当日的确把诗的形式革命的考虑置于诗的内容革命之先，这就给他在新诗发展中的作用带来明显的局限。他的《尝试集》可以是区分新旧诗的界碑，却不能成为新诗革命的纪念碑式的作品。这后一种评价，历史性地留给了稍后出现的《女神》。

中国新诗的最初阶段，形式革命的矛头指向古典诗歌凝固的格式。而在内容上，则致力于使新诗能够装得进新时代科学与民主的新思潮，能够表现出在帝国主义列强和军阀压迫下人民大众渴求自由与光明的心声。这种努力取得了成效。郭沫若是新诗革命在内容形式之统一的意义上的奠基人。在他前后，当时一般的思想高度是同情底层人民的疾苦、对于个性解放的追求，以及追求恋爱婚姻自由的反封建意识。早期的新诗建设者们，在进行新诗创造期的试验时，也都默默地为新诗的新内容新思想新感情之促进做着贡献。

在新诗中把爱国主义思想提到新高度的，是被朱自清称为在早期新诗人中"几乎可以说是唯一的爱国诗人"的闻一多；把劳工解放和无产阶级意识的宣传提到新高度的，是被鲁迅称为他的诗"属于别一世界"的殷夫——他的诗是被无产者的斗争和他自己的鲜血染红了的《血字》：

> 我是一个叛乱的开始，
> 我也是历史的长子，
> 我是海燕，
> 我是时代的尖刺。

他的很多诗被印成传单散发在劳工运动的行列中。殷夫的名字是与新诗走向革命，走向群众斗争这一光荣的战斗的传统联系在一起的。"这是东方的微光，是林中的响箭，是冬末的萌芽，是进军的第一步，是对于前驱者的爱的大纛，也是对于摧残者的憎的丰碑。"（鲁迅《白莽作〈孩儿塔〉序》）应该感谢鲁迅，他把最崇高的评价赠给了这位如闪电一般划过新诗的历史空间，有才华的青年诗人。蒋光慈也是全力呼号革命的诗人，但他在内容的战斗性与艺术的完美性相结合方面不及前者。

中国诗歌会在蒲风的周围集聚了一大批诗人，他们为诗歌走向大众做了大量的工作。他们适应民族解放战争的严峻形势，对于新诗在新时代的使命有着明确的意识："你可以写反抗的黑手，你可以写怒吼的洪流，你可以写铁蹄下惨痛的呼声，你可以写炮烟里大众的抗争……"[①]

在民族奋起抗战的年代，那些传自大后方，传自中国共产党领导的各抗日根据地，特别是传自延安的战神的怒吼，成为这一时代的最激昂的号音与鼓点。这一时代诗歌的战斗精神的集中代表，毫无疑问，是艾青和田间。《向太阳》是号角，《给战斗者》是战鼓，

[①]《中国诗歌作者协会宣言》。转引自王亚平、柳俏作《中国诗歌会》一文。载《中国新文学史料》，第二辑。

它们概括地传达出那个时代的洪亮、激越、沉浑的声音。

抗战期间的诗歌，反抗外国侵略者几乎成了唯一的主题。当时的民族矛盾吸引了全部的注意力。这种状况到了解放战争时期转为，向着反动腐朽的国民党反动派的斗争成为诗歌的共同主题。但当时诗歌有明显的两大分支。在解放区，带有史诗性质的叙事长诗盛行。因为人民在共产党领导下进行的壮丽的斗争要求诗歌以宏伟的长卷把它载入史册，于是有了《王贵与李香香》《赶车传》（第一卷）、《漳河水》，以及不属于长篇叙事诗却有重大的叙事性质的《王九诉苦》等。这些诗歌通过富有抒情特点的叙事，表达了人民斗争的信念及成果。另一方面，在国民党统治区，讽刺诗盛行。这仍然是诗歌的战斗要求使然的。诗人们以嬉笑怒骂的方式揭露和攻击人民的敌人，于是有《马凡陀山歌》《宝贝儿》等出现。当然，其中也包括了解放军部队诗人毕革飞以快板形式写成的讽刺诗。1946年，臧克家说过他创作讽刺诗的动机："我觉得，在今天，不但要求诗要带政治讽刺性，还要进一步要求政治讽刺诗。因为，在光明与黑暗交界的当口，光明越见光明，而黑暗也就越显得黑暗。……当眼前没有光明可以歌颂时，把火一样的诗句投向包围了我们的黑暗叫它燃烧去吧！"[1]这说明，当时战斗在国民党统治区的诗人是自觉地以诗为武器的。20世纪40年代中叶的诗歌思潮就是这样，它如两只巨钳从不同的方向，配合着人民解放军的胜利进军，伸向国民党反动统治的核心。

新中国诞生后，诗的新时代是伴随着欢乐的鞭炮和腰鼓声到来的。新诗传统中向着黑暗势力战斗的职能得到延续，但它的新时代有了明显的崭新的歌颂光明的使命，这，当然是战斗职能的重要组成部分。20世纪50年代兴起了政治抒情诗的热潮，贺敬之和郭小川这两位新中国诗坛的明星，他们在继承和发扬新诗的战斗传统方

---

[1] 臧克家：《宝贝儿·代序》，《刺向黑暗的"黑心"》。

面做出的巨大贡献之一，就是倡导并实践了崭新的可以包容时代新声的政治抒情诗的体式。贺敬之的诗歌实践的经历，大体可概括为《放声歌唱》——《雷锋之歌》——《中国的十月》；郭小川要繁复一些，但大体上也可概括为《向困难进军》——《林区三唱》——《团泊洼的秋天》。新中国诗歌以主要是颂歌的形式完成其战斗的使命，这在今天的一些青年人中也许不被广泛地理解，却是历史的必然。以贺敬之、郭小川为代表的新中国诗歌的战斗传统，是"五四"以来诗歌革命的革命精神的发扬光大。

中国诗歌史上最壮丽、最动人的一页，是经历了十年动乱所造成的痛苦之后爆发于天安门前的诗的怒吼。那些无畏的战斗诗篇，一方面履行颂歌的任务——对于人民的力量和信念的歌颂，以及由于一个伟大人物的逝世所迸发出来的悼念与热爱；一方面履行战歌的任务——它把攻击的矛头指向篡党窃国和奴役、虐杀人民的敌人。天安门诗歌集中地概括了1949年以来的诗歌对于"五四"新诗的战斗传统的发展，代表了这一光荣传统在新时代所达到的高度。

丙辰清明，一阵春雷，几场春雨，诗在精神和文化的荒漠上复苏了，诗的战斗传统也得到了复苏。新诗在近三四年来所获得的发展，为新中国成立三十年来所仅见。经历灾难的战斗诗歌，有感于历史的沉痛经验，它对歌颂光明是诗的职责（当然并非全部职责）这一神圣使命重新加以确认。但它又醒悟到：歌颂光明并不意味着对现实生活中的阴影予以粉饰，不意味着虚假，也不意味着对神和迷信的愚昧的颂扬。颂歌应当献给走向光明的时代和为促进时代进步的人民。历史的教训促进了人们对于自己所生活的环境的认识，新诗的战斗性诚然要表现为与伪善、丑恶和黑暗的斗争。新诗认识到，即使在光明的社会，依然存在着阴影，批判的武器不可弃置不用。

这种战斗精神，在新的历史时期，大量地，而且主要地表现为对生活的思考。在当前，诗歌的战斗观念失去了传统的单纯性，它变得更为繁复、更为深沉，也更为丰富。新时代的战斗歌声，不再单纯地表现为雄壮激越的号音了；可以认为，这仍然是号音，但它的昂扬之中有着雄浑、沉厚，甚至还夹带着悲慨。在一部分经历过艰难困苦考验的诗人那里，哲理的思辨与政论的色彩在此类在生活中思考的战斗诗篇中，有了明显的增加。

我们重新开始了一个时代，诗的战斗传统的旗帜仍然为雄风所拂动。公刘的诗富于哲理；白桦的诗长于论政；邵燕祥的诗于庄严的话题中不忘精心地抒情；黄永玉自由流畅，寓庄于谐，对生活有深刻的揭示；周良沛、流沙河仍然热情饱满地站在时代的前面，唱着真实的歌，他们有着痛定思痛的激昂；艾青早已抖落了满身风尘，依然容光焕发地举着他的火把，而把长长的黑暗留在了身后……

尽管有不少诗人在探索诗走向人们心灵的道路，尽管有一些青年重视他们自己的内心世界的宣示，但总的潮流是，诗在人民创造的生活中行进。难忘的1979年，诗歌经过短短的休养生息，得到了全面的恢复。这种新时期的颂歌与战歌的主题，以及这一主题在新生活中的演化，在这一年的诗创作中有明显的体现。这一年出现的优秀诗歌，呈现出前所未有的光彩，以其复杂性、深刻性、真实性和艺术上的完美，震撼着读者的心，有些诗是失去了单纯意义的颂歌和战歌：颂歌之中，有自我觉醒的悔悟；战歌之中，有射向抨击对象的发自内心的期待。

新的战斗的诗歌就是这样：爱与恨、歌与哭纠缠着。生活教育着诗人，生活使诗走向成熟。那种表面化的浅薄的歌声正在消失，诗歌正在走向立体地展现人们思想情感的高处。

二、和新中国一起歌唱
——新中国成立三十年诗歌创作的回顾之一

隆隆的雷声中诞生的时代

1949年9月21日,中国人民政治协商会议第一届全体会议在北平开幕。毛泽东同志致开幕词,他以雷电之声宣告:"我们的工作将写在人类的历史上,它将表明:占人类总数四分之一的中国人从此站立起来了。""我们团结起来,以人民解放战争和人民大革命打倒了内外压迫者,宣布中华人民共和国的成立了。"[①]毛泽东同志讲话以后,一阵暴风雨突然来临,由远而近地响起了隆隆的雷声。当时,坐在会场里的诗人何其芳也听到了雷声。他已长久不曾写诗了,这雷声召唤起他的诗情,他用庄严的声音歌唱这个"我们最伟大的节日":

中华人民共和国,
在隆隆的雷声里诞生。
是如此巨大的国家的诞生,
是经过了如此长期的苦痛,
而又如此欢乐的诞生,
就不能不像暴风雨一样打击着敌人,
像雷一样发出震动着世界的声音……

[①] 毛泽东:《中国人从此站立起来了》,《毛泽东文集》第五卷,第342、344页。

没有找到革命的时候，何其芳做过《预言》。后来，何其芳说："那个集子其实应该另外取个名字，叫作《云》。因为那些诗差不多都是飘在空中的东西。"①那些在黑暗的日子里唱着飘在空中的云似的"夜歌"的时代结束了。如今，全中国的诗人都在那隆隆的雷声中唱着一曲又一曲实实在在的"白天的歌"。

雷声，是庆贺诗的新生的礼炮。1949年7月，在北京召开了第一次全国文学艺术工作者代表大会。过去分别战斗在解放区和国统区的两支诗歌队伍会师了。这是一次历史性的会师，不论来自何方的队伍，在新的时代里，都面临着新的问题：要发扬革命的战斗的诗歌传统，要适应和表现人民胜利的新的时代、新的生活。当时，全国规模的人民解放战争即将结束；新中国成立初期为了粉碎帝国主义挑衅而进行的抗美援朝战争也迅即结束；我们着手从战争的废墟之上，建设起新的国家。

中国新诗的热情创造者郭沫若，这时已经担负着繁重的国务活动和国际交往的工作，但他还是以饱满的热情献给苦难中诞生的人民共和国以新的颂歌——《新华颂》。新生活刚刚开始，《新华颂》对这刚刚开始的生活的认识和表现还不深入。可贵的是诗人对于新生祖国的满腔热爱，他的激情的笔不惜为新中国成立初期具体的甚至是琐细的工作任务劳作：他写歌词《毛泽东的旗帜迎风飘扬》，他写灯影剧《火烧纸老虎》，他还写供普通工农诵读的通俗诗《学文化》《防治棉蚜歌》等。这些诗是热情的，起到了宣传的效果，但并没有深刻地表现新的时代。郭沫若作为先行者，他当时的探索是有代表性的。《骆驼》的出现，宣告了探索的突破。它说明诗歌的战斗性并不因简单地配合中心任务而获得，也不能从生活的外在形貌的模拟中得到说明，而要从抒写对象的内在精神上去开掘时代的本质。初看《骆驼》，并不与哪一项中心任务有什么相干，它不

---

① 何其芳：《〈夜歌〉(初版)后记》。

具体宣传婚姻法，也不直接号召办互助组，但它的典型形象对于现实生活有巨大的概括力。

诗人这时心目中的骆驼，不仅是沙漠之舟，而且是"有生命的山"。在黑暗中，它昂头天外，"导引着旅行者走向黎明的地平线"，暴风雨来时，旅行者紧紧依靠着它"渡过了灾难"。这形象中活跃着郭沫若蓄积数十年的心声，真正的激情的所在，它引发人们的联想，想起自己所景仰与崇敬的。这位富有创造精神的诗人，在新生活开始的时候，便以"天样的大胆"把骆驼比作"星际火箭""有生命的导弹"，这不能不使我们想起他那"女神式"的一贯的革命浪漫主义的精神。应当说，不是《防治棉蚜歌》，而是《骆驼》，更切近实际地表现了出现在诗人面前的新生活。

对于郭沫若来说，"天样的大胆"可以使他达到揭示生活的目的，他不擅长通过现实的描绘来表现新生活。在新中国成立初期，几乎对所有的诗人而言，诗是从幻想的空中一下子降落到地面、眼前来的。在旧社会，春天只是在诗意的幻想中存在，希望也可能变得虚妄。如今，一切都变成和正在变成现实。在这样的背景之下，新中国成立初期的诗歌基本形象，与其说是充分想象的，不如说是充分写实的。郭沫若的最初尝试及《骆驼》的突破，就说明这是一种客观存在。我们都记得冯至的"一个民间的故事"——《帷幔》（1924）。在"帷幔"的背后，汹涌着令人战栗的旧中国的血泪。如今，"帷幔"拉开了，我们在新社会通过"母子夜话"听到了又一个民间故事《韩波砍柴》。韩波给地主砍柴一生，冻死山中，死后仍要砍柴，因为一丝不挂，羞于见人，只能在每年正月十九后半夜的月色中出现。这故事是同样让人战栗的。当"帷幔"掩着的时候，它是旧社会一个血泪的故事；当"帷幔"拉开的时候，那里仍然有血泪，但奴隶终于敢于白天出来申冤了。血泪的故事终于有了欢乐的尾声，假如还没有成为主调的话，冯至就是这样用"韩波砍柴"来表现他与"帷幔"的联系，也表现他与"帷幔"的告别。

许多诗作，都表现了这种旧时代向新时代的转移，这是生活内容的转移，思想情感的转移，也是诗的主题的转移。在新中国成立初期，许多诗都表现了旧时代的人物在新社会里变成新人的过程。阮章竞的《漳河水》，是在延安文艺座谈会感召下出现的作品，又是在新中国成立后写成、出版的作品。三个女性的不幸遭遇令人凄然，而她们的新生又令人欣然。三个受蹂躏的女性中，荷荷、苓苓已经成为新人，紫金英在整个社会的扶持之下，也将成为新人。二老怪是跨在新旧社会门槛上的人物，但毕竟也在生活的教育下跨过了这个门槛，而有了一个喜剧式的结果。《漳河水》比《韩波砍柴》更为充分地表现了方生未死的旧生活与方兴未艾的新生活交替的进程，一代新人怎样扬弃旧社会的尘灰、走上翻身解放的道路的进程。它成了联结新旧社会的诗的纽带。现在，阮章竞送他的新人走上了解放之路，他才能够唱着这样喜悦的歌："太阳从蓝海里升起来，祖国的早晨来临了。"（《祖国的早晨》）

诗人们面对的是日新月异的新生活。但除了从解放区来的以外，他们的多数，刚刚从旧社会的黑屋子中走来。他们的眼里还有昨天的影子，尽管他们面向着今天的光明。臧克家在他的一本自选集的后记中说："这本集子里的作品，整个说来，暴露黑暗的多，正面歌颂的少；新中国成立同情人民疾苦的多，鼓励人民斗争的少。"[1]这可以理解，因为新生活刚开始。臧克家在新中国成立后写的第一首诗《有的人》，不仅已经完全不同于《老马》《罪恶的黑手》，而且也完全不同于与之毗邻的《生命的零度》，而有了崭新的时代的风貌。《生命的零度》属于旧社会，而《有的人》则属于新社会，尽管它们的写作时间是靠得很近的。生活就是这样神奇地决定着诗。但就是这首属于新社会的崭新的诗，依然是一首歌颂和诅咒交织而成的诗篇。这首"纪念鲁迅有感"，无疑是对两种人的对比。当诗

---

[1] 臧克家：《〈臧克家诗选〉后记》，人民文学出版社，一九五四年版。

人讲"有的人活着，他已经死了"时，他的眼里仍然飘着刚刚过去的旧世纪的黑云；当他讲"有的人死了，他还活着"时，他已经望见了新社会的彩虹。臧克家这时已经结束了"痛苦在我心上打个烙印，刻刻警醒我这是在生活"的"烙印"时代。应该说，不是痛苦，而是轮到欢乐在他心中来"打个烙印"了。但即使在这时，当他讲"有的人他活着别人就不能活"时，他仍然想到了他曾经"刻刻警醒"着的痛苦生活；而当他对比讲另一种崇高的人时，他已经不仅看到一个鲁迅，而且概括了正在新时代晨曦中成长的新人。当然，这首诗由于它的尖锐的典型化对比和深刻的哲理，已经被证明是一首有长久生命力的诗篇。它是作者在新中国写下的第一首诗，也是一首登上了高峰的诗。不仅对于臧克家，而且对所有诗人来说，颂歌的时代来临了。

　　诗人们投向了崭新的生活，由衷地、满怀喜悦地唱着一曲又一曲新生活的颂歌。他们走过合作化的田野，他们走过沸腾的建设工地，他们攀登着正在苏醒的山脉，他们惊喜地昭告"我所攀登的山脉，不再是寂寞无人迹的了"（徐迟《我所攀登的山脉》）；他们访问了港湾，他们又忘情地欢呼"从这个港湾到那个港湾，搬运工人在拥抱初生的无缝钢管"（阮章竞《祖国的早晨》）。我们曾经百孔千疮的大地，如今正在开放着鲜花，这不能不吸引着热爱生活的诗人。张志民已经结束了《死不着》那样的旧的村风，他在新中国的太阳下不断唱出了新的《村风》。

　　李季是在中国共产党领导培养下和其他文学新人结伴而行的一位诗人，皇皇三部《杨高传》说明了这个经历。他告别了翻身解放的王贵和李香香，从黄土高原走来，立即投入了全新的生活。可以说，李季是一个以全部热情扑向新生活的热潮的人，也是第一个发现石油中有诗的人。几乎是新中国成立，他就着迷似的爱上了石油矿和石油工人。从最早的《玉门诗抄》到最近的《石油大哥》，写玉门，写柴达木，写大庆，他的笔随着石油工人的脚印走，他的诗随着石油河源源不断流。他是一位对生活执着而有韧性的诗人。李季的创作道路和创作方向是正确的。也许他并不是才华外露的诗人，但勤恳和专注使他获得了值得庆贺的成就。李季称自己的诗是"石油诗"，石油工人则称他为"石油诗人"，李季也以此自豪。可以说，李季在新中国成立后写的诗，是我们石油工业成长发展的诗的记录。

《玉门诗抄》是这位石油诗人劳绩的最初检阅。在那里，新出现的石油城"正在把辽阔的戈壁划入市区"；在那里，黄羊游窜的村边，将要出现新的火车站；在那里，《师徒夜话》充满了战斗的热情；在那里，《正是杏花二月天》以这位诗人前所未有的明丽，以活泼轻快的民歌风，再现了新生活令人陶醉的镜头。《玉门诗抄》告诉我们，随着新的生活、新的主题的到来，李季也开始了新的诗风。长诗《生活之歌》是李季以新的语言和格局来表现新的生活和人物方面的开拓性的尝试，在这个意义上，它和《王贵与李香香》同样是李季的叙事诗创作的里程碑。

新中国成立以来，诗的一个重大成就是，诗和时代现实保持着紧密联系的传统，正在日益完善地形成着，新中国成立后五六年间，这种格局已相当稳定。这一诗与现实紧密联系的风气，大体上延续到今天。这无疑是一个伟大的成就。这一成就不是自天而降，在延安文艺座谈会精神的感召下，不论解放区或是国统区，文艺为工农兵服务，文艺要表现新的生活新的人物，已经形成了巨大的潮流。直至新中国成立，逐渐得到巩固发展，现在，它已经成为不可动摇的传统。

这个传统值得珍惜，但也要分析。诗接近人民，深刻切实地表现人民生活，把诗从空中拉到地面上来，这功绩不能轻抹。诗无疑应当表现现实，尤其是人民为争取美好前途而斗争的现实，它应与人民生活保持着最密切的联系。但是，文学毕竟不能亦步亦趋地尾随着生活，它是积极而能动地反映生活的镜子。诗尤应如此。诗站在生活面前，它与其他文学品种相比还有一种特性：它不擅长如实地描绘生活，它总是与生活保持着若即若离的状态。它不是说明（直接地）着什么，而总是暗示（间接地）着什么。在诗中，如实的描写总是吃力而不讨好，象征地加以启迪总能达到事半而功倍的效果。新中国成立以来，当诗人们望见了祖国新生的曙光，自然满心欢喜。经历长久苦难，他们拥抱着美好的现实，不肯轻易松手。为此，他们甚至忘记了瑰丽的幻想、奇异的比喻（这些，恰是诗的极为重要的素质）。诗在他们的心中笔下，变得十分具体和实在，不再是以前那样云雾般飘幻和不可捉摸了，这（我们要反复地承认和强调）是了不起的前进。但当诗因太接近实际而升腾不起来，诗因而失去幻想的翅膀时，却又未必是了不起的前进了。新诗三十年中，这是应当加以总结的一个课题。

有些诗人对此抱有警惕，突出的是田间和艾青。他们想超脱一些，想把生活表现得更"不像"一些，因为"不像"，这当然招来了人们的某些批评。但对这批评，也要做切合实际的剖析。田间是多产的诗人。艾青在新中国成立初期的作品，也能说明前述的论断。

从1949年的《我的短诗选》，到1978年的《清明》，田间在新中国成立后出了至少二十部诗集。应当说，包括取材于神话传说的题材在内，田间的诗作，都是为现实生活服务的。田间无疑是在表现新的时代和新的生活。但是田间这时的诗作和过去那些鼓点般的诗句相比已经有了很大的变化。那时候，尽管已经露出了某些形象与生活距离较远的迹象，如"在红毯上：你的玉蜀黍，好似大虎伏在那里"（《贺刘万诚》），但并没有成为主要的倾向。主要的倾向是闻一多说的"鼓舞你爱，鼓动你恨"的那一片"沉着的鼓声"。新中国成立后，田间的艺术更加老练成熟了，这当然与他在艺术创作中的追求目标有关。他说过："我愿意做最艰巨的工作。不愿意在每一首诗里，偷巧地放上几个美丽的字眼，来表示自己的立场和倾向。"[①] 他不愿意用太直接的简单化的办法来表明诗人对现实的

---

① 田间：《写在〈给战斗者〉的末页》。

态度和思想倾向，他希望把这表达得曲折一些、间接一些和更考究一些。他说："我们是为真理歌唱，不是为事实简单地照一个相。"①他的诗有了更多的象征意味，他更注重于给人以暗示，让人品味诗中的含义，而不是如过去那样浅白地说明。这样，尽管田间的语言素朴而不华靡，但由于刻意要和生活保持距离，他的诗变得更加不易懂、不那么顺口，显得有些生涩。

"那边有一群白鹤，落到我们这一边。它们路过我们的竹楼，喝下了几口甜水。这里有一片山湖，湖边长满了芭蕉树。树上的露水晶亮，湖里的清水香甜。"这是田间的《给白鹤》。他的笔墨并没有去具体描写联欢的盛况，也没有直接宣传两国人民友好的历史，在《给白鹤》里，他不把笔墨投向现实本身的说明，而是通过象征意义的白鹤、露水、山湖、太阳花来让你联想起现实生活的实际。这是田间的追求。这样的追求，已经进行了近三十年。这三十年，田间没有停过笔墨，他是勤奋的。但应当说，从《赶车传》以后，尽管他的不无理由的探索花了极大的精力，但是他的诗离开了太具体而走入太抽象，离开了太写真实而走入太与真实生活脱节。他用明快的呼喊而换来了艰涩的比附，这代价未免太大。

笼统地责备田间离生活远了，并不能令他心服。田间始终对生活保持着热情，只是他着意于不把生活表现得那么逼真，他要让读者在宝石和星、剑和鲜花中看到人间的生活、艰苦的奋争。田间的追求乃是属于正确处理诗与生活关系的有益探索，不过，在田间，这种探索的成果不很理想。他不想把诗和生活粘得太紧，结果是艺术的表现与生活实际离得太远。

艾青和他的人民一起"欢呼"这辞别了严冬的祖国的"春天"。这个喝了大堰河的乳汁长大的诗人，从小就感染了中国人民的忧伤。新时代给他以新的情怀，他要为"新的日子歌唱"。艾青热爱这新

---

① 田间：《写在〈给战斗者〉的末页》。

的生活，但他的笔在新生活面前行走着。他是一个不善于刻画具体生活情状的诗人。1953年写的《藏枪记》"杨家有个杨大妈，她的年纪五十八"仿佛不是艾青的声音，写农村现实的组诗《播谷鸟》亦失之纤弱，至于"夜行八百，日行一千，逛的是大街，住的是客店"的《女司机》，很难说是写出了新时代气质的"草原新骑士"。艾青规避用诗来描状具体的生活，他很少写那些机械配合中心任务的作品（《欢呼集》中有一些）。他严格信守诗对题材的选择。1954年他去舟山群岛，看的是现实生活的生动情景，写的是超脱生活的充满神话色彩的《黑鳗》，这是一种规避。长诗中的男女主人公生活在黑牢般的黑浪山上，苦难使他们不能到达那仙境般的宝石山，最后他们在火中成了水神，月明之夜可以听到宝笛之音。当时有人据此责备艾青。他的确没有用诗更多地写出现实生活的变革，艾青在思索如何使自己适应现实的发展而不至于落伍。在某种程度上艾青的远离生活土壤，未必不是他的过错，却也未必不是他的求索。如果公平些说，艾青作为一个新中国的诗人，他是属于世界的，他的目光早已飞越重洋，为世界和平和人民友谊歌唱，这正可补偿他在其他方面的缺陷。

组诗《南美洲的旅行》和《大西洋》都是力作。他的视野很开阔，他的诗心不为现实生活的原样所羁绊，而能在生活的空间自由地翱翔。他能从美元上的"自由"字样想到："有了它，就有了自由；没有它，就没有自由。谁的钱越多，谁的自由也越多；谁一个钱没有，谁一点自由也没有。"（《自由书》）对资本主义社会的现实做了概括而又透辟的解剖。他还从一个黑人为她的小主人唱的催眠曲中，听到了资本主义世界最悲惨、最不公道的"歌唱"：

一个是那样黑，
黑得像紫檀木；
一个是那样白，

白得像棉絮。
一个多么舒服,
却在不住地哭;
一个多么可怜,
却要唱欢乐的歌。

(《一个黑人姑娘在歌唱》)

在这里,黑与白、紫檀木与白棉絮的鲜明对比,描画出剥削者与被剥削者的差别。他不是亦步亦趋地临摹生活,他的诗不是生活原样的传声筒,他是在酿造生活。到此为止,艾青尽管受到他缺乏反映现实生活的作品的批评(这批评是对的),但是由于他执拗的坚持,他在某些题材的表现上取得了成功。

最有争论的诗例,莫过于他的《在智利的海峡上》了。现在,我们撇开对他所描写的具体人物的评价,只考虑他的诗的表现:

房子在地球上
而地球在房子里

这诗把我们带进一个新的意境。这里的表现方式是很特殊的,要是我们不用这样奇特的或新颖的词汇的话。我们不能说它不是生活的反映,但它的确不是如实再现生活的原样。它很抽象,却让人从中悟出具体。它让人去猜想这语言外壳包裹着的神秘而又不很确定的内涵。《在智利的海峡上》这首诗初出来时,有各不相同的反映。有人认为"从全诗的布局上,从形象的概括的深度与个性化的统一上,从语言的明洁上,从体现深刻思想的巧妙上,都可看出这首诗对于艾青说来,是新的"[①]。又有人认为,这并不新,它的晦涩和

[①] 沙鸥:《艾青近年来的几首诗》,《诗刊》,1957年4月号。

朦胧正是资产阶级的颓废派诗歌的特点，艾青应当抛弃这种表现方式。由于当时的气氛，不可能对此展开自由平等的讨论。现在应当对此做出心平气和的评价。

中国新诗到了20世纪50年代后期，除了偶尔出现以夸张为基本手法的某些民歌，对现实生活的描摹越来越成为主要倾向，大胆的或绮丽的想象越来越少，而作为诗的语言基本特征的暗示，却被过于明白和透彻的乏味的语言所代替，令人厌烦的"一览无余"俯拾皆是。《女神》式的狂歌，《死水》般的吟叹，不仅不可复睹，而且成了不可思议的异物。

诗有点失魂落魄。诗味越来越薄，其淡如白水，当然不是所有的诗都如此。造成这现象的原因是多方面的。诗为现实服务应当提倡，但不能要求无一例外地机械配合某一阶段的某一中心任务。诗的思想性不能以诗中是否出现众多的革命辞藻、豪言壮语为衡量标准，标语口号的堆砌并不意味着思想性的加强；同时，具体和真实也不能成为诗的评判的唯一标准。这一诗歌发展阶段留给我们的基本教训是，诗应当反映现实，也应当为现实服务，但诗与生活的关系并不是，至少并不主要是直接的和如实的。直接和如实的反映，只是呆板而单调的镜子，并不是诗的基本反映方式。基本方式应当是生活的折光。这种折光，犹如太阳光在三棱镜中泛出异彩一般，可以把生活反射得瑰丽而奇妙。

我们的很多流弊，根源在于把诗和生活的关系以及诗在生活中的作用理解得太简单、太直接。以为有什么样的生活，就该有什么样的诗；生活是什么样子，诗就应该是什么样子；表现了重大意义的生活的诗的意义一定同样重大；表现了重要内容的诗的地位必定同样重要，反之亦然。这种眼光短浅的准则，必然导致鼓励那些苍白的标语口号式的作品，以及那些故作豪言壮语的虚假作品，那些内容空虚并无真情感的以赶浪头为主要特征的作品，如众多的节日应景诗之类。

新时代的诗歌，无疑要表现这个时代，要具有现实的意义。但是诗的时代性和现实性的取得，绝不是以取消诗人的抒情个性的代价换取的。恰恰相反，无论哪个时代的诗，总是通过诗人的自我抒情达到为时代歌唱的目的，总是通过诗人自己的抒情个性自然地流露出观点和倾向。它可以是直接地，更允许间接地表示诗人的主张和抗议，这是诗的个性。在中国新诗的今日，诗与现实斗争的关系日益密切，现实性在加强，诗的个性却在削弱。诗变得越来越被用作记录生活，而不是用作歌唱生活。其实，诗歌创作与现实的关系远不是那么简单的。一首看来不过是朋友应酬之作的诗篇，同样可以反映时代，而不必借助什么政治术语。这是萧三的《自题照片赠老柯》：

休看我饱经风霜模样。
一辈子不失赤子心肠。
这时代称什么老当益壮？
来来来，我和你大声歌唱！

这诗题材很小，场面不大，主题也并不雄伟，它只是题写在赠友的照片背后的四行戏谑文字。讲的虽只是自己的"模样""心肠"，但它连"老当益壮"都否定了，他只想到"大声歌唱"。一个老诗人有这等精神面貌，可以想见这是多么了不起的盛明之世、前途光明的时代！以此推论，那些健康优美的爱情诗，那蔡其矫式的轻柔的新山水诗，以及悠扬的牧歌般的郭风的"叶笛"，都可以反照出我们时代的侧影来，它们在伟大时代的雄壮交响乐中，可以而且应当和进军号并存。

我们的新诗，歌唱了中华人民共和国的伟大诞生及成长，诗已被光辉地载入共和国的编年史。生活的确是在不无曲折地，但又是勇往直前地前进着。我们已经前进。我们的前进还不理想。中国新诗应该有更为伟大的未来，这当然要由老一代的诗人和新一代的诗人共同创造。可喜的是，我们已经望见。

天边涌出灿烂的星群

先是，我们的眼前飘起一朵云。共和国一个普通的早晨——

我推开窗子，
一朵云飞进来——
带着深谷底层的寒气，
带着难以捉摸的旭日的光彩。

（公刘《西盟的早晨》）

这朵升起在祖国西南边疆的云，以鲜明而富有边疆特色的形象，引起了人们的关注。这确是一朵带给人清冽明净的"寒气"和充分想象的泛着"难以捉摸"的"光彩"的云。公刘的诗，最初给人以如上的印象。他的第一本诗集《边地短歌》中的作品，存在着明显的不凝练和缺乏剪裁，他还不能全部摆脱被动的关于情节的叙说交代。到了《黎明的城》，已经表现出自如地驾驭题材，独特地构成形象，以及拥有以具有个人特色的抒情来表现斗争生活的能力。我们在《山间小路》"这座山是边防阵地的制高点，而我的刺刀则是真正的山尖"中看到，公刘没有辜负哺育了他的生活。"真正的山尖"是他在生活中的真正的发现。而且这"山尖"也没有辜负他的苦心，它简括地勾出一个真正的英雄造型来，蕴含于形象中的则有边防军战士的豪情。到了《在北方》，公刘的诗作显得成熟了。他能从平凡的《剑麻》中炼出不平凡的诗意："它是哨兵的活刺刀，它是祖国的绿篱笆；然而对和平的客人，它捧上碗大的鲜花"。诸如此类，普通的生活，在公刘的笔下都显得不普通；他用诗意盎然的眼光看生活，生活因之而闪出诗的光芒。沙漠上驮着柳枝的骆驼，"半个世界站在阳台上观看"的北京的"五一"节，乃至于给肥皂写的诗的广告《我们是擦洗世界的肥皂》，公刘总能使这些不止一次被表现的题材现出全新的面容和全新的寓意。他的诗节奏自由又有规律，读起来总是那么清亮动听，这从《边地短歌》到《在北方》，是一贯的特点。

一朵金色的云，
落在银色的雪山顶，
素馨兰在凤尾竹下眨小眼，
英格花在虎尾松上笑吟吟……

（白桦《金沙江的怀念》）

这里又有一朵云升起来。白桦的这朵云，虽然没有公刘的那份奇幻，却显得清丽，尽管它们都是升自西南边疆那一片开花的土地上，而且都富有少数民族地区特有的风貌。公刘和白桦都吸收了少数民族诗歌的丰富营养，看来白桦更为显著。长诗《孔雀》直接取材于召树屯和喃穆鲁娜这一傣族古老传说。长诗《鹰群》则以鲜丽的藏族民歌风格歌唱了长征部队路过滇康发生的故事，那些火塘边的歌唱和迷人的藏族青年男女的"茶会"，把我们带到一个新鲜的生活中去。"篝火像一朵鲜红的山茶花，在银夜里怒放，巡逻兵小队露营在雪山上，下有冰雪和枯叶编成的毡毯，上有繁星和雪树织成的篷帐。"这是白桦的《露营在雪山上》，生活是豪迈的，诗风是纤丽的。银夜里怒放的红山茶，这是白桦早期诗作的风格。

出现在我们面前的不是一朵云、两朵云，而是无数的云。新中国成立之前，许多年轻的诗作者跟随部队进军大西南。在云贵川康藏，他们看到了多彩的"云南的云"，听到了雅鲁藏布的江声。他们一边战斗，一边吸取诗的营养，一边辛勤地歌唱。生活的领域开阔了，诗人们面对的是正在消失的硝烟，以及一片等待开发的沃土。他们知道，我们今天生活中哪怕是最平常的一天，都是战死的同志当日所向往的未来。这片美好的土地，加上那些泛着奇异光彩的人情风俗，给了年轻的诗人们以灵感。公刘是那里来的，白桦也是那里来的，20世纪50年代出现的一批诗人，有不少是与这片土地有关系的。令人惊异的是共同的时代，共同的环境，大体相近的经历，却造就了各不相同的艺术风格。的确，在同一片天宇上，云涛翻滚，尽管都是云，但没有一朵云是相同的。

  雁翼的笔触能跨过"拂晓时分大雾茫茫"的冀鲁平原，来到"在云彩上面"的祖国西南的建设工地。他的诗中有秦岭山岚、嘉陵江涛，他再现了祖国建设的一角画面。顾工"在世界屋脊的土地上"歌唱飞越"空中禁区"的胜利。他的诗中有高原的冰霜，更有第一次扬花结果的冻土上的春天。梁上泉的《姑娘是藏族卫生员》，以朴素的语言传达出翻身的藏族女儿健美的精神世界，活泼、爽朗，又有些羞涩，无须外在的雕缛而神情俱美。但他的诗的主要倾向与上例不同，主要倾向是华美的，他注意词采华美。他的诗如彩色的河流流淌在"开花的国土"上。傅仇几乎可以被称为"森林诗人"。他的爱森林有点像李季的爱石油。他的《告别林场》胸襟宽广，格调奇高。这首诗，距今二十余年，仍然是他的最佳诗作之一。傅仇的诗细腻而奇幻，仿佛飘洒在森林上空的"蓝色的细雨"。陆棨写了晶光闪亮的多彩多姿的《灯的河》，写《重返杨柳村》时，格调转清淡了。《重返杨柳村》不是单纯的抒情诗，他让抒情诗中有简单的人物情节，他通过精巧的构思来组织这些人物情节。陆的这类诗作，内容较一般抒情诗丰富，抒情味道却较一般叙事诗浓郁。他是叙事诗的亲密邻居。《重返杨柳村》发表后，模仿者至今不绝，影响之大仅次于郭小川的《秋歌》这样的名篇。高平写得不算多，也不大为人注意，但他的《大雪纷飞》不容忽视。他写藏族，也学藏族民歌，但不做外在模拟，而是以清新明净的语言传其精髓。其余《紫丁香》《梅格桑》两首长诗，也都清秀悦目。饶阶巴桑更是西南沃土培养出来的一朵鲜花。他的诗，有着深厚的本民族诗歌的渊源，却不是简单的原始的民歌，而是全新的创造。饶阶巴桑的诗雄奇如翱翔在雪山之巅的雄鹰。

整个 20 世纪 50 年代，也许还可勉强加上 20 世纪 60 年代的前半期，我们的生活虽然有着曲折坎坷，但大体说来，是壮丽的、多彩的，而且也是前进的。西南边疆丰富而有特色的生活，栽培了一批新诗人，其他地方又何尝不是这样。那时候，题材是开阔的，创作也没有过多的"理论"的梗阻。在 1957 年之前，整个气氛显得活跃轻松，沉重感是不多的。因此，我们的诗歌创作在头一个十年中呈现了初步百花齐放的局面。可以说是：

凡是能开的花，全在开放；
凡是能唱的鸟，全在歌唱。

这种局面的出现，当然是由于政治清明，国家稳定，人民团结。因此，奇迹在我们的面前出现了：天边涌出灿烂的星群！

星群闪烁的光芒，带给我们对于生活的信念。前引那两行诗，作者严阵不曾把它收入《琴泉》，也许他怀疑自己的声音了。其实，那正是代表时代的音响，其真实性超过《琴泉》所有的篇章。这个时期的诗创作，也像生活本身那样壮丽多彩。每颗星都在自己的位置，用各自的光焰，装扮天空。

在保卫和平运动中，我们有石方禹的《和平的最强音》和梁南的《危地马拉兄弟，我望见你》《在非洲，发生了什么事情》；在抗美援朝炮火里，出现了未央的诗。何其芳说过，未央的诗中，"有一种火一样能够灼伤人的东西"[1]。火是无须装饰的，未央的诗丝

---

[1] 何其芳：《诗歌欣赏》。

毫也没有装饰。他全用参差不齐的诗行，有的甚至不押韵，却有灼伤人的效果，震撼人的力量。这只靠两个字：集中。生动的场面、典型的情节、动人的感情，再用"集中"来加以改造，便出现了《枪给我吧》《驰过燃烧的村庄》那些诗的奇效。石方禹的诗奔放，未央的诗质朴，梁南的诗深沉，而严阵的《江南曲》，如"月三竿，江水似流烟，杨柳渡头杨柳暗"，不啻月照荷塘的柔美。但他引人注意的带有创作幼稚期痕迹的《老张的手》，却与《江南曲》截然不同，是凝重的。到了《竹茅》，几乎每首都是宏大的建筑。

  闻捷是唱着"吐鲁番情歌""果子沟山谣"出现在我们面前的。他是南方人，但他几乎不写南方，却爱上了西北。他的奠基之作《天山牧歌》的大部分是情歌。诗集雄辩地证明，闻捷是优美的抒情歌手。这部分诗的成就在于，在一幅幅生动的西北民歌风俗画中，展示主人公在保卫祖国、建设边疆以及爱情生活中生长出来的社会主义精神面貌。

夜莺飞向天边，
天边有秀丽的白桦林；
年轻人翻过天山，
那里是金色的石油城。

            （《夜莺飞去了》）

  尽管吐鲁番的葡萄甜，泉水清，姑娘美丽多情，但有作为的一代年轻人，要告别吐鲁番翻过天山。那里，壮丽的新生活在等待他，那是石油城。当夜莺飞回的时候，年轻人已成了维吾尔族第一代石油工人。他们的爱情就这样和新生活联结在一起。新时代劳动——爱情的主题，初次在闻捷笔下形成，这是他的开创性的成绩。闻捷这些诗篇清新娟丽而富有天山南北的民族情调，维吾尔族的诙谐，哈萨克族的爽朗，蒙古族的豪放，在诗中都得到生动的再现。《天山牧歌》作者几乎是新中国成立以来集中大部笔力,创作民族地区爱情诗的唯一作者。他的新情歌健康活泼,有着强烈的时代感,有浓郁的生活情趣。这些诗歌的价值还在于,它通过生活的一个方面,记下了我国各族人民在党的阳光下逐渐萌发的社会主义意识和共产主义道德观念。

要是我们只看到《天山牧歌》,我们还没有真正认识闻捷。他不仅是优秀的抒情诗人,还是叙事诗创作的大家,他的叙事诗成就甚至超过了抒情诗。我们在《天山牧歌》中谈到《哈萨克牧人夜送千里驹》,惊叹他的汲取和有特色地表现生活的能力,但那只是闻捷对于叙事诗写作的一次火力侦察。总计一万余行的《复仇的火焰》一、二部,堪称当代叙事诗创作少有的宏伟的殿堂。这里有他的才情,更有他的勤奋。闻捷的创作有着充分的准备,当他唱着天山牧歌时,他已经在酝酿一部表现一个民族翻身解放的史诗了。何其芳评论说:"这样广阔的背景,这样复杂的斗争,这样有色彩的人民生活的描绘,好像是新诗的历史上还不曾出现过的作品。"[①] 闻捷是一位有魄力而又全面发展的诗人:他首创了明丽如风景画又有简单人物情节的爱情诗体式,他写了中国规模空前的少数民族解放斗争的长篇叙事诗,他写了《我思念北京》那样自由奔放的具有强烈政治性的抒情诗,他还写了《彩色的贝壳》那样的小诗。正当他精力旺盛、艺术日臻纯熟的时候,却于盛年去世,这是三十年诗歌运动的一个重大损失。

在同辈诗人中,就成就和影响而言,可与闻捷相比的是李瑛。他是当代少有的三十年基本没有中断创作的一位诗人。单是这一事实,我们就可以为李瑛庆贺;也单是这一事实,我们可以看到,诗和新中国一起歌唱是相当艰辛的。"从战士的脚步获得了节拍,从炮火的红光获得了色泽。"(《读萨阿达拉的诗》)李瑛诗中的抒情主人公的形象是一位战士,他以一个保卫祖国的士兵的眼光看生

[①] 何其芳:《诗歌欣赏》。

活,他的诗中处处闪现祖国保卫者的忠诚和自豪。但是战士的身份并没有限制他的想象,他的意境是开阔的;战士的身份也没有限制读者的欣赏,相反,独特的身份、独特的反映角度,使他的抒情更为个性化,也赢得了更为良好的欣赏效果。李瑛的想象能够有力地揭示抒情对象隐秘的特征,他的精微的想象力,能够赋予事物新的生命。井冈山的五大哨口,在李瑛看来,是"五堆篝火"在中国暗夜里燃烧;《从草地望雪山》,他看到的是"草地是辽阔的大海,雪山是闪光的海岸,云朵掠过草尖挂在山腰,像泊岸的船落下篷帆。"李瑛的诗风是细腻的,他的语言很考究,很精致,他总是严谨而绝不浮躁地使用他的笔墨:

一朵云,
拧下一阵雨,
匆匆地掠过车篷。

(《雨中》)

在敦煌,
风沙很早就醒了,
像群蛇贴紧地面,
一边滑动,一边嘶叫。

(《敦煌的早晨》)

戈壁滩上有一朵云,化成了雨。不是洒,不是落,更不是飘,而是拧。"拧"使我们想起,这雨下得艰难,那朵云仿佛是一块布,要使劲拧,才能绞出水来。一个字的选择,可以想见李瑛的细腻。后一例,不说敦煌一早起风沙,而说风沙早醒;没有一般地说风沙"滚滚",声势"蔽天",而是如群蛇紧贴地面,滑动着,嘶叫着。李瑛的诗风细腻,但不纤弱;李瑛的语言精巧,但不轻柔。他的精美和刚健结合得好,有时甚至表现得坚韧。他的许多国际题材的诗,既是华美的，又是刚劲的，往往显示出刚柔结合的特点。

李瑛的优点在于细腻精致，弱点也在此。他的诗可以说是精美的艺术品，但很难说是宏伟的艺术品，尽管我们不能要求所有的诗人都创造"宏伟"的诗篇。他善于用细腻的耳朵和眼睛审视大自然，而且能够有声有色地、精到地表达出它们潜在的美感。但他在再现社会生活的实际方面就明显地显出力量不足。这些弱点，当然给李瑛的诗的影响带来局限。

李瑛的不足，却成了邵燕祥的长处。新中国成立前夕，邵燕祥唱着"我们向着黑暗的远方，如一串熊熊野火向前烧"南下。后来，他到了北京城，就歌唱北京城，从这座京城的昨天唱到今天。他让自己的歌声洋溢着民间说唱的旋律，又使之不觉陈旧而富有新时代的青春气息：

> 黄河水破金堤一眼天下黄，
> 云随龙，风随虎，人随闯王，
> 万马千里满地杀声起，
> 一条路奔北京长也不长！

邵燕祥这时十分年轻，歌声却显得成熟。而后，他不无留恋地告别他所爱的天安门，也告别"心爱的同志"，"到远方去"。祖国的远方正在热火朝天地建设。在那里，年轻的诗人亲历了"第一汽车厂工地的第二个雨季"，也曾和工人们一起高喊"我们架设了这条超高压送电线"，在宽阔的长江心，他听见"我们的钻探船轰隆轰隆响"。为祖国的工业建设心迷眼花的诗人，敏感地听到了一个声音，他也向我们的人民传达了这一个声音："中国的道路呼唤着汽车！"这声音，在当时便是鼓舞人民夺取光明的强音，正如二十五年后，他听到了一个声音，并向人民传达了这一个声音，"中国的汽车呼唤着高速公路"同样是当今时代的强音一样。这是一位始终走在生活前面的诗人。

我们无须仔细地读诗，只要看看邵燕祥的那些诗题，就会感受到他的诗喷射出来的烈焰。在新中国成立初期工业建设刚刚兴起的时候，像他这样专心致志地表现工业建设的诗人是不多的。当然有一些工厂里的作者也写工业，但比之邵燕祥，明显地缺少了那种锐利的观察，以及能够传达出大工业震撼心灵的声音的魄力。那些作者，不善于在一定高度上胸襟开阔地写大场面，不善于超越那些具体的场景而使之与整个祖国的形象结合起来。邵燕祥有这种较为超脱的概括能力，而且能够赋予众人以为枯燥的题材以具有个性的激情的能力。在他的笔下，我们的建设不是静止的，孤立的，而是不断变化着，互相联系地前进着。

他再现了中国大地上这种建设的壮丽行程的壮丽场景。

三门山上的村落，
青烟飘出山峡。
烧棉柴煮腊八饭，
远近有多少人家？

春节上哪儿去过？
到敦煌安个新家；
祁连山上白雪，
四千里路风沙。

这是他的《走敦煌》。这首诗就写了"三门村告别三门峡"的现实的变革。邵燕祥诗作的路子很开阔，他无疑是一位有才能的、积蓄着无限心力的诗人。

我们的诗歌从20世纪50年代开始，大约十年，或者再多一点时间，其成绩是辉煌的。我们在这里不可能开列长长的名单，历数所有的诗和诗人。我们只能这么提要式地列举。但这种群星灿烂的局面，可以说除了"五四"最初那十年以外，在中国现代诗史中，是不曾出现过的。这种局面，无疑是值得珍惜的，并且应当使之发扬光大。

多种风格的百花齐放的局面并没有继续下去。一场又一场的政治运动，一次又一次的阶级斗争，把诗歌逼向极端的道路。尽管宣传上并不敢对"百花齐放"方针做露骨的否定，但实际上是在砍杀这一方针。整个气氛是压抑的，不赞成的，这使那些擅长以自己的声音歌唱的诗人感受到压力。大家不约而同地都往一种共同的、公认为"革命"的风格上靠拢，都力图把自己的歌声变得更"刚强"些，更不"软绵绵"些，更"突出政治"些，更少"人情味"的嫌疑些，一句话，更不具有个人的特点些。这就是1957年后的诗的大体趋向。

1957年《诗刊》创刊后，那时的编者颇下了决心要贯彻"百花齐放"的方针。在一个时期内，他们曾有意识地组织了各种流派的诗人的作品。《诗刊》发表了汪静之、穆旦、杜运燮、陈梦家、萧三、邹荻帆、饶孟侃、严辰、柯仲平、楼适夷、林庚等的作品，发表了王统照、朱光潜、冰心等的诗论，发表了卞之琳、罗大纲、戈宝权等的译诗。他们的努力，给初生的《诗刊》建树了威信，并为各种风格流派的共同繁荣创造了良好的气氛。但是好景不长。举例说，《诗刊》创刊后的第二期发表了艾青的《望舒的诗》，陈梦家的《谈谈徐志摩的诗》，分别对"五四"以来的两个重要流派的代表诗人做了评价，这本来是件有意义的工作。后来，不仅是被评价的诗人遭到了厄运。以徐志摩为例，1957年第十一期《诗刊》刊出巴人的《也谈徐志摩的诗》，明显地不赞同陈梦家的意见，并且已经流露出某种粗暴的批评作风。重要的不是巴人的文章本身，而它是一种"收"的信号，也许更为重要的还是事情远远没有就此结束。到了1960年，不仅徐志摩、陈梦家，而且巴人本身，都遭到了更为粗暴的对待。也是同一刊物发表的批判文章，把巴人的批判看作是"一支冷箭"。

艾青和戴望舒也不交好运。艾青那篇文章遭到了凌厉的批判，牵连到了戴望舒，批判文章对望舒的诗做了根本的否定。艾青自己的诗的遭遇也很典型。半年之前，某刊某人对艾青近作大加赞赏；半年之后，同刊同人对艾青近作大加挞伐。这位评论家的处境以及是否系他由衷之言，我们不得而知，但应看到，这绝不是一个人的个别现象。

1957年，出现了另一个诗歌刊物，它是《星星》。《星星》的编者抱着与《诗刊》编者共同的良好愿望。他们写了一个《稿约》。《稿约》满怀喜悦地宣告：

我们的名字是"星星"。天上的星星，绝没有两颗完全相同的。人们喜爱启明星、北斗星、牛郎织女星，可是，也喜爱银河的小星，天边的孤星。我们希望发射着各种不同光彩的星星都聚到这里来，交映着灿烂的光彩。所以，我们对于诗歌来稿，没有任何呆板的尺寸。……我们只有一个原则的要求：诗歌，为了人民！

应该说，这主张是对的。但1957年的形势实在变得惊人。上述那篇稿约，在第二期《星星》上就不见了。1957年10月号《星星》，刊出新的稿约，完全修改了创办《星星》的初衷。不久，"星星"本身也从天边消失了。

妨碍诗的百花齐放的重要原因，在于没有良好的政治气氛。诗的艺术，只能在严峻的政治斗争的夹缝中弯曲地生长。1957年以后，一批批诗人都因为政治斗争的原因被迫停止了歌唱，没有停止的，有各种情况。个别作者，为了趋时附势，甚至违背了人民的立场。《骑马挂枪走天下》的作者就是这样，他甚至糟蹋自己的作品，把《骑马挂枪走天下》也改了模样，最后甚至造出《西沙之战》那样的艺术畸形儿。这当然是悲剧。

作为一个民族的诗歌，要求与本民族的诗歌传统保持密切的联系,这是对的。所谓基础,在这里只能理解为承认传统的意思。其实,石方禹的《和平的最强音》是"洋诗",非常欧化,却是好诗;未央的《枪给我吧》是纯粹的自由体,非常散文化,但也是好诗;郭小川的《致青年公民》是"楼梯诗",所谓的"舶来品",也是好诗。在一种诗的窄狭的观念的支持下,像冯至的《十四行集》、卞之琳的《十年诗草》一类既不是古典式的,也不是民歌风的诗体,1949年后基本绝迹了。

当然,在中国古典诗歌和民歌的基础上,努力继承和发扬本民族诗歌的传统,从而为丰富发展新诗服务,在此基础上(应当包括新诗六十年来的实践成果和外国诗歌的借鉴),建立一套便于记忆便于吟诵的新体诗歌,是符合人民的愿望的。这恐怕是长期的任务。但是一旦实现了,其余的一切诗体,也不能人为地禁止、消灭,它们必然还是长期共存、相互竞争的。新的道路应当十分宽广,应当中外古今兼收并蓄,只承认某种基础,而排斥或忽视某种诗体,只会把诗的路子摆得很窄。诗的体式上的片面性理论,也妨碍着百花齐放的贯彻。

整个20世纪50年代,包括20世纪60年代的前半期,诗有时是大步地前进,有时则受到冲击和阻碍,但毕竟是在扭曲着前进的。从1966年到1975年这整整十年间,诗歌在一场全国性的动乱中遭到了覆灭:几乎所有的有名望的诗人都被剥夺了歌唱的权利;几乎所有的诗集都遭到禁毁;全国唯一的诗刊在此之前已被迫停刊。百花齐放成了幻影,人们看到的只是凋零的花儿。

但是,我们毕竟是一个有着诗和文学战斗传统的国度。我们人民的诗人,在这一切充满矛盾的痛苦经历中,不仅挣扎地生存了下来,而且并不放弃自己为人民歌唱的权利。他们的精神可以受到摧残,肉体可以受到磨难,但是一颗坚强的诗心是不会屈服的。长夜过去了,诗人们终于迎来了曙光,迎来了新的奋起和觉醒的时代。在新时代的门槛,在20世纪和21世纪交替的历史的峰巅,回顾那逝去的重重黑暗，那不是梦魇的严酷现实。

诗和人民在思索中

应当说，诗人永远应当是思想家、思索者。他们应当干预生活。美好的现实，他们歌颂；丑恶的现实，他们抨击；生活中重大的问题，诗人要发言。闭着眼睛唱颂歌的诗人，只是盲目的歌者。说诗人是战士，是说他在生活中像一个士兵，是不懈地斗争的勇士。优秀的诗人，必须是优秀的战士，只不过，士兵手中的武器是刀枪，而诗人手中的武器是缪斯的七弦琴。

随着中华人民共和国的成立，我们出现了两个当代优秀的抒情诗人：贺敬之和郭小川。他们都是对共和国诗歌的繁荣发展做出了贡献的人。他们的创作实践，给新时代的政治抒情诗从内容到形式勾出了一个相对稳定的轮廓。新中国成立以来抒情诗的盛行，是与贺敬之、郭小川的辛勤劳作不可分的。在我们的记忆中，像《放声歌唱》和《向困难进军》这样的诗，以前还不曾有过。他们的激情而充满朝气的诗句，开创了一代诗风，成为最有代表性的时代风格的诗。

贺敬之曾经这样"放声歌唱"：

啊，多么好！
我们的生活，
我们的祖国……

郭小川也曾经满怀喜悦地欢呼：

黑暗久远地消亡了，
随太阳一起

滚滚而来的

是胜利和欢乐的高潮。

这都是真诚的声音。但诗人毕竟不是先知。他们的确难以预言：我们的生活也可能变得不好，黑暗也有可能重新降临在我们的头顶。当然，从历史的辩证法看，从真理必定会战胜邪恶看，这两位诗人讲的，也还是真理。生活也这样证明了这些诗句的力量。

郭小川是以思想敏锐、善于思索、富有号召力与鼓动性的战士——诗人的身份，而在当代诗歌史上出现的。他的最初引起强烈反响的诗篇，是那些以马雅可夫斯基式的诗句如排炮一般震动人们思想的《致青年公民》。郭小川原先写过诗，但1943年以后，搁笔达十年之久。1949年后重新为诗，是由于强烈的创作冲动。"那时候，社会主义革命和社会主义建设的伟大号召已经响彻云霄，我情不自禁地以一个宣传鼓动员的姿态，写下一行行政治性的句子，简直就像抗日战争时期在乡村的土墙上写动员标语一样。"[1] 郭小川把这时写的诗叫作"一行行政治性的句子"，其实并不是，而是形象丰满生动的、充满政治激情的抒情诗。新生活开始了，前进路上并不都是鸟语花香，他号召青年公民"投入火热的斗争""向困难进军"。郭小川送给青年人的，并不是一般意义的诗，而是富有营养的精神食粮。这些诗，经过二十多年，今天仍不失光彩。但是郭小川自己没有满意，他甚至为此不安到"写不下去""非得探索新的出路不可"。这是一个在成绩面前总是抱着怀疑的人，是一个永不满足、永远探索着前进的诗人。

在郭小川的心目中，诗歌创作是非常严肃的事业。他时刻想着他的读者，他揣摩他们的口味，他经常为此不安。因此，他总是不断地从内容到形式实行自己的诗的"变法"。他写过《致青年公民》

---

[1] 郭小川：《月下集》《权当序言》。

式的参差排列的长句，做奔放的讲演式的现场鼓动。这形式出现后，读者反响热烈，但他决心改变。于是立即又创造出《春暖花开》式的短句，做音韵铿锵的节奏轻松的抒情。这种形式由郭小川吸取了我国元明散曲的某些特点创造而成，他以此写出了《林区三唱》《将军三部曲》等名篇。20世纪60年代初期，郭小川在《甘蔗林——青纱帐》那一组南行的诗中，又对形式做了新的突破。他在新诗体式中吸取抒情赋体诗的特点，对抒写的对象做纵横恣肆的排比咏叹，这在他的《厦门风姿》等一系列诗作中获得了成功。这是一位才华横溢的充满创造性的诗人，在三十年的诗歌创作史中，几乎没有一个可与他相比。

贺敬之是另外一种类型的诗人。尽管他已经十分娴熟于诗的艺术，但他总是以异常严谨慎重的态度从事创作。他和郭小川一样，在创作上是严肃的。但他们的表现形式截然不同。郭小川迈着巨大的步子，大喊大叫地前进，因为大喊大叫，有时难免发出个别不和谐的音符来。贺敬之不然，他总是迈着稳重的步子，扎扎实实地前进。贺敬之很少收笔。这是一个拿起笔来便有烈火惊雷的诗人，却也是一个轻易不拿起笔来的诗人。当别人在那里放怀歌唱的时候，贺敬之在冷静地审视着、思索着。他不轻易歌唱，但总在酝酿着情感的电火雷鸣。他的目光始终没有离开过生活中的重大事件，一旦时机成熟，他便笔墨酣畅地放声歌唱。三十年来，他一共只写了不那么厚的一册《放歌集》，从1956年的《放声歌唱》到1963年的《雷锋之歌》，从1976年的《中国的十月》到1977年的《八一之歌》，贺敬之每写一首诗，大致上总是代表他的实际水平的一首诗，而且往往也总是经得起时间考验的一首诗。贺敬之相当稳定地保持了他的创作水平线，而这是郭小川所难以做到的。我们可以向贺敬之提出更多写作的要求，却无法对他严肃的艺术操守加以责难。郭小川不同，他是一位不断地跳着喊着迈着大步的诗人，他带着他的弱点歌唱，《望星空》也许是带着感伤情绪的，却是真挚的。

不论郭小川，还是贺敬之，他们给予诗歌创作的最大的贡献，在于他们作为真诚的诗人，总是与作为干预生活的勇敢士兵的身份同时出现的。在他们的诗中从来没有消失的抒情主人公，便是人民幸福保卫者的士兵的形象。郭小川在静谧舒适的"山中"焦躁不安地疾呼"我要下去"的原因，是这种生活与他的战士的身份太不协调，他始终不能忘却"我曾经而且今天还是一个战士"（《山中》）。他在甘蔗林中缅怀青纱帐，他在充满香甜的今日，心中眼底总有着昨日的严峻。昨天——今天——明天，这可以说是郭小川诗歌的基本主题。贺敬之也如此。他歌唱繁花似锦的祖国的今天，但总反复阐述今天的幸福正是昨日的苦斗换来的。正是因此，他的诗句总是把新与旧、今天与昨天对比地组织在一起："今天的麦场上，正飘扬着秋收起义的红旗""今天的工地上，正闪烁着延安窑洞的灯光"，如此等等。

在抗日战争如火如荼的年代，闻一多说过："这是一个需要鼓手的时代，让我们期待着更多的'时代的鼓手'的出现。至于琴师，乃是第二步的需要，而且目前我们有的是绝妙的琴师。"[①] 闻一多这话是不朽的。现在我们的鼓手仍然太少，而精美的琴师却很多；尽管琴师多并不是坏事，但并不是第一位的需要。在和平建设的时代（我们的世界仍然断不了战争），我们仍然需要像抗战时的田间那样的鼓手。郭小川和贺敬之可以称作我们时代的鼓手。他们之所以是鼓手，乃是以诗的语言代表并启示了人民对于生活的思索。他们始终不懈地以睿智的思想在为人民呐喊，为人民鼓劲。他们告诉人民应该怎样前进，怎样迎向斗争。在胜利到来的时候，提醒人们要更加勇猛地向困难进军；在国际上反动思潮泛滥的时候，贺敬之歌唱在和平建设年代一个普通战士坚贞的气节——雷锋精神。郭小川和贺敬之的鼓点，充满了我们时代激昂进取的精神，年轻一代和

---

① 闻一多：《时代的鼓手》，《闻一多全集》第二卷，第201页。

我们的全体人民无疑将从中吸取极大的鼓舞力量。他们献给时代以真诚的歌颂，但当他们发现时代的卑污（尽管也许不是主要的），他们的歌声会变得凌厉而无情。郭小川唱出的《秋歌二首》，贺敬之在胜利时节唱出的《八一之歌》里，都有这样愤怒的雷霆。

上述两位诗人的创作，对当代诗歌的影响相当深刻。年轻作者竞相仿效，特别是《放声歌唱》《致青年公民》出现之后，政治抒情诗风靡一时。但多数模仿者，没有从他们的巨大思想概括力和深刻沉厚的生活内容上着力，只求形式上故作"豪言壮语"，出现了大量华而不实的、大而空的"标语口号诗"。这类诗歌的特征：其一，内容上虚伪。不说真话，没有真情；言不由衷地歌功颂德，根本缺乏深刻切实的思想；它们无法启示人民以斗争的勇气和真理。其二，形式上虚伪。它们热衷于以激昂慷慨的言辞做言过其实的渲染。其实，无论是郭还是贺，他们的诗内容深厚、气魄宏大，概括力强，极不易学；学其皮相，失其精英，天上地下，失以万里。

三十年诗歌的症结不是在形式。尽管我们可寻求更多更好的形式，但根本弱点是诗歌没有思想。标语口号化的结果，是诗人失去了他的独立的见解，以及表达这一独立见解的自由。在歌颂与暴露上，也存在着形而上学的观点。对繁荣昌盛、政治开明的时代，我们当然要歌颂；对英勇智慧的人民和光荣的党，我们当然要歌颂。但即使在光明的时代里，我们也有缺点和错误，难道对缺点和错误也唱颂歌？何况，有时我们的时代也并不光明。如果这样，我们的诗就失去了人民的信任。当时代变得黑暗和卑鄙时，再为它唱颂歌，那就不是人民的诗人。他应当暴露这黑暗，这卑鄙。黑暗中的光明也许暂时是微弱的，他也应当歌颂这光明，即使他要付出沉重的代价。

人民的沉默是可怕的。人民对现存的诗歌失去了希望，决心以自己的怒吼来冲破当时死亡一般的沉寂，这就是天安门诗歌运动。这一运动的意义远远不是仅属于诗歌的。它是人民奋起反对窃国篡党的阴谋分子和悼念伟大的政治家的政治示威，诗和花圈仅仅是他们手中的武器。但是，人民的诗歌能够在一场划时代的伟大斗争中起到如此重大的作用，这是中国六十年新文学史所仅见，也是中外文学史所仅见的。

天安门诗歌运动给我们的启示非常丰富，有一点是突出的，这就是诗必须传达出人民的心声，必须代表人民的思考。它的思想性，仅仅在于要能表达人民的思想。《天安门诗抄》无畏的战斗精神启示了我们的诗歌：那种对国家兴亡、人民疾苦漠不关心的"豪言壮语"不值分文！天安门诗歌运动，打破了十年的沉寂，填补了十年的空虚。在它带动之下，自1976年10月6日开始，我们的诗歌可以说是经历了一个起死回生的过程。那个金色的10月，开始是欢庆胜利的鼓点；而后，在狂欢逐渐平息的时候，人民开始回想那噩梦一般的日子，出现了许多缅怀革命先辈、歌唱革命传统的诗作；随着人们对历史和现实的认识的加深，诗人们开始诅咒那已逝的黑暗，控诉那黑暗造成的灾难，而且，诗人们在探究造成这一历史性悲剧的原因，他们决心不让这样的历史倒退重演，于是，呼唤社会主义民主和法制的声音，就成为当前诗歌的强音。

三十年，诗歌经历了重大的历史变革。这就是，新中国成立使得我们能够以更大规模、更有力的形式把诗纳入为最广大的人民群众服务、为现实斗争服务的轨道。我们的诗歌，找到了产生它的真正的土壤，这便是人民的生活。我们的诗，在常青的生活之树上结出了现实的果。在光明到来之前，诗人诅咒黑暗；后来，追求结束了，投下了巨大的光明，诗人们真诚地唱起了新生活的颂歌。但是，只有颂歌，看不到光明生活的阴暗面，而没有斗争的歌，这诗歌便是跛脚的。新中国成立以来，诗变得不那么缥缈了，变得可以捉摸了，这是进步。但是，一味的歌颂，把诗变成了空中的音乐，离开生活就太远了。经历了1966—1976的十年，诗又从云端落了下来。诗在现实的痛苦血泊中沉思。

首先出来表达人民这一深沉思索的，是一批愤怒的诗人。他们有的已经沉默了二十年。二十年被剥夺歌唱的权利，这对于一个歌手来说是何等严酷。但诗人们的愤怒不属于他们自己，而是属于人民——为人民而愤怒！这有点像"五四"时代的郭沫若，那时，国仇、民仇、个人的悲哀集于一身，而化作火山爆发式的诗情、怒吼的时代的狂飙。我们现在已经预感到火山即将喷发，狂飙即将卷起。

1976年由悲哀、愤怒、接连不断的斗争，最后是胜利的狂欢编织而成。诗歌适时地歌唱了这一切，《天安门诗抄》是它的值得自豪的代表。从1977年起到今天，在我们当代优秀诗人的主题中，仍然只有两个字：爱和恨。他们爱那1976年骤然而至的金色的秋天，歌唱这秋天的"如期归来"，歌唱那驱逐了黑暗的"光的赞歌"，歌唱"又有了诗歌"的中国，诗人和人民都获得了1949年以来的第二次解放。他们又像三十年前歌唱新中国的诞生那样，歌唱新中国的再生。诗人们又一次为自己新生的父母之邦唱起赞歌。不过，这激情的赞歌却不显得那么单纯了，它融进了新的成分，它包罗着愤怒和仇恨。这时期的诗歌，爱与恨、悲与喜、恩与仇、歌与哭总是难解难分地搅拌着。邵燕祥的《中国又有了诗歌》无疑是一首歌颂今日光明之歌。但他的歌颂中分明有着巨大的愤怒，他质问："无声的中国早变成有声的中国，为什么思想和诗歌又遭到禁锢？"他呼喊："还我笔，还我歌喉，我要唱人民的爱憎，革命的恩仇！"他的欢乐歌中分明有着不可抹去的哀痛：

多好啊，今天，如果孙维世和郭小川
也带着爽朗的笑声，重来到队伍中间！

邵燕祥热情不减当年，他没有忘记把二十年前的歌声继续下去，1979年他唱出《中国的汽车呼唤着高速公路》，这是顺应时代要求的呼喊，但他的声音已经不像二十多年前那样的单纯和欢欣，他强忍着要爆炸的愤怒，理智地唱道：

> 空话不能起动汽车！
> 豪言壮语也不能铺路。
> 但我们难道还不能铺一条
> 高速公路——
> 有这么多的痛苦，
> 有这么多的愤怒，
> 甚至有这么多的血肉
> 化为我们特有的混凝土！

　　白桦的《我歌唱如期归来的秋天》也是颂歌，但他的歌词包含着严正的谴责，"绝大多数中国人终于又有了舒畅的笑容，会议上又能听到出自内心的发言"，这里，在谴责那没有笑容和充满言不由衷的发言的时日；"埋头苦干的人已经不再是罪人，开始得到应有的感戴和称赞"，这里，在谴责那历史的颠倒和荒唐。同样，公刘的《献给宪法第十四条的恋歌》，也不是温柔而甜蜜的恋人曲，它也全然无法消隐人民的愤怒。至于白桦的《阳光，谁也不能垄断》，与其说是一曲太阳赞，不如说是对于妄图垄断太阳的营私者的激烈抨击。艾青的例子更为显著，《在浪尖上》是一首英雄歌，这是艾青重新歌唱以来比较宏大的一首诗作。他把它献给了天安门广场上的一代在浪尖上勇敢飞翔的青年，但在这一曲庄严的英雄歌里，当代爱与恨糅合在一起的主题重现了。"这是什么战争？"诗人以极大的义愤向人民披露："好像不是战争，却都动用了刀枪；说的是，'触及灵魂'，却造成了千万人的伤亡！"诗人在启发我们思索，而且在直言不讳地要人们思想：它从哪里来？什么样的土壤和菌种培植了这些祸国殃民的"妖孽"？中国的诗歌爱好者和人民将会发现，举过"火把"高歌"向太阳"的诗人回来了，他带来的不再是欧罗巴带回的那支芦笛，而是一支进军号。

1978年以来的诗歌，那种千篇一律的应景之作虽然还是大量的，但是已被唾弃并在消失中。它的主调是我们所介绍的：庄严雄壮的旋律中洋溢着众多的欢快，却交织着悲愤。这是20世纪与21世纪交替的宏伟时代的英雄交响诗的主调。应当说，这是新时代的"光明赞歌"。中国人民不会忘记划破漫漫长夜的光，中国诗人也不会忘记给他们以新的生命和新的灵感的光。诗人们在经过黑暗之后重新发现了这奇妙的"没有重量而色如黄金"的物质，他们歌颂这物质，并且把自己也融汇这燃烧的运动之中——

我的骨骼就储存着磷——
大约能蘸八千根火柴棍，
唉，果真能够八千次爆发希望的火花，
我倒甘愿在光明中化为灰烬。

（公刘《为灵魂辩护》）

三十年诗歌历史的最后一页便是这样写的。要是它有力量，力量就在于它代表了人民的思索。在黑暗笼罩的岁月里，人民被剥夺了一切权利，而"思索是唯一没有被剥夺的特权"（白桦《春潮在望》）。但在多数诗中看不到这种思索。我们不能把那些鹦鹉学舌当作独立的思想，也不要把流行口号等同于思维的能力。在当前，我们诗中的思想不是太多，而是太贫乏，废话充斥着我们那些质量低劣的诗篇。代表人民思想的语言，哪怕只有一句，也会不朽。空洞的华词丽句只是稻草人。

现在，我们走过了三十年的不算太短的路。回顾来路，是弯曲的，坎坷的。生活扭曲着前进，诗歌也扭曲着前进。有时也是倒退，但主要是前进。我们庆贺新诗三十年来的成就，我们也惋惜三十年道路的多艰。可喜的是，我们从来没有失去我们的希望，我们望见了汹涌而来的春潮：

> 我是那样真切地感到了你的临近，
> 我的血液和祖国的江河一起在转暖；
> 冻木了的嘴唇已经可以跟着你唱了。
> 凝固的眉头已经开始舒展。

（白桦《春潮在望》）

1979 年 3 月 29 日初稿
1979 年 5 月 4 日二稿

三、历史的沉思
——新中国成立三十年诗歌创作的回顾之二

跨入新时代的门槛

跨入这道门槛的时候，中国新诗已走了许多路。1949 年全国第一次文代会的召开，被形容为两支队伍的大会师，新诗也是如此。两支队伍从不同的方向，在解放战争大胜利的感召下来到了新中国的，也是新诗的新时代门槛前。这个跨入是历史性的。在中国，几乎每个朝代的兴起，总伴随着一个新的诗歌时代的兴起，中华人民共和国的孕育诞生，同样做了这样的宣告。

因此，我们不能不怀着庄严感，来描述这伟大跨入之前的准备。

如火如荼的斗争，人民以烈火、硝烟和血泪为这个伟大的诗歌时代举行了奠基礼。诗歌新时代的发端不会是默默无闻的，它一定会展现它的鲜明的标志。在隆隆的炮声中，时代奇迹般地把两部诗集送到了我们手中，它们是李季的《王贵与李香香》和袁水拍的《马凡陀山歌》。一部诗写在解放区明朗的蓝天下，在那里，高亢悠扬的信天游掠过延河的水面，窑洞昏暗的灯光记载了这部由艰苦的战斗和真挚爱情谱写的争取光明的史诗。世代爬滚在干涸的土地上受尽屈辱的人，第一次抖掉历史的尘垢，经过殊死的搏斗，终于不再以奴隶的身份，而是以主人的身份站在温暖的阳光下。这是史诗的时代，它当然诞生了时代的史诗。以人民翻身解放的历史背景的叙事性长诗大批涌现，证实了闻一多的期望和预言，闻一多要求新时代要把诗做得"不像诗，而像小说戏剧，至少让它多像点小说戏剧，少像点诗"（《文学的历史动向》）。抒情性的"纯诗"因素的减弱，叙事性的"非诗"因素的加强，造就了解放战争年代长篇叙事诗的发展。这正是诗歌感应了生活丰富而壮丽的内容，响应了时代高亢而激扬的节拍的产物——《王贵与李香香》等叙事诗出现的重大意义就在这里。

另一部诗写在中国最大的城市上海。那里展示了与黄土高原迥然不同的气氛。高楼连着高楼，宛如连绵不断的山峦；黄浦江上，汽笛似在呜咽，而外白渡桥整日在隆隆声中震颤；入夜，霞飞路一带灯红酒绿，这是上海——病态的、畸形的城市。在那儿集中了旧中国最肮脏最丑恶的现实，纸醉金迷掩盖不住四野饥寒的呼号。《马凡陀山歌》代表了人民的意愿，以讽刺的笔调，用歌谣的形式，向着黑暗的中国唱着诅咒和抗议的歌。要是说《王贵与李香香》的明朗、高亢、豪爽是西北高原的风貌色彩，《马凡陀山歌》则是以微笑唱着痛苦的、颠倒的和古怪的歌。它以"拎起狗来打砖头，反被砖头咬一口"（《人咬狗》）这样的变态的形象向腐朽的、将要沉没的统治发出了挑战的鸣镝。也许仍然是事实回答了闻一多的呼唤，新诗给在国民党反动统治心脏地区的人民，敲响了战斗的鼓点。

这样，当分别战斗在解放区和国民党统治区的两路诗歌大军会聚在北京丰台车站,向着这座古城进发的时候,我们可以说,它们带来的是在斗争年月中形成、随后在新中国成为主流的诗歌为现实生活服务(在很长时间被叫作为政治服务)的传统。来自解放区的是一道以歌颂光明为主的水流,来自国民党统治区的是一道以暴露黑暗为主的水流。两道水流汇合在一起,确定了新时代的诗的基本概念,或叫人民性,或叫战斗性,或叫现实主义,总之,它强调了诗歌对于时代、人民,以及人民为改变世界所进行的斗争的密不可分的"服务""反映"的关系。

当我们跨入新时代的门槛的时候,不能不扼要地论明这个跨入的准备,新中国诗歌的一切,它的成就与不足,它的经验与教训,几乎都不能脱离开这一历史性时期的诗歌的现实。

中国新诗的新时代,发端于人民革命取得全国胜利的1949年。这一年的春天来得格外早,也显得格外暖和。淮海战场上的积雪早已消融。浸染过烈士鲜血的土地上萌发了早春的幼芽。这时节,人民解放军所有炮口都指向了江南,长江的巨浪在不安地拍打着石壁和沙滩。4月21日,毛泽东和朱德同志向人民解放军发出向全国进军的命令:"奋勇前进,坚决、彻底、干净、全部地歼灭中国境内一切敢于抵抗的国民党反动派,解放全国人民……"当日,人民解放军在西起九江东至江阴长达五百余里的江防上强渡长江。23日,六朝金粉的石头城被攻克,红旗插上了国民党反动统治的中心南京城头,随后开始了向国民党统治区的全面进攻。那真是一个让人热血沸腾的轰轰烈烈的年代,人民解放军的脚步所到之处,都响起了隆隆的腰鼓声。炮车在前进,头上插着伪装的步兵在前进。到了秋天,中国人民迎接了数千年历史上从来未有过的巨大丰收——中国的大多地区都插上了红旗。1949年9月21日,中国人民政治协商会议第一届全体会议在北京开幕,毛泽东同志在会上郑重宣告:"占人类总数四分之一的中国人从此站立起来了。""我们的民族将从此列入爱好和平自由的世界各民族的大家庭,以勇敢而勤劳的姿态工作着，创造自己的文明和幸福，同时也促进世界的和平和自由。我们的民族将再也不是一个被人侮辱的民族了，我们已经站起来了。"（《中国人民站起来了》）

产生在这个时期的诗歌，不能不被这历史性的重大转折决定性地影响着。整个20世纪50年代，毛泽东同志这一宣告，始终激动着中国的诗人们。苦难年代里，人们失去了闲适与欢愉：或者是投身于伟大的事业，想的是为人民而献身，自觉自愿地失去了它；或者是反动派的压迫，求生的艰难，被迫地、强制性地失去了它。严峻的生活，呼唤着严峻的诗篇，轻松的情调似乎是一种亵渎，甚至是犯罪，至少有着极端不合时宜的尴尬。号角的呼啸掩盖了琴弦的颤动，粗犷豪放与精致柔婉是尖锐对立的。《王九诉苦》式的愤愤哭诉，《发热的只有枪筒子》式的无情揭露，乃至用欢快而不免粗放的唢呐吹奏的《翻身道情》，与这个新生的时代才有充分的和谐。但若有人唱起早期戴望舒式的温柔缱绻的歌，则肯定是一种失去了和谐的声音。那时候我们听不到对于个人命运的吟哦和叹惋，也很少听到关于爱情、友谊乃至山川景物的讴歌，我们并不感到缺少了什么。迄今为止，我们总以为诗的秩序是正常的，诗的钟摆在合乎规律地摆动着。这时节，即使是唱过像《夜歌》那样柔和调子的何其芳，也彻底地改变着自己的诗风：

而且我的脑子是一个开着的窗子，
而且我的思想，我的众多的云，
向我纷乱地飘来。

而且五月，
白天有太好太好的太阳，
晚上有太好太好的月亮……

063

如果何其芳此时重读他自己这样的诗句，也会认为是不可思议的。包括何其芳在内的几乎所有迎接了新中国诞生的诗人，心中都充溢着那种代表着新时代降临的隆隆雷声，而情不自禁地唱起豪迈的歌声：

中华人民共和国，
在隆隆的雷声里诞生。
是如此巨大的国家的诞生，
是经过了如此长期的苦痛
而又如此欢乐的诞生，
就不能不像暴风雨一样打击着敌人，
像雷一样发出震动着世界的声音……

（《我们最伟大的节日》）

在这个伟大转折的历史性十字街头，诗人们都面临着重新确定前进的诗的观念的抉择。他们有着沉重的自我批判的觉醒——要是可以称为觉醒的话。何其芳把自己的诗集取名为《夜歌和白天的歌》，就蕴含着"一个旧我与一个新我在矛盾着，争吵着，排挤着"。光明取代黑暗的时代，动摇了无数曾经习惯唱着小夜曲的诗人的观点；也是这个何其芳，他对自己简直有着难以容忍的愤怒："当时为什么要那样反复地说着那些感伤、脆弱、空想的话呵。有什么了不得的事情值得那样缠绵悱恻，一唱三叹呵。现在自己读来不但不大同情，而且有些感到厌烦与可羞了。"（《夜歌》初版后记）

1949年，当宣告中国人民已经站立起来的那个时候，尽管遥远的江南和祖国的边地，大炮还在幽暗的夜空中发出沉闷的轰鸣，但和平正在降临，人民正在告别苦难。仿佛长久的夜行，一双眼睛已经习惯了黑暗的环境，一旦东方吐曙，满眼金光，一切似都丢失，唯有光明占据了一切。支配着从新中国成立到20世纪50年代诗歌的，基本上是一支光明颂。"五四"时期的诗坛巨星郭沫若有幸目睹了新中国这颗太阳的升起，他的凤凰真正再生了。但是，当凤凰的再生不再是个神话而是现实的时候，他的诗的凤凰也折断了想象和抒情的翅膀。现实的光芒太强烈了，他的眼前、胸中全被这突然喷射出来的强光所占领，他唱的是一支现实的颂歌，像《新华颂》：

人民中国，屹立亚东，
光芒万丈，辐射寰空，
艰难缔造庆成功，
五星红旗遍地红。

生者众，物产丰，
工农长做主人翁。

这是郭沫若为迎接新中国诞生写作的第一首颂歌，从形式的凝重到描刻的堂皇都称得上严格意义的"颂"。郭沫若对这首诗的创作相当重视，新中国成立后的第一部诗集以此命名。从诗的整齐格局看，也许是他专为谱曲而作的歌词，也许未必是。这至少提醒我们注意，郭沫若作为新诗的奠基人，在这个新时代开始的时候即已表现出他的兴趣正在由新诗转向旧诗。更为重要的一个迹象是，在郭沫若的诗歌观念中，早期那种不强调诗歌社会功利，而十分强调"心中的诗意诗境的纯真表现"，认为真诗应当是"命泉中流出来的旋律，心琴上弹出来的乐曲，生的颤动，灵的喊叫"的倾向已经有了明确的改变。

这种改变不是仅仅发生在郭沫若身上，而是整个诗坛都意识到了这一点。不同的是，郭沫若是感应最灵敏的一位，他在共和国成立的前夕就有了这种醒觉。他的《新华颂》是写在1949年的9月20日，即全国政协第一届全会召开的前夕的。袁水拍为第一本诗选所作的序言,是1949年以来第一篇较为详尽地总结和论述1949年以来诗歌创作的文章,其中的诗的观念在当时是具有权威性的。这篇文章对诗的社会功用,是要求它宣传、反映生活中的重大现实,而且这种反映应当是及时而迅速的。他写道:"在诗歌中,农业的社会主义改造的大风暴也有了反映。郭小川、适夷的诗及时地来宣传这一伟大运动的历史意义。适夷用热情的诗句表现了国家领导人的指示传到农村去以后的情势。"他因而断言:"诗歌是能够,也应该迅速地反映现实中的重大事件,及时地发挥战斗作用的。"臧克家在1956年为《诗选》写序,继续发挥了袁水拍的观点,他赞扬诗人的诗写出了"工人高度的劳动热情和竞赛情景",当工人用铁轨铺成轨道的时候,诗人"用钢笔给它们做了诗的记录",他进一步号召:"我们一定要提高作品思想性,一定要去追求、抓住有时代意义、现实意义强大的主题!"

　　这种观念从总的趋势看,具有革命性的意义。历来诗歌被主要地用来抒写个人的性情,新诗发展过程中虽有中国诗歌会等团体和诗人为促进诗与现实重大内容的联系做了努力,但诗与大众的脱离仍是重大的缺陷。革命的胜利,党对文艺工作的统一的全面的领导,有可能改善这方面的不足。我们的问题不是这种强调本身,我们的问题在于因此而忽视了诗的基本性质和规律性:其一,诗可以,也应该反映现实,但这种反映的方式是抒情,而不是"及时地来宣传"或"用诗做记录",并且这种抒情在更多的情况下是通过诗人个人的感受,是充分个性化了的;其二,诗除了应该关注现实的、革命的变革以及重大的生活内容以外,它还有着广阔的领域——较之政治的重大主题的领域,也许那一个领域是更为广阔的——这里包括了关于人生、自然的感受,关于友谊、爱情、婚姻的吟唱,关于童话和幻想,关于科学和技术……我们可以承认,政治题材是重大的,但同时我们也要承认,对于诗歌,政治以外的其他题材,同样也可以是重大的。

新中国成立初期的诗歌，尽管没有谁做出确定的宣言，但现实的巨大变革吸引了所有诗人的注意，他们不能不思考诗与这一现实的理应有的密切关系。所有诗人的眼睛几乎是不约而同地都投向了这以中国人民前赴后继的奋斗和牺牲而换来的光明的现实，由衷地颂扬它，自觉地以诗句来表现它。后来，这种努力被归纳为诗歌为现实，也就是为政治服务的概念。

如同早期的《女神》，随后的《前茅》或《战声集》对各自时代都是一种概括性的典型一样，郭沫若在新中国成立后的创作活动，特别是在新中国成立初期的创作活动，同样是一种概括性的典型。新诗的奠基者，同时又是新诗风的倡导者。这种倡导者所产生的影响，当然有着可供新诗的分析评判的丰富性，论及优劣成败时它不会是单一的。我们不希望对前辈做出轻率的判断，我们也不怀疑他们当年充沛的然而也是单纯的热情。在当时，当新中国刚刚诞生的时候，郭沫若仍然是当之无愧的"第一诗人"，他率先写出了一系列配合中心任务或紧密地为政治服务的诗歌。新中国成立一周年，他写《突飞猛进一周年》，列举诸多事实说明初生的新中国的确是在"突飞猛进"："我们已经制止了长期的通货膨胀，我们已经统一了全国的经济钱粮，物价稳定使投机者无从兴风作浪。婚姻法、土地法、工会法，接连地颁布，把几千年的封建制度已和根铲除。"抗美援朝，他写了灯影剧《火烧纸老虎》，那里有"工农青妇开讨论会"的场面，讨论美帝国主义侵略朝鲜的意图，其中有这样的诗句："美国强盗的目的不单是侵占朝鲜，它是想更进一步侵占我们的南满北满，而且它同时还用武力干犯了越南，它的第七舰队更占据了我们的台湾。"他写《学文化》（1951年）："毛主席告诉咱：咱们工人阶级当了家。要把中国现代化，要把中国工业化，当家的主人翁，必须学文化。"他写《防治棉蚜歌》（1951年）："棉蚜的繁殖力量可惊人，人们听了会骇一跳。棉花生长的一个季节里，一头棉蚜要产子孙六亿兆（六万亿亿）。这是单性生殖的女儿国，一年间三十几代有多不会少。"我们今天读起来，觉得这不是诗，但是作者当年是这么写的，也许他以为，新时代到来了，诗应当走出象牙之塔，走向工人、农民、士兵，他们读懂了，诗也就有了生命力。诗摆脱了贵族化而走向平民化，诗写得不像诗而更像文化课本了，他们认为这就是诗的革命化。

从1949年的《新华颂》到1956年的《学科学》（在这首诗里，他仍然写着这样的诗句："大家齐努力，一起动手干！光辉的目标在眼前，加紧往前赶。"），郭沫若一直都在主动自觉地用诗来配合各项中心工作的宣传，收在《沫若文集》第二卷里的新中国成立以来大部分诗作的题目都说明郭沫若创作的这种趋向：《集体力量的结晶》《史无前例的大事》《庆亚太和会》《记世界人民和平大会》《十月革命与中国》《看了〈抗美援朝〉第二部》《先进生产者颂》《访"毛泽东号"机车》《纪念孙中山》。新生活开始了，人们仿佛重新开始了生活，他们变得单纯而天真了。郭沫若写《女神》时很年轻，但是我们感到了他的成熟；郭沫若写《学文化》一类诗时，他已是久经斗争考验的战士，但我们不感到他的成熟，他的诗充满了稚气。不仅是郭沫若，老一辈的诗人似乎都在否定和批判自己——没有明确要求他们这样做，他们自己这么明确地做了——他们为自己过去脱离工农兵的"小资产阶级情调"而忏悔，他们恨不得重新开始学诗，学写那些工农兵都读得懂的诗。如今我们回顾这段历史，当我们读到郭沫若的"毛主席告诉咱：咱们工人阶级当了家"时，我们不要发笑，我们可以体会到，当年这位大诗人是怀着重新做起的虔诚心情来写这样的诗的。了解了这一点，我们当然也不会对艾青的《藏枪记》（这样的题目对于艾青本来就显得别扭）中居然写出"杨家有个杨大妈，她的年纪五十八"的诗句感到意外了。

回顾历史，我们便会清晰地看到，在三十余年的发展道路上，"配合任务"的诗风实际上从新中国成立初期就开始了。那时人们对此引以为荣，丝毫没有觉察它将破坏诗歌艺术的发展。直到20世纪60年代,有一位诗人在发言中还在理直气壮地发出呼吁:我们"非常想为配合政治任务而创作,可是我们在下面公社里,在偏僻的山区、海岛上,看到《人民日报》时,已经过了两三天、四五天,常常觉得来不及配合了"(《关于诗歌的几个问题》,见《诗刊》1960年9月号)。这无疑是很有代表性的认识。

讨论当代诗歌的任何一个问题,都不能离开1949年开始的新的时代。许多诗人的困惑、彷徨以至急剧的变化,都由于他所感到的新生活给予的压力。他们是自觉地感受到了这一点的:诗歌要为时代讴歌,要像新中国成立之前分别战斗在两个战场时那样,歌颂光明,鞭挞黑暗,要维护诗歌在长期战斗中形成的观念——战斗性。跨入新的门槛,"老调子不合时宜了",这是普遍的心理。无论如何,这种倾向是一种健康心理的反映。诗不能离开时代,也不能离开人民,特别是当人民蒙受苦难,当人民在血泊中昂起,而终于以自己的奋斗建立起一座人民的共和国大厦的时候,诗人会因为脱离了他们而感到深深愧疚的。因而,在新中国成立初期,诗人们都在或多或少地否定着自己过去的诗歌美学观点。集中到一点,他们要把诗写得不像诗——至少不像过去他们所酷爱的诗。诗从宫殿走出来,诗要走向原野和工棚。

诗人本来就是为人民而存在的。李季为《王贵与李香香》而存在,袁水拍为马凡陀的讽刺的打击力量而存在——它的颠颠倒倒之中有着深刻的真理。正如雨果说的:"诗人生来既是为了威吓也是为了给予。他使压迫者产生恐惧心理,使被压迫者心情安稳,得到慰藉。使刽子手们在他们血红的床上坐卧不宁,这便是诗人的光荣。经常总是由于诗人,暴君才惊醒过来这样说:'我又做了一场噩梦。'所有的奴隶、被压迫者、受苦者、被骗者、不幸者、不得温饱者,都有权向诗人提出要求;诗人有一个债主,那便是人类。"(《莎士比亚论》)现在,在中国,暴君已被人民打倒,人民把一座辉煌的天安门(那上面镶嵌着一颗金光闪亮的庄严的徽志)送到了诗人的面前，人民完全有权向诗人索取"债务"，在这种索取面前，来到新中国门槛的诗人普遍地感到新我与旧我、新的要求与旧的情趣的矛盾和冲突，他们是不无惶惑之感的。的确，"对我们大多数人来说，占据我们心头的，永远是对我们亲身所处的时代的关心或焦虑，快乐或满足"。

于是，急切之中产生了郭沫若的《防治棉蚜歌》，也产生了艾青的《藏枪记》。只要我们审视历史，我们便会发觉，这一切是可以理解的，我们的诗歌也如我们的其他文艺体裁一样，受到"文艺为工农兵服务"的指导。由于新中国的成立，"文艺为工作服务"作为党的文艺指导方针，得到了更彻底、更广泛的贯彻，这种思想指导不能不刺激着新诗的创作。新诗在它的成长过程中形成自己的有异于其他文体的艺术特点，它的艺术来源及成分是复杂的，它与欣赏者的关系也是复杂的。新诗是直接借鉴于外国诗歌而在自己民族的传统上形成的艺术，也是一种要有一定文化素养的特定对象欣赏的艺术。现在，我们的方针要求普及，在阳春白雪与下里巴人之间，宁取下里巴人而舍弃阳春白雪，这不能不带给习惯了自己的声音的诗人以极大的苦恼。加上我们长期以来的形式主义思想的推动，宣传上一再指责新诗的"根本性的缺点"和迄无成功，指责新诗"还没有能够很好和工农群众相结合，还没有真正地做到为工农兵群众所喜闻乐见""新诗下放到工农兵群众中去的还不多"（《诗风录·序》）。这使新诗承受了它有史以来所没有的巨大压力。从根本上说，新诗应当与群众结合，应当为群众所喜闻乐见。但是，第一，这并不意味着新诗要降低自己的思想艺术水平去适应那些不识字的，或刚刚识了些字的群众的"喜闻乐见"，而且，也不应当认为群众的欣赏水平始终总是"小放牛"和"兰花花"；第二，新诗的走向群众，是与新诗的多样化不排斥的，把民歌奉为新诗的正宗未必妥当，把学习外国诗歌的诗作视为"资产阶级诗风"尤为不妥。如《诗风录·序》说："近几年来，在我们的诗创作中，党的为工农兵服务的文艺方针没有很好地被执行……特别是在反革命分子胡风和反党分子、所谓'诗人'艾青等的影响下，在极少数诗人当中，资产阶级诗风有所滋长，民歌受到轻视……"况且，"新诗下放"这个概念是个并不科学的概念。诗如何"下放"？它应当"下放"到哪里去？像"生产队伍要雄壮，新生力量须用大力来培养，先进分子就是火车头，带动大家建成社会主义大殿堂"（郭沫若《先进生产者颂》）这样的诗，叫作"下放"吗？其实，这样的诗应该叫作"下降"，诗，由艺术"下降"到标语口号。

很长时期以来，我们的新诗群众化或民族化的概念是模糊的和片面的，我们把复杂的诗与现实、诗与时代、诗与人民的关系看得过于狭窄，过于片面，过分强调诗对现实的密切配合。其直接后果便是，诗由演绎现实逐渐转向图解政治的倾向，从而使标语口号化有了发展，标语口号诗被看成为政治服务而得到肯定。作为一代诗宗的郭沫若，对此也起了倡导的作用。1958年，在当时的政治热潮推涌下，郭沫若为了配合"百花齐放"方针的宣传，一口气写了一百零一首的《百花齐放》。百花齐放是党的政策，属于政治范畴。把"百花"一词理解为"一百种花"本身就是生硬和牵强的，而居然还要每一朵都来解释时代精神，这只能通向诗歌图解政治的歧途。这是《水仙花》——

> 碧玉琢成的叶子，银白色的花，
> 简简单单，清清楚楚，到处为家。
> 我们是反保守、反浪费的先河，
> 活得省，活得快，活得好，活得多。
>
> 人们叫我们是水仙，倒也不错，
> 只凭一勺水，几粒石子过活。
> 我们是促进派，而不是促退派，

年年春节，为大家合唱迎春歌。

另一首《郁金香》，批判波斯诗人把这种花比作"自我陶醉"的酒杯，离开郁金香的题目而硬加上"黄河之水今后不会再从天上来，高峡出平湖，猿声不再在天上哀。最大的变异要看到黄海变成青海！全民振奋，真真正正是大有可为"。因此，诗歌已完完全全地脱离了抒情、形象、想象一切诗的规律，而沦为拙劣的政治挂图。像这样生硬简单的政治比附在《百花齐放》中屡见不鲜，如"蒲包花是往来城乡间的花蒲包，带下乡去的是农业纲要四十条；原打算在十年内能够完全实现，谁知道不要七年就完成了"。蒲包花演绎而为花蒲包，花蒲包就可以"包"四十条，为什么要这样地生拉硬扯？因为政治需要，目的在于宣传由十年实现提前到七年实现，而这是和蒲包花毫无关系的。又如《石楠花》："我们能耐寒，能生活在高山，北京应该多，却是大大不然。为什么不能栽培我们，同志，我们多么愿意：向党交心肝！"石楠花和"向党交心"之间是没有必然联系的，作者却加以生造，这就让人感到虚伪、滑稽，这就会引导读者产生不严肃的想法。当然，标语口号化不会风行，因为群众不喜欢这样的诗。标语口号并不是诗的民族化和群众化，标语口号从根本上说是背离时代的要求，背离人民的意愿的。

跨入新的门槛之后，诗人的责任感无疑得到了加强，诗服务于祖国，服务于人民的意识从来没有像现在这样明确。诗歌在促进革命事业的进展和社会的进步方面，所起的作用也是前所未有的，这方面的成绩不应忘记和抹杀。但是，政治并不就是诗，诗的范围绝不狭小，而是极其宽广的。歌德说过："我们现在最好赞成拿破仑的话'政治就是命运'，但是不应赞同最近某些文人所说的政治就是诗，认为政治是诗人的恰当题材。英国诗人汤姆逊用一年四季为题写过一篇好诗，但是他写的《自由》是一篇坏诗，这并不因为诗人没有诗才，而是因为这个题目没有诗意。"（《歌德谈话录》）

题目有意义,并不等同于作为诗的题材也有意义,当我们考虑这一题材的价值的时候应当同时考虑当它成为艺术是否同样具有价值。这样看来,郭沫若摒弃了《晨安》《立在地球边上放号》《天狗》《凤凰涅槃》一类诗题,而变换为《学文化》《学科学》《火烧纸老虎》,不能不是一种善意的误会。大约三十年间,诗歌领域缺乏诗意的应景的"任务诗"盛行,不能不说是新时代诗歌主流之外所产生的支流。但不论出现了怎样令人遗憾的缺陷,我们对新诗政治性的加强感到满意,而且认定这是诗在新时代的重大进步。"美并不因服务于广大群众的自由和进步而降低了自己。如果诗导致一个民族的解放,这绝不是诗的一个坏的终曲。不,有用于祖国或革命不会给诗歌带来任何损失。"(雨果《莎士比亚论》)

放声歌唱的年代

过了一段时间,中国的大地开始复苏。战场上的废墟得以清除,谷物开始在那里茂盛地生长;曾经发生过巷战的城市街头,街心的花园正在出现;工厂开始冒烟,马达开始转动。全国范围兴起了社会主义建设的热潮。时间能够匡正缺陷。当改变大地面貌的汽笛拉响之后,当我们的生活的确是在日新月异地发生变化的时候,那些单纯热情而不免空洞浮泛的、应景的诗篇迅速地(也许还应加上一个"基本地")消失了。到了1956年,袁水拍为新中国成立以来的第一本诗选作序的时候,他已经能够说:"诗歌创作中特别容易犯的概念化、标语口号化、公式化的毛病,在党的正确的文艺方针的领导下,几年来也有了一些克服。由于许多作家深入生活和注意现实的真实的反映和人物形象的描绘,过去常见的那种空洞的叫喊和人云亦云的抽象的议论已经减少了。"

数年前,革命刚刚取得胜利,战争的硝烟消失之后,红旗、秧歌、腰鼓、土改翻身、保家卫国,所有的中国人民都处在昂奋冲动之中。

人们刚从艰苦的战斗环境中走来，除了一片通天的光明，的确看不清什么。似乎除了胜利，一切都来不及从容不迫地开始，即使是对已经开始了的，人们也都来不及从容不迫地体验。热情是充分的，又有新增的历史使命感，于是产生了众多的空泛配合任务的诗。现在人们正从狂欢中冷静下来，建设的前景吸引了诗人的视线，这是前所未有的令人惊异的壮丽场面。人们依然是昂奋的，但创业的艰苦劳动使人们变得深沉而实际起来。

"黄昏过后不是黑夜，一片片灯光亮过星光"，这是邵燕祥《在大伙房水库工地上》的诗句，如今，大伙房水库的名字也许被更多的、更为宏伟的名字所超越；"黄昏过后不是黑夜"的景象在今天的中国也早已不是奇迹，但在当年，这情形不仅对于当时年仅二十一岁的邵燕祥，而且对于所有的从苦难中国走过来的中国诗人，都足以令他目乱心迷。茫茫夜海的中国，何曾有过这样灯光灿烂的奇景！我们回顾社会主义建设初期我们的诗中最早响起的机器轰鸣，我们不能不记起这位当时相当年轻的诗人的努力。他把自己最早的两本诗集合辑定名为《到远方去》，是含有深意的，我们已经告别了战争，我们正奔向远方。那里，沸腾的建设生活正召唤我们的青春年华：

在我将去的铁路线上，
还没有铁路的影子。
在我将去的矿井，
还只是一片荒凉。

但是没有的都将全有，
美好的希望都不会落空。
在遥远的荒山僻壤，
将要涌起建设的喧声。

（《到远方去》）

"没有的都将全有",这正是单纯的、充满坚定信念的"五十年代精神"。那是《第一汽车厂工地的第二个雨季》,他的诗召唤着第一汽车厂的诞生;那是《我们架设了这条超高压送电线》,他的诗欢祝新中国第一条这样的送电线的架设;《我们的钻探船轰隆轰隆响》,他的诗预言了长江大桥的终将出现……一切都是如此新鲜奇异,一切都是第一次在我们的国土上涌现,这使我们的诗人禁不住要喊:《我们爱我们的土地》。仍然是邵燕祥的诗,他浮雕似的把新中国成立初期工业战线的蓬勃景象永远地保存了下来:

从一个工业基地,
到另一个工业基地,
道路在我们脚下很长,
岗位也很多。
有些人到达了宿营地,
有些人正在出发;
有些人在工地遇到老战友,
有些人又要分手上路。

到处都是这样朝气蓬勃的动人景象。印刷工人李学鳌有一首著名的诗《每当我印好一幅新地图的时候》,就记述了新中国成立初期我们国家飞跃发展的情景:"昨天这儿还是一片空白,今天就出现一座工业城,明天当新地图上刚把这里添好新点、新线的时候,那边,又响起了震天的夯声……"新中国成立的最初几年,我们的生活确是日新月异,旧中国太破败,停滞得也太久,我们似乎就是开天辟地的人。要是我们走进一座林场,我们就可能是第一批走进林场的人;要是我们飞越高空,我们就可能是第一批征服空中禁区的人。诗人们漫游在这获得新生的工地,他们感到了新生活的热情召唤:

我从东到西，从北到南，
处处看到喷吐珍珠的源泉。

记载下各民族生活的变迁，
岂不就是讴歌人民的诗篇？

热血在我的胸中鼓动：
激发我写出了所闻所见。

　　闻捷在《天山牧歌》的序诗中表达了诗人们的喜悦。还是那个邵燕祥，他形象地再现了那时节我们生活急速变化的节奏："我们正是在工棚周围筑起城市，在骆驼队旁边，让火车发出自豪的吼声。"（《我们爱我们的土地》）因此，当一位诗人写到改造荒山的人们时，他要代表新的生活宣布："它告诉远近的人民，云彩上面有了人烟。"（雁翼《在云彩上面》）当另一位诗人攀登曾经很荒凉的山脉时，他禁不住要向世界发出欢呼："我们攀登的山脉，不再是寂寞无人迹的了。"（徐迟《我所攀登的山脉》）生活确是以前所未有的惊人光彩展现在人们面前，它让人狂喜。人们很自然地联想到中国人民世世代代的苦难。他们痛苦地追求，他们痴心地梦想，如今一下子向我们打开了它的过去被囚禁在黑暗中的百宝箱，它便让人爱不释手了。于是，当他们把目光投向这些他们钟爱的事物时，他们恨不得把它的一丝一毫都逼真地保存在他的诗的摄影机中，这个时候，他忘记了诗的特性——他甚至宁肯把诗当成了记录，详尽地再现那生活的真实的图景，为了满足他人，也为了满足自己。

　　有一段时间，这类描写新事物的纪实的诗盛行。没有提炼的详尽的过程描写和情节交代的诗作到处可见，甚至以诗的语言拙笨地跟在事件的背后做新闻的记述，罗列现象，分类排比。要是有人把这样的倾向说成是现实主义精神的加强，那实在是一种误会。但事实是这样的诗得到了肯定，有些作品被《诗选》选入。一首诗，写空军奉命空投支援进藏部队，它挨次写"命令传到飞行团""命令下达到领航员""命令下达到机械员""命令下达到空投员""命令下达到场站"，然后，飞机方才起飞；接着又写起飞之后由平稳到遇险的过程，最后才空投成功。这种办法对诗来说是犯忌的。诗重视通过诗人的自我来再现优美的感情，总是冷漠于对具体事物做客观的叙说；而这首诗里，叙说却不厌其烦，这是典型的"写过程"的"现实主义"。又有一首诗，写边境小镇的"街日"，它只看重现象的罗列，从带着露水的香蕉椰子，到堆得高高的菠萝，木盆鱼篓里的海鱼、池鱼——"有的像银锭一样白，有的长着骆驼形状的背脊，有的扬起尾巴要跳到盆子外边去"；他用这样拙笨的办法——让诗爬行的办法，来表现他所看到的兴旺发达的生活：

小摊的主人们用不着叫卖，
拿秤的主妇已经忙得喘不过气，
最后想留下一条金色的鲤鱼下酒，
一个开山的矿工却硬要买回家去……

街日的景象远不只这些，只是刚刚开头，而后，买花衣的、买钢笔的、"幸福地笑着又去买书籍"的、唱山歌的、倚着"刚买来的新农具""笑眯眯地看着书皮上的毛主席"的……诗人一口气写到了街日的尾声，但是，事情还未了结，"四面八方还有人群涌来赶晚集"。

我们不愿不顾历史条件地责备那时并没有太多经验的作者，问题是，这样没完没了地罗列生活中的好气象，并不是个别诗人偶然犯下的过失，而是一种相当普遍的现象。"五四"以来我们不是出现过很多杰出的诗人吗？郭沫若、闻一多、徐志摩、戴望舒、艾青这些卓有成绩的诗人何曾这样"再现"过现实？我们那时有一种错觉，以为只要拥有了新生活，也就理所当然地拥有了不包括前人经验的"现实主义"的新手法。有一首诗在当时是十分有名的，其毛病与此完全一样。诗中主人翁有一双受苦受难的手，又有一双斗争和创造幸福的手。用一双手概括一代人的生活变迁，这本来是这首近一百五十行长诗的基本目的，但作者的方法不是提炼的和综合的办法，而是以描写历史进程的方法平面地铺展开来，——加以列举："二十二年哪，你就用这双手，放过财主的牛和马，拉过财主的车和船，拖秃了多少财主的锄头，磨钝了多少财主的刀镰""你就用这双手，深更半夜里替同伴们盖被，休息的时候便修筐擦锹。你就用这双手，把大山削平，让河水改流！"也许有人会认为这是一种现实主义的手法。但是，正由于我们对现实主义缺乏科学的理解，很长一段时间，我们把诗当成了表现先进人物、先进事迹的工具，而不是确认诗的抒写情感的基本职能。在这一点上，我们可以认为，由于我们的诗人太迷恋于新生活的新异和光彩，而又太过急切地去把握并表现它，加上我们对于"五四"以来新诗传统的褒贬扬抑存在着片面性，因而新中国成立初期诗歌在表现新生活新事物（这是应当肯定的）的同时，已经开始了平庸地临摹现实的"现实主义"的弊病。

人们热爱这生活，但不可照搬这生活入诗。新中国成立初期的诗创作一开始就由于观念上的错误而出现了诗与现实的关系过于直接和生硬的偏差。人们没有具体地分析过这个弊病产生的原因，只是一般地谴责过公式化。在20世纪50年代，尽管没有条件对灰色平庸地摹写现实的倾向做出纠正——那时缺乏艺术民主的气氛，但是有的文章中已经提出了对我们颇有启发的见解。这里有一段话，可以认为是有一定的针对性的："在祖国早晨的太阳光下，伟大建设工作是紧张的，生活是沸腾的，我在默诵着郭沫若大气磅礴、冲击力旺盛的《晨安》和《立在地球边上放号》。我们耳朵里听到的，眼睛里看到的，心里感受到的，是一片时代的声音，一片强烈的色彩，一团动人肺腑的欣欣向荣的气氛。郭沫若抓住了'五四'的时代精神，写出了那些辉煌的诗篇，而我们呢，我们应当怎样地深入到现实生活里去，抓住它的脉搏，叫它成为自己诗篇的节奏呢！"（臧克家：《1956年诗选·序》）这一段话是臧克家说的，不难看出，20世纪50年代中期的臧克家，还保留着进取的锐气。深入到现实生活里去，不是把生活当作书本来照抄、照搬，而是抓住它的"脉搏"，使它化为"诗篇的节奏"，不是生活的原样，而是脉搏化为节奏，只有这个，才是我们深入生活的目的——诗人是绝对应该如此的。

我们丝毫不怀疑诗人对于生活的钟情，但是，动人的生活是否只有这样一种动人的（要是可以称之为"动人"的话）"现实主义"的表现方式呢？当时，人们没有这样想过，他们只是对已经开始的生活很满意，也没有怀疑过他们对这种生活加以表述的方式。当然这是作为一种倾向存在的，并非所有的诗人都如此。有的诗人同样热情地抒写了他们对新生活的激情，然而并没有罗列现实，他知道提炼：

我爱我们祖国美丽的早晨，
每天，我看见的不是童话的梦境，
而是真实的人类奇迹，
在这辽阔纵横的土地上发生。
昨天，这里是丛草、湿水、泥泞，
今天，这里是钻探机、起重机、建设工棚。

（阮章竞《祖国的早晨》）

诗人这种对于生活的感情，不仅是真挚的，而且可以认为是深刻的，之所以可以认为是深刻的，在于他们完全了解这种生活的获得是多么不易：

每一个人都有他的记忆,
知道胜利的获得并不容易。
红色的火光在平原上升腾,
把沉沉入睡的黑夜惊醒,
那是灾难的可怕的形象:
敌人在烧我们的村庄!
…………
一个热炕,一碗锅边
贴熟的玉蜀黍饼子的香甜,
一家大小的欢快的团聚,
比起饥饿,寒冷和流离,
谁能说不该唱赞美的歌;
…………

（何其芳《讨论宪法草案以后》）

对于苦难太深重、噩梦太多的人,他于"幸福"极易满足。什么幸福？玉米贴饼的香味加上一家的团聚,这就足够了。为了这个理想的实现,就值得诗人献上唱不尽的颂歌。那时候,人们的思想比现在单纯得多,也纯真得多,他们认为新的生活一开了头,那光明、欢乐、幸福便是永恒的；他们不会想到苦难和黑暗,他们永别了忧伤。一位诗人由拖拉机下地引起的狂喜,而认定这种狂喜是永远的,"从今天,到永远,苦日子永不再回还！从今天,到永远,幸福日子无边沿！"（苗得雨《拖拉机下地》）又有一位诗人,他的诗句几乎可以代表全中国兄弟民族那种无忧无虑的幸福感——

我快乐,我歌唱,
打从那一天起,我永别了忧伤。
我就整天整天地,

放开我紧缩过的心,纵情歌唱。

[(壮族)凌永宁《我快乐,我歌唱》]

一阵欢乐的旋风,掠过清澈见底的溪流,我们窥见了孩子般的天真和狂喜,那种真挚的、噙着泪水的狂喜。不需要由谁来号召,新时代的开始,必然带来一个颂歌时代的开始,这种诗的主题的兴起,以及它后来的发展,无疑具有充分的合理性和必然性。

对于中国新诗的新阶段说来,颂歌题材的兴起是与诗的政治性的加强紧密联系的。贺敬之的《放声歌唱》是党的颂歌的典范作品,又是政治抒情诗盛行的先声。政治抒情诗繁荣的现象,是中国人民生活的高度政治化所带来的崭新现象。这一现象的形成,有个持续发展的过程:开始是人们真诚的对于新生活的欢呼,继而是声势浩大的反右派斗争,后来是"三面红旗"运动,我们的社会生活处在一种兴奋和狂热之中,人们忘掉了一切地流汗,喊口号,"放卫星",的确是史无前例的"精神振奋,意气风发"。"大跃进"引起的弊端和危机的显露,出现了一些议论,于是"反右倾",政治运动又一度兴起。进入20世纪60年代,国际反帝反修的斗争使得本来就紧张的社会生活进一步笼罩着革命的气氛,红旗漫卷,口号连天。这样的气氛使得诗歌的情调弃绝了柔和而变为刚强,弃绝了委婉而代之以雄健了。

革命代替了前一段诗人们所关注的现实的变革、建设的进展,对于现实的临摹已变得拘滞而被自觉地抛弃。革命精神在诗中的发扬日益变得重要起来,要是把新中国成立初期的诗歌与20世纪50、60年代之交这段时间的诗歌加以区别,其标志则是前者注意现实的变异,后者注重精神的发扬。诗歌技艺的精进当然使得那些幼稚摹写现实的风气得到了改变,但更重要的是社会生活的决定性影响。那时节,游行队伍中迸发着如雷的口号声,报纸和广播不间断地抨击帝国主义和修正主义的勾结。天安门前经常举行声讨和支援的集会，这让人想道：世界革命已经到来，中国进入共产主义已不再是遥远的未来了。在这样的背景下，把目光盯在一些太实际的事物上的人是缺乏远见卓识的，人们不是像过去那样热恋于表现哪里出现一条铁路或哪里新盖了一座工厂，而是要通过哪怕只是一块砚台、一支竹矛寻求革命精神的宣扬。过程变得不重要了，细节也可以不考究，政治主题和革命思想的寄托却是灵魂和精髓。

政治在渗透到抒情领域中来，革命改造了部分的抒情诗，这就宣告了政治抒情诗作为一种新的诗的体式的诞生与壮大是一种必然。政治抒情诗的盛行是新中国成立后新诗的一大成绩，是史无前例的。这是政治在我国社会生活中占有重要地位，以及在党的领导下，人们的政治热情日益高涨的现实所促成的。但是，在此后，也出现了若干不很健康的现象，一些人曾对此加以必要的提醒。王亚平在1960年1月号《星星》上发表题为《那不是诗歌创作的坚实道路》一文指出："写政治抒情诗，要富有热情，还得有马列主义的理论素养，又有通过具体事物对政策的深刻感受，抒发出来的诗情，才是真实的动人心弦的。没有这些，就是虚伪的感情，不真实的诗！同时，我觉得一个初学写诗的同志政治思想修养差，历史知识不够，不应该抢着写毫无把握的政治抒情诗。"他指出："题材不熟悉，就没有思想基础，只好求之于贫乏的语言（没有思想，语言一定贫乏）。这一切正是严重地违反了创作规律（任何作者都应该写他熟悉的题材）。"他的这一番预见性的话相反地引起了迅速的和严厉的批评，《诗刊》于1960年2月号发表了《王亚平反对的是什么？》的文章，强制性地压下了正确的意见。

1958年，随着新民歌的广泛宣传及地位的加强，抒情诗的政治化已经出现端倪，改革在悄悄地进行着。20世纪60年代初，出现了大量别有寄托的抒情诗，有的自然贴切，有不少诗则显得生硬，仿佛是外加的政治。例如，明明是船走长江的感受，却偏要做政治的文章，"胸中长江不倒流，此刻有舵手"。明明是写惊蛰这一自然节气，为了表现进步的时代精神，对诗题做了夸张的比附："十万里江山，十万里锦屏，十万里高亢歌声，漫漫四海来呼应！惊得牛鬼蛇神，胆裂心崩！"一首诗写"胡桃树"，对着胡桃树的感想是：应该把什么向祖国献出？最后想到像胡桃树那样有一万颗心，每颗心都像胡桃那样圆熟。一首诗写"川江领航员"，由于生硬地比附政治，使这首诗失去了现实感："即使在夜晚，你也能把航向分辨，数着江上的标灯，驶向太阳身边。"

人们都舍弃了过去那种写实的笔调，那种把笔墨专注于具体事件进程的诗篇已经基本消失。许多被叫作富有深意的诗篇，往往只是从具体对象的特征出发迫不及待地联想"重大主题"。这类诗篇，工业有，农业也有，似乎一切题材都在悄悄地起变化。"钢啊，钢！一身豪气一身光；巍然战斗在火热斗争的前线上"，很快，钢不再是钢，它成了无所不在的"精神"。同样，《浇铸者》也不再是"浇铸者"，它由原来具体对象幻化为抽象的精神："砸断手铐脚镣，还要多少大锤？劈开黑牢铁门，还要多少钢斧？拨散满天阴霾，还要多少利剑？开辟灿烂生活，还要多少犁头？"由利剑可以类推一切，这里"浇铸"的都不是实体。因为从来没有一把具体的利剑可以拨散阴霾。这个时期的诗风就是追求这种由具体生发为抽象的概括，一个锻打车间高不过十尺，宽不过丈把，却能联系世界上的雷电与云霞："锻的是旗帜，打的是天下。"20世纪50年代末到60年代初，抒情诗的基本倾向是由现实转向象征。

到20世纪60年代初，诗歌已经明确地由摹写现实转向抒写激情，这一潮流由于两首可以视为路标式的作品的出现而明朗化起来，它们是贺敬之的《雷锋之歌》和张万舒的《黄山松》。这两首诗，都蕴含了鲜明的时代精神。《雷锋之歌》顾名思义是一个具体的题目，按照习惯，很可能被写成《刘胡兰》一类的先进人物的事迹颂歌。但《雷锋之歌》恰恰只在借助英雄的业绩去概括、实现时代精神。它没有成为叙事诗而只是抒情诗即是明证。它的目的不在表述雷锋的身世与事迹，它要"面对整个世界"发言，它的目的在于吹起"无产阶级大军的震天号声"，在于敲响"革命人生路上这嘹亮的钟声"。把具体的先进人物的事物材料改造成为声势宏大、激越奔放的长篇政治抒情诗，这标志 20 世纪 60 年代的诗歌正在摆脱太具体的羁束而走向象征，表现了追求更丰富的政治寄托的倾向。《黄山松》是短抒情诗，松树本身只是一个媒介，完全是寻求通过具体物象以做更大范围的抽象的概括："九万里雷霆，八千里风暴，劈不歪，砍不动，轰不倒。"这与其说是写实，不如说是比附，是一种革命精神的寄托："要站就站在云头，七十二峰你峰峰皆到；要飞就飞上九霄，把美好的天堂看个饱。"这与《雷锋之歌》的主旨完全相同，它不是在写具体的事物，而在阐发某种情操，某种胸襟，某种气度，当然这一切都是为了那个时代的革命精神的体现。

　　以上所述，都是广泛意义的颂歌。如今翻开当时的刊物，可以看到这类颂歌的盛行，其盛况当然也是前所未有的。这一点应当认为是重大的诗歌现象。诗歌随时代而前进，但也受时代潮流的消极面的影响。我们开始了颂歌的时代，由此也派生出一些问题来：我们的时代只有颂歌。我们的错误并不在我们唱了颂歌，也不单是因为有人提倡，甚至也不主要是由于一种大的误解：对我们的时代只能唱颂歌。这是没有明文规定的，但的确有这样的风气。在当时一些文章中，我们经常可以读到这样偏狭的意见，有一位老诗人这样说过："诗人对于现在，应该是个歌颂者，对于将来，应该是个预言者。"（冯至：《漫谈新诗的努力方向》）要是我们的新诗都按照这种提示的"方向"去"努力"，那就是确认诗人今天的使命只是唱颂歌，对于明天，只能充当先知，而不存在其他。尽管这些话所能产生的影响是有限的，但这种论点代表实际存在的情况。事情也远不是至此为止，严重的是，我们由于某一时期政治生活的不正常，助长了某些虚假的"颂歌"。

　　从 20 世纪 50 年代开始，我们的颂歌从未间断，颂人民、颂祖国、颂英雄、颂共产党,这一切都有不容置疑的必要性和合理性,因为这一切都符合人民的根本利益,因为正如一位诗人说的——

我们的土地
到底是我们的土地了!

(邵燕祥《我们爱我们的土地》)

但是,我们当时没有醒悟到,即使在我们的土地上,也是光明与黑暗相对立而存在,成功与失败相对立而存在,顺利与挫折相对立而存在,主流与逆流相对立而存在。太阳从遥远的天边照射着地球,一边是通天的明亮,另一边却是黑夜沉沉。1958年,在一篇批判文章里,批判了"只歌颂光明太单纯了,生活复杂得多"的观点(《邵燕祥的创作歧途》),其实,生活本来就是复杂的,否定光明面,对着光明不去歌颂是不对的,但无视光明背后的阴影,不去抨击和揭露那阴影岂不是容忍丑恶和伪善?我们的年轻诗人当年为一名女工贾桂香的受屈辱与受迫害——是官僚主义和旧社会的习惯势力杀害了她,而不是光明杀害了她——而发出激愤的声讨:

告诉我,回答我,是怎样的,
怎样的手,扼杀了贾桂香!

——《贾桂香》

我们应当看到诗人的热爱,而不应当把它歪曲为诗人的仇视。但历史就是这样在只许歌颂的武断与片面之下被歪曲了。1957年前后,我们在政治上,也在艺术上打击了颂歌以外的言论和作品,其后果是明显的。到了后来,我们的确只剩下对于今天的"歌颂者"——如同那位老诗人所主张的,除此以外的声音则基本上消失了。

新中国成立初期,我们有过诸如标语口号化以及忽视诗的抒情特点。单纯用诗来摹写现实过程等等倾向，但我们一直在提倡并尊奉现实主义，我们一直坚信自己是在现实主义的道路上前进着。今天我们谴责的诗歌的"假、大、空"的痼弊并不产生在这个阶段，事情也许源起于20世纪50年代的最后几年，那时，配合着经济上的"共产风"和浮夸风，我们曾有一次人为的（当然也是愚蠢的）"诗歌大跃进"运动。在确认革命的现实主义和革命的浪漫主义相结合的创作方法是"最好的创作方法"的命题下，也在当时根本无法讲清这两种方法在中国是如何"结合"的情况下，我们明显地冷淡了现实主义的宣传，而掀起了一股鼓吹浪漫主义的热潮。1958年6月号的《诗刊》就曾经以《我们需要浪漫主义》《略谈我们时代的革命浪漫主义》《幻想的时代》等一组文章集中地做了宣传。这种集中宣传表明，提倡"二革"的结合，实际上是在无法讲清"结合"的情况下提倡"浪漫主义"精神，有的文章讲，我们的浪漫主义应当"以急不可待的热情向人民展示光辉灿烂的未来"。"急不可待"恰好印证了当时的狂热与冒进的"心情"。又有文章讲"工人用铁锤猛追英国，农民双手把大山劈开……这就是我们时代的精神"，这就透露了我们当时对于未来的追求有着某种盲目性。我们的浪漫主义热潮的理论提出，就建立在马上就要实现共产主义这个观念的沙滩之上，所谓的"超英""赶美""跑步进入共产主义"，全是这种臆造的幻影。我们出现的一些"大跃进"民歌，其中不乏荒唐的"浪漫主义"。其中极端的例子如"麦秸粗粗像大缸，麦芒尖尖到天上，一片麦壳一片瓦，一粒麦子三天粮。秸当柱，芒当梁，麦壳当瓦盖楼房，楼房顶上写大字：社会主义大天堂"，这样的天堂原来是用空想的麦秸支撑起来的。

　　诗歌，由太过写实这个极端转向了崇尚虚夸的另一个极端。这个时期，那种唯恐疏漏了现实的材料的写实的风气已被夸大而不切实际的描写所代替，为了突出政治，不惜创造出虚假的形象为政治概念做替身。例如，有这样一首《新娘子刚进庄》，闹新房的人向新娘子要糖吃，"新娘子笑容满面，她不慌也不忙，从怀里掏出张跃进计划，向大伙说端详"。政治概念已经把活生生的人物蛀空而只剩下一个精神的空壳。到了20世纪60年代后期以及20世纪70年代初，这种虚假的诗风已经席卷整个诗坛，与内容的虚假相适应，语言形象也渐趋夸饰而不切实。像"浩浩东风呵东风浩浩，熊熊烈火呵烈火熊熊"这样的空话到处都是。为了掩饰内容的空虚，一种华靡的新骈体文应运而生，到处都是如下这样的陈词滥调："云涌星驰，飞泻滔滔江河；雷鸣电闪，射出道道剑火""千山竞秀，是你的滴滴春霖滋润，万花争艳，是你的缕缕春风催开"。在极"左"路线的破坏下，当我们的国民经济处于崩溃边缘时，我们的某些诗还在那里唱着虚伪的歌，"红旗漫舞，彩霞千道；山河竞秀，凯歌如潮；时代的列车，电掣风驰，飞奔的骏马，仰空长啸，驮来了，煤山、油海、稻花、棉桃"，最后还要加上一个"啊，到处莺歌燕舞"。诗歌中充塞着这么多的"豪迈的谎言"，诗歌的威信可想而知。更为严重的是，诗参与了20世纪60、70年代之交的造神运动，颂歌的时代仍在继续，但像《放声歌唱》那样真挚的颂歌已经基本绝迹。与此同时却爆发出更多的充满了封建意识的对于神的礼颂曲。

豁然间，云蒸霞蔚，满天异彩，
一霎时，万象生辉，遍地花开，

这当然不是现实主义的歌，也许它正是某些人心目中的"浪漫主义"。这种颂歌颂的不是人，也不是人所创造的现实，而是能够呼风唤雨，驱邪镇妖的"超人"："乌云压顶，你呼唤霹雳驱阴霾，迷雾弥漫，你浪卷疾风落尘埃。"这种带着封建意识的礼神曲，长期以来被神圣和庄严的外衣包裹着，掩盖了基本的违反人民创造历史的实质。

当20世纪50年代跨进颂歌时代时，那时的诗境是一片光明澄澈的天空,我们一直引为自豪,我们以人民的颂歌丰富中国新诗的传统,而这种丰富的实质性后果是政治抒情诗的兴起以及它所创造的巨大成果,当时也有缺点,这就是歌颂光明被有意无意地当作了唯一的和绝对的,我们形而上地认为,歌颂光明者其动机和效果总是好的,暴露黑暗者其动机和效果总是不好的,前者总是正确,后者难免谬误。我们绝不会想到,颂歌也有丑恶和虚假的,而"颂歌"也可以为丑恶的时代效劳,它可以污染人们的心灵,也可能断送我们的文明。

抒情主人公的变异

中国革命带来了社会生活的根本变革,整个社会都经过了严密的组织。集体主义思想的灌输,为人民和革命而献身的道德观念的宣传,以及社会活动广泛频繁的开展,带来了人们意识的巨大变化。要是说,20世纪30年代初期,何其芳发出"如今我悼惜我丧失了的年华,悼惜它,如死在青条上的未开的花"的《慨叹》时,人们能够理解并能够欣赏,那么,到了20世纪40年代初期,当他在《夜歌》中充满矛盾地自言自语——

我是如此快活地爱好我自己,
而又如此痛苦地要突破我自己,
提高我自己!

这时候,很多生活在与他同时代,而又或多或少地受到进步思潮影响的人,都会觉察到诗人情调上的柔弱与"不健康"。但是那时的人们,包括何其芳自己在内,仍然不会粗暴地否定它。这些诗句,作为一个时代的新旧之我的不和谐关系的声音而保留其价值。

随着革命的深入,尤其是我们的共和国成立之后,生活节奏变得紧张，革命精神逐渐渗透到生活和诗中来。作为个人的我（有时称"小我"）渐渐消隐，而作为集体的我和我们（有时称"大我"）日益显示其确定"诗歌主调"的基本力量。何其芳作为诗人，他的坦白和真诚体现在他不加掩饰的抒情主人公"我"上。社会正在迅速地改造，个人在这场改造中所受的冲击也是巨大的和深刻的。新中国成立前后，何其芳诗作寥寥。新中国成立前他的最后一首诗写于1946年（《新中国的梦想》），这也是那一年仅有的一首诗；从1946年到1949年大约三年的时间，他写得更少，只有一首《我们最伟大的节日》；之后，又是长久的搁笔，长达三年。人们不禁对诗人的沉默提出了疑问：新的生活开始了，诗人为什么不歌唱？直至1952年他才迟迟做出了《回答》。这个"回答"，一共九节的诗，他也写了将近三年（诗后注："1952年1月写成前五节，1954年劳动节前夕续完"）。而热心期待的读者，不少人对他的"回答"仍然感到失望：

从什么地方吹来的奇异的风，
吹得我的船帆不停地颤动；
我的心就是这样被鼓动着，
它感到甜蜜，又有一些惊恐。
轻一点吹呵，让我在我的河流里，
勇敢地航行，借着你的帮助，
不要猛烈地把我的桅杆吹断，
吹得我在波涛中迷失了道路。

读者的失望反映了时代的变异所带来的人们对诗的要求的变异。何其芳的"回答"是低调的，它不激扬，也不高昂，但是它有属于个人的纯粹的真实。尽管这时何其芳已经是一个从事革命工作多年的人，但是他仍然把他的充满矛盾的心境不加掩饰地表露出来。他感受到了让他的"船帆""不停地颤动"的"风"（这股风，不是如后来诗中无限地被重复的那种"浩荡"的"东风"，而是让诗人感到甜蜜，又有一些"惊恐"的"奇异的风"）。他呼吁风儿"轻一点吹"，让他在"我的河流里"航行（不是如同后来那些诗篇一再重复的在众所周知的既非你的也非我的，而是时代的大江大河大风大浪中"一往无前"地奔涌）。他甚至害怕那风太猛会把他的桅杆吹断。何其芳作为一位真诚笃实的诗人，他断然地杜绝了、摒弃了虚伪的感情和声音。他既承认有一种火一般灼热的感情，"我让它在我的唇边变为沉默"；他又承认有一种海水一样深的感情，但在他那里又表现为"狭窄"而又"苛刻"。他坚持着诗要讲真话真情，他认为杯子里若不是满盛着纯酒，诗人就不应该把一滴夸大为一斗。这就是何其芳当年的"回答"。这种"回答"无疑是"不合时宜"的。不是读者都变得对诗歌的抒写真情失去了兴趣，生活的气氛会培养与之相适应的读者。当生活变得紧张、窘迫而无暇顾及其他的时刻，这些读者也忘了生活的复杂性和丰富性，他们自然会对何其芳这种充满矛盾的低调的回答感到失望。他们以为，在这个情绪高昂的时代，诗人理应都有高昂的情绪。现在看来，何其芳的回答是真挚的，因为他真实地表现了新时代到来之后他的又适应又不适应的心情，因为他真实地表现了他对诗的一贯主张和追求在时代潮流冲击下所发生的动摇和惶惑，他的《回答》如他的《预言》，将作为真实的声音而保存下来。

何其芳是苦闷的。当他投身人民的壮丽斗争，他为自己过去那些"飘在空中的东西"而惭愧。他否定了它："从此后我要叽叽喳喳发议论：情愿有一个茅草的屋顶，不爱云，不爱月亮，也不爱星星。"但他知道，他有一些"根本问题"没有真正解决，他可以表示"不爱云"，但"众多的云"还是向他"纷乱地飘来"。这些"根本问题"之一，是何其芳在否定诗"是为了抒写自己，抒写自己的幻想、感觉、情感"的时候，连同诗表现感情的手段，在一般的情况下总是通过"自我"这一根本规律也否定了。而这种否定对于擅长通过细腻的自我抒情完成诗的使命的何其芳,简直就是丢失了"通灵玉",这使得他在近三十年中几乎没有什么有影响的诗作。那时,不仅是何其芳,相当多的诗人对于有些问题是不明晰的。诗应当表现大众,但诗也不排斥表现自我;即使是表现大众的诗,往往也通过"自我"的表现得到表现。

旧的一套观念在动摇中。新的时代到来了,首先在诗的题材上发生了重大的变革。继而在诗的形象上也产生革命性的变动,这就是诗中的"我"正在更多地为"我们"所代替。邵燕祥在他的诗中问道,请问是谁,在自己可爱的国土上,架起了第一条最大的超高压送电线,回答是前所未闻的响亮的强音:

我们!
我们!
是我们!
伟大的同代的代号,
伟大的后人的先人。
在我们每一步脚印上,
请你看社会主义的诞生。

诗人的"我"的地位,在诗中正在被由时代的隆隆的雷声带来的"我们"的集体群像所代替。连那位惯常以自己特有的悲哀的声音唱着中国人民的苦难的艾青,唱着"假如我是一只鸟,我也应该用嘶哑的喉咙歌唱"的艾青,这时也完全处在"忘我"的境界之中。诗人自己的形象模糊了,而集体的形象加强了。在《新的年代冒着风雪来了》中,他唱的是一支崭新的"我们"的歌:"让我们乘着时间的列车,走上我们的新的路程;无边的大地覆盖着白雪,静静地静静地等待春天,当铁犁犁翻松软软的土地,原野将变成绿色的大海；我们的道路多么宽阔，……"艾青也许也有何其芳那样的苦闷，他除了还能够在国际题材的诗中施展他的独特的艺术个性之外，只能在他的诗篇中隐匿自己。但这又不是他所情愿的，于是他转而写叙事诗，在那里，他可以逃避那种又要抒情又要隐藏的苦痛。但是1953年写作《藏枪记》，1954年写作《黑鳗》，艾青都没有取得预期的成功。

诗人们在新开始的诗歌年代里所产生的一种矛盾的感觉，一种茫然无所适从的感觉，不是无因的。这与当时的理论指导有直接的关系，一位权威的理论家指出，诗人的形象应当是"一个正面人物的典型形象"或者是"这首诗的唯一的典型形象，是群众当中的一个先进人物、模范人物"，认为"诗人只能是一个革命者，一个共产主义的战士，一个像毛泽东同志所说的'毫无自私自利之心'的人，'一个高尚的人，一个纯粹的人，一个有道德的人，一个脱离了低级趣味的人，一个有益于人民的人'"。（袁水拍《诗选》序言）按照这样的理论要求，不是纯粹的人就无法写诗。但是现实生活中能够称为"纯粹的人"的，甚至能够称为"正面的典型形象"的，只能是少数或极少数。而多数人是平常人，是不"纯粹"的人。不纯粹的人要写纯粹的诗，只能导向虚假，久之，对这种虚假的状态也就心安理得。一些人因而产生了错觉，认为说一些纯粹的大话才是正常的，反之，诗中流露了（只是流露了）某些有悖于纯粹的感情，那便是不正常的。我们便是这样不知不觉地诱导着诗歌脱离诗人的个性，脱离活生生的具有普通人的情感，而走向统一化和一般化。

这对于原先有着鲜明的个性的抒情诗人，无疑是一场强烈的冲击波。被鲁迅誉为中国第一个抒情诗人的冯至，在这场冲击中几乎失去了自制力。他在读了"大跃进"民歌之后对自己的过去做了完全的否定："回过头来，再看一看我自己写的一些诗，真是苍白无力、暗淡无光。它们干巴巴的，没有血肉，缺乏又远大又切实的理想……""我最早写诗，不过是抒写个人的一些感触，后来范围比较扩大了，也不过是写些个人主观上对于某些事物的看法；这个'个人'非常狭隘，看法多半是错误的，和广大人民的命运更是联系不起来。新中国成立后，进行思想改造，接受马克思列宁主义的世界观，视界渐渐扩大，接触了许多感人的新事物，但是由于自己没有很好地改造，自己还沾着许多旧社会的脏东西，写起诗来，也就不免缩手缩脚，放不开笔，考虑过来，考虑过去，给自己定了不少清规戒律，事实上是个人主义在作祟。"（《漫谈新诗努力的方向》）这是这位诗人的一份"自我检查"。无非是说，过去，"不过"是写些"个人主观上对于某些事物的看法"，后来，因为个人主义没有改造彻底也写不出好诗。总之，他没有成为纯粹的人，在他的意识中还有"个人"的成分，因此，他写不好诗了。早在1955年他在自选的《冯至诗文选集》序中就已经否定自己过去的诗"抒写的是狭窄的情感，个人的哀愁"，而且格外严厉地批判后期诗歌名作《十四行诗》"受西方资产阶级文艺影响很深，内容与形式都矫揉造作，所以这里一首也没有自选"。作为一位杰出的抒情诗人，他如此简单地把反映现实、表现人民和"个人感触""个人主观"加以对立，实在是令人吃惊。反对抒情诗的个人化和个性化，在当时是很时髦的，冯至大概是彻底的一个。

诗人不能脱离他的时代。新时代到来了，过去的奴隶成了时代的主人。愿意跟随时代前进的诗人，不能不考虑并调整诗与人民的关系，这是正当的。但是这种考虑和诗人的丧失"自我"不是同义语。诗歌服务于人民和社会的进步事业，并不能以取消诗人的通过自己内心并以完全独特的个性化的方式再现生活及人们的情感为代价。冯至一再加以强调的"非个人化"，其方向是与抒情诗的规律背道而驰的。

回顾20世纪50年代诗歌实践，我们感受到了诗人们火一般的热情，他们急于歌颂工农兵，歌颂新生活，因而也急于使诗脱离如冯至所痛恨的"窄狭的个人主义"，急于使诗中出现"正面人物的典型形象"抒情主人公，成为如袁水拍所希望的那种"先进""模范"和"纯粹"的形象。然而我们得到的多半是虚情假意。一个有趣的事实是，新中国成立后，爱情诗退化了，真的爱情诗绝迹了，倒是闻捷的《天山牧歌》的出现，人们终于饶有兴趣地发现了中国毕竟还有一位以极大精力致力于爱情诗写作的人。但是，不论是《吐鲁番情歌》还是《果子沟山谣》，这位爱情诗人没有一首是为自己写的。他是一位专替别人写情诗的诗人。但即使这样的努力，也只能在思想比较开放的1956年才能实现。1957年之前，我们相对地存在一段较为轻松的气氛。也是这个1956年，以《西盟的早晨》等诗引起人们关注的一颗新的星辰——公刘，他写出一组比较接近实际意义的情诗，当人们读到：

> 天上的繁星有千万颗，
> 只有一颗属于我；
> 照耀吧，我的星辰！
> 照耀吧，我的命运的灯！
> 我以坚贞的手臂将你捧住，
> 你就永远不会陨落……

人们是吃惊的。这样没有什么政治意义的纯粹抒写个人情感的诗，竟然有人在写，而且竟然能够在刊物上公开发表！这即使在当时也是一种相当引人注目的举动。

人们在诗中寻找当时十分值得珍惜的"我"，这种心情是急切的。正是由于这个原因，当人们终于在激情澎湃的雄伟大合唱——《放声歌唱》中发现了贺敬之的带着独特音色的"独唱"时，这种喜悦是意外的：漆黑的茅屋里，一块残席，一把破絮的"我"的诞生；父亲严厉的斥责；延安窑洞，三号军装的卷起的裤脚，老同志盖在自己身上的破大衣……贺敬之是一位擅长写大江东去那样豪放诗篇的诗人,他的诗歌的基本形象是革命战士的集体形象。但是,他在重要诗篇中,都注意地把"我"的声音加入到"我们"的和声中来,却没有忘了让读者在雄浑的歌唱中捉摸到诗人真实的情感。不仅在《回延安》中,也不仅在《放声歌唱》中,甚至在抒写一位青年英雄业绩的《雷锋之歌》中,他都坚持写诗人的"自我"。他的真实的声音使这首壮丽的长诗更显得亲切而丰富。他把雷锋看作自己家庭的一个成员:"你的年纪,二十二岁——是我年轻的弟弟呵,你的生命如此光辉——却是我无比高大的长兄!"他把雷锋看作自己的亲密的战友:"不要说,我比你多有几年军龄,但是,在你面前,你是我的好班长,我是新兵。"这些抒情的诗句,既写出了雷锋的伟大,又写出了自己的谦逊。

在1949年以后的诗歌发展中,对于诗中应该不应该有"我",是否可写"真我",始终存在着分歧的意见。郭小川在他的《致青年公民》等诗中用了第一人称的"我"。有人立即提出质问:为什么要有那么多的"我"?郭小川赶快加以解释。他承认,"我号召你们""我指望你们"等,"实在是口气过大",表示以后加以改正。至于"我","只不过是一个代名词,类如小说中的第一人称,实在不是真的我,诗中所表述的,关于'我'的经历、'我'的思想和情绪,也绝不完全是我自己的,我现在还不敢肯定,这样的看法是否恰当,我的用意确乎在此。请求读者予以谅解。"(关于《致青年公民》的几点说明)在这些"说明"中,可以看出当时的不那么理直气壮的心情。但是,在当代的诗人中,郭小川算是少有的敢于在诗中触及"真我"的一位诗人。

在较早的名篇《向困难进军》中,他一方面以激昂的热情号召青年公民迎着困难前进,一方面,他又了无遮拦地向自己的听众剖析自己在革命队伍中的"烦恼和不安"。《山中》是一篇革命战士内心世界的独白,在宁静的山中,他住不下去,他心中思念那"每个山头都在炮火中颤动"的日子。他的心为此而忧伤,他不断地,

一遍又一遍地喊道:"我要下去啦——"他让人们看到属于他的个性:

> 我的习性还没有多少变移,
> 沸腾的生活对我有着强大的吸引力,
> 我爱在那繁杂的事务中冲撞,
> 为公共利益的争吵也使我入迷,
> 我爱在那激动的会议里发言,
> 就是在嘈杂的人群中也能产生诗。

只是,他无法忍受,甚至一次也没有"听过这样的风声,看过这样的流云"。1957年,郭小川写过《自己的志愿》,在那里,他讲到自己参加革命的"风风雨雨的二十年"中曾经有过的缺点和过失,"一个微小的成功之后,有时在梦里却沉醉于自我欣赏的酒筵""在一帆风顺的时刻,有时由于不经心而为我们的事业招来祸患"。他不承认自己是一个"纯粹"的人,他只承认,"我还远不能说,我是一个健全的共产党员"。这种思想,在他最后几年写成的光辉诗篇《团泊洼的秋天》和《秋歌》中,得到了鲜明的体现——

> 我曾有过迷乱的时刻,于今一想,顿感阵阵心痛;
> 我曾有过灰心的日子,于今一想,顿感愧悔无穷。

以明澈纯净的语言揭示自己的弱点,使得他的形象臻于崇高,这是一位真实的和真诚的诗人。这一点,也许比他的相当高超的诗歌成就更为重要。

三十二年来,诗歌界有若干次重要的批判,其中一次是围绕着郭小川的《望星空》而展开的。这篇引起争议的抒情诗,初稿于1959年4月,改于当年8月,改成于当年10月,正是新中国成立十周年,人民大会堂奠基落成的时刻。这首可以说是为新中国成立十周年,为人民大会堂落成而谱写的乐章,它的真正目的在于颂扬,属于颂歌一类。全诗四章,前两章写走进大会堂之前,面对浩瀚的星空所产生的关于人生、关于宇宙的浮想,他真正感觉到了宇宙充满神秘的伟大和永恒。他不无惆怅地唱:说什么,身宽气盛,年富力强,情豪志大,心高胆壮,不如一颗小小星光亮,也不及银河一节长——

在伟大的宇宙空间,
人生不过是流星般的闪光。
在无限的时间的河流里,
人生仅仅是微小又微小的波浪。

后两章,写进入大会堂之后,面对那里人们双手创造出来的繁星满天的绮丽景色,他从幻想回到人生的战斗。他由衷地歌颂人生的壮丽,人类创造力的非凡和伟大:"世界呀,由于人的生存而有了无穷的希望。"他承认刚才望星空时的想法是"错了","刚才是我望星空,而不是星空向我瞭望""我们生活着,而没有生命的宇宙,既不生活也不死亡",面对这些他说:"我有资格挺起胸膛。"

这首诗基本上采用对照、反衬的方式,完成诗人对现实生活和战斗人生的歌颂。它的创作构思,前半是有意地大力加以渲染,借以烘托后半的非常与不平凡。从诗人的意图来说,是真心实意地要歌颂现实。

《望星空》不是没有问题,它的问题在于前半作为烘托的分量过重,以至于当他真正要对人间唱颂歌时,艺术形象所能表达的力量相对弱了。但有一点是许多评论者未曾加以认真探讨的,郭小川着手抒写这首颂诗时,他追求的是充分个性化的方式。他如同一贯所坚持的那样,在热情洋溢的颂歌中不隐藏诗人"自我"。贺敬之对郭小川的诗歌道路曾经有过一段中肯的评语:"作为社会主义的新诗歌，郭小川向它提供的足以表明其根本特征的那些具有本质意义的东西，这就是：诗，必须属于人民，属于社会主义事业。按照诗的规律来写和按照人民利益来写相一致。诗人的'自我'跟阶级、跟人民的'大我'相结合。'诗学'和'政治学'的统一。诗人和战士的统一。"（《郭小川诗选》英文本序）就这样，在这首诗中，抒情主人公流露了自己的真情，而这个真情是与当时舆论所主张的"先进、模范、纯粹"等不全吻合的，因此，他受到的非议正是预料之中的。

根本分歧在于，诗中应该不应该有"真我"。这个"我"既是真的，允许不允许他有"凡人"的一切。例如郭小川在望星空时所曾经感到的"惆怅"。评论家指责的这首诗中的感情是"极端陈腐，极端虚无主义"的评论，诚然是不符合实际的。他所认为的"这首诗里的主导的东西，是个人主义、虚无主义的东西"，也与实际不符。但是，在诗人的真情流露之中，是否必须绝对正确和纯之又纯，这在当时，甚至在今天，也并没有解决。这位评论家批评《望星空》时联系批判了郭小川写于1950年的《致大海》。在这种批评中，我们仍然看到了这种批评所运用的标准仍然是诗中的"我——抒情主人公的形象所蕴含的思想素质必须是纯粹的——纯粹的杜绝了个人主义的共产主义思想"。《致大海》是郭小川人格光辉集中体现的一首诗。我们在这里用了"人格光辉"，那是为了高度评价他的真诚、坦白、不虚伪而特意选用的词组。虚伪的完美未必辉煌，有缺陷的真情倒可能是真正的美好——世上也许根本就不存在绝对的完美，所以不完美的光辉应当认为是正常的和正当的。

新中国成立以来，我们很少读过像《致大海》这样坦白真诚的诗篇（唯一可与之比拟的是陈毅的《六十三岁生日述怀》，但那是旧体诗）。在大海的博大面前"我"感到了渺小。"我"因自己的渺小和窄狭而愧疚，而且真诚地承认，"我""从来也不是剽悍而豁达的勇士"，曾经是"无端的忧郁像朝雾一样蒙住了我的少年"；

曾经"想在反侵略的战争索取对于个人的酬劳",只有到了革命的队伍,才"渐渐地与周围的世界趋于协调"。这些诗句,批评家当然无法挑剔,但他只用了非常冷漠的一句话加以评论:"有些段落是可读的。"这种冷漠正是诗歌理论对于真诗、真我冷漠的表现。他们的心已经热衷和向往那些不发自内心的与真情实感不相干的大而空的"纯粹",他们只能以鄙视的目光望着我们此刻视为珍宝的诗人的诚挚和坦白。于是他们像那些无端的责难那样对"明哲的神圣""为了一种神圣的爱",以及有愧于"生活的琐屑和平庸"等词句加以挑剔。他们责备诗人"向大自然膜拜的消极感情",责备他对"大海做出忏悔和祈求",而且引用"让一切寒冷者在这里得到温暖""让一切因穷累而乏困的人,在这里进入幻丽和平安的梦境"之后,认为"这类的诗句,很难说它是共产主义的真正伟大崇高事物的拟人化"。这种批评的用意是清楚的,诗人的思想不许有杂质,他应该宣传纯粹的理念,而不论这种纯粹是否与他的内心取得一致。当他做上述那种宣传时,即使是阶级性或倾向性不鲜明的词语也不应使用。例如"神圣的爱",尽管这里可以明确地认为它指的是积极的内容,但是也不允许;至于"明哲的神圣"更不允许,因为这类东西"很难说它是共产主义的真正伟大崇高事物的拟人化"。既然"很难说",那就只能不许你说。他在这里用的是袁水拍提出的标准,即诗中抒情主人公的形象,必须是一个"纯粹的人"。

　　我们对一个时代应当有它的基调和主调一说,不应持有异议。盛唐气象、建安风骨都是如此。一个旷古未有的无产阶级政党领导的人民共和国的诞生,不能没有它的隆隆的雷电之声。但是,这并不意味着一个时代只有一个声音或一个调子。当有人唱着豪放之歌时,不要轻责那些婉转低回的咏叹。每一个诗人都有一颗属于自己的诗心,它同样是一个多样、丰富、复杂的世界。而且我们还应当进一步确认:每一首诗都应当是一个新鲜的世界,犹如每一朵野花都是一个天国。新的时代到来了,人们的精神在现实生活日新月异变化的鼓舞下，不知不觉间变得昂奋起来。诗人理应发出昂奋的声音。我们的错误不是发出了这种声音，我们的错误在于我们认为并且要求所有的声音都是昂奋的，除此而外的声音是不被提倡的。前面，我们花了众多篇幅论及我们熟悉的郭小川，现在我要谈论一位对我们来说有些陌生却创造了重大成绩的诗人，他是穆旦。

这位20世纪40年代后期涌现的青年诗人，新中国成立后如同他的同一流派的《九叶集》的作者们一样，基本上沉寂无闻。只是在百花齐放的1957年，他们才陆续发表了一些诗歌。以诗作的凝重和被袁可嘉称为诗中的"自我搏斗"为特点的穆旦，在诗刊发表了《葬歌》。这是一曲诀别之歌：

你可是永别了，我的朋友？
我的阴影，我过去的自己？
天空这样蓝，日光这样温暖，
安息吧，让我以欢乐为祭！

较之穆旦过去的创作，这首诗是明朗的新声。我们本来应当热情欢迎经过一段时间的沉思和痛苦的"自我搏斗"所发出来的加入时代大合唱的新的声音。但是，他的诗显然是与众不同的，既然与众不同，他就难免要受到冷遇，以至谴责。他的并不高昂的歌声，当然不合时下的风尚：这么一个充满希望的时代，你为什么要唱《葬歌》？这当然也是"不能容忍的"。但毫无疑问，这是穆旦真实的声音，而且是以他所擅长的艺术方式予以表达的真实的声音。它的低回的觉醒的心曲，无疑属于我们的时代。但是当他从内心发出了决绝的呼喊：

"哦，埋葬，埋葬，埋葬！"
我不禁对自己呼喊：

> 我这死亡的一角,
> 我过久地漂泊,茫然;
> 让我以眼泪洗身,
> 先感到忏悔的喜欢。

听到这个歌声,立即加以批驳的不是别人,而是我们前面加以详细论述的,自己也不断遭受过批驳的郭小川!郭小川认为穆旦的声音是"知识分子的有气无力的叹息和幻梦"(《我们需要最强音》,文艺报,1958年第9期)。遭到简单粗暴袭击的人,他同样可以对他人简单粗暴。这就是中国的批评界的悲哀。整个局势是充满矛盾的,郭小川在诗中勇敢地坚持着他的探求。但当他接触到指导思想时,他和批判他的人表现了高度的一致:"诗必须抒发无产阶级或英雄人民的革命豪情,而不是'中间人物'或'反面人物'的小资产阶级、资产阶级以及其他剥削阶级的感情。""诗中间,是可以出现'我'字的。但这个'我',必须是无产阶级或英雄人民中的一个,最好是他们的代表,是他们的代言人。"(1969年10月《谈诗》)结论是:诗歌的抒情主人公的形象发生了根本性的变异,对这种变异的总估价是前进的。但是,它同时带来了形象的萧条,这个问题的解决,只好留待日后的探求和突破。

走向统一的新诗歌

当代诗歌的发展趋向,也许当两支诗歌队伍会师在北京的第一届文代会就是一个预兆——它不可避免地要走向统一。《马凡陀山歌》当然是特定历史时期的产物,如同鲁迅的杂文那样,拥有属于它的得而复"失去"的繁荣期,此后似乎也没有复兴起来。至于《王贵与李香香》式的民歌体长篇叙事诗,李季在新中国成立后的《菊花石》和《杨高传》继续做了尝试,都没有做出超越前者的成绩。

取得成功的倒是《玉门诗抄》和《生活之歌》一类的新尝试。在那里，李季既巩固了原有的成绩又试图做新的突破，眼界有新的开拓。阮章竞也没有拘泥于《漳河水》的成功经验，他的《虹霓集》和李季的《难忘的春天》一样，都力图对原来的成绩做出突破，这一点，都与袁水拍在新中国成立后的诗作有相近的格局。他们从不同的方向走来，终于不约而同地走向了同一个方向。他们是诗走向统一的先兆。

开始的时候，大家都没有意识到诗将如此发展，一切都是不知不觉间发生的。新中国成立初期，大家似乎对诗都显得宽容，没有后来那样的紧迫感。1950年，一位似乎是第一次写诗的青年诗人，写出了一首抒情长诗《和平的最强音》。这是一首相当欧化的自由诗，却为它的作者石方禹赢得了留在人们记忆中长达三十年而不衰的荣誉。此后作者似乎还写了几首这类的诗，却再也没有超越这首处女作。《和平的最强音》出来的时候，并没有引起人们关于它是否违背民族传统或民族风格一类的过敏性反应，那时的理论批评以及读者的心理，都没有达到后来那样程度的禁锢。《和平的最强音》一类的诗的出现虽然是不自觉的，最终却因不合时宜而消隐了下去。新中国成立初期的不曾禁锢的放松状态，不仅容许了《和平的最强音》的存在，而且使得类似未央的《枪给我吧》《驰过燃烧的村庄》一类的彻底的自由诗，堂堂正正走进优秀诗篇的行列。但是这种艺术自由的风气很快就雾一般地消失了。总的估价是，从新中国成立开始的当代诗歌是逐步走向统一的诗歌。

我们已经具有一切优裕的条件来"统一"诗歌。经过雄伟壮丽的人民解放战争，长期的战乱终于平息，我们取得了全国的统一。三十二年的社会主义革命和社会主义建设是在中国共产党的统一领导下进行的，令行禁止，党在全国范围内的领导进行得有条不紊而有着高度的效率。有一段时间，我们把这种统一强调到了非常的极限，我们连春种秋收都听从于统一的号令。这当然走上了不是很正常的局面。这种社会的和政治的思想意识的思潮，不能不影响到整个的社会生活。诗，不能不被这高度统一的政治台风所席卷。如同社会意识影响甚至决定了人们的穿着一样，有一段时间我们的服装连男女老少都消失了区别。它必然地影响，甚至也改变着诗的素质。

当然，这一趋向是一步一步地实现的。总的是为政治服务的目标，奠定了诗的统一的基础。为政治服务的总目标，使得诗的政治性大为加强，这样，政治性不强的，乃至非政治性的内容便受到了自然的限制。为政治服务的这个提法是三十年来贯彻始终的，它是无所不在的统一力量。这是总的力量，却非唯一力量。随后，重大题材论在诗的领域也起了作用——集体主义是重大的，"个人主义"是微小的；有教育意义是重大的，没有教育意义是微小的；英雄形象是重大的，中间人物形象是微小的；健康向上的内容是重大的，消极颓唐的内容是微小的，等等。因为重视政治，自然地排斥非政治；因为重视"重大"题材，自然地排斥了"非重大"的题材。如此等等。我们诗歌就这样，像一块大蛋糕一样，被不断地切割着。虽然提出了百花齐放，但并没有真正地实行。而且这一方针在诗歌的贯彻，不久即为"二革结合"以及"两个基础"等新鲜的提法所冲淡。我们提出"二革结合"是"最好的"创作方法，则在事实上排斥了其他的"不是最好"的创作方法；我们提出古典诗歌和民歌是诗的发展基础，则诗只能在民歌或古典诗歌的基础上"统一"，从而又排斥了除了民歌和古典诗歌以外的别的基础。

以上所见为大端，除此而外，还有不少的虽然不是正式的，却是习见的提法。我们还曾经提过主流或时代主调说：主流应当是反映现实的伟大变革的时代最强音；主调应当是豪迈、昂扬的，诸如此类。"百花齐放，我们总有一个主流。我以为民歌应该是诗歌中的主流。"（邵荃麟《民歌·浪漫主义·共产主义风格》）我们的诗歌创作中应该从各个不同的方面传达出祖国建设事业前进的高亢的声音。这种声音应该是全部交响乐中的主调，如果这个声音减弱,那不是正常的现象(《反对诗歌创作的不良倾向及反党逆流》,1957年9月《诗刊》)。这样,"主流"和"主调"又成为一个新颖的统一诗歌的标准。主流之外的一切的非"主流",无疑都受到了冷遇和排斥。"时代主调"也如此,它既是统一的条件,又是排它的标准——它必须唱"高"调,"低"调不行,"悲"调不行,"小"调也不见佳,这是自然而然的。

首先是诗歌为政治服务所产生的重大影响。我们在前面已经提到,这个影响甚至连最大的诗人郭沫若也难以规避——当然对于郭沫若来说恐怕并不是规避的问题。要是说,他初期写作《防治棉蚜歌》是由于政治热情的鼓动,《百花齐放》的一百零一首却难以做这样的解释。再看艾青在新中国成立初期的创作"危机"中,我们总感到他有一种无所适从的惶惑感。艾青当然是政治的诗人,他的诗歌的生命在于传达出了中国人民苦难年代的悲哀,悲哀是他的抗争的方式,但这一切是通过艾青的观感和艾青的方式,而不是统一的共有的方式。艾青在这一点上恪守诗歌的良知。他明确意识到:"并不是每首诗都在写自己;但是每首诗都由自己去写——就是通过自己的心去写。"(《艾青诗选·自序》1979年版)在逐渐地趋向于统一化的诗歌潮流中,他当然也不无勉强地顺从这个潮流做了某些试探,例如写于1949年的《国旗》"革命的旗 团结的旗 旗到那里 哪里就胜利",失去了艾青的灵动,而只是抽象概念的演绎。又如《早晨三点钟》,是仿照当时流行的用第三者的叙说,客观讲述先进事物的诗篇——妻子早晨三点钟起来,打扮得漂漂亮亮,原来是等待电灯的放明。诗人怕别人看不懂,于是直接出场解释:

让我把她的秘密告诉你们,
一个水电站的工程已经完成。
她的丈夫是设计也是监工,
此刻她的心哪是多么高兴。

为了几个城市的照明，
整整一年他没有回来，
好像一个军人出门打仗——
是对祖国的忠诚和对她的爱。

这些诗句像是李季的《玉门诗抄》。这样写诗显然不是艾青的特长，但他无法坚持原先的写法。他是一个有着独特艺术个性的诗人，他实在难以随波逐流，于是他很少创作。

艾青当然是艾青，他不是郭沫若。"积习"最深的当然要算郭小川，但是，经过了20世纪50年代后期和20世纪60年代初期的变动，郭小川已经懂得了他在什么地方最易于触犯忌讳——诗要多写众所周知的理想，诗不要多写"我"，此后，在《甘蔗林——青纱帐》以及《昆仑行》中，他再也不愿重蹈《致大海》《望星空》一类的覆辙——只是在特殊时期，他忍无可忍，方才在诗中有节制地重萌了"旧态"，如同《秋歌》和《团泊洼的秋天》中所表现的。

生活在发展，而且趋于严酷。政治化的呼声愈来愈高，事情发展到1966年至1967年已经是令人难以置信的地步：文艺和诗歌都死亡了，全中国的广阔土地上只剩下八个"样板戏"。诗本来就在充斥着谎言的浊流中挣扎着。这时，一位诗人发出号召：《新诗也要学习革命样板戏》，随后还有几篇响应的文章。在那些年月，"政治"几乎淹没了诗歌。发出这个号召的是一位20世纪50年代很有才华的青年诗人。我们此处要提及一首他因之在诗坛引起了关注，并奠定了他在读者心目中的地位的诗篇——《骑马挂枪走天下》。这首诗给新中国的新诗无疑带来了崭新的贡献：它的民族风格充分而又不是生硬地搬用，它的明快喜悦的旋律传达了新生活的节奏，它的富有地方色彩的明丽风物的描写，超脱了从新中国成立前后诗歌走向民间和适应人民欣赏习惯所形成的普遍模仿的风气，特别是它展示的生活场景的开阔，体现了新中国成立后的时代风貌而铸就自成一格的新诗。这些，我要留给那些专门研究这一时期诗歌的人去完成。我们要十分遗憾地说明的是，这样一首给诗人赢得了读者信任的诗篇，由于诗人自己的不再信任，而被他自己做了面目全非的删改。这种删改的主观动因我们不清楚，但是，政治对于诗歌的无形而长存的制约是明显的：这种干预不一定，而且往往不会采取行政命令的方式，但诗人和读者往往因政治的原因而采取类似的动作。此诗写作并发表于1954年，到了1973年，即完成创作将近二十年后，《螺号》再版时做了修改。这是一首十分典型的诗人自改诗，我们从中可以窥见当代诗歌的一个共同性的"走向"。"我曾在大巴山前挖泥巴，我曾经拉纤推船下三峡"被改为"我曾在大巴山上种庄稼，我曾风雨推舟下三峡"。"挖泥巴"当然不如"种庄稼"严肃而正规，"拉纤推船"当然也不如"风雨推舟"健康而明朗。"为求解放把仗打，毛主席引我们到长白山下"，"引我们"变成了"指引我们"，"地冻三尺不愁冷"改成"地冻三尺心里暖"，都表明了一种趋向：以时下流行的政治术语和形容词入诗，以替代那些政治色彩不够鲜明的形象，时代感不够"昂扬"的措辞。这一切，寻求在政治上的稳妥的用意是明显的。最严重的修改在"到了南方"的那一大段，在八行集中描写中，几乎完全变了模样。原诗是：

我们到珠江边上把营扎，
推船的大哥为我饮战马，
采茶的大嫂为我沏茉莉花茶，
小姑娘为我把荔枝打。
东村西庄留我住，
张家李家喊我进来坐会吧！
家务事和我唠，
天天道不完知心话。

前四句有一种南国的生活情趣,后四句当然没有写好,松懈空疏,而少了结实有特点的内容,但是修改之后的八句,却令人吃惊:

我们到南海边把根扎,
乡亲们待我们胜过一家:
阿妈为我们补军装,
阿爹帮我们饮战马,
渔家姐妹举双桨,
风雨同舟过海峡,
军民联防去站岗,
同心协力保国家。

他迫不及待地把那些"套话"往诗行里塞,挤走的却是那些富有生活气息的活生生的情感,剩下来的只是一些僵死的"把根扎""胜过一家""风雨同舟""军民联防""同心协力"。这种改动,只能有一种解释,那就是用政治的概念术语来排挤活跃、生动的艺术的生命。

这首诗的修改不是这位诗人的个人现象——当然,这位诗人有属于他的特定的"个人现象"。我们感兴趣的是这首《骑马挂枪走天下》的修改,它的确传达了如下确切的信息:由于政治的强调以及由此而产生的政治上的考虑,诗歌的新鲜而独特的形象和构思,乃至特有的诗意的语言和表现方法,正在被上述那种考虑所"统一"。这种考虑是现实的和实际的,在连绵不断的,而且是愈演愈烈的阶级斗争和政治运动中,人们的思维方式和适应生活的能力在发生急剧的变化,诗人的思维和"自卫"的能力也在发生急剧的变化。生存似乎比纯洁而美妙的缪斯更有吸引力。至少在不少人那里,作为艺术的诗较之作为政治的"诗"的地位,是有判若天地之分的。

在三十多年的发展中,对新诗起决定性的深刻的深远的影响的是政治。特别是为政治服务的提出,在诗歌具体化为"为时代而歌",或"做时代的号角和战鼓",这些命题无疑都是正确的。但是当它被形容为唯一的命题时,就显得是不正确的了。诗歌意识到自己的庄严使命,为人民,为时代,为祖国而放歌,诗人在为进步事物鼓吹,这都是诗的神圣的义务。但是,这并不就是一切,这也不能代替一切。在诗歌领域,也有不属于政治而属于前进的时代的范畴,例如爱情和婚姻的永恒主题的讴歌,例如纯粹个人的真挚友谊以及自古而今连绵不断的吟风月、弄花草的笔墨,它们有的涉及,有的并不涉及政治,或与政治很疏远,但它们属于诗。但当我们用政治标准(这个标准是越来越苛刻,越来越狭窄的)来要求诗为之服务时,这只能成为极狭隘的范围内的"统一化"。这种在政治含义上的"统一",三十多年来没有间断过。"反右派斗争"开展以后,"左"的思潮得到迅速展开,而且迫不及待地要以这种相当短见和窄狭的政治标准来统一诗歌,除了反对"反党逆流"之外,还反对诗歌创作中的"不良倾向",甚至连这样一首普通的写生活小景的诗也难以幸免:

我不认识你,
你也不认识我;
但我们都认识这支音乐。
慢四步像抒情的流水,
快三步像燃烧的火;
你的脚踏着拍,
我的心却乱了旋律。

一对素不相识的青年男女,只是在舞会上相遇,产生了某些亲近感。要是爱情,这里也只是某种有可能发展为爱的因素。生活中有很多这样富有诗意的邂逅,谁也没有说这就是生活的一切,我们的批评家却质问:"难道我们今天的幸福生活仅仅表现在'脚踏着拍''心却乱了旋律'上吗？难道青年男女崇高的爱情仅仅产生于'快三步'之中吗？"事情只是刚刚开始，更多的"难道"是在以后。诗，就是这样一步一步地被驱赶到窄狭的路上去，尽管有人认为不是窄狭，而是无比宽广。

在新诗的发展中，1957年是一个重要的年头。这一年提出了百花齐放。百花齐放是推动已经显示某种凝固趋向的新诗解放的动力。这一年，有两个诗歌刊物同时诞生，这当然是对百花齐放号召的响应。四川的《星星》似乎更显得雄心勃勃，充满朝气。他们把握住了早春时节的气候。他们觉得诗歌应该开放，应该走向多样，而不是走向统一。他们庄严宣告："我们的名字是'星星'，天上的星星，绝没有两颗完全相同的。人们喜欢启明星、北斗星、牛郎织女星，可是，也喜欢银河的小星，天边的孤星。我们希望射着各种不同光彩的星星，都聚到这里来，交映成灿烂的奇景。"对于走向凝固的诗歌，这里提出的观点具有充分的异端挑战的意味，它将受到传统观念的严重关切。果然，这个稿约是短命的，它只登了一期，以后再也没有出现。但是，他们仍然忠于自己的"宣言"，第二期的编后记中，他们从诗的内在素质上发挥了"稿约"的论点：

人民有七种感情：喜、怒、哀、乐、爱、恶、欲。
缪斯有七根琴弦：喜、怒、哀、乐、爱、恶、欲。
诗人的心，就是缪斯的七弦琴。

他们认为，"'百花齐放，百家争鸣'在诗应该是让七弦交响"，"抒人民之情"不会限制诗，因为人民的感情是无边的大海。但《星星》反对"单弦独奏"式的只准许或只规定抒某一种情。他们说"那是怪癖"。

那时节，几乎是一天一个形势，当然形势是走向严酷和关闭。要真的实行百花齐放，要经过艰苦的磨难。第三期，《星星》来了个突变，它明显地唱了"低"调。在编后记中，它对"二百"做了规定性的阐述，强调"鸣放"必须是"有立场的放，有立场的争。所谓立场，自然是人民的立场，工人阶级的立场"。还有一段话，也属于对"宣言"的"修正"："如果说在'百花齐放，百家争鸣'的方针下，欢迎各种不同流派诗歌在我们的诗坛上出现的话，那么社会主义现实主义的诗篇，则应占为首的地位。"既然出现了"为首的地位"的规定，那么，艺术上争鸣和竞赛就显得不很适宜了。

仅仅过了半年，从第十期开始，《星星》重登稿约，不再讲各式各样的星星了，而是讲"我们的诗歌，应该是社会主义伟大时代的战鼓"。不再讲前提是实行百花齐放以求风格、题材、体裁的多样化，而是强调在六条标准的前提下"让我们诗歌百花齐放"——它不再是前提，而只是结果。而这个"果"是否能够"结"得出来，是大可怀疑的。从它的诞生到它实际上的消失，"星星"的生命是一个短促的过程，它只是一颗流星，划过黑暗的天空，在人们的记忆中留下一道闪光的弧线。即使这道弧线，如今也留给人们甜蜜而不免酸楚的回忆。人们曾经以多么天真烂漫的心情，希望过满天星斗的繁盛，而它留给我们的多半是冷月孤星的凄冷。

"凡是能开的花，全在开放；凡是能唱的鸟，全在歌唱。"1957年的早春时节，诗人严阵写了这首短诗，这当然是百花齐放整个环境的概括，但也是当时诗歌开放的乐观气氛的写实。那时，似乎只要是花，开放就是它的尽责，而不对它的形态或色泽做出规定；只要是鸟，歌唱就是它的尽责，而不对它的声音粗细或音调高低做出规定。可惜的是，这仍然只是诗人的浪漫情趣的反映，是理想主义的产物，事实还不是真的如此。我们仅从《星星》的陨落就可以窥见那段历史像是谎言，赢得了人们的空喜。

1957年"反右派斗争"过后，接着"大跃进"来了，"大跃进民歌"应运而生。"大跃进"的主要目标是号称浪漫主义精神的大发扬。"放诗歌卫星"和"人人当诗人"，引发了一个空前规模的新诗发展问题的讨论。许多理论界的权威纷纷著文确认作为"共产主义文学的萌芽"的新民歌是新诗发展的方向，批判了对"民歌的局限性"哪怕只是稍有一点怀疑和提出不同意见的人。一方面是带有极大片面性的讨论，另一方面有更多的诗人力图迅速改变自己的诗风。他们天真地，同时也是虔诚地重新学习写诗——写民歌体的诗。所谓的改变诗风，就是放弃自己原来熟悉的形式，去写民歌体——具体些说，主要就是七言四行体民歌——的诗。这时郭沫若也以前所未有的热情写起了民歌体（"遍地皆诗写不赢"），起了倡导风气的作用。许多诗人相习成风。当然，这时出现的这种风气是受整个政治形势影响的，诗人怀有一种单纯的热情。随后，新诗必须在古典诗歌和民歌的基础上发展理论的提出，都为这种诗"大跃进"的狂热提供理论的根据和支持，它不仅巩固了这种热情，而且发展了这种热情。当然，"两个基础"的提出，其明显的目标仍然在于给诗提出一个走向统一的标准。长期以来我们忽视对外国诗歌传统的学习与借鉴，在新诗的发展中采取某些闭关锁国的狭隘的方针，都证明没有声称的、无形的"统一"精神在起作用。

以民歌或古典诗歌来统一诗歌的意图，迄今为止，仍不能认为已经消失，我们仍然可从当代诗歌的讨论中看到这个幽灵在游荡。新诗可以，也应该学习民歌和古典诗歌，但新诗不能用它们来统一。因为由"五四"开始的新诗，路子比这要宽广得多。片面强调这个基础，必然驱使诗歌离开众多而宽广的道路走向单一而窄狭的道路。事实上，我们正在这种单一而窄狭的路上行进，而我们并不自知，反倒认为我们是在坚持健康、前进、革命的方向。这种事实上存在的倾向的最突出的事例恐怕莫过于要求诗歌形式的统一了。艾青曾在一篇文章中引述了这一主张的内容："有人想建立一种共同所遵奉的形式，说是为了国家过渡时期总路线的需要。"（《诗的形式问题》）统一的总路线时期，要求着统一的格式的诗歌，这就是长期支配着我们的庸俗社会学的逻辑。我们往往把这种主张和要求，误认为诗歌顺应时代要求而必须实行的措施。我们有时未做这样的宣言，却这样地实践着。

但长期支配着我们诗歌的形式方面的主导性理论的是"民族形式"，这在原则上说来是对的。中国的诗歌应该是中国民族的诗歌（但这种诗歌仍然也并不是唯一的，事实上，早就存在着不那么民族化的诗歌形式了，这种不是唯一的倾向，早在郭沫若时代就已经开始）。我们仍然承认，这是我们要为之努力奋斗以求实现的目标。但这种主张绝不能导致拒绝对于外来影响的吸收以及实际上走向复古主义的道路——而这种危险是的的确确存在着的。其突出的例证是1966年至1967年的诗歌创作的现状，我们把外来的优秀营养一律斥为帝国主义的、资产阶级的、修正主义的没落、腐朽、颓废、堕落的诗风。早在20世纪60年代初期，就有人提出了简单而偏激的主张："修正主义的作品，抽象派的作品，自然主义的作品，都是一些忧伤、含糊、神经错乱的东西，我们诗的内容、风格就是清醒，乐观，意气风发。他们越是含糊，我们越明朗。他们越是写陈旧的精神状态，我们越要写出共产主义必然胜利的新的风格。他们宣扬个人主义，我们就越发地发扬集体主义。"（《关于诗歌的几个问题》，《诗刊》1960年第1期）

这一段话有许多理论上的混乱我们不用去分析，但它明确表明在那个时代里，我们的艺术思想有多么混乱。"含糊"是不进步的或反动的；"明朗"是进步的或革命的；"清醒"和"乐观"的风格是积极的；"忧伤"和"神经错乱"的风格是消极的，如此等等。什么叫"含糊"，为什么要反对"含糊"，诗能够断然排斥"含糊"的语言和形象吗？在这里，那种企图以一种"风格"（要是承认他说的是风格的话）来统一诗歌的倾向是明显的——"他们越是含糊，我们越是明朗"！

在20世纪50年代，艾青的理论是相当清醒和开放的。他没有苟同这种"统一"的呼喊。他说过："从古到今，不是以某种统一的方式来表现事物，我们也大可不必停留在对于某种体裁的模仿而感到满足。我们更不必要求将来的人们也按照我们现在的形式来创作。"（《诗的形式问题》）艾青反驳了"民族形式是个原则问题"的观点。他尖锐地指出："这意思就是说，中国诗的传统是'五言体'和'七言体'，诗人要是不按照这种体裁写作，就违反了原则。""我以为复古的倾向和爱国主义毫无关系。前者是已经沉淀了几十年的旧意识的复活；而后者则是从中国人民革命的需要出发，目的是把人民引导到共产主义。"在目前的新诗发展的讨论中，这种复古的倾向仍然伪装成最正统的爱国主义的面孔出现在我们面前，而其实质仍然是"已经沉淀了几十年的旧意识的复活"。

新中国成立以来，政治运动左右着我们的社会生活。同样也左右着诗歌的发展。就形式而言，要是说，新中国成立初期石方禹和未央能够堂堂皇皇地写着他们的纯粹的自由体，不仅未受谴责，反而受到包括何其芳在内的前辈诗人的褒扬，经过"反胡风"和"反右派"斗争，这种风气已经丧失殆尽了。自由诗被认为是违背民族传统的，它的提倡被认为是胡风以及艾青的蛊惑，被认为是对中国作风中国气派诗歌建设之反动。但是不管有多么强大的力量力图统一诗歌，即使在形式上，诗歌也仍然顽强地按照自己的规律发展着——当然是相当艰难地发展着。贺敬之的"阶梯式"的出现，是对于新中国成立后迅速形成的"半格律或半自由"的四行体的冲决；郭小川则是一位诗歌形式的广泛试验与革新的专家，他的《白雪的赞歌》对于四行体的完备化做出了明显的贡献（当然闻捷似乎是此中致力最著的一位），但他几乎马不停蹄地超越了自己达到的目标，他的短句如《月下》《雾中》《风前》，他的长句如《甘蔗林——青纱帐》《青纱帐——甘蔗林》，几乎无时无刻不带给那种似乎加上了凝固剂的统一的诗以骚扰，这种骚扰无疑有益于诗歌的健康进步，即使是处于劣势的自由诗也在悄悄地生存着。蔡其矫连续出了《回声集》《回声续集》。《涛声集》中，他把大海不羁的性格与奔放的韵律凝聚在他的诗中——他不断地受到批判，但他不轻易改变自己的追求。这种追求，艾青也是支持的。他的《诗的散文美》成了一面挑战性的旗帜。这篇文章，在他的《诗论》的最后一版中被抽出，这当然反映当时的气氛。1980年《诗论》重版，艾青经朋友的劝说重新收入，他对此说了如下的话："强调'散文美'，就是为了把诗从矫揉造作、华而不实的风气中摆脱出来，主张以现代的日常所用的鲜活的口语，表达自己所生活的时代——赋予诗以新的生机。"

至此，我们可以得出结论说，诗歌的统一不仅是不可能的，而且也是不正常的。诗歌和一切文艺一样，本身就应当多样，因而，诗歌艺术的多元化是无法抗拒的规律——尽管目前有人试图做这样的抗拒。

1981年8月完稿于北戴河
1982年3月重改于北京

第二章　重获春天的诗歌

一、新诗的进步

新诗在前进。在经历了如此动荡、如此剧烈的政治变革之后，新诗如同在烈火中再生的凤凰，展开了它高翔的羽翼，奉献出多少激动人心的佳作呀！

但是，在浩如烟海的诗作中，谁能保证不出现若干不好的诗和坏诗呢？谁也不能担保前进中的新诗不出任何问题，正如谁也不能担保会说话的人不会说错话一样。我认为新诗在进步，新诗在重新获得春天。我甚至认为，中国新诗三十年来的形势，从来也没有像最近三四年，特别是1979年这么好过。现在的问题是，如何保持并发展1979年这样的势头，不要退后，继续进步。

新诗的进步，表现在如下三个方面：

诗人的使命重新得到确认

诗人的使命，在于替人民说话。他不是神的代言人，他是人民的代言人。诗人不是说无关紧要的话，而是要昭示人民的欢乐与痛苦、不满与愤怒、希望与理想。因而，诗人往往代表真理发言。但诗人这个人民的代言人并不好当，在一定的时候，是要付出代价的。因为在一定的时候，真理的声音并不被认可，真理本身甚至也要蒙受屈辱。《天安门诗抄》的作者们就付出了代价。当然，历史是公正的，最后还是还给他们荣誉。

诗人要说真话，要传达人民的心声。拜伦说："假如诗的本质必须是谎言，那么将它扔了吧，或者像柏拉图所想做的那样：将它逐出理想国。"（《致约翰·墨雷先生函》）海涅说："不久以前，我对于一切的韵文起了一种抗拒之情……我猜想，大概是由于美丽的诗篇谎话太多。"（《诗歌集二版序》）我们的诗篇中，曾经充斥过美丽的谎言，我们也有过把谎言当作诗的本质的时代。值得庆幸的是，这个时代已经结束了。它是不会再回来的。这是我们用十年、二十年，乃至更多的时间的痛苦换来的诗的觉醒。我们不会轻易抛弃这一颗曾被诗人白桦形容为"觉醒"的珍珠。

近年来的诗歌创作，当然不是十全十美的，却是在十分正常地发展着。就整个倾向而言，诗歌不仅没有走入歧途，而且是走在一条健康的大道上。说是正常和健康，其主要标志就是诗歌代表了人民的利益，它干预了生活，它恢复了"五四"诗歌的战斗传统。一言以蔽之，诗歌开始说真话！人们不仅可以从我们的诗中看到时代的希望，而且也可以从我们的诗中看到生活的暗影。我们为诗歌重新确认了它的使命而骄傲。我们通过反反复复的经验得到了一点进步，这就是我们认识到：戴在诗人头上的，并不总是真正的桂冠，有时也可能是荆棘扎成的。

我觉得涅克拉索夫的几句诗，是对诗人使命的概括：

谁要是在受着苦难的兄弟的病床前，
不流眼泪，
谁要是心里没有一点同情，
谁要是为了黄金而把自己出卖给别人，

这种人就不是诗人!

(《这种人不是诗人》)

　　诗人的同情心能够激发作为诗人的使命感。对人民和祖国的爱,能够给诗人以灵感。把诗歌当成一种"甜蜜的事业"实在是一种误会。当然会有,也应当允许有让人休息,让人娱乐,也讨人喜欢的诗歌。但是,这些,从来也不能构成诗歌的主流。

　　要是把讨人喜欢当作诗歌刻意追求的目的,要是立志只做甜蜜的诗人而回避诗人的愤怒,我们只能为诗歌的堕落而感到羞耻。罗马诗人尤维纳利斯讲"愤怒出诗人",当然不是指只有愤怒才能有诗,而应当理解为诗人要表达包括愤怒在内的那样有异于常的激情。元稹说过,"凡所对遇异于常者,则欲赋诗"(《叙诗寄乐天书》),即指诗产生在不平常的境遇之中。"荣枯咫尺异,惆怅难再述""不眠忧战伐,无力正乾坤",对人民的同情,对统治者的愤怒,造就了伟大的诗人杜甫。我们生在现代,我们生活在优越的社会制度下,我们当然期望着盛明之治,作为诗人,对于生活的反映也应当比封建时代的杜甫做得更好。所以,我们总是对那些喊出了时代声音的、表达了人民思考的、诗的锋芒击中了时弊的诗和诗人投以感激的目光。

　　"男女有所怨恨,相从而歌。饥者歌其食,劳者歌其事。"(《公羊传注》)那时也许还没有专业的诗人,人民自己充当了发言人。后来有了诗人,他们就自觉地担负起人民交付的使命。自觉的诗人总是十分珍惜人民给予的这份权力,总是十分珍惜自己手中的这个武器。正是因此,尽管允许某些诗歌可以和现实隔得较远,但我们仍然主张诗歌不要离开现实而飘到云端中去。许多不朽的诗歌都没有事先想到不朽。它们总是在投身于当前的生活激浪之中,及时地反映出人民的爱憎而获得长久的以至不朽的价值。

　　我曾在一篇文章中谈到,新中国成立以来,诗的一个重大成就是诗和时代、现实保持着紧密联系的传统,正在日益完善地形成着。

因此，我又认为，诗毕竟不能亦步亦趋地尾随生活，它是积极而能动地反映生活的镜子。诗不满足于如实地描绘生活，它不是说明着什么，它总是暗示着什么。因此，诗在反映生活时往往很超脱，往往有意地把生活表现得更"不像"一些——这大概就是"保持距离说"了。

这里有两个问题：一个是就诗与生活的关系而言，诗不应离开它的源泉，不应有距离；一个是就诗如何反映生活而言，它们之间不能太直接，诗的光芒往往是反照的和折射的，因此，又应当有距离。"诗使它所触及的一切都变形"，这是雪莱《诗辩》中的一句话。"变形"就是诗对生活进行改造的特殊方法，这当然意味着与生活实际有意地保持一定的距离。

1976年以后的三年，特别是1979年的诗歌创作，由于打破了禁锢思想的重重枷锁，中国新诗死而复生了。诗人的神圣使命重新得到确认，诗人不仅能够面向现实说话，而且能够面向现实大胆地说出歌颂光明和诅咒黑暗的话，甚至于诗人能够站在现实生活面前独立而庄严地说话。可以说，新诗恢复了它应当享有的骄傲和荣誉。

诗的艺术获得了第二次解放

"五四"时期的新诗，朱自清把它分为三大流派：自由诗派，格律诗派，象征诗派。那时节，各派诗艺互相竞争，各自在自己认定的宗旨中发展诗创作。在那种自由解放的空气中，各派都出现了有影响的诗人和诗作，如按朱自清的分类法，自由诗派中出现了胡适、冰心、郭沫若；格律诗派中出现了徐志摩、朱湘、闻一多；象征诗派中出现了李金发、戴望舒。朱自清自己写自由诗，但他是一位兼收并蓄的、宽宏大量的选家和评论家。"五四"到左联，是中国诗歌艺术的第一次大解放。诗歌是从僵死的、凝固的、陈腐的古典诗歌那里创造了自己的青春的。这种青春的保持，有赖于当时艺术民主自由的有利气氛。

在抗战中，民族矛盾激化，斗争形势需要激动人心的号角和战鼓，艾青和田间得到了闻一多的赞赏和肯定。而对于其他一些流派的诗人，如写了《慰问信集》的卞之琳，写了《十四行集》的冯至，乃至一些受到西方现代诗歌影响较深的年轻诗人，没有受过应有的评价。在民族危亡时期，号召和希望出现更多的激昂的擂鼓的诗人，忽视其他是可以理解的。抗战时期，我们的批评毕竟还没有发展到新中国成立后那样简单的程度，但应当承认，诗的艺术开始走向狭窄。

1942年，《在延安文艺座谈会上的讲话》发表。中国作风、中国气派的诗歌得到了理论和实践上的重视。诗人在党的号召下，决心抛弃自己那种"小资产阶级的情调"，去适应人民大众的需要。诗人纷纷走向民间，学习民歌蔚然成风。陕北信天游登上了大雅之堂，李季创造了皇皇八百行的《王贵与李香香》，可以说是开了一代诗风。新诗在民歌和古典诗歌的基础上，获得了新的发展。阮章竞的《漳河水》、张志民的《王九诉苦》，加上李季的《王贵与李香香》，体现了这一时期新诗民族化的实绩。

这样，到了新中国成立，毛泽东同志从理论上把1942年以来的新诗运动加以总结，这就是，新诗必须在民歌和古典诗歌的基础上发展。这一理论的提出产生了重大的影响，但是，它带有明显的片面性（这需要做专门的探讨）。不管怎么说，由于《在延安文艺座谈会上的讲话》的指引，新诗开始了新时代，成绩是伟大的。

但问题在于，诗歌不能单打一。它是艺术，在艺术上一律化、行政命令、少数服从多数是荒唐的。我们的问题恰恰在这里。这就造成了几乎所有的诗人都放弃了自己的风格，去适应那些自己并不适应的潮流。写过《天狗》和《晨安》的郭沫若，也改变了自己的声音，以至于新中国成立三十年让我们觉察不出《女神》作者所特有的《女神》风格。艾青唱不出新时代的《火把》和《向太阳》。田间也没有擂响向社会主义进军的鼓点。相反，我们一再粗暴地、不加分析地批判新月派、现代派以及其他流派的诗歌，甚至干预到在诗中不能缺少的个人抒情形象，凡是抒写了个人情致的，一概斥之为突出个人。三十年来，我们没有再现"五四"时期那种活泼的、生动的、真正体现了多风格多流派的自由竞争的局面。我们的道路，到了1975年，走到一个死胡同里了。那时的诗歌，只剩下一种声音一个调子：帮腔帮调。

我们面对的现实是，由于社会主义现代化的进展，人们的社会生活也急剧地变化着，《兰花花》的调子、《虞美人》《浣溪沙》以及平平仄仄仄平平的调子，和现代生活的节奏有极大的不协调，和人们日益开阔的视野和活生生的语言有极大的不适应。用旧诗词的形象和韵调，来表现电子计算机和高速公路，我们应当承认它们的差距。现代生活，应当有现代的节奏；现代的诗歌，应当展示现代人的思想和情感，乃至习俗。

"你们背离传统"的责难是很吓人的，因为"背离传统"意味着和中国作风、中国气派相对立。这里需要回顾一下历史："五四"时期的大诗人，如郭沫若、冰心、徐志摩、闻一多、戴望舒，都是学了外国诗并受了外国诗的极大影响的。"五四"诗歌革命的对象是旧体诗，新诗的创始者学习的模式是西洋诗。郭沫若从海涅、泰戈尔、惠特曼那里得到的营养和力量，恐怕比从屈原、李白那里得到的要多。"五四"时期是以欧化为武器来对付那几千年的老古董的。他们是诗界的革命者。

后来，我们片面地强调民歌和古典诗歌，尤其是旧体诗词，近三十年来似乎有卷土重来之势。许多在新诗的创立和发展上卓有功勋的诗人也弃新从旧，纷纷写起旧诗来了（这当然要加以分析，而不能笼统地全加责难）。甚至以改造旧诗词反而成为新诗奠基人的郭沫若，转了一个长达半个多世纪的圈子，也终于又回到了旧诗词的营垒。这些现象，没有人反感，也没有人批评。相反，一旦出现了使新诗和西洋诗的传统重新联结起来的努力，就大惊小怪起来，这是不正常的。

　　传统,不是古董,不是古色古香的客厅里散发着陈腐气息的摆设。传统不是僵死不变之物。各个民族各个时代的人们,都为丰富和发展各自民族的传统而贡献力量。传统如江河,在它的上游,可能只是一湾浅水,行往雪山草地高原平野,汇合无数支流而成为巨川大河。传统是发展的。新诗固然不应割断与旧诗之间的传统,但新诗又有自己的新的传统。新诗的传统是从胡适、刘半农、刘大白、康白情、郭沫若一直到闻一多、徐志摩、戴望舒一脉相承发展而来的。我们从郭沫若的《晨安》等诗中,可以感受到惠特曼的激浪澎湃,但是他消化了惠特曼给予的营养,而化为自己的血液。然后,郭沫若本身又成为一个支流,带着崭新的内容,汇入了中国诗歌的传统。于是,像李白成为传统的一部分一样,郭沫若也构成了传统的一部分。正如马雅可夫斯基既继承了普希金的传统,又与普希金有极大的区别,他是吃了现代派的乳汁长大的。但是俄罗斯诗歌母亲并没有抛弃这个儿子,马雅可夫斯基也毫无自卑感,他堂堂正正地迈入了俄罗斯诗歌传统的长河,并且得到了承认。

　　我们怎么能够排外呢?高鼻子蓝眼睛可能是八国联军,也可能是马可·波罗和白求恩。在诗歌艺术上搞闭关锁国,只会窒息我们自己,最后,我们也许只能得到一条干枯的河床。

诗的队伍有一个空前的壮大

　　我们的诗歌队伍,本来是壮阔而丰富多彩的。前面提到,"五四"时期,朱自清把新诗归纳为三个大派别。宽容的朱自清并没有按照简单的逻辑,把不同风格流派的诗人排斥在新诗队伍之外。从抗战到新中国成立,我们的诗人虽然分别在解放区和国民党统治区,但是整个队伍是兴旺发达的。抗战时期,在香港,在桂林,在重庆,也在陕甘宁、晋察冀边区,各种流派的诗人团结在抗战的旗帜下,以诗为武器，英勇作战。新中国成立前夕，延安的秧歌扭到了南京街头，《王贵和李香香》和《马凡陀山歌》在不同的战场配合为战，应该说，当时我们的队伍不仅是团结的，而且是声势浩大的。

可惜的是，我们的诗歌队伍在人民取得了全国政权之后，却日益缩小了。"粉碎胡风集团"，一批诗人的名字消失了；"反右斗争"，又一批诗人的名字消失了；一次又一次的"政治运动"，总有一些诗人的名字在消失。到了"文化大革命"，这支队伍几乎荡然无存。

直到1976年之后，我们重新开始，在一片废墟之上重建诗人的队伍。1976年10月过后，人们陆续听到了熟悉而又陌生的诗人的名字（包括郭小川和贺敬之），居然有了"相对如梦寐"之感。但那时，也只是就那经过"历次政治运动"之后幸存下来的"队伍"的"喜相逢"而言。1978年以后，情形不同了，随着思想解放的深入和各项政策的落实，我们的眼前突然涌现了一批对于三十岁左右的青年人说来是完全陌生的名字。被"政治"放逐的诗人回来了，被各种各样的"政策"所贬斥的诗人也回来了。艾青重新获得了诗的生命和青春，他以前所未有的热情歌唱着。公刘、白桦、邵燕祥、周良沛、高平回来了，吕剑、绿原、鲁藜、冀汸回来了，陈敬容、郑敏、杜运燮、唐祈回来了……几乎所有的生者和死者都回来了。中国新诗的队伍，从来也没有像目前这么繁荣昌盛，这种盛况是空前的。人们深切悼念着柯仲平、闻捷、郭小川等一些诗人的名字，历史恢复了他们各自应有的地位。

我们队伍的壮大不仅表现在失而复得的恢复，而且表现在生生不断的发展。在这里，我们绝对不应忽略了我们的年轻一代诗人。在动乱的十年中，一批青年诗人在成长。动乱的十年过后，又有更大的一批青年诗人在崛起。他们中的一些人，对于我们是更为陌生的，却是才华初露的。其中如写了《小草在歌唱》的雷抒雁，写了《呼声》的李发模，写了《现代化和我们自己》的张学梦，写了《不满》的骆耕野，写了《致橡树》的舒婷，以及北岛、江河、顾城等我们已经认识，或者我们来不及认识，但的确是在那里勤奋地耕耘着、悄悄地成长着的青年诗人们。他们无拘无束地吸收着来自各方的营养。他们是不拘一格的，他们敢于向"传统"挑战。因此，他们容易遭到非议。但不论他们有多少的短处，他们终究是我们的希望和未来。

他们中的一些人，正在写着一些新的诗，这些诗显得有点"不合常规"，是不免古怪的。因此，他们受到了歧视。我不主张连作者自己都读不懂的诗，诗应该让人懂。有的诗，对生活做扭曲的反映，这是不足取的，有的诗，追求一种朦胧的效果，却应当是允许的。

前几天，两位年轻人来看我。他们的诗并不难懂，而且有才华。但他们受到了歧视。其中一位，把一首两百余行的诗投给了某刊物。回信说，太长了，建议采用其中最后一节。这是一首歌唱由黑暗走向光明的"开始"的诗，编者只喜欢"光明"，不喜欢"黑暗"。年轻人照办了，留下了"光明"，赶走了"黑暗"。但立即又建议说，诗应当精练，这一节五十余行太长，可否再加压缩？当然照办。作者亲自动手"砍杀"，剩下了三十七行。回答说，可以了，拟在某期刊用。临到刊期，也就是到了最近，不知道又有了什么风，作者收到了不加任何说明的退稿。同来的另一位青年的一首诗，也遭到了同样的命运。据说，仅该刊的这一期，收到退稿的不仅这两位，他们都是属于那些"不好懂"的流派的诗人。

编辑部和批评家不应该制订不成文法的规定，编辑部和批评家也不应该对不同风格流派的诗歌怀有偏见。李白和杜甫，应当说在艺术风格和艺术方法上是两种很不相同的诗人，但他们互相倾慕，互相敬重，他们不互相排斥，他们有着伟大的个人友谊。年长的同志们，前辈的诗人，编辑和批评家们，关心我们的晚辈吧！热情地扶植他们、指导他们吧，给他们以发表作品的权利吧！看不惯的东西，不一定就是坏东西。在艺术上，靠压服和排挤是不能解决问题的，要竞争！对于旧体诗，胡适是怪东西；对于胡适，郭沫若是怪东西；

对于郭沫若,难道徐志摩和戴望舒不是怪东西吗?甚至对于传统的新诗,李季和阮章竞也是怪东西。对待青年人,要严格,不要歧视。但目前更需要的,是宽容和慈爱。

凤凰,在烈火中再生;新诗,在时代的激流中进步。新诗队伍的成长壮大,已经有了空前的规模。保持这一良好的势头,看来还要走一段艰难的历程。

1980 年 4 月 8 日于南宁

二、重获春天的诗歌

——评1979年的诗创作

小 引

寒冬过去,春天悄悄来临。对中国当代诗歌来说,春天也是悄悄来临的。当有人还在那里说新诗这也不行那也不行的时候,中国新诗史上新的一页正在揭开。历史将证明,20 世纪 70 年代结束、80 年代降临这一交接时期,在中国,诗的凤凰在火中再生了。

大苦大难、大悲大喜,铸就了 1979 年诗歌的凯旋门。

十年的内乱给诗歌带来严重的后果,三年的战斗,清除了十年的积垢。1979 年到来之前,新诗的面貌已经焕然一新:空洞的标语口号已不多见,题材风格逐步趋于多样化。1979 年初,召开了全国性的诗歌座谈会,这仿佛是一个宣告诗歌之冬结束和诗歌之春开始的庆祝会。诗人们在会上讲了一个又一个"在漫长的冬夜等待春天的故事"。万木凋零中,春天在孕育;在忍耐与寂寞中,诗成熟了。

它的名字叫作：觉醒

举过"火把"的艾青，没有忘记把火种带给祖国的大地。这年一开始，艾青率先唱了一支《光的赞歌》。祖国和人民刚刚度过长夜，一旦拥抱这"没有重量而色如黄金"的"奇妙的物质"，不仅获得了重见光明的喜悦，而且通过诗人对于诞生了光的撞击、摩擦与燃烧的颂赞，感受到对于斗争的生命力的肯定。尽管久经艰难，诗人的青春如火，他的积极信念，凝聚在这一句中：

让我们从地球出发
飞向太阳……

不是如往常那样坐待"太阳向我滚来"，而是主动"飞向太阳"。闻一多要是活着，他一定为艾青的这一改变欣喜。艾青爱海，他知道海水是咸的；他与祖国同患难过，他也知道泪是咸的。他当然了解亿万年的泪会聚成海，但他仍然执拗地相信："总有一天，海水和泪都是甜的。"（《海水和泪》）也许这永远不会成为事实，但都是艾青真实的希望。

我们经历过太多的灾难，我们的泪可以泛滥成海，但我们不能被泪水所淹没。这一年的诗歌，更多的是擦干泪水之后的冷静，冷静而又不失热烈的希望，这是诗的主潮。的确，在我们百孔千疮的国土上，诗人的神圣使命显然不是叹息，而是吹起前进的号音，这才是诗的责任。但那些空洞的"豪迈"的调子，已经令人厌憎，人们需要切实的进行曲。这年开始的时候，邵燕祥唱了一曲《中国的汽车呼唤着高速公路》，这是一首含泪的希望之歌。尽管诗行中夹着血泪，目的却是乐观的前进。到了年底，邵燕祥"以八十年代第一个春天的名义"，发出了坚定的呼喊：《沙漠吃不掉北京》。他当然知道沙漠在一寸一寸地蚕食着北京，但还是怀着绿色的信念。这就串成了一条光明的线。这条线，不仅在邵燕祥的诗中，也在白桦和公刘的诗中。

白桦也是从灾难中走来的战斗者。他以富有政论色彩和充满论战精神的诗句，冲击着迷信、愚昧与专横。就像艾青歌唱永远运动的"光"一样，白桦歌唱永远运动的"风"。他不能设想，也不能容忍那失去了风的情景：沉默的风铃，僵死的树影，不转动的风车，水面上没有波纹。他鼓励人们迎向风暴："千万别做没有信念的革命者，如果你的确在忧虑中国的命运；即使像拔尖儿的大树被吹折，也将无愧于后代子孙。"（《风》）白桦的积极信念也是以痛苦的代价换来的，可贵的是他也没有被淹没在昨日的泪中。他希望人们"勇于回顾"，他认为回顾能使我们拾起被我们抛撒的《珍珠》：

真理往往像珍珠那样，
是精神和血肉之躯在长期痛苦中的结晶，
三十年凝结了一颗巨大的珍珠，
它的名字叫作：觉醒。

1979年诗歌创作的最主要的收获，就是收获了这颗巨大的珍珠。这是觉醒之歌。这种觉醒，最概括地讲，就是人民力量的再一次被确认：创造世界的是人，而不是神。公刘早在《为灵魂辩护》中宣布，他的骨骼中贮存着能够"八千次爆发希望的火花"的磷。在《鞍山评论》中他再次认定："在这个繁衍兴旺的种族，血肉中一概包含着铁矿，如果还有别的什么元素，那准是会燃烧的硫黄。"总之，他心中的烈火并不因长久的严寒而熄灭，他始终热爱并歌唱那种会燃烧的物质。公刘的诗精于构思，富有哲理，擅长把聪慧的思想藏在精致的语言中，他的诗句有巨大的思想容量。公刘也如同时代诗人一样，把诗句献给了历史的主人，而以锋利的思想抨击宗教迷信：

"须知菩萨和人都是泥土所生，社会主义岂能靠明烛高香？！"

诗的觉醒，是思想理论战线关于实践是检验真理的唯一标准的讨论唤来的。这种觉醒集中地表现于对人民的歌颂。人们终于有勇气喊一声，"太阳美呵，人民是太阳"（雷抒雁）；也终于有勇气承认，"假如不是被太阳的光芒浸没，白天也会有繁密的群星""太阳、月亮、地球，在无尽的空间也都是普通的星星"（雷霆《群星》）。到了公刘，他在1979年12月26日的《人民日报》上，用最明确的语言评价了领袖与人民的关系：

无可置疑，他是一面大旗，
旗的概念是什么？是飘扬，是进击，
旗应该永远是风的战友，
风，就是人民的呼吸。

假如旗上有弹孔，
那正是光荣之所在，何必忌讳！
迎风抖擞才能避免蒙尘和发霉呀，
为什么偏有人主张压入箱底？！

——《十二月二十六日》

把无产阶级领袖头上的灵光撤走，恢复他庄严的人的地位，诗歌为此做出了贡献。

一位女共产党员的死，在1979年，几乎激动了所有诗人的悲怆的琴弦：悲歌张志新身上的巨大的光明和勇敢，诅咒和声讨残酷杀害了她的黑暗与卑鄙。在一个短时期内，自发地掀起如此巨大的规模，集中地为一个普通共产党员唱颂歌，这是罕见的；而且，以相同的题材，在一个时期集中出现构思各不相同、思想艺术各有突破的诗篇的数量如此之多，更是罕见的。张志新的生与死，无法扼制人们对她的挚情；有了真情，就会有真诗，这是无须发起一个歌颂运动的。程光锐的《不朽的琴弦》、朔望的《只因》、李瑛的《红花歌》、周良沛的《沉思》……都是向这位普通的女共产党员唱出的。

在此类题材的诗中，雷抒雁的《小草在歌唱》是影响最大的一首诗。这是一首沉痛的觉醒之歌。一个死于"革命"的枪口下的共产党员的鲜血，唤醒了年轻战士的心。殷红的血，被遗忘了多年，只有小草没有忘记：当风暴来时，是她冲在前面，竟以惨死殉身真理。诗人以无产阶级的义愤，谴责那苍白的法律，谴责那连死者自己也料想不到的极刑，诗人还谴责自己的昏睡。多少年来，我们极少读到袒露了诗人灵魂的诗篇（郭小川的《秋歌》留给人们极深刻的印象），雷抒雁不掩饰自己的愧疚与悔恨，他无疑是把个性唤回抒情诗的领域中来了。而正是这个匮缺，使抒情诗长时期来失魂落魄。流沙河的《哭》，让我们也想为那刚刚逝去的日月痛哭一场——

不装哑就必须学会说谎
想起来总不免暗哭一场
哭自己脑子里缺乏信念
哭自己骨子里缺乏真钢

"我要用真话武装我的诗句"

这是一位青年作者的诗句，它让我们想到诗的真实。记得海涅说过："不久以前，我对于一切的韵文起了一种抗拒之情，据说，有很多当代作者，也抱有这种类似的憎恶。我猜想，大概是由于美丽的诗篇谎话太多，而事实是不喜欢披着音韵的外衣出现的。"（《诗歌集二版序》）海涅预见了我们的时代。前几年，我们的诗中也是谎言和矫情太多，在为政治服务的极端的命题之下，本来应当是表现诗人的人民的赤子之心的诗歌，却充斥着虚假。"四五"无疑恢复了诗的生命力，但那时，多数诗篇只做到倾诉与呐喊，切实深厚地揭示生活的真相则有不足。三年的实践证明，我们的新诗，不仅能从自大的方面抒写人民的哀乐，也能从细微处表达人民的谴责与隐忧。和文学的其他种类一样，诗在生活的真实——它在诗中体现为生活激发的真情——面前大步前进着。

不少诗篇，写了刚刚过去的黑夜里真实的故事。李发模代替一个新中国亲爱的女儿喊出了绝望的《呼声》。叙事诗的女主人公仅仅因为是地主的孙女，"血统"不正，而被剥夺了一切为祖国献身的权利和她的正当的爱，遭受凌辱后，她含冤跳崖而死。李发模是年轻的作者，他与同辈人的心灵息息相通，他所喊出的对黑暗控诉的呼声，以其真实性而唤起人们的共鸣。李松涛的《未完成的爱》，也是昨日的故事。它告诉人们，在革命的国度，为真理而奋斗竟要付出悲剧的代价,这真实未免太严酷！为了让人长记这历史的教训，回顾并抚摸这伤痕是必要的。诗不能粉饰现实，而要讲真话。尽管这可能要付出代价，但历史的重托不可推卸。

这一年，除了先前已发表不少诗作的徐刚、刘祖慈、于力等外，新出现了为数甚多的青年诗人。他们敢于解放思想，敢于向昨天和今天的现实做出大胆而公正的评价，从而勇敢地干预了生活。他们不满于我们古老、落后、停滞甚至是后退的生活。骆耕野响亮地喊出他的《不满》之鸣。他说，不满不等于异端，也不意味着背叛："哥伦布不满铅印的海图，才发现了大洋的彼岸；哥白尼不满神圣的《圣经》，才揭开了宇宙的奇观。"这首《不满》，使人耳目一新，它的不落俗套的新颖见解，让我们窥见当代青年不拘一格的思想境界。这是思考的一代，又是充满希望的一代。这批年轻人，崛起于"四五"，成长于与"四人帮"的战斗。开始的时候，他们幼稚，且不免偏激，但在实践中成熟了。

舒婷的诗，最初发表在非正式出版的刊物上。《诗刊》刊载了她的《致橡树》，让我们初识了她的诗作坚强不羁的个性。"有这样顽野的浪花,就有这样剽悍的蝴蝶。"(《帆》,载沙县《绿叶》第二期)她也许就是这样充满希望的帆,就是这样在"顽野的浪花"之上飞舞的"剽悍的蝴蝶"。她的诗,透过绮丽的幻想,表达了艰难中成长的青年一代坚定的信念。随后,我们读到了她答一位青年朋友《一切》的《这也是一切》。她论辩说:不是一切种子,都找不到生根的土壤;不是一切星星,都仅指示黑夜而不报告曙光。舒婷的"一切",是积极的,而非悲观的:"一切的现在都孕育着未来,未来的一切都生长于它的昨天。希望,而且为它斗争,请把这一切放在你的肩上。"读着这样的诗句,我们为这一代人的逐渐成熟而感奋。我们从舒婷的诗作,看到了祖国的虽然有过迷惘,却在成长的一代。她的声音,有着这一代青年经常会有的那份轻淡的哀愁,但她没有变态的对于哀愁的陶醉,她的诗,显示出这一代人从痛苦的泥土中萌发的希望的心芽。

1979年,诗坛涌现了一大批具有这种气质的诗青年。感谢《安徽文学》热情的编者,在它的10月号上,开辟了《新人三十家诗作专辑》,其中诗作确如新展的青枝绿叶,鲜艳满目。他们来自动乱的岁月,如今呼吸着时代的春风,又通过更为广泛的渠道吸取诗艺术的滋养。让我们确信,较之他们的兄长一辈,他们获得了更为健全的发展条件。中国新诗划时代的新陈代谢是可以预期的。

这些青年作者的诗的力量,就在于对生活的执着。这种执着,可以理解为热爱,但绝不是粉饰,粉饰不是真爱。过去诗坛的阴暗,的确在于谎言太多——这不应归咎于诗人,诗受政治运动的影响太大了。党和人民需要的是能医治创伤的"带韵的盐",而不是肉麻的阿谀之辞。罗丹曾这样嘱咐人们:"你们要有非常深刻的、粗犷的真情,千万不要迟疑,把亲自感觉到的表达出来,即使和存在着的思想是相反的。也许最初你们不被人了解,但你们的孤寂是暂时的,许多朋友不久会走向你们——因为对一人非常真实的东西,对众人也非常真实。"(《遗嘱》)我们需要的是罗丹所鼓吹的勇气,我们毕竟比他要幸运得多,至少在我们这里,讲出非常真实的东西的人是不会"孤寂"的,感到"孤寂"的,可能倒是那些不让人们吐出真情的人。

早春的眺望

有一曲《早春之歌》(徐敬亚)告诉人们:春天是美好的,但不要忘记春天的另一端连接着冰雪;万紫千红,甚至要从"零"开始生长。也许聊堪自慰,我们的生活实际,却远较"零"富足得多。诗歌的早春也是如此。

这一年,的确出现了诗的题材、品种、风格以及艺术表现手法的争奇斗艳的局面。杂花生树、群莺乱飞,良辰美景,目不暇接。详述是不可能的,只能列举二三,以窥全豹。

张学梦的《现代化和我们自己》,是一首走在生活前面的诗。当人们还弄不清现代化是怎么回事的时候,敏感的诗人已在那宏伟的目标面前,感到了自己的苍白与空虚:"仿佛我是佩青铜剑的战士,瞅着春笋似的导弹发呆。"像这样引人深思而不是简单"配合形势"的诗,我们需要它,但还不多见。但愿这是一枝报春的寒蕾。林希的《夫妻》是一组充满人情味的诗篇,它把人带到元稹的"贫贱夫妻百事哀"的联想中去。那"凄凉的婚礼",那揪心的"离散",那充满娓娓的劝解和欢愉的美酒的"窗口",都能引人共鸣。这一对夫妻的忧患与欢乐,深深地打着时代的鲜明烙印。我们需要这样抒发普通人生活而又具有时代特征的抒情诗。画家黄永玉的诗才,直到最近才为公众所知晓。他的组诗《幸好我们先动手》《犹大新貌》,融睿智与风趣于一炉,在活跃的气氛中,表达他深沉的思索。他不避俗语入诗,他的"仿彭斯体"《幸好我们先动手》以明快的歌谣风,传达了我们共有的欢愉。讽刺诗的创作有新的发展,刘征的《春风燕语》是一幅绝妙的诗的漫画。近年,表现农村题材的诗,数量和质量均有下降。值得提及的有陈所巨的《早晨，亮晶晶》，它展示了乡村的宁静与诗意。我们需要带泪的呼喊，也需要轻声悄语的吟哦。

这一年的诗，不仅在思想内容上大步迈进，也在艺术形式上产生新气象。诗的形式，更为活泼、多样、宽广。艾青带回了诗的散文美，许多诗人带回了新诗与外国诗的亲密关系。这就打开了原先那种只能在古典诗歌和民歌的基础内求出路，而其结果多半是生硬模拟的偏向。如艾青的《大上海》，这是一首优美的表现现代生活的诗。它以生动的造型，富有表现力的海潮般的汹涌气势，以及雕塑般的戛然而止，谱就了一曲雄浑的都市交响诗。艾青的诗，显然是从外国的诗艺术中吸取了有益的营养的。他的实践启发我们：只停留在旧诗词或民间歌谣的意境、韵调、节奏上，新诗是否能够满足表现现代生活的需要？应当看到，古典诗词中那些田园情趣以及蕴藉含蓄的格调，与高速公路、电子计算机、气垫船的流韵已经呈现出极大的不调和。在诗的形式上，过于强调"国粹"与片面地"排外"，将不利于诗的健康发展。"五四"时期的文化方面的革命，首先是拿旧诗词开刀。尽管那时对古典文化的认识有些片面性，但就基本倾向而言，"打倒孔家店"是革命的口号。于是诞生了白话写作的新诗。而新诗的诞生，又受到了外国优秀诗歌的决定性的影响。就其产生与影响而言，新诗更接近外国诗，更远离古诗词，这是切近历史真实的事实。既然如此，某些新诗之有点"欧化"，是不必大惊小怪的（当然，我们要重视新诗的民族化，任何促进新诗民族化的努力，都应当热情肯定）。十年内乱，中国诗歌与世隔绝太久，与外国诗歌的沟通也中断太久。当前的主要危险，不是什么散文化或欧化，主要危险恐怕是那种故步自封的"排外"的观点。这种观点，题为《新诗要革命》（见《社会科学战线》1978年第4期）的那篇文章，是有代表性的。新诗的路子要宽，不要窄，新诗应当在吸收多方的营养中求发展，不要对此干涉过多。

处于早春时节的诗歌，始终与国家的兴亡、人民的哀乐紧密联系着，它没有脱离政治。但这几年的诗歌已不再是单调与呆板的号筒了。不论歌颂或暴露，都发自诗人自觉的对于时事的关切，而不是由什么运动或号召来指挥的。这就造成了这样一种应当认为是正常的局面：诗不从属于政治，但又没有脱离政治；它可以为政治服务，却是自觉的和能动的。值得高兴的是：在诗人身上，那些精神枷锁已经被打烂了，那种"非礼勿视"一类的"凡是"派的规劝，那种"你们缺德"一类的恐吓，那种"要表现重大题材"一类的说教，都已没法约束诗人们自由的心灵了。

现在，在漫长的冬夜等待春天的故事已经结束了，我们已经跨进了20世纪80年代春天的门槛。但是，对于诗人来说，他们的主要工作不是在明媚的春光中，唱着甜蜜的春之歌，而是用歌声提醒人们如何珍惜并保卫这血泪换来的春天。早春还会有寒潮，但是我们的目光在早春里眺望，我们的心向着未来，也向着希望。世界需要和平，人民需要安定的生活环境，让灾难和倒退永远成为可诅咒的历史：

我真诚地希望——
每一株芦苇都成为
发明证、教科书和诗集

而不是成为人民手中
燃烧的和滴泪的
控诉书、揭发信和告状纸

（陈所巨《给绿苇和苇纸》）

对于诗，没有什么能比讲出人民的愿望，喊出人民的心声更重要的事了。

三、时代召唤着新的声音
——1978—1980部分获奖诗歌漫评

无论从哪一个意义上说,当前诗歌的繁荣,其发端总要追溯到丙辰清明天安门广场上诗的呐喊。那是一次足以彪炳千秋的人民诗歌运动。它也是预示着一个新的诗时代的序曲。

一个壮烈而华彩的序曲过后,诗歌的主题转向了沉郁。

要是从1976年算起,经历了大约三年的恢复和调整。以这次有史以来的首次诗歌评奖为标志,可以说,我们迎到了新时期第一个诗歌创作的高潮。这一诗歌创作高潮的一个主要特点,是诗的思想触角敏感地伸向人民的心灵,它以新的声音传达着人民对于刚刚过去的那段历史的回顾与检讨,以及对于新的时代的企望与要求。以天安门诗歌运动为标志的中国诗歌的复兴运动,其早期的特征是带着深切的爱与恨的激昂的呐喊,是一种基于战斗要求而做出的,虽是热烈的,却也是单纯的对于生活的反映。

新时期的伟大思想解放运动推进了诗歌对于时代的思考。这种思考失去了原先那种单纯感,其深刻性往往体现在人民对于历史和现实的复杂纷繁的思索中。诗歌能够更为准确地传达出新时代的呼声,从而展示它所从属的时代的风貌。

在为争取社会主义的实践及其挫折中,特别是十年内乱的经历中,诗歌变得成熟了。历史走着曲折的路,但这种曲折丰富和充实了人们的思想。综合观察这段时期的诗歌,也许有人会因它的失去"一致"的声音而怅然,但这确是一种前进。它无疑宣告,人民的诗歌已断然驱逐了虚伪和欺骗,真实的、真诚的声音代替了那些虚伪和空洞的声音。

诗歌仍然充满了爱国的热情，但这种热情是实在的和可信的。它无意掩饰也不矫作，它唱的是真诚的颂歌和赞歌：贫困包孕着昂奋，悲哀启示着热情，痛苦而又不曾熄灭希望的光照——

　　我是你河边上破旧的老水车，
　　数百年来纺着疲惫的歌；
　　我是你额上熏黑的矿灯，
　　照你在历史的隧洞里蜗行摸索；
　　我是干瘪的稻穗；是失修的路基；
　　是淤滩上的驳船，
　　把纤绳深深
　　勒进你的肩膊；
　　——祖国啊！

（舒婷《祖国啊，我亲爱的祖国》）

不怀偏见的人们将从这些诗句中获得某些新鲜的印象。这是一首亲子对于祖邦的礼赞之歌。在这里，杜绝了粉饰之后的坦率和真诚，强化了它的情感。我们从它所展现的贫困、落后以及艰难行进的形象中，了解到诗人对祖国的挚爱。

同样，诗歌仍然表达着人民对于"率领我们冒着炮火迎接过春天"的中国共产党的信赖。但这种信赖不是盲目的，而是经过了审慎的思考、充分的谅解得出的。白桦的《春潮在望》表达的正是这种对党、对祖国的深情：

　　亿万人的心灵里都留有永远的遗憾；
　　而受伤最重的还是我们的母亲，
　　我们的党——她还挑着最重的重担。

这种伤害所造成的"永远的遗憾",以及受了重伤仍然挑着最重担子的形象,是白桦对于现实生活的一种概括。但他像许多站在时代前列的诗人一样,并没有悲观和颓唐,而是满怀希望地扑向哪怕只是初露的早春的曙色:

党心和人心从来也没有像今天这么近,
领袖也是人民中亲密的一员;
党中央的号召正是群众的希望,
雨滴恰好都落在苏醒了的种子身边。

被戕害的诗歌已经得到了复苏。它已经从虚假的泥淖中挣脱出来,如今正在真实的大地和天空行进或飞翔。它所传达的不再是那种为刻板的"思想性"所切削的形象和被"过滤"了的声音,而是忠实于生活的实际和人民情感的包孕着生活的多侧面的繁复的,甚至是矛盾着的声音。欢乐中有痛苦;失望中有希望;看到大量的美好,又不是无视那些丑恶的存在;诗歌仍然在不遗余力地揭示一个永恒的主题:爱。但这种爱不再是虚假,也不再是空妄,而是一个"有血有肉的立体"(赵恺《我爱》)。

诗歌正是由平面地刻写情感,走向立体地展示情感。它业已改变过去习见的那种表现方式:要么是纯粹的暗色,要么是通体的光明。现在,它的色泽和光线是复杂的和多层次的,因而是更为真实的。当阳光从一面投来的时候,另一面却留下了阴影。获奖作品中,刘祖慈的《为高举的和不举的手臂歌唱》可以说是最明确地体现了这种追求的一首诗。"一致高举"的手臂不一定就是事物运动的正常状态,当我们在"高举"中看到了"不举",而且承认并尊重这种"不举"时,我们才能够说,它几乎接近了事物运动的正常规律。对这首诗进行了最好概括的,是诗人自己。这种概括就是:"我歌唱这不和谐中的和谐。"只有承认不和谐,并且正视它的存在,我们获得的才将是真实的和谐。

获奖作品中有两首诗作的命题和立意是令人注目的,这便是赵恺的《我爱》和骆耕野的《不满》。一个讲"我爱"一切:从柳枝削成的第一支教鞭,到公共汽车月票和工作证。一个讲我"不满"一切:从陈列单调的橱窗,低产的田地,蹒跚的耕牛,到被绳纤勒紫的肩头。忠诚的"爱"和由衷的"不满"构成了一个"不和谐"的综合体。爱应当是充分愉悦的和充满幸福感的,赵恺正是这样展现的,但他的爱之歌是由矛盾的情绪"夹杂"而成的:

我把平反的通知,
和亡妻的遗书夹在一起;
我把第一根白发,
和孩子的入团申请夹在一起。
绝望和希望夹在一起,
昨天和明天夹在一起。

充满爱情的歌声中,掺杂着无可补偿的悲凉和沉哀,这正是我们这个经过动乱的时代生活的真实回音。

时代是前所未有地充满生机。它创造了条件,让人迷恋和深爱;它也创造了条件,允许人们"不满"现有的生活。在今日,能够理直气壮地,对现状喊出"不满"之声的,仍然是政治盛明的时代的赐予。如鲜花之憧憬果实,如煤炭之渴望燃烧,诗人认为"不满"正是矛盾的过渡,怨哀的余音:

我不满步枪,不满水车,不满帆船,
我不满泥泞,不满噪音,不满污染。

(骆耕野《不满》)

这里有一系列的"不满",其前提是对于希望的渴求,对于进步的憧憬。因此,当前这种摆脱了虚假与伪善的真实的声音,这种充满了矛盾的由不和谐构成了更大和谐的声音,它是反映了时代向前进所要求的积极的声音。

> 我追求,我寻觅,
> 我挖出当年那颗珍藏进泥土的泪滴。
> 时间已把它变成琥珀,
> 琥珀里还闪动着温暖的记忆。
>
> (赵恺《我爱》)

泪珠不再是泪珠,它已经变成了琥珀,琥珀闪射的也不再是悲哀的泪光,它已经化为了温暖的记忆。这就是今日生活的主人对于历史的革命的乐观的态度。

在那些异常的年代里,人们失落了很多。孩子们失落了童年,青年人失落了青春,几代人都失落了不可复得的时间。当光明重新回到了生活,人们不免要寻觅那丢失了的一切。杨牧的《我是青年》,以自我揶揄的语气寻觅自己失去的青春:"青春曾在沙漠里丢失,只有叮当的驼铃为我催眠。"但这首诗的基调依然是带着悲慨的昂奋,它确认了"青春的自主权"。

对这种寻觅主题做了集中体现的,是朱红的《寻觅》。"轻信的少女寻觅失落的贞操。幸存的孤儿寻觅双亲的身影。复苏的心灵寻觅青春的风采,而风采早溶为苦泪洒落干净。"在这样的命题下,没有丝毫的悲哀是不可能的。但它并不沉溺在"虚无的憧憬"和"幻想和梦魇的回声"里。痛苦寻觅欢乐,欢乐寻觅永恒,沉浮的历史寻觅真理的明灯,诗人认为,寻觅原是执着的追求。的确,寻觅是一种追求,不仅是追求那丢失了的一切,而且追求更为完好的生活环境,更为完好的人与人之间的和谐的关系。因为历史曾经产生过逆转,因而人们在对失落的寻觅中,始终着急于寻觅一种对生活的觉醒。一个诗人借"一位长者在弥留之际的思绪"写出了这种对于生活的觉醒：假如我重活一次，我将十倍珍惜同志的温暖，我将因自己的错误而向自己的兄弟赔罪：

> 假如，假如我重活一次，
> 我的心胸会开阔一点。
> 我会明白在我的周围，
> 大都是我值得信任的自己人。
>
> （未央《假如我重活一次》）

人之将死，其言也善。死去的已不能复活，重要的是我们活着的时候，我们要生活得更聪明，也更理智一些。我们要是握有权力，决不能再轻易地"将九十八个灵魂打入深渊"；我们要是扩建新居，不要再用推土机铲平隔壁的托儿所。

此刻，我们仿佛置身在浩瀚无际的大海之旁，惊心动魄的狂涛夹带着泥沙已经退去，我们耳边还充满那令人心悸的雷电的回声。我们的生活仿佛就在这个交叉点上。我们将迎接晴空和海燕，我们也将迎接浪涛和风雨。但现在，我们谛听的是那刚刚过去的历史的声音，这种声音如上所述，是一种失去了单纯的沉郁之声。我们企望着新的浪涛的归来。

春天的步履也许是缓慢的，春天降临的过程中，也会有寒潮袭击，但春天毕竟不可抗拒。因此，我们的沉郁之声中蕴藏着不屈和坚毅，以及乐观的战斗精神和对于光明的向往。作为传达了新的时代的声音的诗歌，正因其包含了躁动不安的因素，而益发显示出真诚的和真实的力量。"我爱"一切，也包含爱生活中的艰难和拥挤，也许这爱的本身也理所当然地包含了叹息和"不满"。我们以为这是更大程度上的和谐。

四、面对一个新的世界
——评《青春诗会》

这里展现的是青年一代真实的心声。它们告别了虚假，敢写自己的真情。尽管它们的作者各有不相同的艺术主张与追求——有的主张现实主义并信奉文学的反映论，有的不做这样的声称——但他们的共同特点是，他们不曾背弃生活，他们注重生活启示他们的诗情，而且以他们的诗对生活发出真诚的呼喊。

廉价的颂辞和苍白的"乐观主义"已经绝迹，取而代之的是对现实生活的切实的和恰如其分的讴歌。当今青年的声音，已经失去了浮动在云端的那种轻飘飘的浪漫情趣，理智与冷静使得充满激情的歌声也变得沉甸甸的。这里是一首《土地情诗》（舒婷），诗人把那仿佛由沙沙作响的相思林组成的诗句，奉献给了这样一片雄浑而粗犷的土地：

在有力的犁刃和赤脚下
微微喘息着
被内心巨大的热能推动
上升与下沉着

尽管充满柔情，却蕴含着严峻的思忖。在这位女青年的眼里，它既是"血运旺盛的热乎乎的土地"和"汗水发酵的油浸浸的土地"，却也是冰封、泥泞、龟裂的"黑沉沉的、血汪汪的、白花花的土地"。

这是一个多么矛盾的复合体呀：即使是"情诗"，也不再有往日那样单纯的狂热！他们觉得仅仅有爱和感动还不够，现实的积垢阻碍着热情的迸发：我们的生活不全是蜜，也有苦汁；有众多的失落，却也萌生着希望。诗敏感，青年也敏感，它记述了这一切，而且引发人们思索。

他们不曾冷漠，也不曾麻木，他们唱着《我恨……》（徐敏亚）的歌，喷射的却是对于生活的至爱。他们希望自己变成一张犁，能翻出一条条翠绿的江河；但是，那些枯槁的树桩的根须，还死死地攥着大地。于是，他们只能把自己的诗句化为那些失去了笑容和欢乐的爱与恨交杂的结晶体。青年人未曾脱离自己的时代，他们对现实怀有一种痛切的紧迫感。的确，我们的生活正变得越来越有生气，而现实中潜藏的痼弊也越来越得到暴露，这就造成了阴影与光明际会、希望与叹息纠结的特殊的生活情调。诗对此有敏锐的感应，在这一片多种情绪汇集、多种声音呼喊的喧腾的新的世界里，青年人在寻找属于自己的声音。

这将不是单一的和"共同的"声音，而是在各自的生命搏斗之中萌发、迸射出来的心灵的歌唱。不论是顾城对于世界的一片灰色之中突然闪耀而出的鲜红与淡绿的"感觉"，还是王小妮《马车晃呀晃》中"在棕色的长带子一样的土路上伸展"的梦境，不论是徐晓鹤那些由非常齐整的节行和动听的音韵组成的轻柔的诗句，还是江河（他的恢宏让人想起聂鲁达）那些由散文化的自由节调组成，而以抽象的概括为主要特征的雄浑的诗节，我们都可以从他们各自的存在中寻求这种声音产生的必然。

在这里，多种多样的艺术实践得到了肯定。才树莲坚持以形象性的描摹再现她的"乡情"："我就是我，要走自己的路。"徐国静的《柳哨》吹出了清新超脱的自由自在的调子，陈所巨则把乡村生活涂抹得鲜丽而奇幻——他在生活中看到了缺陷，他要在诗中把它改造得更为美好。同样的现实，可以产生如叶延滨的《干妈》那样沉重的歌吟，也可以产生如常荣那样美丽的、朦胧的、让人捉摸不定的绿色与春天的《背影》。顾城追求美的"净化的愉快"，他注重自己的"感觉"；而梁小斌则以单纯明净的象征手法表达复杂的哲理。生活是诗的光之源，但诗对于光，往往是反照与折射。现实生活的光照，在诗中，常常化为了奇幻莫测的虹霓。"美色不同面，皆佳于目，悲音不共声，皆快于耳"（王充《论衡》），通往诗和艺术的道路，从来都是多样的。

他们是同代人，他们有着大致相同的经历与遭遇。但是，经过诗的三棱镜的折光，反照的却是颇不相同的色泽。可以肯定的是：积极的、进取的、切实的思考，正在代替迷信与盲从。杨牧的《天安门，我该怎样爱你》不同于以往不断重复的那些颂歌。他爱天安门，却不回避"沉重的忧虑"和"诚实的挑剔"，甚至宣称要以"我们党的磊落光明而重新赢得"崇高声誉。这种由痛苦的经验凝聚的爱，是闪光而沉重的晶体。这是洋溢着令人奋起的精神力量的崭新的颂歌，它促使党和人民反省，而又促使它们不失信心地前进。

共同的生活经历，共同的对于生活的思考和奋斗，使他们毫无例外地都站到了历史伟大转折的交叉路口：红灯、绿灯、奔涌的人潮、喧腾的市声……但是，玫瑰花和紫罗兰终于获得了各自的色泽和香气。这是我们所乐于看到的诗歌回归它本来面目的合理的气象。无端地谴责"朦胧"或是不加分析地嘲讽"古怪"是不公平的。让朦胧与明朗、豪放与婉约、欢快与忧伤并存，也让"芙蓉出水"与"镂金错彩"并存；可以婉转如流风回雪，也可以妩媚如落花依草；让一切花草都获得各自存在的价值，允许一切诗人都寻求自己的声音。在不长的时间内涌现的这些诗坛新秀之作所展现的，说明作为艺术的诗歌正在走向正常，尽管有些人为这种正常也感到不安。

这一代青年唱出了多种多样的声音，其中夹杂着轻淡的哀伤，也不无迷惘与失落之叹惋。这是可以理解的：噩梦刚刚逝去，现实仍使他们感到沉重。"从前我是莺雏，现在却像杜鹃，歌声既不温柔也不轻盈"（梅绍静《杜鹃》），她的歌声里有血，即使是带血的歌唱，也要献给祖国"金黄的黎明"。这就是他们这些失去了童年或者失去了青春的一代人，严峻的或者说冷酷的现实，使他们获得了对社会和人生的知识。《干妈》便是基于这样的生活经历创造出来的悲怆交响曲：黑暗岁月中有着纯朴的人性的闪光，一颗被遗弃的孤独的灵魂得到了爱的慰藉。它讴歌这位质朴如同黄土高原的土地的普通农妇，它诅咒自己那受了抚爱但并不纯净的灵魂，它勇敢地剖析这颗灵魂的愧疚与醒悟。这是一曲让人战栗的诚实的心歌。这位没有名字的"干妈"，让我们想起艾青那同样没有名字的保姆——大堰河。中国的大地繁衍着多少伟大的没有名字的母亲！可惜的是，数十年过去了，她们劳碌的一生，得到的仍然只是皱纹，以及默默地悲哀地死去。

这些给人以不宁的冲击的歌唱，来自不平常的生活的底层。虽然是畸形的，却是严酷的现实，给这些诗篇提供了乳汁。"我得到了许多的欢乐，像海接受过最多的阳光；我尝过深深的痛苦，像海的每一滴水都是苦涩的；正是生活之风赋予我海样多的波涛——爱和憎掀动的感情！"（叶延滨）每一个青年都曾在这样的海中游泳，每一个青年的心中都有这样一个波涛汹涌的海。生活，是诗歌伟大的母亲。

刚刚逝去的一段生活，动乱、混浊，带来的主要是痛苦。谁也不能从自己的心灵中抹去这些痛苦的"擦痕"，尽管他可以强迫自己忘却，但有作为的一代人正在痛苦的血泊中奋起。他们首先感到了"人的尊严和个性的光辉"，他们唾弃封建的愚昧以及迷信。他们昂首走在帝王的宫殿墙下，意识到：人，不再是一只灰色的蝼蚁，"我的头颅我的喉结高过这宫墙的牙齿"（张学梦《宫墙下》）。

这是一种觉醒。觉醒的不是某一个人，而是整整一代人。这里还有一个诗题——《我庆幸》（高伐林）：我终于告别了那"冰冷的梦境"，终于醒悟到不能再沦为石头。而我曾是一块石头，"是一页翻不动的历史　沉重得需要铁支架撑持""是一团冰僵了的音符，冰凉得像蝙蝠的灰翅"，然而，我庆幸，我终于不再是。如今——

我是一只轻盈的纸鸢，
一树灼热的榴花
一团飞旋的云丝……

生命回到了我的身上，我有色彩，我有活力，我会飞翔。这就是掀倒了石碑，跨出了门槛的觉醒的我。

一代人已经意识到了历史赋予的重负，他们不加犹豫地接受了，并且勇敢地向自己的长辈诚恳地呼吁："老人，快把最重的担子交给我吧，我扶着你，也请你扶着我宽阔的肩膀。"（徐敬亚《致长者》）就是这首诗的作者对自己的生活经历做了这样的叙述："（我曾经）失去了思想。也失去了声音。忽然有一天，我觉得这时代是属于我们自己的了。生活从凝固走向跃动……"就是说，时代一旦回到了自己身边，他随之就要求把它压在自己的肩头，他要肩起时代前行。他们自豪地宣告："我的歌是昂起头颅一次次扑向礁石粉碎又揉合的海浪。"（孙武军《我的歌》）

诚然，诗应当在时代的风云中呼啸，但从广义上说，这与当前青年诗创作的走向内心的探求并不对立。许多青年诗人摈弃了对于生活的外在摹写，而走向内在世界的刻画。他们认为心灵曾是诗的禁区，而那里，恰恰同样是一个宽广而深邃的海洋。擅长以典雅优美的形象，细腻而委婉地抒写女性隐秘的感情世界的舒婷，她的诗体现人性美，肯定并呼吁人间的友爱、互助与同情。

不必讳言,在她的诗中总飘着那么一缕愁丝。她只是不能忘却,但也并未沉沦。她的诗同样关注着人民的命运,她对大地怀有对父母般的挚情。她善于揭示优美而丰富的女性的柔情,但她也有属于自己的坚韧:"即使冰雪封住了每一条道路/仍有向远方出发的人""要是不敢承担欢愉与悲痛/灵魂有什么意义/还叫什么人生"(《赠别》)。《赠别》就这样体现了这一代青年的勇敢和坚定。当渤海湾的"暴风过去之后",她的内心刮起了愤怒的风暴——一个擅长抒写内心情感的诗人,当她把目光投向现实的丑恶,她内心暴出了无可遏制的愤激:

七十二双灼热的视线
没能把太阳
从水平上举起
七十二对钢缆般的臂膀
也没能加固
一小片覆没的陆地
他们像锚一样沉落了

一个普通人的价值正在重新获得历史的肯定和尊重,何况是"七十二"?她为这个数字的轻而易举地淹没而震惊!她反复向读者强调这个不应轻易忘却的数字,"七十二名儿子/使他们父亲的晚年黯淡/七十二名父亲/成为小儿子们遥远的记忆",从父亲的角度看失去儿子的痛苦,又从儿子的角度看失去父亲的痛苦,总之是无可挽回的悲剧:他们死于愚蠢和专横,而不是死于促进社会的进步。为了人的价值,诗人提出了抗议。暴风过去之后,她望见海岸上翘首以望的人终于垂下了头——

> 像一个个粗大的问号
> 矗在港口，写在黄昏
> 填进未来的航海日记

她用这一个个巨大的问号，表达她的疑虑和质问。在这里，作为一个青年，她被意识到了的尊严的使命感所激动，她不能忘却她所生存的社会。

一代人在思考与探索中成熟起来，尽管他们青春的声音并不全是昂扬的，但成为主旋律的，却是久经动乱之后愤而励精图治的带着悲凉之气的豪壮。梁小斌的《雪白的墙》和《中国，我的钥匙丢了》是两首让人在沉思中奋起的诗。不难发现，尽管它们受到了某些外国诗人的启示，却是诞生于中国历史和土地的诗篇。这是产生于黑暗与光明交叉点上，由诅咒与希望两大主题交织而成的雄浑的诗篇：蒙受苦难与屈辱的、经历过"没有书的童年"而长大的孩子，如今正在醒悟。他们憎恶那些肮脏的、被涂满"很多粗暴的字"的，因为那些辱骂而永远失去了爸爸的墙。他们已经懂得雪白的墙是文明的、美丽的、高尚的，从而发誓：

> 永远地不会在这墙上乱画，
> 不会的，
> 像妈妈一样温和的晴空啊，
> 你听到了吗？

我们听到了这真挚的，让人感动得想哭的呼声。那个愚昧而野蛮的年代，曾经想毁灭我们几代人的理智和良知，它没有办到。中国这一代新人从屈辱中走来，他们将用自己的生命和智慧去保卫每一堵雪白的墙。

梁小斌是一位工人，他喜欢单纯，他能够用非常朴素和平常的形象，表达深刻的哲理。《雪白的墙》和《中国，我的钥匙丢了》写的是一代人从极不寻常的遭遇中总结出来的人生经验，却以孩子的感觉和语言充满稚气地表达出来。他的诗寓深厚于平淡，赋丰富于单纯，表面的平静覆盖着咆哮澎湃的海。在那疯狂的岁月，中国的孩子们把钥匙丢了。苦难的心灵不愿再流浪，他们怀念家中那些儿童时代的画片，那夹在书页里的翠绿的三叶草，书橱中的《海涅歌谣》，他要举着这本书去赴女友的约会，可是——

这一切
这美好的一切都无法办到，
中国，我的钥匙丢了。

但希望不曾丢失。他们已经厌倦了那"红色大街疯狂地奔跑"，他们要回到自己那温馨的、亮着灯火的家。他们不能让钥匙永远遗落于草丛为风雨所腐蚀，"我要顽强地寻找，希望能把你重新找到"；他们不仅寻找那开启门扉的钥匙，而且对"那一切丢失了的，我都在认真思考"。多么可爱，寻找那丢失了的钥匙以及思考那丢失了一切的一代。我们相信他们将能找到，他们将重新获得一切。他们将勇敢地开启历史的闸门，让诗情化为奔涌的潮水，给中国新诗注入新的血液。

丢失钥匙之前，他们不免狂热；丢失钥匙之后，他们不免怅惘。当然也有沉沦和颓丧，但毕竟只是少数。而整整一代人已从那历史的噩梦中醒来，他们已挣脱那令人迷惘的梦幻，他们要把重建生活的使命放在自己的双肩。他们要寻找那丢失了的钥匙，并决心以自己的觉醒来维护那些重新粉刷了的墙不再被涂污。

五、南疆吹来的风
——《南方诗丛》简评

在南方,诗歌在坚韧地生长着。那里有一批热情的诗人和诗的园丁在耕耘。第一批《南方诗丛》出来了,第二批《南方诗丛》又送到了我们面前。

这批诗丛收诗集五种。《大海行》是以艾青为团长的诗人团访问祖国海疆的纪游之作,已有专文介绍了。我要补充的是,这样的"大海行",是一种值得提倡的方式。诗人通过长期的"蹲点"以获得对诗之泉源的专与深的把握,诗人又通过短期的"跑面"以获得对诗之泉源的广与博的把握,这都是切实地观察生活的方式。过去的宣传,强调前者而贬抑后者,讥之为"游山玩水"。我以为,对诗人而言,只要条件许可,"游山玩水"是正当的。山川风物能给诗人以创作的灵感,这是早已为古今无数诗人的实践所证实了的。

除《大海行》外,尚有两本抒情诗集。祖国南疆的艳阳和无边无际的葱绿,给沈仁康的《南疆风》以明艳的色彩。这部诗集,凝聚了作者长期在岭南生活的体验。"我惊岭南花似锦,岭南拂我花一身",它表达了新鲜的生活所带来的惊喜。这里不仅"花香潮湿得叫人着迷",而且,"相思树下的三百里蛙声"也叫人沉醉。在沈仁康笔下,荒原正在苏醒。垦荒的烟雾间隙之中,涌现出咖啡园、胡椒园、橡胶园。而后,割胶工人的《头灯》亮起来,组成了"无边的光网",诗人于是惊呼:"这里出现了新的星座!"《南疆风》表现了南方大地的变化,历史上苦旱的雷州半岛,已被绿的山头、绿的平原、绿的河道所铺盖。《南疆风》也表现了南方人民新的精神面貌。《一枝山茶抖在枪口上》是值得称道的诗篇，它述事而不繁，寓挚情于含蓄优美的画面中，没有通常看到的那些爱情诗的浅露造作。入集诗作的水平并不整齐，《开山炮》寓意浅硬，《出门》虽热情，但不免烦琐。

李瑛以《在燃烧的战场》为题，唱出了新的战歌。在那里，南方的群山滚动着愤怒的复仇之火。诗人跟随自卫反击的队伍踏过正在燃烧和爆炸的通往前沿的道路，摄下了一幅幅气壮山河、令人歌哭的画面。《深夜里发生的故事》有让人泣下的悲壮，《记一位勇士》有让人颤抖的挚情。在这部诗集中，他一贯的绮丽精巧中又添了一股悲凉豪壮之气，这当然给他的作品带来了新鲜感。要是说沈仁康写出了美好的和平建设的"南疆风"，李瑛则写出了严峻的浴血战斗的"南疆风"。祖国的南疆，既是欢快的，又是愤怒的；既是建设的，又是战斗的。

很明显，诗丛的编者关切着叙事诗的繁荣成长。《勇士与死神》载雷铎等的叙事诗九题，《海峡情思》载罗沙的叙事诗四题。以两本很薄的诗集而集中发表十三首叙事诗，此事虽小，却切切实实可称为一个壮举。诗丛编者刻意提倡短小的叙事诗，此事我极赞同。叙事诗应以短小为主。篇幅的短小，能够限制人物情节的繁复化。因为人物情节的繁复往往使叙事诗因事而"忘情"，叙事诗的"忘情"，反过来会断送读者对它的兴趣。叙事诗是"多情"的，还是"寡情"的，这是叙事诗生存的关键。

十三首叙事诗中，罗沙的《海峡情思》和雷铎的《勇士和死神》均系佳篇。罗沙是一位对叙事诗锲而不舍的探求者。他在诗集的后记中说到叙事诗的"三难"：难于找到适合写叙事诗的故事；难于把叙事和抒情结合得恰到好处；难于写出真正是诗的叙事诗。要言不烦。这"三难"，确是深谙此中甘苦者言。"三难"的核心是什么？

我以为是，叙事诗要重视诗的抒情的特点。叙事诗要写故事，但故事不宜过繁，要适当。所谓适当，就是不能让叙事挤走了抒情。如《望夫山之歌》，它以深情绵邈的诗行着重刻画了妻子对远隔重洋的亲人的渴念，它着重在情怀的抒写，而不在情节的描述。《海峡情思》当然是成熟的。一个海峡，阻隔着母与子。某日，儿子捕鱼遇险，为大陆渔民所救，母子团圆；但儿已成家，于是又告离别。罗沙把事件过程减少到极限，却以大量笔墨写母子之情的缠绵与波动。《海峡情思》是抒情的，更是音乐的，因而，它最后是属于诗的。《卧狼山》有藏族民歌风，清新明净，但较之《海峡情思》显得线索较多，篇幅较冗长，而不够集中。在这点上，柯原的《好兄弟歌》是成功之作。它不及百行（在叙事诗中，其篇幅之短是罕见的），讲述一个担架队员受重伤而坚持把伤员抬到目的地，自己壮烈牺牲的故事。先是，另一担架队员批评他步子不平、不稳，过于粗心，他一直没有搭腔；后来，那一位担架队员面对烈士的牺牲，又痛心地谴责自己错怪了自己的"好兄弟"。这就是《好兄弟歌》。柯原选择了一个最激动人心的故事，截取了最激动人心的一个片断，又以那位民兵的发自内心的抒情的方式去叙事。可以说，是篇较好的小叙事诗。

我始终视叙事诗为诗的一个变种。诗的本质在抒情。要诗去叙事，是勉为其难。但叙事诗的确可以容纳更多更具体的内容，因而也是一种需要。但它必须是诗，必须须臾不忘诗之抒情的特点，并且要用这一特点来统御叙事诗的创作。诗的叙事必须采取诗的方式，而应当弃绝小说的方式。长时期来，把叙事诗写成了分行押韵的小说，几乎成了一种传染病。甚至不是一般的"小说"，而是"长篇小说"，篇幅愈来愈长，人物情节愈来愈复杂。这样，叙事诗的作者就不可能从容而专注地在这一诗的变种中去维护诗的最基本的特点——抒情，而不得不疲于奔命地用押韵的句子去交代情节、描写人物，反而显得笨拙。

明智的叙事诗作者，知道叙事与抒情之间的矛盾，他们以精巧的构思和富有特点的表达方式来解决这一矛盾。《勇士与死神》就是一个成功的实践。它由六首互相连贯而又相对独立的小诗组成，全诗不到二百行。故事是曲折的，但被分散在自成段落的小诗中，读来亲切而不吃力。它线条明晰，化繁复为单纯：勇士化险为夷、死而复生，山重水复，柳暗花明，起伏曲折而不觉冗繁。这个集子里的其余诸篇，如《血路》（柳朗）、《南陲浩气歌》（陈潮荣）、《小河静静地流淌》（邢晓宾）、《英雄花》（向明）、《机灵虎》（果报）、《杜鹃姑娘》（瞿琮）、《激战红石山》（叶知秋）讲述的都是那为维护祖国尊严而战的英雄故事，血火飞迸，惊心动魄，都是壮歌。但有的故事平淡，有的情节造作，激情是有的，只是在有的诗篇中，激情被那些复杂的（甚至是蓄意编造的）情节给吞噬了。

第三章　在新的崛起面前

一、在新的崛起面前

新诗面临着挑战，这是不可否认的事实。人们由鄙弃"帮腔帮调"的伪善的诗，进而不满足于内容平庸形式呆板的诗。诗集的印数在猛跌，诗人在苦闷。

与此同时，一些老诗人试图做出从内容到形式的新的突破，一批新诗人在崛起，他们不拘一格，大胆吸收西方现代诗歌的某些表现方式，写出了一些"古怪"的诗篇。越来越多的"背离"诗歌传统的迹象的出现，迫使我们做出切乎实际的判断和抉择。我们不必为此不安，我们应当学会适应这一状况，并把它引向促进新诗健康发展的路上去。

当前这一状况，使我们想到"五四"时期的新诗运动。当年，它的先驱者们清醒地认识到旧体诗词僵化的形式已不适应新生活的发展，他们发愤而起，终于打倒了旧诗。他们的革命精神足为我们的楷模。但他们的运动带有明显的片面性，这就是，在当时他们并没有认识到，历史是不能割断的。尽管旧诗已经失去了它的时代，但它对中国诗歌的潜在影响将继续下去，一概打倒是不对的。事实已经证明，旧体诗词也是不能消灭的。

但就"五四"新诗运动的主要潮流而言,他们的革命对象是旧诗,他们的武器是白话,而诗体的模式主要是西洋诗。他们以引进外来形式为武器,批判地吸收了外国诗歌的长处,而铸造出和传统的旧诗完全不同的新体诗。他们具有蔑视"传统"而勇于创新的精神。我们的前辈诗人们生活在一种无拘无束的自由开放的艺术空气中,前进和创新就是一切。他们要在诗的领域中扔去"旧的皮囊"而创造"新鲜的太阳"。

正是由于这种开创性的工作,在"五四"的最初十年里,出现了新诗历史上最初一次(似乎也是仅有的一次)多流派多风格的大繁荣。尽管我们可以从当年的几个主要诗人(例如郭沫若、冰心、闻一多、徐志摩、戴望舒)的作品中感受到中国古代诗歌传统的影响,但是,他们主要的、更直接的借鉴是外国诗。

郭沫若不仅从泰戈尔、从海涅、从歌德,更从惠特曼那里得到诗的滋润,他自己承认惠特曼不仅给了他火山爆发式的情感的激发,而且也启示了他喷火的方式。郭沫若从惠特曼那里得到的,恐怕远较从屈原、李白那里得到的为多。坚决扬弃那些僵死凝固的诗歌形式,向世界打开大门吸收一切有用的东西以帮助新诗的成长,这是"五四"新诗革命的成功经验。可惜的是,当年的那种气氛,在以后长达半个世纪的时间里,没有再出现过。

我们的新诗,六十年来不是走着越来越宽广的道路,而是走着越来越窄狭的道路。20世纪30年代有过关于大众化的讨论,20世纪40年代有过关于民族化的讨论,20世纪50年代有过关于向新民歌学习的讨论。三次大讨论都不是鼓励诗歌走向宽阔的世界,而是在"左"的思想倾向的支配下,力图驱赶新诗离开这个世界。尽管这些讨论曾经产生过局部的好的影响,例如20世纪30年代国防诗歌给新诗带来了为现实服务的战斗传统,20世纪40年代的讨论带来了新诗中国作风、中国气派的新气象等,但就总的方面来说,新诗在走向窄狭。

有趣的是，三次大的讨论不约而同地都忽略了新诗学习外国诗的问题。这当然不是偶然的，这是受我们对于新诗发展道路的片面主张支配的。片面强调民族化群众化的结果，带来了文化借鉴上的排外倾向。

当我们强调民族化和群众化的时候，我们总是理所当然地把它们与维护传统的纯洁性联系在一起。凡是不同于此的主张，一概斥之为背离传统。我们以为是传统的东西，往往是凝固的、不变的、僵死的，同时又是与外界割裂而自足自立的。其实，传统不是散发着霉气的古董，传统在活泼泼地发展着。

我国诗歌传统源流很久：诗经、楚辞、汉魏六朝乐府、唐诗、宋词、元曲……几乎每一个时代都有自己的诗的骄傲。正是由于不断地吸收和不断地演变，我们才有了这样一个丰富而壮丽的诗传统。同时，一个民族诗歌传统的形成，并不单靠本民族素有的材料，同时要广泛吸收外民族的营养，并使之融入自己的传统。

要是我们把诗的传统看作河流，它的源头，也许只是一湾浅水。在它经过的地方，有无数的支流汇入，这支流，包括外来诗歌的影响。郭沫若的诗无疑是中国诗歌之河的一个支流，但郭沫若的诗是融入了中国古典诗歌，特别是外国诗歌的优秀素质而成为支流的。艾青所受的教育和影响恐怕更是"洋"化的，但艾青属于中国诗歌伟大传统的一部分。

在刚刚告别的那个诗的暗夜里，我们的诗也和世界隔绝了。我们不了解世界诗歌的状况。在重获解放的今天，人们理所当然地要求新诗恢复它与世界诗歌的联系，以求获得更多的营养发展自己。因此有一大批诗人（其中更多的是青年人），开始在更广泛的道路上探索——特别是寻求诗适应社会主义现代化生活的适当方式。他们是新的探索者。

这情况之所以让人兴奋，因为在某些方面它的气氛与"五四"当年的气氛酷似。它带来了万象纷呈的新气象，也带来了令人瞠目的"怪"现象。的确，有的诗写得很朦胧，有的诗有过多的哀愁（不仅是淡淡的），有的诗有不无偏颇的激愤，有的诗则让人不懂。总之，对于习惯了新诗"传统"模样的人，当前这些虽然为数不算太多的诗，是"古怪"的。

于是，对于这些"古怪"的诗，有些评论者沉不住气，便要急着出来加以"引导"。有的则惶惶不安，以为诗歌出了乱子了。这些人也许是好心的。但我主张听听、看看、想想，不要急于"采取行动"。我们有太多的粗暴干涉的教训（而每次的粗暴干涉都有着堂而皇之的理由），我们又有太多的把不同风格、不同流派、不同创作方法的诗歌视为异端、判为毒草而把它们斩尽杀绝的教训。而那样做的结果，则是中国诗歌自"五四"以来没有再现过"五四"那种自由的、充满创造精神的繁荣。

我们一时不习惯的东西，未必就是坏东西；我们读得不很懂的诗，未必就是坏诗。我也是不赞成诗不让人懂的，但我主张应当允许有一部分诗让人读不太懂。世界是多样的，艺术世界更是复杂的。即使是不好的艺术，也应当允许探索，何况"古怪"并不一定就不好。对于具有数千年历史的旧诗，新诗就是"古怪"的；对于黄遵宪，胡适就是"古怪"的，对于郭沫若，李季就是"古怪"的。当年郭沫若的《天狗》《晨安》《凤凰涅槃》的出现，对于神韵妙悟的主张者们，不啻青面獠牙的妖物，但对如今的读者，它是可以理解的平和之物了。

接受挑战吧，新诗。也许它被一些"怪"东西扰乱了平静，但一潭死水并不是发展，有风，有浪，有骚动，才是运动的正常规律。当前的诗歌形势是非常合理的。鉴于历史的教训，适当容忍和宽宏，我以为是有利于新诗的发展的。

二、失去了平静以后

中国新诗失去了平静。人们因不满新诗的现状而进行新的探索，几经挣扎，终于冲出了一股激流。几代人都在探索：老的、中的，特别是青年人，他们是主要的冲击力量。

青年人热情而不成熟，富于幻想也易于冷却。对青年施以正确的引导，对此不应有异议，但对那种带引号的"引导"也不可苟同；同时，若是真理掌握在他们的手中，则我们也不可拒绝接受引导。韩愈说过，"弟子不必不如师，师不必贤于弟子"，这是常理。我们深信未来不致因我们已经不在而泯灭，我们就要相信青年。

当前新诗所受的冲击波，动摇着建立在许多人心头的偏狭的诗的观念。分歧是巨大的。在如下问题上，不同意见之间有着尖锐的对立：三十年来新诗的发展是否遇到了挫折，从而由宽广而渐趋于窄狭？新诗是否只能拥有一个"基础"——"古典诗歌和民歌的基础"，一个"主义"——"现实主义"，它是否应当拥有更为广阔的借鉴对象和艺术表现的方法？是否承认当前新诗正面临着一番大有希望的新崛起，从而给予科学的评价：它究竟是一股激流，还是一股末流乃至暗流（不曾有人这么明确地说过，但"沉滓泛起""颓废派""古怪诗"等称呼早已用上）？

失去了平静以后，我们应当如何？我们需要恢复平静。我们需要平静地想想分歧何在？我们也需要了解我们所不曾了解的新的诗潮及其作者们——主要是青年人。

历史性灾难的年代，造就了一代人。他们失去了金色的童年，失去了温暖与友爱，其中不少人还失去了正常的教育与就业的机会，他们有被愚弄与被遗弃的遭遇。"它们都不欢迎我,因为我是人"(舒婷),这位女诗人感到了不受欢迎与不被理解的悲哀,她有着置身荒漠的孤独。以致直至今日,她还在痛苦地呼唤:"人哪,理解我吧。""我不愿正视那堆垃圾,不愿让权和钱的观念来磨损我的童心。我只有躺在草滩上看云,和我的属民——猪狗羊在一起。"顾城看到了丑恶,清高使他同样获得了孤独感,而且不掩饰他的愤激。青年一代的情况,有惊人的相似,不独城市青年如此。一位写了很多美丽的诗篇的出身于农村的青年说,他之所以喜爱大自然,是由于"讨厌社会上的尔虞我诈,人与人之间的互相倾轧",他说,我"喜爱那稍稍远离权力之争的乡村,但我又为农民的痛苦生活而流泪"(陈所巨)。他们不约而同地都对现实持怀疑态度,他们发出了迷惘的问话:"冰川纪过去了,为什么到处都是冰凌?好望角发现了,为什么死海里千帆相竞?"(北岛)他们对生活的"回答",是"我不相信"四个字。

于是,他们对生活怀有近于神经质的警惕,他们担心再度受骗。他们的诗句中往往交织着紊乱而不清晰的思绪,复杂而充满矛盾的情感。因为政治上的提防,或因为弄不清时代究竟害了什么病,于是往往采用了不确定的语言和形象来表述,这就产生了某些诗中的真正的朦胧和晦涩。这就是所谓的"朦胧诗"的兴起。

黑暗的年代过去了,人们可以在明亮的阳光下自由地生活。他们开始怀着忐忑的心情唱起旧日的或今日的歌。他们由迷惘转为思考;当然,他们的思考也带着那个年代的累累伤痕。畸形的时代造就了畸形的心理。他们要借助不平常的方式来抒写情怀,这就造成了某种在思想和艺术上都显得"古怪"的诗。这种诗在悄悄地涌现。尽管他们长期处于"地下",却顽强地萌动着,这是一个崛起的过程。

也许有些人不喜欢它的产生,但它毕竟是不合理时代的合理的产儿。它所萌生的温床是动乱的年代——这十年打破了他们天真烂漫的幻想世界，痛苦的经历以及随后对它的思索，成为这一诗潮的生活和情感的基础。为这一时代送葬的礼炮响起——天安门事件的发生，为诗歌的复苏燃起了光明与希望的火种。许多青年的创作基调也由此获得了转机。即时出现了这样的一首诗：

一个早晨
一个寒冷的早晨
中国在病痛、失眠之后
被雾打湿了的
沉重的早晨
一双最给人希望的眼睛没有睁开
亿万个家庭的窗口紧闭着

（江河《我歌颂一个人》）

这里所提供的形象，以及它那不是由叮当作响的音韵所构成的内在律动感，对于统治了十年的"帮诗风"，不能不是一种具有叛逆性质的挑战。

在社会主义现代化的旗帜下，中国向世界敞开了门，窒息的空气得到了流通，人们的眼界和胸襟为之开阔。这不能不促使新诗考虑从情感、形象、语言以及节奏上做一番变革。

诚然，在某些青年的思潮中，不免夹杂着空虚、颓废以及过多的感伤情绪，但这并不是事情的全部，而且也并非不可理解。顾城把他十年内乱时期的作品称为"近代化石"。化石是曾经存在的生命。从它的线条和图案上，人们可辨认出那丑恶时代的鞭痕与弹孔，以及天空中黑云凝成的斑点。难道能够仅仅因为调子的低沉，而去扯断诗人悲怆的琴弦吗？这样的蠢事不能再重复。

需要强调的是，这股激流的主潮，是希望和进取（尽管夹杂着泪水与叹息），而不是别的。他们摒弃那种廉价的空话，而以切实的语言触及血淋淋的生活。

> 我是痛苦。
> 我听到草根被切割时发出呻吟
> 我的心随着黑色的波涛
> 翻滚，战栗
>
> （杨炼《耕》）

但他们不曾为痛苦所吞噬，而是顽强地耕耘着："我迫使所有荒原、贫穷和绝望远离大地。"读这样的诗，有一种凝重的质感，一种内在的力的搏动；谈不上豪放，却有一股传达了时代气息的悲凉。

青年是敏感的。他们较早地觉察到封建主义的阴魂正附着在社会主义的肌体上，他们最先反叛现代迷信。他们要弥补与恢复人与人之间的正常关系，召唤人的价值的复归；他们呼吁人的自尊与自爱，他们鄙薄野蛮与愚昧。他们追求美，当生活中缺少这种美时，他们走向自然，或躲进内心，而不愿同流合污。他们力图恢复自我在诗中的地位。作为对于诗中个性之毁灭的批判，他们追求人性的自由的表现，他们不想掩饰对于生活的无所羁绊的和谐的渴望：

> 湖边，这样大的风，
> 也许，我不该穿裙子来，
> 风，怎么总把它掀动。
>
> 假如，没有那些游人，
> 啊，我会多自由啊，
> 头发、衣裙都任凭那风。
>
> （王小妮《假日·湖畔·随想》）

这样的诗,的确没有多重的意义,却有价值。它揭示了"人"的存在,而这种"人",曾经是被取消了的。

这并不意味着他们都沉溺于自我,他们的诗篇并没有忘却时代和人民。他们说,"我的诗的主人公是人民"(江河),"我欢呼生活中每一株顶开石头的浅绿色的幼芽"(高伐林)。他们有带着血痕的乐观,他们中不少人意识到了历史赋予的使命感。他们对着自己的长辈发出了要求信赖的呼吁,"快把最重的担子给我吧",而且他们渴望着超越自己的长辈。他们没有一味地追求那种病态的华靡与轻柔,他们说:"我要横向地走向每个人的心中……我要寻找那种雄壮、达观、奔放的美。"(徐敬亚)

个性回到了诗中。我们从各自不同的声音中,听到了整整一代人,甚至几代人对于往昔的感叹,以及对于未来的召唤。他们真诚的、充满血泪的声音,使我们感到这是真实的人们真实的歌唱。诗歌已经告别了虚伪。舒婷的《啊,母亲》便是充满人性的颤音:

啊,母亲,
我的甜柔深谧的怀念,
不是激流,不是瀑布,
是花木掩映中唱不出歌声的古井。

一切听凭挚情的驱使,没有矫作的"刚健"。要是内心没有激流和瀑布,它不装假,而且坦率地承认是"唱不出歌声的古井"(尽管深知这可能会受到责难)。这首弥漫着哀愁的诗引人沉思,这一代生活在新社会的人,为什么会有这样委曲饮恨、欲言又止的复杂心情?我们听到过对于这些诗人"太个人化了"的指责。滴水可以聚成大渊,无数的"个人化"集合起来,可以构成当代生活的喧闹。这种"个人化"当然是对于极"左"的反"个人化"的报复,是矫枉过正的产物。当然,舒婷不全写这些,她的若干已为公众知晓的诗篇，有着更为积极的主题。

较之思想内容方面给人以警醒与震动，恐怕艺术上带来的冲击尤为强烈。这些青年，有过艺术营养贫瘠的童年。今天他们是幸运的：他们终于有条件不担惊受怕地吮吸丰富多样的诗营养。他们终于以不拘一格的新奇的艺术结晶体让人目眩：对于瞬间感受的捕捉，对于潜意识的微妙处的表达，对于通感的广泛运用，不加装饰的情感的大胆表现，奇幻的联想，出人意料的形象，诡异的语言，跨度很大的跳跃，以及无拘无束的自由的节律……在艺术上，他们正在摆脱一切羁绊而自由地发展。

有人笼统地把当前新诗斥为"朦胧""晦涩"，因而令他"看不懂"，情况不全是如此。某种欣赏和批评的惰性，在彻底摆脱了那种生硬摹写事物的诗篇面前，表现得尤为突出。过分"恋旧"的批评家，易于产生偏见。

有的诗，并不晦涩，也不朦胧。像舒婷《中秋夜》中的句子："不知有'花朝月夕'，只因年来风雨见多。当激情招来十级风暴，心，不知在哪里停泊。""人在月光里容易梦游，渴望得到也懂得温柔。要使血不这样奔流，凭二十四岁的骄傲显然不够。"它的沉郁丰富的意绪，蕴藏在有点飘浮无定的形象之中，只有反复咀嚼，才能寻出那介于显露与隐藏之中的美的效果。这样的诗，当然比"东风浩荡""红旗飘扬"要"难懂"得多。我们不同意青年人沉溺于"哀愁""绝望"之中，我们也不主张艺术上追求"不可知"的晦涩，但我们希望在艺术上讲点宽容、讲点仁慈，我们更不赞成以偏执代替批评的原则，从而对青年人的作品施以贬抑。

潘多拉的盒子里装的不全是灾害，也深藏着对人类说来是最美好的东西——希望。只是盒子放出灾害之后便被关闭了。当今的使命，是敢于向"万神之父"宙斯的神圣戒令挑战，释放出那深藏盒底的"希望"来。青年人的冲击，带给了我们并不渺茫的希望。中国新诗确曾有过诸种艺术流派"共存共荣"的自由竞争的局面，只是后来消失了。当前涌现的新诗,也未曾形成流派。青年人的创作,并不全是"朦胧派",他们的创作是多样化的。诗刊的《青春诗会》就为我们展现了中国青年诗作丰富繁丽的缩影。不可否认,当前的这股潮流,的确蕴含着形成诸种艺术流派的契机——要是我们采取明智而积极的方针的话。

的确,青年人的状况并不全然让人满意。某些青年人表现了蔑视传统的偏激心理。我们对此务须分析:有的属于偏激,有的不是。某些青年的"偏激",是对于企图引导新诗向旧诗投降的反抗。中国有灿烂的古文化,但中国由于民族之古老与传统之丰富,较之世界其他民族,我们有无可比拟的因袭的重负。我们的民族意识中,本能地有着某种拒绝外物的心理。新诗也是如此:一切外界有的,我们的祖宗都有了,连"现代派"的东西,在我们的祖宗李贺、李商隐那里也有,如此等等。长期的封建社会统辖下的小农经济自给自足的心理,在文化和诗歌上也有充分的表露。新诗不能倒退。青年人担心并且敏感地觉察到新诗在某个时期的倒退。他们对于"国粹"与"古董"怀有并非无可诟病的警惕,与其说是历史虚无主义的表现(他们当中某些人有此倾向),不如说是对于中国封建"遗传"的警觉与批判。

经过了长时期梦魇般的挫折,新诗正在顶破那令它窒息的重压。它在寻求更为合理的发展。新诗的道路不应只有一条,新诗也不能只在古典诗歌与民歌的"基础"上求发展。它应当吸收多种营养。它应当拥有多种的"血型"(冯牧同志语)。新诗应当改变长期以来的"贫血"的状况。世界在敲打中国的门窗,在新诗的发展中,继续实行那种闭关锁国的政策,看来已经不行了。

失去了平静以后,希望在缓慢地又富有生气地生长着。我们已经跨出了地狱之门,我们听到了但丁的歌唱:"我们并不休息,我们一步一步向上走……直走到我从一个圆洞口望见了天上美丽的东西;我们就从那里出去,再看见那灿烂的群星。"(《神曲·地狱篇》)

真的，群星已在前面闪耀。

三、青年——属于未来的诗

我几乎每天都收到青年们寄自全国各地的诗。其中当然也有来自我的家乡福建的。去年北国朔风乍起时节，我有幸回到了阔别的家乡，那里依然阳光明媚。朋友曾写信告诉我："你的家乡出了个青年女诗人。"我知道他指的是舒婷。一个普通的青年女工，因为写了些诗，人们花了这么多时间来谈论她，我想，这事本身的价值已经远远地超过了舒婷的出现。

中国新诗复兴的整个局面是相当壮观的。我们的前辈和已经成名的诗人，正在辛勤地耕耘这片已经荒芜了十多年的园地。在明亮的阳光下，诗的幼芽也悄悄地破土而出。许多来不及崭露头角的青年人，正在艰难的条件下磨砺自己的笔锋。

记得我与刘心武、李陀、孔捷生一行结束对厦门的访问而登上开往南平的夜车，是舒婷的诗给这个长长的旅途生活带来了色彩与声音。我们身边带着这位诗人的油印诗集，我们每人轮流着，一首接一首地吟诵。她的诗篇篇可诵，篇篇耐读（多么难得！）——也许是让人甜的蜜，也许是让人醉的酒，也许是掺着泪的苦汁，总之，它不是白开水，也不是那种染了色的假的果子露。对比那些平庸而灰色的诗，舒婷的作品给了我们真正的愉快。我记得很清楚，当我读到下面这样的诗句时，心头浮起了一种熟悉而又陌生的感觉——

我是你的十亿分之一，
是你九百六十万平方的总和；

你以伤痕累累的乳房,
喂养了
迷惘的我、深思的我、沸腾的我;
那就从我的血肉之躯上,
去取得
你的富饶、你的荣光、你的自由;
——祖国啊,
我亲爱的祖国!

(《祖国啊,我亲爱的祖国》)

这是含着泪迹、带着伤痕,又汹涌着赤诚的血潮的真实的歌唱。当它表达对于祖国的光明的挚爱时,没有从眼前抹去那些祖国的昨天令人神伤的阴影:河岸上破旧的老水车,隧洞里熏黑的矿灯,干瘪的稻穗,失修的路基,纤绳勒进的肩膊,淤滩上的驳船。但它又看到了"祖祖辈辈痛苦的希望",因此,酿就了发自内心的爱之歌。

论及当前青年的创作,有人担心他们的低沉乃至颓丧。

应该看到,不是所有的诗篇,甚至也不是多数的诗篇都低沉和颓丧,他们当中也有昂奋和激扬。当代青年的声音,与20世纪50年代青年的声音已有极大的不同,因为他们经历了前所未有的人为的灾难,当他们醒悟过来时,他们已不年轻,他们更深沉,更善于思考。

我们当然希望读到那些让人热血沸腾的诗,也希望青年能写出这样的诗。但诗是心灵的歌唱,而人们心灵中的光明与阴影是世界的光明与阴影的反照。诗,又是诗人壮志的抒发。因此,我们更希望诗人能更多地创作出激昂的,鼓励人们为"四化"奋斗的诗篇,还愿意读到多种多样的而不是单调划一的诗。可喜的是,新诗已经出现了多样艺术相互竞争的良好局面。

的确,在当前青年的诗作中,也存在着某些我们不应赞成的颓废的东西，但并非主流。事实上，在他们的诗篇中，希望与信念的火光正在升起。这一希望与信念的核心，正是人民的觉醒。这一庄严的觉醒是以各不相同的、各具个性的诗的形象与语言来表述的。这是今天的诗篇有异于昨天的诗篇之处。舒婷也正是如此，她的柔婉中有刚健。

> 答应我，不要流泪
> 假如你感到孤单
> 请到窗口来和我会面
> 相视伤心的笑颜
> 交换斗争和欢乐的诗篇
>
> （《小窗之歌》）

不是不会流泪，而是要求"不要流泪"；不是在"孤单"中沉溺，而是要在"伤心的笑颜"中昂起。我们的生活中诚然存在着泪水与寂寞，正如舒婷不想被淹没其中而要顽强地交换"斗争和欢乐的诗篇"一样，在经历了历史性的苦难之后，我们的年轻一代已经懂得，要摆脱个人的苦难，必须把多数人的命运担在肩上。

我们面对的是一个新的世界，我们面对的是一种新的诗。它的形象属于青年，它蕴含着昨日的梦幻，它预告着明天的希望。我们从那些赤诚的呼吁中，从那些细声悄语的倾诉中，听到了对于未来召唤的涛音。这不仅仅是今天的诗。青年是我们的未来，因而，这也是属于未来的诗。我们的明天靠青年创造。我们诗歌的今天，诚然是从昨天走来了，但必然要走向明天。为了属于未来的诗歌，我们今天为之付出辛劳，甚至付出代价，乃是历史赋予我们几代人的使命。

四、诗歌,写人民的真情
——对于当代诗歌的探索之一

1842年,海涅写过一首诗,叫《倾向》,他告诫德国的诗人们——

不要像维特那样呻吟,
他的心只为绿蒂燃烧——
你要告诉你的人民,
钟声敲起来的警告,
舌锋像匕首,像剑刀!

不再是柔和的笛箫,
不再是田园的情调——
你是祖国的喇叭,
是大炮,是重炮,
吹奏、轰动、震撼、厮杀!

时间过了一百三十余年,他的诗句还是这样新鲜,这样有力量。海涅的号召并未过时,它对我国的新涛依然是巨大的启示。我们刚刚迎接了一个时代,这个时代崇高而光明。屈辱和悲哀的阴云消失了。我们的头顶,的确是艳阳万里,但并非一切都如花般美好。我们面临的,是一场浩劫之后的物质的和精神的断壁残垣。反顾来路,余悸在心;瞻望前途,万千险阻。诗歌,肩着何等的重负!

在这样的现实面前,再一次重复闻一多不朽的名言,也许不无意义："这是一个需要鼓手的时代,让我们期待着更多的'时代的鼓手'出现。至于琴师,乃是第二步的需要,而且目前我们有的是绝妙的琴师。"的确,人民需要优美的琴师,但人民更需要激愤的鼓手。在我们的今天,也许不只需要擂鼓的人,恐怕还如海涅所说,需要把每一首诗变成大炮和重炮,在变革的现实生活中"吹奏、轰动、震撼、厮杀"!

中国新诗,在当前,问题是很多的。读者不满,诗人自己也不满(当然也有对不满的不满)。一些愤世嫉俗的年轻人,甚至在惊叹"新诗的末路"。问题是存在的,但并没有那么严重。在"四人帮"长达十余年的压迫摧残下,新诗的确害病了(当然也有长期郁积的原因)。新诗的病,首先是它的失"真"。生活的真实面貌,人民的真实情感,在诗中得不到反映。前些年,那些不着边际的"豪言壮语",被理所当然地当作"浪漫"主义来肯定;那些粉饰现实的"为现实斗争服务"的诗篇,被看作是履行了诗的神圣使命;甚至有些诗作还被直接地纳入政治的阴谋活动。人民厌恶这些伪善和虚假的诗。人们把它看作是假诗而呼吁真诗。但是,在那些年里,说真话本来就难,写真诗,更是谈何容易!这一切当然会降低诗的声誉。强为之辩,甚无谓也。问题在于,我们必须善于总结十年内乱以来留给诗坛的许多教训。新诗不能代人民立言,人民在诗中听不到自己想说而不能说,或是不敢说的话,这就使新诗从根本上脱离了人民。诗要是不能为人民呐喊,人民还要诗干什么?这种情况,在丙辰清明时节,得到了根本的改变。这一历史性的改变,应当归功于诗的真正主人——人民。人民用自己无畏的呐喊,挽救了诗的生命。只要想想,那个寒冷的天安门广场,诗的烈火如何燃烧着人民的热血,就不难了解在过去,诗到底害了什么样的病症。天安门诗歌的生命,在它的真爱、真恨、真骂、真哭。它的真的价值,奠定了它的美的价值。

从1976年起,迄今三年,诗歌是在大踏步前进着。我不同意那些悲观的估计。我以为，诗是充满希望的。我们正在扫除那些虚假的诗。悼念敬爱的周总理，诗歌真挚地哭泣，如柯岩的《周总理，你在哪里？》、李瑛的《一月的哀思》）；粉碎"四人帮"，诗歌真诚地欢呼，如贺敬之的《中国的十月》、光未然的《革命人民的盛大节日》；歌颂天安门前的英雄，如艾青的《在浪尖上》、公刘的《星》，是发自深心的真歌；痛惜党的优秀女儿张志新，如雷抒雁的《小草在歌唱》、朔望的《只因》，是和着血泪的真哭。一个真字，如血液之流通，诗复生了。我不止一次地为《小草在歌唱》的真情所动。

> 我是军人，
> 却不能挺身而出
> 像黄继光，
> 用胸脯筑起一道铜墙！
> 而让这颗罪恶的子弹，
> 射穿祖国的希望，
> 打进人民的胸膛，
> 我惭愧我自己，
> 我是共产党员，
> 却不如小草，
> 让她的血流进脉管，
> 日里夜里，不停歌唱……

人民终于在诗中看到了自己的形象，听到了自己脉管中的鲜血流淌之声。而这已经不是个别诗作、个别诗人所拥有的倾向，它已是一个潮流。三年的拨乱反正，诗歌也取得了不容忽视的成果。在论及它的成就时，值得充分肯定的，仍然是这个字：真。

多少年来，许多诗歌评论一直不提倡，甚至反对诗写真情，尤其反对诗人在诗中写出个人的真情。他们害怕"我",他们把抒情形象的"我",等同于个人主义、个人突出。他们的主张戕杀了诗的个性。久而久之,我们的诗歌只留下众所周知的"一致"和"共同",而失去了个性化的真情和实感。基于这个原因,《小草在歌唱》值得充分重视。他写的张志新,不是大家共同看到的张志新,而是只有雷抒雁才能写出的张志新。他在张志新的形象中,融进了自己的情怀;他的诗,真情动人。

诗歌的不真,使诗歌脱离了群众。如今,"真"回到诗中来了,这是中国当代诗歌的希望所在。生存的树,不能离开泥土;有生命的诗歌,不能离开人民的真实生活以及由此产生的真实的情感。真实的、人民的诗,应当是代人民发言的诗,是勇敢干预生活的诗。我们的生活,存在着光明和希望,也存在令人厌恶的腐朽,诗人不能在光明和希望面前闭上眼睛,也不能在那些发臭发霉的垃圾面前闭上眼睛。诗的干预生活,不应只理解为暴露,但也不应只理解为歌颂。如同海涅所说,我们的诗歌,应当成为"祖国的喇叭"。喇叭可以为勇士们庆功,也可以向敌人发起攻击。人民的创造,党的事业,祖国的希望,我们要真诚地歌颂它!但是,敌人的残暴和阴险,生活的逆流和黑暗,我们也要切实地暴露它。既然人民把诗人的桂冠戴到你们的头上,这就是战士披上了甲胄,你的任务只有战斗,而没有别的。

三年来的诗歌之所以给人希望,正是由于它在生活前面的勇敢冲杀。当然,不全是充满火药味的诗,也有只写鸟语花香的诗,我们不能歧视它。但代表诗歌主流的,应当是勇敢冲杀的诗,起着喇叭和大炮作用的诗。现在,主要也还是这类的诗,在推动着生活向前发展。在对敌斗争的战场,一首短短的"扬眉剑出鞘",曾使"庞然大物"的"四人帮"为之失魂落魄。这寥寥二十个字,抵得上一门重炮。在实现我国社会主义现代化的伟大进军中,我们需要扫除前进路上的障碍(诸如官僚主义、特殊化、走后门、无政府主义等)。

在人民内部，要开展批评，也要进行斗争。为此，诗歌不要推卸自己的战斗责任。假使所有的诗歌都能触及时弊，触及一些人的神经，使一些人为之恼火，更多的人为之雀跃，那么，它肯定是有战斗性的。

面对新诗创作的这一现实，那些认定新诗已走向末路的青年人，是会改变自己悲观的看法的。

五、呼唤多种多样的诗
——对于当代诗歌的探索之二

当《芒种》的编者按每人一首的标准，把沈阳五十余名诗人的作品汇辑在一起的时候，我们看到了诗的园丁创造的绮丽的图景。今年年初，我曾为《南方诗丛》的出版，对在南国炎阳下耕耘的诗编辑的勤劳致以感激之情，现在，在北方，我又看到了芒种时节的劳作。中国新诗是有希望的：从南方到北方，到处都有众多的诗的作者，到处都有众多的诗的园丁。《芒种》的努力，再次给了我们这样的信念。

诗作的水平并不一致。一些业已从事多年创作实践的作者，其作品自是精深圆熟，一些"处女作"也给人以新鲜明亮之感，当然，其间某些作品不免掺杂着不曾清除的空话，个别爱情诗则因矫作而乏真情。瑕瑜互见，是事物的正常状态。当编者把众多不同风格的诗汇集在一起，却奇迹般地给我们留下了百卉争新的深刻印象。

这里有关于人民和时代的强音，也有对"我心中的彼岸"的真挚的歌吟；也曾燃起战场上正义的硝烟，也曾响彻车床与马达的轰鸣。从"用凝练的思路把长夜压缩得很短"的老科学家的《明天》，到《村头上响起一串串鞭哨》的欢快的村风，《芒种》把当今时代的声音传达给了我们。它仍然饱含着热情说:《我歌唱党的光辉》(姚莹),这歌唱已不是我们曾经厌烦了的廉价的颂歌,而是从事实出发的实在的歌声;它不是缥缈的神火,而是从"一缕缕昭雪沉冤的泪光中",从"一张张平反复职的通知上",从"一页页劫后余生的论文中",看到了这种实实在在的"光辉"。

经历了十年内乱的祖国,一切有待振兴。尽管前途多艰,但党在积极地工作着,这就是我们的现实。仅就这一点而唱出颂歌,也仍然不失为真诚的。我们反对那种虚假的"歌德",我们却真诚地希望读到实实在在的颂歌。人民不曾失去信念,他们有在暗夜里唱出的《曙光之歌》(未凡):

我曾在暗夜里听你雷鸣般呐喊,
我曾在浓云中看你厮杀的剑光;
我曾以赤子之心想着你,想着亲娘,
我曾以混浊的眼睛顾盼你,顾盼光芒!

这当然是昂扬的声音。要是说,在这首歌中少了点什么的话,我以为是少了点属于当今时代的深沉的思索。而诗集的许多作者,却在现实生活中辛勤地思索着。经过思索之后唱出的歌,无疑是增加了重量。今年,阿红去了海南,他为壮美的河山激动。当他《车过琼崖群山》,看到放火烧荒,他却只能唱一曲诅咒之歌:"真应该天降一道甘霖,浇熄这叫人痛心的野烟!"诗人的良知召唤了他,尽管他不曾歌颂,却是真切的声音。最鲜明地打上了时代印迹的诗篇,我以为是厉风的《哦,大海……》。他歌唱大海"威严的容貌""暴风般的声喧",却不能掩饰自己经过痛苦思索后的迷惑:

怎样理解你的爱,你的恨,
你的多变性格,澎湃的情感,

和你重复了亿万年的单调的呐喊?

尽管他得不到答案,但这种思索具有典型意义。我们失去独立的大脑的时间太长久了,我们需要学会属于自己的思维。《哦,大海……》表达了我们生活某一方面的真实。大多数诗篇抛弃了虚假的声音,在此基础上获得了思想深刻性,这是《芒种》诗集多数诗篇所已取得的主要成就。

随着思想的解放,诗歌艺术也得到了解放。从诗集看,题材广泛了,诗体和艺术风格更为多样了:有浓郁的诗,也有清淡的诗;有豪放的诗,也有婉转的诗;有含蓄的诗,也有明澈的诗。从我个人的感受而言,由于腻烦了前些时流行的那种过于雕缛的诗,而在感情上倾向于朴素自然,因而,岸冈的《小露珠》给我以好的印象。那露珠,"不修饰",也"不言语",却婀娜而艳丽:当人们睡去,它悄悄地在花序上,在草尖上,在树叶上,以晶亮的眸子向大自然致敬,而当太阳升起,它留下了给万物的湿润,却默默地消隐了。诗风朴直自然,正是思想之单纯明净的反照。这种诗,平凡得像不引人注意的露珠,却可净化人们的灵魂。在现在,这种默默地贡献而无所需求的精神,对比那些庸俗的丑陋的人与人之间的关系,显得是多么可贵。

诗集中有若干关于爱情与友谊的篇章。其中仲克的《相信你就要归来》是写得好的。因为它朴实挚诚,故不属于轻飘飘的恋歌一类,而蕴蓄着非常凝重的情感:

你曾在风雪中送我一条围巾,
那风雪便如芬芳的梨花飘落;
你曾在暴雨中送我一柄小伞,
那暴雨便如同叮咚的山泉之歌。

他们分手了，却没有一般化的伤心痛苦的描写，而是在欢乐与痛苦、追求与思索之中不曾泯灭了爱的光焰："虽然你的友谊和爱情姗姗来迟，我却等待着每一趟误点的列车。"这首诗有动人的质朴，对比之下，另一首情诗《蜜月里》企图把劳动与爱情掺合起来，因为矫饰而明显地失真了。

因为我们的生活经过了重大的磨难，也因为当前世界正在急速地变化，历史与现实的种种原因促使我们的诗歌变得复杂起来。对于现实的思考厌忌单纯，抒写情怀转向繁复幽微，在摒弃标语口号的同时，人们已不再满足于对事实做外在的单一的描述了。这里是一曲《怀念》（邓荫柯）之歌：浓黑的悲凉中有明亮的灯，室闷的禁锢里有温馨的风，迷惘的希望里有招展的旗，冰冷的沉默里有傲然的歌：

在柔情的思念里，
你是一个微笑的梦，
在进军的行列里，
你是一名昂首阔步的士兵！

他把柔情的思念和微笑的梦并列在进军的行列里，他把矛盾的现象组织在一起，他也许不曾说清楚什么，但是，这难道不是存在于普通人的普通生活之中的怀念？诗歌正在回到自然朴素，诗歌正在摆脱虚假矫作，这是可以庆慰的。

《芒种》诗集的丰富，使我思绪纷纭。逐一地评价是难以做到的，我只能对此加以概括的评说，这是我们所希望看到的景象。一种什么样的景象呢？一种多种样式、多种风格、多种艺术方法创造的各式各样的诗并存的景象。近来对于诗有许多议论，这是好现象。我对此也说了点意见。对于那种把我说成是只主张某一种诗，甚至只主张"古怪诗"（我在一篇文章中曾用了带引号的"古怪"，不知为什么却被悄悄地把引号取消了）的企图，我不想说什么。我的真诚的希望只是：让紫罗兰和玫瑰花并存，让艳丽的牡丹与有刺的仙人掌并存，给人们一时不习惯的"古怪诗"以生存发展的权利，不要轻率地对你所"不懂"而别人却懂的诗加以限制。我只是愿意看到许多热心的园丁所已经做过，如今《芒种》编者也在进行的这种对于多种多样的诗加以栽培的局面。

对于诗歌艺术，过去的噩梦般的教训是过于偏狭。现在，鼓吹一下各种艺术流派（假如我们还有流派的话）的彼此"容忍"，也许不无好处。彼此"容忍"，目的是彼此竞争，在竞争中见优劣。我们希望看到并存并且竞争的局面，而不是一种"有我无他""你死我活"的势不两立的局面。新诗诚然是处于重大的转折关头。不满足于前人成就的一代新人正在崛起。他们立志于变革，而且正在进行探索。我以为探索不应是排他的。我们尊重自己的探索，也尊重他人的探索（包括坚持），并尊重一切人们的认真劳动的成果。我们呼唤多种多样的诗。

六、让"自我"回到诗中来

——对于当代诗歌的探索之三

诗要吟咏性情，这是公认的。进步的诗歌，当然并不满足于此；它要求诗人跳出个人的圈子，拥抱广大的民众，为更多的人歌唱，于是有了炸弹、旗帜、战鼓之类的比喻。诗歌不再单纯歌唱一己的哀乐，它的琴弦为人民的命运而颤动，这当然是伟大的革命。

但进步的诗歌要求超越个人，却不等于要在诗中驱逐自我——任何事情都不好推向极端。不论是儿女情爱的吟哦，也不论是天下兴亡的嗟叹，只要是写情的诗歌，很难全然抛开诗人自我抒情的形象。事实却是这样：那些袒露了诗人的内心世界，显示了诗人的独特个性的诗作，对于自历史到现实的重大事件的抒唱，往往是有力的，感人的，因而也是成功的。

杜甫的诗作被称为诗史，因为它真实地再现了他所生活的时代的忧患与动荡。但杜甫一般并不赤裸裸地单纯地演绎政事，他的那些最有价值的，也是最动人的诗篇，之所以动人，也往往在于他能够通过切身的经历遭遇，来抒写他对时代政治的认识及评价。我们在他那些具有诗史价值的诗篇中，往往可以遇见这位饱经风霜、不免有些狼狈潦倒的诗人自己。杜甫没有在表现很有政治性的重大题材的诗中驱逐自我——尽管他的伟大在于他不是只为个人忧患喋喋不休的人。当然，再现了血淋淋的现实生活痛苦画面的"三吏""三别"，是一种写法。那背后，依然有着诗人情感的荡漾，甚至或隐或显地感受到诗人身影的移晃，但诗人自己并没有直接成为主人公，他只是"记者"。而有的表现历史宏伟场景的诗篇，如《北征》，就不一样了。他通过自身的行止，来显示动乱生活的场面：

瘦妻面复光，痴女头自栉。
学母无不为，晓妆随手抹。
移时施朱铅，狼藉画眉阔。
生还对童稚，似欲忘饥渴。
问事竞挽须，谁能即嗔喝？

在这个久经离乱的残破家庭里，它的一个主要成员突然地归来，感慨唏嘘之中，一片莫可名状的慌乱惊喜之情跃然字里行间。这情景，让我们从家庭生活的一角想起那时代的全景，想起那动乱，那离散，那战场的血泪，那历史的悲欢。

和杜甫一样，裴多菲也写过许多时代号角般的热烈诗篇，但他也不排斥在很有意义的诗中写进自己。而且，他似乎致力于这种浓厚的个人色彩与诗的时代性的结合。1840年，他写过一首《我父亲的和我的职业》。这是他对于诗人崇高使命的讴歌，却使我们窥及纯粹属于裴多菲的个人色彩：

> 你总是吩咐我，亲爱的父亲，
> 要我追随你，要我继承
> 你的职业，做一个屠户……
> 可是你的儿子却做了文人。
> 你用你的家伙击牛，
> 我用我的笔和人斗争——
> 我们做的是同样的事，
> 不同的只是那名称。

这告诉我们，虽然诗表现时代的途径不一，但是，那些通过诗人所特有的生活感受以再现时代的诗笔，是易于拨动读者心弦的。这道理很明显，诗是抒情的，情萌发于人心，把自己包裹起来，隐藏起来，甚至完全消失了自我的诗篇，它便失去了动人以情的基本条件。

艺术的典型化规律同样制约着诗。诗歌的典型形象，当然也是诗人对于客观世界的再创造，而这种再创造的诗歌，很大程度上，是掺入了诗人对于自我形象的再创造的。也许可以这样认为：不论诗人在诗中表现什么，他总不能不表现自己。在诗中，特别在抒情诗中，抒情主人公往往既是诗人自己，又不全是诗人自己。"既是"，已如前述；"不全是"，则是由于诗歌毕竟要典型化，要求有典型概括的力量，在进步诗歌，还要求代表人民发言。因此，它责无旁贷地要求表现"大我"或"我们"。需要强调的是，这种表现"大我"和"我们"的努力，一般要通过"小我"，即充分个性化的"我"

来体现，这就是文艺的典型化规律在诗中的特殊体现。

我国革命取得全国胜利以后，诗歌也完全开始了一个新时期，它的划时代的意义与成绩是毋庸置疑的。但是，当我们今天回首总结这三十年的经验，不能不惊异地发现：那种"五四"时期随着个性解放一起来到诗中的鲜明的、各有特色的自我形象，几乎完全消失了。我们看不到《炉中煤》那样喊着"我为我心爱的人儿，燃到了这般模样"的"我"，我们也看不到《发现》中那样"迸着血泪"喊着"这不是我的中华，不对，不对"的"我"；更不用说像那些邂逅于秀丽的"湖畔"的诗人们对于爱情的低呼轻唤了。在这么长的时间中，我们遇到的绝大部分叫作"我"的抒情主人公，是从外貌到内心都完全一律的，毫无个人特色的"平均数"。

诗人们当然不肯受拘于此，他们尝试着来一些突破。20世纪50年代，当郭小川在诗中以"我"的名义向"青年公民们"发出召唤的时候，许多人都吃了一惊，于是，"口气太大""突出个人"的指责随之而来。也是20世纪50年代，当贺敬之在党的颂歌中插进一段"我"的经历的抒唱的时候，不少人（包括笔者在内）沉不住气，对此提出异议。而事实却是，这时的"我"已经是在"烧杯"之中经过"提炼"了的、失去了"杂质"的"我"了！连这样的"我"，我们也不能容忍，怎能期望那些谈谈自己的苦闷与欢乐，谈谈关于自己爱情与友谊之类的诗篇？

我们很习惯于那无数消隐了诗人的真心的，而仅满足于板着面孔说教的诗篇，却不能允许哪怕只有一首那种带有明显的局限的，然而是真实的活生生的、血肉丰满的诗人自我形象的诗篇。我们怀着偏见欢迎"纯"，同样怀着偏见排斥"杂质"；我们满足于吊在高空的"崇高"，却无视行走在地面的真实的灵魂。以爱情的歌唱为例，这几乎是触动历史上许许多多天才诗人的灵感的命题。为此，那些世界诗史的天宇中最明亮的星辰：雪莱、拜伦、海涅、普希金……

都写出了大量的杰作。在我国,情况也如此,郭沫若的《瓶》,闻一多的《红烛》,都可以和他们最好的诗篇相提并论。事实的真相只要进行对比即可判明。新中国成立三十年来,闻捷几乎是唯一的写了大量爱情诗的诗人,有趣的是,其中竟然没有一篇是写诗人自己的爱情的。难道新中国的诗人们都不曾有过关于自己的爱情的欢乐与苦闷、追求与失落,难道他们的心弦不曾为此激动?我们竟然连吞吞吐吐的、羞羞答答的爱情诗都没有!这当然不能责怪于诗人的无情或寡情。问题在于我们的理论界长期以来对于文艺的政治作用、社会价值、作品题材等持有一种极其狭隘、片面的指导方针。

新中国成立之初,我们的诗歌理论总在提倡抒情主人公必须是摆脱了"小我"的"大我",提倡以"我"的面目出现,而实质上,是消失了自我的一种并不存在的"纯粹之人"或"完人"。的确,诗人的情操必须高尚,诗人所宣扬的东西必须美好。但是,真实的诗人所写的真实的诗,不可能是完美无缺的。生活中既然没有完人,而诗人把自己装扮成完人,总难免有着虚假的成分。应当承认,一个并不"纯粹"而有着"杂质"的诗人,仅仅因为说出了真话,也比那些"绝对正确"而说着言不由衷的话的诗人,其形象要高尚得多。

诗歌的生命力,并不由不着边际的豪言壮语构成,也不由诗人自我形象的"高大完美"决定。抒情主人公的形象应当是真善美的统一,而首先必须真。凡是好诗,无不以真动人。陈毅的《六十三岁生日述怀》,讲自己"一喜有错误,痛改便光明",甚至不讳言自己的过失:"有时难忍耐,猝然发雷霆。继思不大妥,道歉亲上门。"他袒露胸怀,不隐瞒缺点,让我们在他的爽直坦白的形象面前,感受到他那伟大的真诚。郭小川在《自己的志愿》中讲的也是自己的缺点:"一个微小的成功之后,有时在梦里,却沉醉于自我欣赏的酒筵,当犯了一些过失,曾经找尽了理由洗清自己,而向党抱怨。"他也是一个真诚而不虚伪的诗人,同样在诗中闪烁着他的性格光辉。

后来，他终因在《望星空》中讲了自己真实的思考而遭到批判，这在今天，已被认为是极大的不公。但当时郭小川并不因而改了初衷，他继续以赤子之心无畏地袒露自己的内心。他在充满战斗信念的《秋歌》中，仍然没有忘了检讨自己曾有过"迷乱的时刻"和"灰心的日子"，而这，恰恰显现了他作为一名真诚的战士的全部光辉。在诗歌史上，凡是这样的诗，留给人们的印象是持久的。我们总不能忘记何其芳那发自内心的、诚挚的，但又鲜明地表现了思想局限的诗句。

我是如此快活地爱好我自己，
而又如此痛苦地想突破我自己，
提高我自己！

[《夜歌》（一）]

这句诗活生生托出了一个刚刚走向光明，开始了新生活，充满了自我欣赏，而又开始觉醒的知识分子的形象。这样真实而有缺点的形象，当然比那些没有缺点且不真实的形象要有力得多。

诗歌从内容到形式都要美，首先是内容要美。而我们认为，表现了哪怕带有明显的缺点的自我形象，恰恰是一种美；而隐瞒或回避诗人自己的匮乏与缺陷，把自己装扮为完人的，恰恰是一种丑。一个即使是站在时代前列的伟大诗人，他有献给时代的鼓点与号音，同时也会有属于生活另一侧面的短笛或小提琴。当郭沫若立在太平洋边放号，为旧时代唱着葬歌，而热烈欢呼"新鲜的太阳"时，他仍然未能忘怀于他的"梅花"之恋。隔《女神》之诞生不久，他在一个短时间内一口气写了四十二首情诗《瓶》。郁达夫建议予以公开发表，并作《附记》阐明公开发表的理由：

我想诗人的社会化也不要紧，不一定要在诗里有手枪、炸弹，连写几百个"革命""革命"的字样,才能配得上称真正的革命诗。把你真正的感情,无掩饰地吐露出来,把你的同火山似的热情喷发出来,使读你的诗的人,也一样可以和你悲啼喜笑,才是诗人的天职。革命事业的勃发,也贵在有这一点热情。……南欧的丹农雪奥作纯粹抒情诗时,是象牙塔里的梦者,挺身入世,可以做飞艇上的战士。中古有一位但丁,逐放在外,不妨对故国的专制施以热烈的攻击,然而作抒情诗时,正应该望理想中的皮阿曲利斯而遥拜。

郁达夫的看法是正确的。世界万物,社会生活的复杂多样性,同样无例外地体现在诗人和他的诗中。不应该把社会与个人、重大题材与个人生活的某些侧面、歌唱人民的斗争与自我形象的塑造对立起来。我们召唤"自我"回到诗中来,与诗要为人民服务、为社会主义服务这一方向绝不矛盾。我们的目的,只是为了恢复诗反映生活的特性,只是为了促进诗歌在个性与共性统一的典型化道路上健康发展,只是为了强化诗歌创作中的个性特征,只是为了使诗歌更多样,更丰富,更有特色。

七、道路应当越走越宽
——对于当代诗歌的探索之四

在当代文学艺术中,诗所承受的灾难最为深重。三十年来,没有一个文学品种,比诗更容易,也更经常地沦为层出不穷的、各式各样的"政治运动"及"中心任务"的"工具"了。

从理论上讲,属于文艺的诗,可以是精神之武器(或称之为工具)

的。但它可以是直接的"工具",可以是间接的"工具",也可以不充当"工具",而只是"闲情"的寄托,甚或是休息,甚或是娱乐。诗可以也应当成为炸弹或军号,而且属于此类的诗而艺术精湛的,往往具有重大之价值,但也不能排斥吟花草、弄风月。当它"喜柔条于芳春,悲落叶于劲秋"的时候,我们仍然要承认,它是在履行诗的某一部分职责。但是"工具"说把诗引向了这样的局面:题材重大的,意义必定同样重大,喊出了豪言壮语的,必定比其他的更具革命性;一般化的"大我",排斥着具有鲜明个性的诗人的"小我"……久之,诗由广阔无垠的题材天地,由可供自由驰骋的艺术表现空间,也由纷纭繁复的艺术风格、流派、创作方法的国土上退却下来,而只能在单调的为"政治"服务的胡同中踟蹰。

在十年内乱中,诗走向了极端。大多数诗变成了由标语口号所装扮的连篇空话,它只是空壳,内里装的多半也只是矫情。"节日诗""中心诗""欢呼诗",以及连篇累牍的带有浓厚宗教色彩的诗,已经把诗引向了歧路。

无情不成诗歌。政治任务的需要(可能这种需要是正当的),距离真正的诗的冲动,还有漫长的间隔。诗有自己的规律,政治运动的或中心任务的规律是无法替代的。作为艺术的诗,绝不是其他意识形态的附庸,即使是政治,诗也不是它的附庸。当前,我们提文艺为人民服务、为社会主义服务,服务是积极而能动的,也不意味着附庸,它不能以取消诗的自身特性为代价。

1966—1976年,或者把时间再往前推,我们在这一属于诗(也属于文艺)的命运上,教训是深重的。对于诗的功能窄狭的理解,抑制了已经成名的一批卓越诗人的艺术生命,同样,也窒息了方兴未艾的一代有可能取得成功的诗人的艺术生命,使他们的才能只能在夹缝中扭曲地发展。

但灾难性的后果,并不能完全归咎于诗之沦为政治的简单号筒,甚至主要地不能归咎于它。诗走向窄狭，还有更为直接的原因。长久以来，我们不断花样翻新地提各式各样的口号。在文艺领域中，受口号的影响最深的，恐怕也还是诗。除了一般的、共用的口号之外，诗还有若干专用的口号。片面强调古典诗歌和民歌的基础，即是其中的一个。

"新诗发展基础"一说的提出，在文学运动中是一个罕见的例外。我们不曾规定小说必须在古典小说和民间话本的基础上发展，也不曾规定话剧必须在元明杂剧和"小放牛"的基础上发展，唯独给诗歌做了这样的规定。这是令人迷惑不解的。我们姑且不论把文学本身的现象当作发展的基础是否科学，单就古典诗歌与新诗的关系进行一番考察，也不难判别这个口号即使是可以理解的，但也是偏颇的。众所周知，中国新诗在"五四"的兴起，最具离叛的性质。它是对于古典诗歌批判的产物，是对于僵死的旧诗词的否定。事情过了几十年，怎么又回过头去，把当年的革命对象当成安身立命的"基础"呢？

诚然，"五四"当年血气方刚的青年，对于中国古典诗词缺乏分析，采取一概打倒的办法是片面的。但他们进攻的方向明确，批判的锐气也可贵。有人说，中国新诗的草创时期就已在古典诗歌和民歌的基础上发展了，他们举出胡适和刘大白等人的诗为例。事实恰恰做了相反的说明：对那种半文半白的"新诗"，连胡适自己也承认那是"放大了的脚"的，正是难以摆脱旧诗词影响的不成功的例证。新诗的着眼点是"新"，带着旧的痕迹的，正是新诗未曾脱尽旧诗窠臼的惰性的表现，怎么能把它看成是正常的呢？

现在，我们克服了"五四"当年的片面性，使新诗和古典诗歌的血脉贯通起来，批判地继承灿烂的中国古典诗歌和民歌的优秀传统，以滋养新诗的繁荣，这是恰当的。但是，把它作为基础，而且堂而皇之地排斥了新诗孕育期受到的外国优秀诗歌的影响，乃至于断然驱逐了"五四"新诗自身半个多世纪的发展所形成的传统于上述"基础"之外,这是何等的武断和不公!

我们不妨排除"基础"这个有争议的词,肯定新诗是可以并且应该借鉴古典诗歌和民歌而发展的,但即使这样,也不能把这作为所有新诗都应遵循的准则。这诚然是一条可行的道路,但新诗发展的道路不能只有这么一条。不能认为,除此以外的所有道路都走不得,也都走不通。一个"基础",一条道路,它造成了新诗的单调与贫乏。因为它排除了从多种多样的渠道取得营养的来源,从而获得多种多样的借鉴;它排除了多种艺术风格、艺术流派的形成与发展,也排除了多种创作方法的运用。对于今日中国新诗的"萧条",大家纷纷抱怨新华书店的征订手续,唯独不检讨新诗自身的问题,这说不过去。

"悟已往之不谏,知来者之可追。"我们反顾了历史的教训,得到了这样的认识:给诗的发展规定这样那样的"基础"(何况有的"基础"要打大大的问号),恐怕是不足取的;同样,给诗歌规定"创作方法"(例如有人主张新诗只能采用现实主义的创作方法),恐怕也是不足取的。政治上,给人民以民主自由,艺术上,给艺术家以民主自由。让诗人自己去选择道路吧!为了新诗的繁荣,为了新诗能更好地为人民服务,为社会主义服务,应该条条道路都亮起绿灯,让诗人自己去奔突驰驱。

道路应当宽广,道路也应当多样。允许有通天的大道,也允许有通幽之曲径。允许诗人做各种各样的试验,同时也允许试验的失败。失败了,改弦更张,再试验新的。也许在艺术上,艺术家往往是固执的,不容易讲宽容。但我们要主张互相宽容,可以竞争,但不要排他。

正是在这个认识的基础上,我以为当前诗坛出现的气象是好的,它打破了旧日的平静。人们难免为此议论纷纷,有人看不惯,跺脚,叹气，但事情还是发生了，一种事物的兴起，难免夹杂着泥沙，于是又有人指责，斥之为"沉滓泛起"。我不这么认为，我看到了它的热气与锐力。我以为新诗正在经历着巨大的变革，新诗正在崛起，这是一场认真的挑战。对待这一现象，办法只有一个：支持它们的自由竞赛。

第四章　迎接诗的新时代

一、我们需要探索
　　——《诗探索》发刊词

　　中国新诗走过了六十年的长途,它已取得伟大的成绩,它无愧于诞生它的时代。六十年前,新诗从没有路的地方踩出了一条路。我们的前辈是勇敢的拓荒者,他们是在不断探索中前进的。六十年后,新诗面临的是崭新的现实:祖国社会主义现代化的序幕已经揭开,新生活在我们面前跳动着耀眼的浪花,时代要求新诗传达出它那震耳的声浪,适应它的强大生命力律动的节拍。

　　肩起时代的使命,为生活的主人呼唤心灵的声音,这对于诗,从来都是没有止境的探索。那种认为已有天才或先知给我们规定了道路,我们不必思考,也无须探索的想法,那种认为一切存在的全都完美,我们不必再有探求,我们的任务仅仅在于遵循以往存在的规范的想法,是迂阔的。唯有探索,方能前进。在探索中前进,在前进中探索。探索之无止境,正与前进相同。这是已为生活发展的历史,也是新诗发展的历史所昭示了的。要是有一天,我们的诗人和诗评家竟然停止了探索,诗,也就停滞不前了。

　　不存在永恒的完好,诗也如此;即使有,我们也不能满足于这种"完好"。五言诗到了六朝,是很完好了;七言诗到了唐代,是很完好了。要是我们的古典诗人停止了新探索,那就不会有中国古典诗歌一浪高于一浪的向着高峰的发展,它的生命早就终止了。不满足于现实的"完好",于是才有探索,才能前进。我们深深祈愿这种探索的精神永存。正是因此,当我们考虑给这个诗歌理论批评刊物定名的时候,一致选择了这一深刻而富有时代气息的字样:诗探索!

我们需要探索,不仅过去,不仅现在,而且更着眼于将来。我们愿意生活更加美好,我们才需要探索;我们愿意诗更加美好,我们才需要探索。墨守成规永不会有创造。诗人在用诗探索人生和人的心灵。我们,则探索诗,探索诗人从事这一精神生产所达到的和未曾达到的思想与艺术的境界。探索的精神,就是一种思想解放的精神。不满才有改变,改变乃是一种催促前进的动力。我们不是怀疑论者,也不是虚无主义者,我们珍惜一切前人的,包括我们自己的劳作的结晶。但我们不愿守成不变,我们愿意永远地处在这种不断探索的追求之中。

我们追求诗之与时代、生活在思想艺术上的合理的适应,我们只有这个目的。我们认为这种适应,将是广泛的、多样的、丰富多彩的。道路不会只有一条,条条大路通罗马。对于艺术,对于诗,情形尤其如此。艺术的探索不存在禁区。应当允许各种各样的、多种道路的探索。对于已经进行过的,例如探求在民歌或古典诗歌基础上的发展,还可进行下去,以使此种实践更见成效;过去未曾涉及的,我们可以大胆探求,这是一种新的探索。一切艺术都贵乎创新。应当鼓励人们勇于探索,让人们在探索的过程中辨真识伪、推陈出新、标新立异。

《诗探索》坚持新诗创造性地为人民服务、为社会主义服务。为了探索新诗继续繁荣发展的道路,我们将通过积极而及时的诗歌评论以总结推广诗人创作的经验;我们将开展诗歌基本规律的探讨以促进诗歌理论的建设；我们将加强对于诗歌史的研究以增进诗歌发展的知识；我们也将鼓励更多的人向诗歌美学的广度和深度进军。我国古典诗论的遗产十分丰富，我们还来不及用马克思主义的观点加以系统的研究并使之服务于当前；对于外国诗论我们所知甚少，对此也有更广泛地介绍之必要。《诗探索》无疑将以适量的篇幅来刊登这方面的文章。我们希望把诗的理论批评搞得切实些，一切理论，或直接或间接，均将以于新诗的发展有所助益为评价的标准。我们不愿充当老古董或洋货的收藏家。

我们深愿《诗探索》是一个始终充满了首创精神的、充满了青春与朝气的探索者。我们将时刻警惕不使其因脱离今日诗歌的实际而"老化"起来。诗在中国这个古老的国度，有悠久而丰富的传统。人类文化的紧密交流，更是当今变得很小的世界的必然现象。对于传统和外国的东西，我们都要借鉴，取其精华，弃其糟粕，以利于今日中国的诗歌。

我们生活在现代，我们是作为现代的中国人在写现代的中国诗。我们认为新诗要有时代感，我们同样认为诗的理论批评也要有时代感。我们站在当代生活的坚实土地之上，我们深深地感到了时代赋予的庄严使命。

诗歌有专门的理论批评的刊物，在我国，似乎还是第一次。事情虽然起始于1980年在南宁召开的全国当代诗歌讨论会，但究其缘由，到底还是为诗本身的发展规律所决定。中国当代的文艺复兴，包括诗歌繁荣的成绩。全国文艺报刊都刊登诗歌。《诗刊》再生之后有《星星》《海韵》，据说还有若干种专门的诗刊物相继涌现，客观的形势呼吁着诗评论专门刊物的应运而生。本刊编者担起了这样的责任，当然是为当前这一兴盛局面所感奋，同时，也基于下述两点实际存在的事实：有感于诗歌评论园地的狭小，有感于诗歌批评队伍的贫弱。上述两点，与诗创作的现状极不相称。我们设想，也这么希望：《诗探索》的出现，也许将有助于略加改变这一明显的比例失调。

在文艺评论的队伍中,最薄弱的是诗评论。要改变这一状况,首先要团结现有的作者。南宁诗会作为一次壮举,恐怕主要在于,它第一次把中国的大多数诗评的力量集聚了起来,第一次把原先各自为战的、分散而互不联系的专家汇集而为可观的队列。但现有的这支队伍毕竟太小。我们深知,要改变这一状况,没有青年的加入是不可能的。因此,我们寄希望于青年。没有青年,便没有未来;没有青年,我们的一切探索都是徒劳的。

《诗探索》决心从创刊开始,就重视来自青年的有生气的、敏感的和尖锐的文章。我们把发现、培养、提高新人的工作,郑重地放在自己的肩上。我们已经有了一支相当宏大的青年诗人的队伍,我们也应当有一支与之相当的青年的诗评家的队伍。而事实证明,后者的建立远较前者艰难得多。

这是一个学术性、理论性与知识性并重的刊物,我们愿意它是适应多方面需要的和雅俗共赏的。我们不愿因它的"雅"而脱离了现实的需要,我们也不愿因它的"俗"而失去理论的深度。在学术性和理论性之外,还要有一个知识性,因为,我们有责任关心青年的兴趣和成长,愿意为这批有希望出现新的人才的广大的读者群,做些力所能及的工作。

长期以来,在艺术和科学的领域,党所制定的"双百"方针没有得到很好的贯彻。今天,这种情况正在改变。这为我们的探索提供了良好的条件。我们将通过自己的实践,在诗歌战线上,为维护艺术民主,为促进实现"百花齐放,百家争鸣"而努力奋斗。我们认为,凡是好诗,不应当只是一个样子的。应当允许读者各有不同的嗜好,诗人也有各具个性的创作风格。我们将不怀成见地重新评价中国新诗发展的历史,只要在思想或艺术上有一定价值的诗人诗作,就给以适当的地位。我们将不忽视那些有自己的独创性而长期受到歧视的不同流派的诗人。

《诗探索》的主张，可以简单地概括为三个短语：自由争论、多样化、独创性。自由争论是艺术民主的前提，在学术面前，权威和普通读者是一律平等的。真理总是越辩越明，而且只有通过无拘无束的自由争论，才有可能达到多样化并鼓励独创性。我们将在《诗探索》上体现各种不同观点的交锋，我们将欢迎并发表对本刊文章以及本刊以外的文章，包括本刊编委的著述在内的讨论、批评。我们鼓励说理的批评，更鼓励说理的反批评，我们希望经常保持一种不同意见自由论战的热烈局面。我们想让大家都习惯于生活在这样一种艺术自由民主的空气中，从而确认这是一种正常的秩序。本刊声明：为了贯彻自由争论，来稿凡是说理的和有见解的，而文风又是好的，均将予以发表。一切文章，当然不代表编辑部，即使是本刊编委的文章，也只是代表他个人在发言，文责自负。我们想，这样做，将在一定程度上增加一点艺术民主的气氛。

诗人的失去个性，长期成了公开的危险，引起了人们的警觉。而评论家的没有个性，情况则更为严重。我们希望本刊的文章能加强同新诗发展实际的联系，杜绝那种隔岸观火的空论，少一点教条气、经院气和八股味，而多一些新鲜的语言、活泼的思想。文风必须改革。

人们的主观意愿，对于一件事业的成功，化为条件，可以是重要的，却远非是决定的。以《诗探索》的出现而言，尽管这是诗人以及广大诗爱好者长期的愿望，但也仅是愿望而已。愿望而能成为现实，离开了诗歌事业的兴旺，离开了国内政治气氛的改善，离开了一系列制度的改革，离开了党为我们创造的这一良好的学术环境，像这样一个颇为专门、属于分工细致的学术刊物的创办，是难以设想的。我们怎能不感激这个新生的时代所照临的灿烂阳光！

正是由于时代的热情感召，我们愿意充当诗歌为人民服务、为社会主义服务的探索者。我们的刊物将与广大作者和读者携手，共同为加强诗歌研究、活跃诗歌批评、发展诗歌创作、壮大诗歌队伍，为繁荣发展我国多民族的绚烂多彩的诗艺术和诗评论而做出自己的贡献。

二、迎接诗的新时代

飞跃的发展，一个勇敢扬弃的进程

我们曾经有一个诗的时代，那是诗歌死亡（或基本死亡）的时代。挽救中国诗歌于危亡的，是几代人的努力，其中主要是战斗在天安门前纪念碑下的青年人的努力。

1976年，中国终于又有了诗歌，没有被割断的喉管终于发出了呐喊。我们把天安门诗歌运动当作中国新诗的复活节，这是中国人民和中国诗歌的光荣。但经历了四年多的实践，我们今天反顾这段历史，却愿意对它做一番切近实际的鉴定。

以"天安门诗歌"为代表的诗歌运动，更确切些说，是一场以诗为武器的政治性示威。它给中国诗歌带来了起死回生的刺激。这种刺激，主要是内容上的，战斗传统在诗中的恢复，人民信念在诗中的恢复。诗歌冲破了毁灭性的禁锢，得到了再生，这诚然是一次伟大的进步。但它本身并不构成为一场诗歌艺术的解放运动。1976年天安门前的"诗爆炸"，它的政治色彩远远地超过了艺术色彩。

从1976年开始，加上1977、1978两年，大约三年的时间，在诗歌运动中值得一书的是被政治的狂风暴雨打散了、打残了的队伍的重新集结。那时，人们把久经离乱之后的诗人们"相对如梦寐"的"喜相逢"当作诗歌的复兴，那只是一个错觉——诗歌并不曾真正复兴。那时主要的诗歌主题，也如文学的主要主题一样，是"歌颂老一辈"。诗歌从革命家开始，挨个为之唱了怀念与颂扬的歌，同时，以满腔怒火揭露批判了那一伙祸国殃民的政治窃贼。我们不去苛责当日部分诗歌中仍然保留着的浓重的现代迷信的残余（主要表现是，把人仍然当作了神来歌颂，人民是真正的创世主的观念并未确立）。事实让我们了解到，当日的所谓两大主题，实际上仍然是三十年来延续不断的中心任务、重大题材在新时期的变相出现。我们不怀疑1977—1978年间多数诗人的真诚，其中如李瑛的《一月的哀思》、柯岩的《周总理，你在哪里？》、贺敬之的《中国的十月》、光未然的《伟大的人民勤务员》等，都唤起了千百万人的同声一哭。但是，从历史发展的角度来看，这两年来多数的诗歌艺术上没有大的突破，新诗要谋求发展，就必须扬弃这种羁绊，而寻求艺术创造的自由而广阔的空间。

1979年是新诗真正复苏的一年。艾青、公刘、白桦、邵燕祥、周良沛，随后还有流沙河等一批重新归队的老兵为这一复苏做出了毋庸置疑的贡献。艾青的《在浪尖上》《光的赞歌》，邵燕祥的《中国又有了诗歌》，白桦的《我歌唱如期归来的秋天》《阳光，谁也不能垄断》，公刘的《为灵魂辩护》《星》等作品组成了这一时期诗歌实质的主要部分。

这个贡献实际上从1978年下半年就开始了，1979年得到了集中的检阅。当然还有一批才华初露的诗人写出了好诗，骆耕野的《不满》是其中特别引人注目的。雷抒雁的《小草在歌唱》赢得了广泛的赞誉，这首诗以不掩饰自我世界的披露，而恢复了新诗具有个性特征的对于真实情感的抒发，从而证实：重大的题材的抒写仍然可以，而且应当体现出诗人的个性。而过去三十年中，诗歌中的个性的丧失的现象，则是不健康和不正常的。

但显然，即使是这样一些优秀诗歌的出现，也不能证明中国新诗的新时代已经开始。它们闪现稀有的光芒，但在整个诗坛，依然只是稀有的光芒。而且从总的发展趋向看，它们仍然是三十年传统新诗的惯性运动。

中国新诗应当有一个认真的、广泛的，从思想到艺术的全面突破，原来给新诗规定的发展道路，需要重新加以审定。三年的准备和孕育，这个时期在逐渐成熟。可以庆幸的是，截至1979年，那种粉饰现实的、虚假的、丧失了个性的、机械地配合中心任务的诗的阴影正在消失，新的一线光明正在涌现。

1980年是重要的一年，这是新诗发生重大变革的转折期。新旧两个诗时代在这里交替，三十年来带给新诗的良好的传统将保持并发展下去，而三十年来带给新诗的不健康的影响将加以摈弃。一边是地狱——毁灭诗歌个性的地狱，一边是净界——恢复真实的人在诗中的地位并且把神驱逐出境的净界。1980年，新诗就站在这个交叉点上。

一代人在觉醒，新的力量的崛起

1980年早春时节，因为出现了种种表面迹象，我们对诗歌的前景做了悲观的估计。事实上，1980年的诗歌，从思想到艺术都开始了全面的突破。那两首诗，其在政治上的积极作用是无可争议的，但是作为艺术上的标准已经不够了。

今年的诗歌形势，用两个字可以得到传神的勾画，这就是"乱"和"怪"。"乱"就是乱糟糟，诗歌失去了统一的理论准绳，旧日的规范已经不能约束它，近乎经典的"发展道路说"也被越来越多的人所怀疑。从诗歌队伍的组成，到诗的内容和艺术，都出现了一系列纷繁杂现的斑驳现象。"乱"是从整体上说的，从诗创作的侧面看来，是"怪"。"怪"，就是超出常规的"古怪"诗的出现。这主要是一些青年人的作品，他们无视"传统"，蔑视"权威"，不拘一格地自由创造，造出了使某些人感到"气闷"的"朦胧诗"，也造出了使某些人感到吃惊的"读不懂"的诗。

针对这些现象，一些批评家沉不住气，发出了责难。但是，"乱"

的现象并不因而停止,"古怪"诗源源不断地涌现。它们先是在油印的刊物中悄悄地露一下面,慢慢地而且也是悄悄地,有一两首诗在全国性的刊物上出现。舒婷在她的家乡长时间得不到承认,《福建文艺》支持了她,以大量篇幅开展了将近一年的讨论。情况在悄悄起变化。这变化主要是在1980年发生的。今年年初,在南宁的诗歌讨论会上,一些批评工作者为此发出了呼吁,引起了一番激烈的争论。

今年夏天,《诗刊》来了个壮举,召开了青年诗人的读书班,把各种风格的诗人,其中也包括写"古怪诗"的诗人找到一起。十月号的《青春诗会》可以说是青年专号,集中地发表了他们的代表作。秋天,《诗刊》又在北京召开了一个理论座谈会,会上争论的焦点仍然是"古怪诗和古怪理论"。

要是一个没有生命力的东西,值得这样讨论过来讨论过去吗?这些东西,要只是一个莫名其妙的怪胎,经得起这样的反复推敲吗?古怪诗者,原来是并不古怪的。

我们回过头来看看乱和怪。文学上的变革,总是对于平衡和平静的破坏,这就是乱。一潭死水,最平静不过,也最不乱,但不含有变革,只是死水一潭。而山间的流泉,越过岩石,卷起漩涡,也夹带着杂草,最乱,但也最有生命力。文学上的变革,最基本的特征是一批不按常规创造出来的"怪"作品的出现。新的东西,往往不同于旧的东西,而且显得古怪——古怪不一定都是好东西,但新东西往往是古怪的。对于新诗来说,"东风浩荡,红旗飘扬"是最平易近人、最不怪的,但这种标语口号和空话连篇的劣作已被唾弃。看来古怪的并不是古怪诗本身,而是那些不加分析、不加区别地一律把新的探索斥为古怪的批评家。他们对延续了那么长时期的僵死的诗歌毫不气闷,一旦看到了自己一时不习惯的、看来也并非坏东西的诗篇就冒火,这倒是古怪的。

其实,用古怪诗或朦胧诗来概括当前青年诗人的创作,是明显的偏见。有的诗，也许"古怪"，有的诗一点也不古怪，有的诗很明朗，并不朦胧，而且朦胧未必就应该反对（这后面再谈）。《青春诗会》中梁小斌的《雪白的墙》和《中国，我的钥匙丢了》，是两首让人读了灵魂也会颤抖的诗。它一点也不朦胧。我们的青年一代，曾经有过灰暗的童年，他们曾经被剥夺了家庭、友谊和温暖。他们被驱赶到荒凉的地方，在那里，他们感到了被遗弃的孤独。但值得庆幸的是，孤独、感伤而迷惘的一代人正在觉醒。他们已经懂得，在雪白的墙上乱涂乱画是丑恶的，他们已经懂得了保护那比牛奶还要洁白的墙。他们还要顽强地寻找那丢失了的钥匙，包括认真思考那已经丢失了的一切。

一个长时期动乱的时代，一代在动乱中成长起来的青年人，他们有不平常的灾难性的经历，他们有郁积心中的太长久的不平，他们要求抒写激情的诗歌以发出他们心灵的声音。研究当代诗歌，不能不研究当代青年，不能不把他们放在一个大的时代背景中考察——一个绝对大的背景：1966—1976十年内乱时期。今后相当一个时代，它将是诗和文学的思想和情感的源泉。不论是直接的表现，还是间接的表现，我们随处都可以看见这个时代的影子。

十年的内乱，甚至上溯三十年的曲折迂回，人们不能不发出思考，是什么造成了我们民族精神上的衰退、现实生活的停滞乃至倒退？人们发觉再唱那种粉饰现实的廉价颂歌是可耻的。可以昂奋，也可以感伤，有的不免彷徨，有的热烈召唤未来，但较之往昔的诗，它们最值得珍惜的，是真实。

诗的发展基础，不应该是诗本身。它的发展基础应当是生活的时代、时代的生活。诗在新时期的兴盛，首先就在于它获得了一个雄厚的基础，在此基础上可以产生出激动人心的思想和情怀。因为基础的丰厚，因而题材的开拓与主题的多样是必然的。需要特别提及的是人在诗中的地位得到了恢复。人的尊严，自我意识的可贵，开创了三十年来不曾有过的令人耳目一新的局面。

最明显的是舒婷的诗，她的《致橡树》表现了一个不依附他人的自强女性的形象，它体现人对于自我价值的觉醒："我必须是你近旁的一株木棉，作为树的形象和你站在一起。""她是他的小阴谋家"（《自画像》），有人将其指责为"玩弄男性"，实际上这是一首抒写少女在恋爱时节那种复杂、充满矛盾而又最隐秘的心情的大胆而真实的诗篇。这种诗，已经长久地绝迹了。三十年来，只有一个闻捷致力于写情诗，而那些情诗又都是替别人写的。

青年诗人的创作，最为突出的是艺术上的突破。而艺术上的突破说明人们的美学观念正在改变，艺术必须适应这种需求。正因为它突破了传统的防线——例如传统的"发展基础"说，这个"基础"如今正在崩塌，因而艺术上所承受的压力最大。"帽子"几乎是无穷尽的：欧化、散文化、自我表现、贵族化、颓废、没落、三十年代的破烂、数典忘祖……其实，青年人的探索在艺术上的成效显著。最主要的一个特征是：他们使新诗与世隔绝的状况得到了改变，新诗的艺术借鉴的触角，开始向着更为广阔的领域延伸。艺术上多种营养被无所拘束地吸收，特别是大胆地向西方诗歌艺术的学习和"引进"。他们的功绩在于使中国新诗与外国诗歌的传统纽带恢复了联系。民族化的、中国作风中国气派的诗，当然是好的，但显然民族化不能成为排斥外物的借口。同时，即使某些诗不很民族化，这也未必就应该反对。

思想上的准备，加上艺术上的准备，思想上的觉醒，再加上艺术上的觉醒，使新诗在新的时代的崛起就成为必然，已经涌现了一批各有特点的诗人。他们之中，有的一出现就呈现出早熟的迹象，例如舒婷和北岛。顾城少年时代的作品，有不可掩饰的天真的光彩，近来某些诗不易读懂。我们可以对他们提出批评和要求，但要爱护，要讲点仁慈。当前的危险，绝不是什么"捧杀"。事情恰恰相反，尽管不曾"骂杀"，却还有骂的。朦胧、气闷、没落、颓废，不加分析地指责古怪，都不能称之为"捧"，而颇为接近于"骂"的。

一边在骂，一边却喊"捧杀"，这公平吗？

多样的、真正宽广的道路，是中国新诗的希望

当新诗在它的创始期以"白话怪物"为武器，向着雍容典雅的古典诗发起冲击时，并没有顾及艺术上的多样化。胡适当日"尝试"新诗，是抄起家伙就打。他当时所作的新诗中，还含有不少旧的成分，但确乎起了战斗的作用。新诗站稳了脚跟，随之而来的，便是艺术个性与艺术风格上的大开放。这是新诗内部的自由竞争，这种局面造成了新诗历史的大繁荣。体现了这一时期诗歌的繁荣景象的是朱自清主编的《中国新文学大系·诗集》。朱自清把当时的诗歌分为自由、格律、象征三大诗派。三派之中，资历最深、力量最雄的是自由诗派，富有朝气而具有战斗能力的是新兴的格律诗派，象征诗派就历史、就实力、就影响，都不足以与前二者抗衡。但朱自清不怀偏见（他不喜欢，也不写这类诗）地给它以三足鼎立的地位。可以说，朱自清是宽容的，他具有批评家的风度。

"五四"当年的新诗繁荣给我们留下了什么经验？我以为经验就在于当时允许并鼓励新诗的多样化。尽管后来也有各派之间的争论，但是并没有也不可能发展为利用行政力量对应写什么样的诗加以限制和规定，所以争论的存在反而促进了竞争与繁荣。

"五四"以后，诗歌在发展着。继胡适、郭沫若、闻一多、徐志摩、戴望舒之后，出现了臧克家和汉园三诗人（何其芳、卞之琳、李广田），随后，艾青与田间跃然而起，给新诗的发展注入了新鲜的血流。抗战后期与解放战争中，在敌后有晋察冀勤奋耕耘的诗作者，在大后方有以马凡陀为代表的与反动派坚持斗争的进步诗歌。这一切，最后汇流到由李季、阮章竞、张志民所代表的人民性诗歌的传统中来。诗歌在它的发展过程中，由于各种条件的综合，产生了在某种思想原则下加以统一的可能性。

强调文艺是整个革命机器的一部分，诗要为革命而歌唱，是理所当然的。但是诗歌也还有别的功能，包括让人轻松和休息的功能。诗可以也应该表现政治，但诗并不等同于政治。诗应当表现人民，但诗也应当表现自我（在诗中，人民的形象往往是通过诗人的自我形象而活生生地站立起来）。可是我们长时期地鄙弃诗中的"我"，斥之为资产阶级的或小资产阶级的自我表现。新中国成立以后，我们更对诗歌的创作方法做了种种硬性的规定或提倡，例如过去宣传"革命的现实主义与革命的浪漫主义相结合"最好，如今又有人提倡现实主义最好。我们的思维逻辑，总是习惯于单一化和统一化。"二革"也许果真"最好"，但用"二革"来统一全部诗歌创作，则未必"最好"，这是显而易见的。

拯救新诗于危机的（在此意义上，新诗潜伏着危机），在于要使新诗从那些长期形成的思想桎梏中获得解放，从而使新诗有可能获得多种多样的营养。在此基础上，使新诗彻底改变过去那种单一血型的状态，而使之拥有多种血型。

我们的新诗原先是多血型的。胡适与郭沫若不同，冰心与闻一多不同，朱自清与徐志摩不同，戴望舒与朱湘不同，这不是很好吗？为什么要驱赶新诗往一条窄胡同里去挤呢？在新诗的园地里，让郭沫若站在太平洋岸边放号问候晨安与让戴望舒怀着丁香般的忧愁在雨巷中彷徨并存不是很好吗？让徐志摩不无惶惑地倾诉"我不知道风是在哪一个方向吹"与闻一多进着血泪呼喊"这不是我的中华"并存不是很好吗？让李季的"烟锅锅点灯半炕炕明，酒盅盅量米不嫌哥哥穷"的质朴的情爱与马凡陀的"忽听门外人咬狗，拿起门来开开手"的颠颠倒倒的讽刺并存不是很好吗？为什么要大家都变成郭沫若或都变成李季呢？

当前，新诗已从那一统的窄胡同里走出来。新诗正在走向多元化。从思想内容到艺术形式，从借鉴、继承到创作方法，从语言形象的构成到诗人个性与风格的追求，新诗都呈现出前所未有的丰富多样和不拘一格的景象。这是一种健康的和兴旺发达的前兆。

我主张对一切有益于人的诗的宽容，例如应当允许有的人对"朦胧"感到"气闷"。但是，他要是批评家，我们就要劝告他：胸怀应当宽广。偏执对于批评家实在不是一种必要，正如冯牧说过的，批评家应当有"最大的包容性"。最近吉林大学中文系的学生给我寄来了他们的诗刊，上面登了老诗人公木的诗，并摘录了他的一段话。我很欣赏这段话，他的话是针对有人认为自由诗失去了音乐性而发的，他说："我们不反对戴上镣铐去跳舞，那也许能够显示出某种特殊的功力；但是放开手脚，尽情歌舞，有什么反对的必要呢？诗与音乐，如果说合则双美，那么离也不致两伤……自由诗自有其独到的境界，指责它'散文化'，贬斥它'欧化'，很类似于欣赏三寸金莲的人看不惯天足，那有什么办法呢？"但愿我们大家都不要成为那种沉湎于欣赏三寸金莲的人。

1980，岁暮，福州—北京—昆明

三、从发展获得生命
——对于新诗发展规律的认识

由觉醒的自我到觉醒的民众——抒情形象的变易

中国新诗从内容到形式的变革是不可避免的，或者说，已经发生了。少数人对此持有多余的忧虑，多数人——特别是年轻的一代，则由衷地欢迎它。唯有发展，才有生命。新诗已经发展了半个多世纪，它还要发展下去，而变革则是正常的和必然的。新诗不会死亡。

即使在那空前灾难的十年中，它也不曾死亡。它如冬天的树，尽管寒风扫尽了叶子，但根须还深深地在地下吮吸着甘泉，滋润着春天的未来。黑暗企图禁锢诗和艺术，而人民却充满信念——

> ……且把这矛盾重重的诗篇埋在坝下，
> 它也许不合你秋天的季节，
> 但到明春准会生根发芽。……
> 　　　　　　　　（郭小川《团泊洼的秋天》）

天安门前的诗歌运动是一次空前的"诗爆炸"。而这，恰恰发生在那"中国没有诗歌"的时代。这说明，在中国，诗有着怎样坚韧的生命力！

从那时开始，中国新诗复苏了。当诗挣脱了桎梏与镣铐，当诗从那几个政治野心家所制定的歧途回归到它的正常状态时（这段时间，大约历时三年），新的变革的要求，便在孕育与萌发之中。

这是正常的，它是历史的必然。六十多年前，新诗化为旧诗的叛逆，标新立异，从无而有，立下了伟大的业绩。新诗的革命，其根本动力是，社会的发展与变革，要求诗对此做出相应的反应。但新诗立志变革的第一刀，却是从形式的革命割开伤口的。朱自清说，"新诗运动从诗体解放下手"（《中国新文学大系·诗集》导言）。不妨设想一下，当"传统"要求把活现实装裹在僵死的诗格，当四声八病一类无穷的束缚要把诗扯离社会生活而成为发霉的客厅中的摆设的时候，《新青年》杂志首先发难，刊行白话诗，这是何等英勇的对于传统的挑战！历史肯定了这样的现实。俗而又俗的白话怪物终于战胜了古雅圆熟的旧体诗词，并且堂而皇之地取代了它。历史写下的这神异的一笔，当然是依靠奋斗换来的。

创造期的新诗从僵化的程式中挣脱出来，开始接触了活泼泼的自然、社会和人生，也开始无拘束地抒写觉醒的个性，以及不加矫饰的个人生活场景、纯粹属于个人的情感。在这时期，郭沫若创造了女神的形象，作为"五四"狂飙的艺术造型而长存于世。此举当然奠定了他为诗界一代宗师的地位。另一些人，他们的成就不及郭沫若，但他们同样创造了个性解放的自我形象。

在这之前，中国古典诗中并非没有自我，但是他们总难摆脱封建知识分子孤高清逸的情趣。这些情趣在更多的场合表现为程式化的，亦即缺少了真实的血肉的苍白形象——其主要特征仍然是真实的自我的消失与隐藏。"五四"诞生的诗的自我，从大的方面讲，它打上了觉醒了的时代的鲜明印记，因此，在多数诗篇中，那自我从被麻醉的状态中苏醒过来，它在被封建主义与帝国主义所蹂躏的生活中痛苦呼唤，从小的方面讲，仿佛从数千年蚕茧中挣脱而出，纯粹属于个人情感与意愿，获得了一片广阔的无拘束的空间。新诗的崭新生命，就在这样一片空前的自由和解放的气氛中展现。在新诗草创的这一阶段，从诗的艺术形象的构成上，不论是郭沫若，也不论是更多的其他一些诗人，他们所做的不同领域、不同意义的贡献，同样具有价值。

革命阶级的影响，很快地延伸到诗的国土。由于革命意识的勃兴，代表个性解放的自我形象，几乎以迅疾的速度消隐下去，而代之以意识到要摆脱奴隶地位的大众的群像。人们认为，在大海的洪流之前，小鸟般地歌唱一己的哀乐是不协调的，甚至是羞耻的。新诗把历史性的荣誉赠予那些崛起于新的生活，明确地吹奏前进号音的诗人。从《前茅》到《孩儿塔》，从《给战斗者》到《火把》，从《烙印》到中国诗歌会的诗人们，从《王贵与李香香》到《漳河水》……诗歌与社会进步、民族解放、人民革命的关系日益密切，从而形成了进步与革命的新诗传统。从觉醒的自我到觉醒的民众，这是一个巨大的形象的演变。在新诗的历史上，这一划时代的变革，造成了新诗的巨大的转机。当然，诗的生命由此得到了更新。

20世纪30年代，祖国在内忧外患中喘息。生活的严峻，呼唤着时代的旗帜与战鼓。当民族处于危亡边缘，当人民陷于苦难深渊，生活召唤诗的女神放下华美的竖琴，而变为猛士，吹响冲锋的号音。正是因此，曾经热情地倡导过诗要有音乐美、绘画美、建筑美的闻一多，不仅转而呼唤鼓手并揶揄琴师，而且极而言之，提倡新诗要"完全洗心革面，重新做起""要把诗做得不像诗"（《文学的历史动向》）。潮流如此，当然要明显地冷淡了那些与当前时事政局脱节的诗作，这是吻合于时代精神的。

我们反顾这一段历史，需要辨明的是如下的观点：诗的职能是多方面的，而非单一的——不仅仅是旗帜的号召或炸弹的轰鸣。尽管在诗歌史上，这一类战斗的并为精湛的艺术所表达的诗篇，从来都呈现为辉煌的主潮，却不能因而排斥和取消风雨的慨叹，花月的沉吟。不能总是追求军号与战鼓的激昂，作为诗，也应允许休息与消遣，友谊与爱情的浅唱低吟。这些，虽非首要的，却是正当的。

从此往后，我们的进步在于认识到诗是革命斗争的一个切实的精神武器。进步之中，却也寓着退步。那就是我们不自觉地削弱了诗的社会作用的更为广泛的范畴。我们确实把诗的功用看得过于单纯、过于直接，以至于开始驱使诗人在窄狭的题材中歌唱。这一时期的实践，造就了如下的事实：我们明显地忽略了"五四"开始的那种不同诗歌流派、不同艺术风格、不同创作方法的提倡；我们的诗歌发展，开始了不是骤然而至但是日益加深的窄狭。

中国诗歌发展到今日，诗人们始终不曾背离新诗革命进程中所形成的这一进步传统。几乎在所有的进步诗歌中，巍然而立的，是已经获得主人公意识的民众的形象——在相当长的时期中，这种形象被概括为实际上排斥了其他民众的"工农兵形象"。和文学的其他品种一样，诗大体上只能在这一范围内讴歌生活。

我们不能轻易否定新诗发展中的前已述及的巨大进步，但不能不看到，它是以诗中自我形象的削弱以至于丧失为代价换来的。自我形象的丧失，是造成诗歌个性的丧失的最直接和最主要的原因。今天，我们呼吁诗人拿起雕刀去寻求隐蔽在白色大理石中的"自我"，决不意味着要诗背离人民群众而去创个人的小天地。我们的真正用意在于：诗人应当不回避自我，应当通过真实的属于"自己"的抒情以表达普遍的属于"我们"的抒情。也就是说，觉醒的"民众"应当通过觉醒的"自我"来表达，后者应当生存在前者之中。"五四"初期，新诗获得了自我，大多数诗人并没有从自我获得民众；如今，诗人从自我走向了民众，这是伟大的前进；但是，因获得后者而摈弃前者，却属于前进中的后退。

我们展望未来，认为未来属于觉醒了的自我与觉醒了的民众的拥抱。它的实质是完美的融合，而以具有鲜明的自我色彩的形式表述出来。

"颂歌"时代的终结与思索主题的勃兴

我们曾经有过一个美丽的时辰，那是当人民共和国的曙光降临的时候。生活的前景从来没有这么光明过，人们理所当然地要求诗比过去更为宽广地反映出生活的丰富来。这在一部分诗歌中做到了。前所未有的新生活，向诗歌投下了七彩的虹霓：战争废墟上响起的马达的旋律，鸭绿江畔战斗的壮歌，康藏高原上春天的新绿，获得解放的冻土上的第一次丰收……诗，打开了绚烂的新页，这是事实，但仅仅是事实的一个方面。

新中国成立以后，马克思主义的文艺理论得到了系统的传播，诗由此获得了这样一个明确的意识：它是作为整个革命机器中不可缺少的零件而存在的。从此而后，诗不再是（至少不主要是）传达诗人心声的方式，而的确变成了表达革命意识的号筒，我们开始把精神产品的社会功能看得过于神妙，以至于我们不再是仅仅要求诗与现实生活保持联系，而是不断地、愈来愈严重地强调诗作为政治斗争和党的中心任务的工具的职能。甚至最后，诗由为政治服务而实际上成了政治的附属物——诗彻底地丧失了自己的个性。

三十年中，特别是动乱的十年中，这种极端的现象不是个别的，而是普遍的。在那段时期，相当数量的诗由豪言壮语和标语口号的倾向而恶性发展，最后仍然是在为政治服务的旗帜下沉沦为"诗报告"一类的"怪物"。不是所有的诗人都如此，自觉地充当那些野心家的耳目的只是极个别的现象。中国具有战斗传统的诗仍然活着：那一时只能"埋在坝下"而在静待着来春"生根发芽"的"秋歌"仍然活着，那曲折隐晦地表现了抗争的诗仍然活着，那以沉默来反抗的"无声的诗"仍然活着——但在这黑暗的时期，成为主潮的是那些虚假的诗篇。这些诗，在人民群众的心灵中造成了对诗的恶感。

人民对虚假的诗的鄙夷与轻蔑是正当的。当前诗集印数的锐减以及某些诗集的滞销，主要不是由于哪一种力量的梗阻，确实是由于前一时期恶劣影响仍未消失；同时，就多数诗而言，本身也未能有力说明它已全然弃旧从新。正是在这样的背景之下，近三年来，作为诗的春天已经来临的标志，不是它业已取得了辉煌的成绩，而仅仅是变革新诗的呼声和实践已露出初步的端倪。

这一变革具有深远的历史意义。变革的最初的也是最主要的成绩，是虚假的廉价的颂歌（特别是对个人的）的终止。有一段时间，我们曾经相当自豪地把当代诗歌的主要特征概括为：颂歌的时代，时代的颂歌。这种概括，有合理与正确的因素。对历史与生活的真正创造者——人民，对由人民做主人的新的社会体制，无疑要有颂歌。但是颂歌应为真善美而发，而不应为假恶丑而发；颂歌应当献给伟大的人民的整体或是组成那伟大整体的"渺小"，而不能成为对某一个别人物（即使是杰出与伟大的人物）做不加分析的颂赞，诗不能无视社会的阴暗面，以及必然存在于健康社会之中的弊病，更不允许为此唱"颂歌"。把诗歌的功能仅仅概括为颂歌，必然造成诗的战斗力与真实性的削弱。后来,某些诗由盲目地唱"颂歌"而蜕变为对丑恶的吹捧与粉饰,这造成了诗的耻辱。

卑鄙和虚伪的时代结束了,诗开始了新的生命。以天安门诗歌为标志的新的诗时代宣告了旧的诗时代的结束。在那一场由诗与花圈充当武器的血与火的搏斗中,出现了真正的战斗的诗篇,从而宣告繁衍了将近三十年的"颂歌"时代的终结——不是颂歌就此绝迹,而是作为一个由廉价的颂赞组成以及与诗的真实性相对立的诗的畸形发展时代的终结。无疑,人民唱出的颂歌,以及对于人民的颂歌还将存在,而且还将久远地唱下去。但是,那以廉价的粉饰为基础以及充满个人迷信色彩的诗时代是真正地终结了。

颂赞是需要的,同样,抨击也是需要的,不仅仅是对敌人,而且也对人民内部的阴暗。三十年来的教训是,我们没有把真正的颂赞与粉饰阿谀加以分辨;我们更没有把对社会弊端的负责的批评与恶意的攻击加以分辨。形而上学从来认为,歌颂光明一定用心良善,暴露黑暗定然不怀好意。他们往往认定:诗人的使命仅仅在于唱颂歌,从而把歌颂与暴露对立起来。不歌德,便缺德,这并不是前些时那篇颇为有名的文章作者独有的哲学。

歌颂与暴露不可偏废,它们是社会主义诗歌的两只脚,只承认其中之一,便是跛脚的。诗人是独立的。歌颂什么,暴露什么,写歌颂的诗,还是写暴露的诗,诗人听命于现实。是两只脚,又是两件武器,目的全然是为人民而战斗。近年来的诗创作证明了这一点。现实中的"胜利",人民由衷地高兴,诗人为此唱起颂歌。狂欢的锣鼓过后,诗人在空前的破坏所造成的现实的满目疮痍和精神上的废墟前睁开了眼睛。同样是人民赋予使命,诗开始对此发出引人警觉的抨击。近年来的经验证明,凡是庄严地行使了这一权利的诗,无不在人民群众中引起反响,诗篇不胫而走。

人民热爱真诗,唾弃假诗。觉醒了的诗,在空前灾难造成的事实面前,开始了深沉的思索。我们生活在一个充满了痛苦记忆的年代。由于颠颠倒倒的十年内乱，我们又生活在一个是非曲直、真理与谬误激烈争论的年代。生活所及之处，无不矛盾重重，对于一个习见常闻的事物，往往众说纷纭，莫衷一是。于世事未能忘情的诗，为党性与良知所激励的诗，不能不挺身为真理代言，它要为正确而大声疾呼，它要为谬误而直言不讳。这就构成了当前时代的诗的最主要的特色：哲理的、思辨的，甚至议论的色彩。这种色彩，甚至较之新诗已有历史中的任何阶段都要强烈、鲜明、深刻。它摈弃了脱离现实的廉价颂歌，而代之以在血淋淋的现实面前的深沉的思索：

> 我们从千万次的蒙蔽中觉醒
> 我们从千万种的愚弄中学得了聪明
> 统一中有矛盾，前进中有逆转
> 运动中有阻力，革命中有背叛

（艾青《光的赞歌》）

随后，有对于天安门前的"不屈服的星光"义正词严的辩护；有对于企图垄断阳光的行为，正义的谴责；有对于沙漠是否将吞没北京严肃的思辨；有一棵平凡的小草对于一个伟大女儿的同情与挚爱……直到1979年即新诗诞生六十年的时刻，作为一个新的诗时代的标志，对于现实与历史的思索业已完全取代了盲目的颂歌。新诗当然仍然要向前发展，但它必须沿此走下去。前进的时钟是不可逆转的。

不可抗拒的规律：自由与格律的交替

对于诗，尽管形式不是首要的，但的确是重要的。我们不会遇见不具形式的内容，极好的内容要是失去形式，同时也失去了内容。当变革的潮流涌向新诗的时候，首先冲决的是形式的堤坝。

诗的形式（主要是韵律）方面的发展，其基本动力，始于人们对纷繁杂乱的语音之中整齐一致的要求。乱中之齐会造成一种和谐悦耳的美感，这就促成了韵律的出现。但语言的太整齐一致又造成单调平板，人们的欣赏习惯于是又要求同中之异、律中之变。形式上自由解放的要求，冲破了格律的束缚，不同程度的散文化便渗入诗律的王国，从而再度打破平衡。这是诗的律变的大体规律。

中国古典诗歌在形式上的主要特点，是由严格的格律所造成的音乐美。这构成了古典诗歌在其长期发展中形成并不断完善的传统之一部分。

我国古代诗歌最初的总结，是四言诗的完善，这是诗由蒙昧时期的散漫和自然发展到规律化的第一步。以《离骚》为代表的楚辞，是对较为工整的以风雅颂为代表的四言诗的否定。至此为止，远古的诗发展，可用自由——格律——自由的简单公式加以表述。汉魏乐府是楚辞在形式上的"自由化运动"的延伸，而五、七言诗的形成和成熟，则是对于楚辞开始的"自由化运动"的反动，它创造了空前规模的严格的格律，七言律诗的完成是格律化的登峰造极的阶段。宋词、元曲都企图以自由的改良来动摇诗的律化王国的根基，它们各自得到了完善的发展，但并不能取代格律化。五、七言律绝由于长时间的发展，造就了格律顽强的生机，轻易难以动摇。但是诗的体式上同异、律变的客观规律是不可抗拒的，格律化太顽固了，自由化须要用烈性炸药爆破它。清末的改良主义"诗界革命"并不能动摇古典诗词的根基，于是，声势浩大的和彻底变革的白话诗运动出现了。

在与古典诗浴血奋斗中诞生的白话诗，其最初的特点，在于彻底摆脱格律约束的诗体解放。从冰心的《繁星》《春水》到周作人的《小河》，"五四"自由体的发展达到了一个高峰。新月诗人揭竿而起，他们看不惯新诗毫无节制的自由散漫，于是要为新诗"创格"。他们认为，戴着镣铐跳舞才是美的，闻一多、徐志摩、朱湘等人在新诗的格律化方面，贡献了毋庸置疑的业绩。新月派的理论和实践，造出了强大的声势，对比之下，自由体诗的呼声减弱了。新月风靡之时，虽有以戴望舒为代表的现代派，以李金髪为代表的象征派企图打破新月所追求的过于精致的韵律，但它们的力量在新月整齐的营垒面前显得过于微弱了。但新月的存在，便决定着它必须接受认真的挑战，它激励着自由诗派的东山再起。这一状况，由于艾青、田间的出现，得到了证实。

艾青举起的散文美的大纛，有力地冲击着新月派惨淡经营的防线。艾青、田间，以及一大批诗人的尝试，无疑地吻合当时如火如荼的局势。他们得到闻一多和朱自清强有力的支持。自由体诗以所向披靡之势，战胜了格律诗派。

这一局面一直延续到1942年《在延安文艺座谈会上的讲话》的发表。解放区的诗人在中国作风中国气派的号召下，致力于在民歌和古典诗歌基础上建立新诗体，其代表作是李季的《王贵与李香香》。这是一种崭新形态的格律诗。它的出现，仍然是对自由诗以及它的理论基础——散文美的强力摇撼。由于一种崭新理论的支持，加上大批诗人的响应，新的主要是借鉴民歌和古典诗歌的潮流涌现，由此造成了一种不具统一格式而讲究韵律的诗的盛行。但有些人并不就此止步，他们渴求一种统一诗格的建立。对此，20世纪50年代和60年代之交对此有过热烈的讨论，讨论当然不会有明显的结果——一种新式诗体的建立，从来不是靠学术讨论，而是靠艺术实践。

以民歌和古典诗歌为基础发展新诗的理论的提出，对于诗的格律化趋向，是一种促进。由于民歌和古典诗歌多系格律诗一类，由此基础产生出来的，必然是过于讲求音韵铿锵、格式齐整的诗，这样的诗一旦数量多了，就使欣赏者厌烦。新中国成立之后，一种介乎格律与自由之间的诗格得到了广泛的流传。对于这种押韵而大体整齐的半自由、半格律诗，闻捷、李瑛实践最力。李季自《玉门诗抄》

后亦致力于此，他取得了进展，亦可谓对于民歌体的反叛。

不仅由于形式，也由于内容，不仅由于艺术，也由于政治，20世纪70年代后期，整个形势在酝酿着对于过去的否定。从大的趋向说，是诗体解放对诗体律化的否定。长久的阴暗所造成的心灵创伤，对于理想与前途的朦胧的认识与追求，一种萦绕心头的纠缠不清和捉摸不定的思绪，促使人们追求一种新的更为超脱的表现形式。当前，这种新的探索的呼声正在高涨。这次在诗形式上的变革呼声，其规模之大，来势之猛，在新诗历史上也是少有的。这是一次新的崛起，我们理应欢迎它。

这种崛起有利于形成真正的多样化。而多样化不仅是我们多年的梦求和渴想，也是新诗繁荣发展的标志。尽管在新旧发展中，人们对于整齐与不整齐、格律化与自由化的追求，几乎是成规律地此起彼伏、彼此交替的，但是我们要因势利导，竭力把历史上业已形成的多形式的实践肯定并保留下来。在诗的形式上，应当是共存共荣，而不应当是你死我活。一个时代可以有一个时代的风尚，但是，诸种形式的并存，必然有利于互相竞争和互相学习。

长久的形而上学统治，造成了批评风气与欣赏心理的畸形发展。在此之前，被谑称为"朦胧体"的诗乍现，有些人仅仅因为不习惯而目之为异端，想通过"引导"以淹没它；在此之后，"朦胧体"似乎获得了生机，甚至在繁衍之中。一种潮流的兴起，又造成不如此不足以为诗的空气，这当然也并不是健康的。我现在仍然认为：诗不能不让人懂，但诗也不可能让所有的人都懂，特别要允许某些诗让人一时读不太懂。我还要补充：诗可以"朦胧"，但不必大家都"朦胧"，允许"明白如话"，允许"妇孺皆知"，允许各样各式、五花八门。

我真诚希望，在当前的形势下，一切认真的艺术实践都不要停止。不要强人之难，自己也不要勉为其难，照自己喜欢的样子去写。尽管新诗必须在民歌和古典诗歌基础上发展的提法在理论和实践上都不尽科学，我却赞成有些诗人在学习民歌和古典诗歌以发展新诗的实践中做出成功的新的探索。总之，探索不仅是宽广的，而且应当是自由的。

后 记

　　星光照耀着我们，有时明亮，有时暗淡，但未曾泯灭。有时仿佛失去，但扫却层云，它们依然亮晶晶地在天上发出微笑。编完这本谈论中国当代诗歌和诗歌运动的集子，正是星斗满天的时刻，我想给它起个名字。星光启示了我。我禁不住要像那位我熟悉的诗人那样发出呼喊。多么明亮，失而复得的不屈的星光，共和国的星光！

　　中国新诗自"五四"起始，百川汇聚而成为巨流。进入中华人民共和国的国门，开始一个新的时代。六十年的历史，要是以前后三十年分期，这后三十年，则仿佛是长江进入三峡，夹岸巉岩，曲折艰难。然而，正是这些，开拓着它奔流入海的雄伟气势。

　　当代诗歌历时三十年的发展，为我们提供了非常可贵的历史的启迪。我们有过不止一次的挫折，有的挫折几乎摧毁了诗的生命。但是，它仍然发出生命的光。我们依然有着我们时代的骄傲，我们骄傲于我们毕竟有着前人无可替代的，我们自己的诗的星座。——这是我对于这段历史进行并不平静的沉思之后的结论。

　　更为明亮的未来正在孕育。我发觉，新诗失去了令人窒息的平静，它跃动着新的生命力。为此，我提出了一个严肃的命题：在新的崛起面前。我愿这新的崛起将造成新的繁荣。为此而付出代价是值得的。

　　一个论点的提出，总渴望着得到支持。对于支持我的朋友，我不会忘记。在这里，我本来应当写出他们的名字，只是为了避免混同于庸俗，我只能在心中记着他们。

　　当然，同情与谅解来自更多的不同年龄的朋友和长辈，我收到许多热情的信件。学术上不同意见的争论是有益的。善意的尖锐批评不仅能纠正理论上的失误与疏忽，而且将促成一种健康的自由讨论的风气。因此，我愿借这本书出版的机会，向一切支持我和反对我的朋友表示谢忱。

谢　冕

1982年3月14日于北京

文学的绿色革命

文学思潮的历史投射

——自序

一位历史学家在他的著作中论及他的历史观念,对"如实地说明历史"的命题提出怀疑。历史是历史学家加工处理过的真实材料,必定不能排斥历史学家个人的加入。它不可能是与个人无关的,因为历史有了这样的加入,便不会有完全客观的"历史真实"的品质。同时人们还认识到,确定那些基本事实的必要性一般不在于这些事实本身具有什么特殊的性质,而在于历史学家"既有的"决定。

所谓的"事实本身就能说话"并不是"真实"的。历史学家们认为事实本身的说话是被动的和后天的,"只有当历史学家要它们说,它们才能说"。这正如一位著名的剧作家说过的:事实就像一只袋子——你不放一些东西在里面,它是站不起来的。其实我们所读的历史,虽然是以事实为根据,但严格说起来它并不合乎事实,它"只不过是一系列已经接受下来的判断而已"。克罗齐宣称:一切历史都是"当代史"。这意思是说,历史主要在于以现代的眼光,根据当前的问题来看过去。历史学家的主要任务不在于记载,而在于评价。

这样的历史观念是我们乐于接受的。我们处在一个特殊的历史时期。这种特殊处境给我们以历史性的冲动。我们希望自己写出当代的历史,作为一个活着的人来谈活着的历史。与其让后来的人把我们当历史来读,不如我们向后来的人提供历史。对比几代人,我们不想隐瞒我们的幸运感:我们有幸经历过黑暗,有幸争取过光明,并获得了一定的光明;我们有幸受到过窒息,有幸争取过自由,并获得了一定的自由。尽管那争取到的光明和自由都是有限的,但对比那些未曾拥有过和不曾获得的人,我们依然是幸运的。这样我们就有了描写历史的条件和可能:我们了解中国新文学作为一种理想从无到有的成功实现;我们亲自体验它的被取消和可怕的变态;我们亲自经历了这一濒于灭亡的文学的再生;我们又亲自观察到获得自由的文学以令人目眩的方式安排它的新秩序,于是我们又不得不跟着它进入艰难的认识的旋舞之中。

我们不再哀叹文学的贫乏,而是惊呼文学的丰富让我们目不暇接,让我们感到判断的困惑。从前我们感慨作为批评家缺少的恰恰是对象,如今我们感慨作为批评家缺少的是能够把握和驾驭那些对象的思想、方法和语言。两种感慨我们宁取后者。我们宁愿让人嗤笑贫乏和无能,而不愿在极端贫困的文学面前重复那些重复了千百遍的空洞说教。

现在进行的研究是上述愿望的实现。我们希望用历史学家的个人眼光贯穿我们所触及的全部当代文学的事实。我们将在那上面留下最具个性的判断,而不愿鹦鹉学舌。很难排斥它将产生谬误,但将断然排斥个人见解的重复。所以,我们将开展的讨论与其说是专门性的学术论证的展示,不如说是作为历史见证的个人感受的传达。要是在以下几点上令人们失望,那却是我在进行这一工作之前就定下来的:一、这里不进行文学创作技艺的具体剖析和切磋;二、这里不打算对当代作家作品以及文学现象的成败得失进行具体的评价;三、这里甚至也不做准确而科学的当代文学实质的理论概括的尝试。

我们进行这一课题的目标并不宏大,只是想就中国当代文学(这里指的是1949年中华人民共和国成立以来,也许着重是1976年以后)的重大的文学现象和文学问题,通过历史对比做出一个粗略的考察。它不准备对每一个涉及的艺术现象做深入而详尽的探讨。阅读的有限和缺乏创作的实际体会限制了这种可能。这种泛泛而论和夸夸其谈可能让人厌倦,但也并非毫无价值。至少在如下三个方面希望给读者留下一些切实的印象:一、了解我们身处其中的文学环境,包括已有的变异和正在扭转的局势;二、判断和预测正在展开的文学势态,设法理解并适应逐渐形成的文学新秩序;三、熟悉一下文学批评和文学研究,特别了解那些具体而形象的材料被抽象和被概括的过程,希望了解并非作家的学者对于文学的观念和思维的特点。

我们还要回到历史的话题上来。我们希望此刻就面对我们的历史发言。我们希望这只被充填的"袋子"能够作为一个痛苦的见证,站立在后代人的视野之中。关于文学,人们已经说了很多,要是换一种角度,我们依然有许多话可说。在这里,我们选择的是历史的角度。

我们的话题产生于历史的忧患。更具体一些说,是一种世纪末的忧患。作为中国的知识者,尽管我们向往着更为自由的、不受其他事物约束而依附的文学,但似乎很难摆脱传统的文章匡时济世的观念。当我们发觉文学失去自由时,我们希望文学自立,希望它和社会现实拉开距离,乃至"脱钩"。于是,我们尖锐抨击文学的狭隘功利观;当我们发觉社会衰颓时,我们又像许多哲人和学者那样,希望文学能够拯救社会,于是,那种传统的对于文学的期望,又自然地成为我们的期待。

我们作为中国的知识阶层,总是处在这样两难的境地之中。我们一身兼有觉醒的批判者和自觉的皈依者的双重人格。在我们身上,矛盾地并存着魔鬼的叛逆和天使的温顺的品性。在我们这里,批判文学的失去自身与温顺的品性。在我们这里,批判文学的失去自身与期待文学的失去自身，批判它的附庸性与期待它的附属性，怪异地并存。我们希望文学是文学，我们对文学的不是文学表示了愤激的情绪；但我们又自然地把改造社会与期待社会的振兴责任寄托在文学上。当我们为社会的停滞和后退揪心时，我们心中的屈原和鲁迅一下子都醒了过来。我们于是自然地回到了儒家所一再强调的那种文学的社会功利性上面来。

中国知识界对文学的异化引起思考的积极的后果，是对于中国社会积习和弊端的自然联想。无休止的文学悲剧和无休止的艺术苦难，引发的是对于这种社会的病症的困扰和忧虑。对近百年的民族生存状态的忧患感，因为对文学历史的反思而显得益为深重。文学的病态是社会病态的反映、缩影和直接后果。社会的病态又每每要求文学承担责任和付出牺牲，如此循环反复，使我们的悲哀似乎无边无际。

我们总是把文学的思考和社会的思考难解难分地纠结在一起，这就使这种思考充满了庄严的使命感。文学似乎随时都因我们的参与而变得十分神圣。我们显然是由于特殊意识的加入而把文学神圣化了。这现象当然也只能产生在中国。中国的思维惯性能够坚定地拒绝一切它认为不适合的文学的异端实践，而且能够把这种实践予以政治化的解释。这就使在其他地方可能是平凡而又平凡的事件，在中国产生不平凡的、戏剧化的效果。成立初期的新中国易于大惊小怪，特别是当感受到一种与众不同的思维产生的时候。这种大惊小怪当然加重了文学的"重要性"和"献身感"——亦即王蒙近期说的那种"轰动效应"。

这是不正常的。但我们显然已十分适应这种不正常，而且我们现在和将来也乐于在这种非常态中思考。无疑的，当这种本应是十分正常的思考笼罩上一种不正常的氛围时，我们自身也受到了"鼓舞"。在这个社会中，人人都易于从自己认为是哪怕一点点不人云亦云的独立的思维活动中得到一种自我安慰和自我满足，我们当然也难以避免。

　　这里进行的思考,显然是以当代人写"当代史"的历史思路为契机。全部思考大体可以分为三个大的部分:第一部分,我们将利用一些实际的材料和现象总结历史。我们将在历史倾斜和文学异化的大命题下进行历史的批判和回顾。我们显然十分重视这里出现的批判意识。因为具有这种意识,不仅说明勇气,而且也使我们的思考活动具有活力,它能给予十分陈旧的话题以新鲜感。这一部分的讨论主要包括中国特殊的生存环境下产生的社会和民族自卫需求而导致的特殊策略的涵盖,以及这个社会和这个民族的传统思维惯性对文化性格产生的消极影响。这种影响直接强化了文学的悲剧现象。第二部分,我们将从文学历史批判出发,讨论历史批判产生的反扰。批判意识的萌醒开启了文学思考的灵智,使我们的文学活动获得了空前的自觉精神。文学对于秩序的反抗是这种自觉精神的完整体现。中国文学最近十年所产生的巨变,其间的让人心迷目眩的诸种现象,我们都愿意并有长足的理由把它归纳到反抗这一点上。具体一些说,反抗的动机大抵不外两个方面:一是对于禁锢的反抗,一是对于规范的反抗。为了反抗禁锢而导致文学走出第一步:疏离化;为了反抗规范而导致文学走出第二步:无序化。第三部分,以反思和反抗为基础,中国文学的视野和领域有了革命性的开拓,终于出现了一个令人感到陌生、新异,同时又是更加合理的新秩序。我们力图以前进的甚至超前的观点来解析这个秩序。我们希望证实这一秩序出现的必然性和合理性,当然也期待着全社会的认可和适应。

　　我们已为自己确定了目标。我们当然希望能够达到。

第一章　历史倾斜与文学异化

一、潜伏危机的和谐

我们曾经从事过一件非凡的事业。继"五四"新文学革命之后，我们创造了一个新的文学时代。这个文学时代以充满欢乐气氛的乐观精神为自己的基调，以倾歌的方式肯定现实并憧憬未来。尽管迄今为止我们还无法对那个未来做出明晰的描写，但就传达特定时代的风貌，并使之与这一时代的基本精神相谐调所取得的成就可以判断：这是一个创造了奇迹的文学时代。

明亮的太阳不仅"照在桑干河上"，而且照在中国的每一个角落。每一篇小说，每一出戏，每一首诗，每一篇散文，都在不约而同地歌颂这个新生活的历史。《青春之歌》表现了一个历史的故事，但林道静的道路，正是为共和国奠基的一代知识者走过的道路。至于《红豆》中那位多少有点贵族化的多情女子江玫，她没有林道静那样的轰轰烈烈，但同样是为了一个刚刚认识的价值而做出个人的巨大牺牲。我们从江玫的那种难以割舍的眷念中看到，扑向新中国怀抱的作家在以怎样的巨大热情，以个人的生命投入了一个集体的生命之中。

从一个时代的弃儿到一个时代的主人，文学与其说是在表现他人，不如说是在表现自己。写实文学的实行，现实主义空前地受到青睐，均与文学创造者所处的位置有关：从旧生活的破坏者到新生活的建设者，他们以极大的热情关注现实生活发展的轨迹。唯有经过长期苦难的血水浸泡的人民，才能以百倍的热情肯定与热爱这一切。

照亮黎明前黑暗的灯塔之光，以及这一片从"山那边"到山这边的解放区的明朗的天空，唯有饱受战争折磨的人民才能以如此决绝的姿态和必死之心去抑制污染明朗之天的那片战争的阴云。正是因此，我们才格外感激那一代文学工作者对祖国充满激情的创造性奉献。只要想想，当年，战火重新燃起时，魏巍在《谁是最可爱的人》篇末写的那一段文字：

亲爱的朋友们，当你坐上早晨第一列电车走向工厂的时候，当你扛上犁耙走向田野的时候……当你向孩子嘴里塞着苹果的时候，当你和爱人悠闲散步的时候……朋友，你是否意识到你是在幸福之中呢？

要是把这一段诗一般的文字和毛泽东在《新民主主义论》中结尾处那一段同样是诗一般的文字：

新中国站在每个人民的面前，我们应该迎接它。
新中国航船的桅顶已经冒出地平线了，我们应该拍掌欢迎它。
举起你的双手吧，新中国是我们的。

对照起来读，我们便可理解包括《创业史》《山乡巨变》在内的一些作品中作者所形成的"历史创造"目光的因由。

从鬼变人的故事，奴隶翻身成为主人的故事，一个互助组的诞生，乃至一个乡从初级社到人民公社的发展过程，文学艺术到此时多少都有点絮絮叨叨，因为这与他们自身所从事的本来就是一件事。严阵的诗《老张的手》，用诗来概括几个重大的历史阶段的变化和演进，都证明着这样一个意图：一个时期抒情性质从诗中的消退，正是写实叙事倾向挤压的结果。

但不论怎么说，这一时期文学毕竟创造了记叙新时代、新生活诞生和发展的高潮。我们无疑应当记住文学的这个功绩。随着写实倾向成为主要的事实，文学比任何一个时期都更为全面丰富地保留了那一时代的社会发展进步乃至变态衰颓的资料。我们可以从《新结识的伙伴》中听到中国青年女性传统在新生活的潮流中增加的新品质；也可以从李双双那风风火火的思想行动中，看到一种新的性格正在从东方女性传统性格中脱颖而出。同样，我们可以选出《红旗歌谣》中的任何一首用来说明久经贫困和战乱的中国人民如何狂热地呼唤着一个更为富裕的生活——他们把这个幻影当成了切近的现实。

当我们的任何一位文学艺术家在从事这一工作时，都自然而然地给自己的演唱或演奏定音。他们不约而同地采取高亢的和欢乐的调子，他们无时无刻不意识到自己的使命在于传达出对这一新生活的依赖感。他们认为要是对它充满希望的未来失去信心，那都是良知的犯罪。这就造成了我们如今意识到的文学与它的时代高度和谐的辉煌感。

二、沉重的"精神化石"

正当全民族兴高采烈地唱着从解放区传来的欢乐歌声"解放区的天是明朗的天，解放区的人民好喜欢"或是同样欢乐的歌声"天空出彩霞"的时候,我们并没有意识到,我们的头上正笼罩着一个巨大的同时又是沉重的"文学网"。我们不幸地承担了全部的历史重负,一种远的历史遗传与近的历史生成的结合给予我们的重负。在中国,诗文载道言志的观念是一种相当顽强的文学观念。儒家的美学观可以把"诗"变成"经",男女情爱的抒发可以被用来充当道德的说教。《关雎》篇"窈窕淑女,君子好逑",可以被解释为对于"后妃之德"的阐明,正是一个有力的证实。文章的价值在这种观念的支配下,受到了不恰当的夸耀,他们总把文章和文学当成治国齐家的实际手段。这种强调的背后证明:文学本身只有充当了"道"的载体,即作为一种运载工具时,才具有实际的价值。

新文学运动并没有对这一传统观念做出有力的质疑。周作人在《中国新文学大系·散文集》导言中把散文分为载道和言志两大类。道固不必言,志作为情态体现也是同样沉重和充满严肃的氛围的。由左翼文学运动起始,中国的载道文学观被合理地为新兴的理论所说明。文学事业与传达革命意识取得了合理的联系,先进的革命文学观开始抨击为艺术而艺术的倾向。新文学开始了历时久远的排他性斗争。这种斗争一方面是受到新兴的文学观念的激励,另一方面却受到儒家文学观的"潜意识"的鼓舞。

早在解放战争正在进行的时候,一些老解放区进行土改,同时进行发动群众的反霸斗争,其发动的工具便是诸如《白毛女》《赤叶河》《血泪仇》一类的戏剧。那时文艺与社会运动的关系是直接的从属关系。此种关系从来没有受到怀疑,完全在顺应"古训"的情理之中。甚至到了近期,某些农村乡镇组织集体观看某一部据说可以直接解决某一实际问题的影片,都是同一观念在不同时期的延伸。

时代和环境的剧变,并未改变儒家文学观这块其坚无比的精神化石的存在条件。小说尽管不乏其精神感化的力量,但也不足以摇撼党和国家的基石。超限度地夸大文学的实用价值是荒唐的;而无限膨胀的危言警告文艺对社会的破坏性,在许多场合更成了对文艺实行虐待的借口。它成了无数悲剧的策源地。

20世纪30年代下半叶到进入20世纪40年代,中国人民陷于苦难的严酷现实,促使社会向文学做出了严酷的要求,这便是以牺牲文学的多种功能,特别是牺牲满足广泛的审美追求为目标,向着高度社会化贴近。文学需服务于"国防",促进了文学和诗歌政治化乃至"军事化","文章入伍"伴随着对于"抒情的放逐"。20世纪40年代初期,延安文艺座谈会上的著名讲话体现了一个基于有力实践的理论总结,它构成了一个系统化的文学观,即确认文学的接受与表现对象都应当是和只能是工农兵,并结合中国的实践确认工和兵实际上也都是农民,即文学的对象实质上是农民。基于这样的确认,文学的内容只能是表现这一对象的生活和斗争,文学的形式只能是这一对象所喜闻乐见的他们自有的形式——文艺的初始形式,如群众的演出和墙报等。政治和艺术作为不同的两个标准,政治是第一的;普及和提高作为不同的两个方向,普及是第一的。完整地民族化和群众化的文学主张开始强有力地实行。这就造成了与文学内容形式的多样性和丰富性的阻隔,与不断满足和适应不同层次的文学接受者的审美趣味和欣赏水平的提高的阻隔,与广泛接受世界先进文学影响以促进各民族的文学交流的世界性文学的阻隔。

我们在这一个时期虽然也划时代地创造了自己的文学样式,我们创造出了像《白毛女》和《王贵与李香香》那样重要的作品。但即便是那时出现的一些杰出的作品也距成为世界性作品的目标甚远。甚至时至今日,其中的一些作品在中国也没有成为历久不衰的作品。它只是在特定时代、特定地区和特定氛围中,产生了它们的有限的影响。它的确不乏吸引人的魅力;但这种魅力与其说是艺术的,不如说是由于特殊的苦难换来的激动。它有鲜明的社会功利目的,即以血泪的控诉唤起人们阶级意识的醒悟。而当这种直接的目的淡化时,作品的动人之处也就随之淡化以至消失了。许多作品均不乏动人的效果,但由于它们模仿乃至照搬传统形式,终于使它们只具有地区性和暂时性的价值。作为文献它可以成为永恒，但作为文学，无法达到永恒。

由于自我幽闭，我们造成一种窄狭而又自信的文化观念，我们创造了一种新的模式，并在这种模式中自我陶醉。我们的文学终于无法与世界沟通。这种文化的造型颇近于窑洞，它的最重要的特点便是以自成体系的理论封闭了自己。

当我们反思这段历史时，我们却无法摆脱特有的历史眼光。我们显然不能以轻率的态度否定历史的合理性。当中国陷入血水，整个民族为苦难所浸泡时，挽救这一历史悲剧的是作为生产者和战斗者的农民。我们制定以农民为主体的艺术政策和艺术方针的正确性无可怀疑。如今回首往昔，那一代文艺工作者所进行的工作，依然具有巨大的开拓意义。

他们在贫瘠的黄土高原创造了一种特殊的文学。他们使整个文学艺术以农民能够和乐于接受的方式，向着中国最少文化的文盲或半文盲接近。那一代人以非凡的气魄把中国文学艺术的基点放置于那些质朴、粗犷但又带有初始文学性质的文艺样式上。俚俗的信天游、陕北剪纸、腰鼓、秧歌、民间说唱、眉户戏，一时间取得了中国现今的希腊悲剧或莎士比亚戏剧的地位。适应艰难时世的艺术氛围中终于出现了喜剧因素，一代文艺革命者欢庆他们创造了文艺为低文化层次的对象服务的奇迹。我们视此为新传统。

三、误差与隔绝

战争基本结束，中华人民共和国宣告成立，对于战争的胜利者来说，改造旧社会与改造旧文学的任务同样新鲜。他们习以为常，几乎不假思索地以自身实践的经验来指导文学的建设。广阔的国土，复杂的社会构成，不同的文化背景，不同的知识层次，以及不同的审美趣味，陕北的信天游显然不足以满足这广泛多样的精神需要。

但是强大的行政力量给了政策制定者以强大的信心。他们推进特定时代特定地域的文艺方针和经验，以一种统一的文学模式取代旧社会和国民党统治区形形色色的并不统一的文坛。全国第一次文代会的召开，说是两支分别战斗于不同政治地域的文艺队伍的会师，实质是以胜利者一方向着另一方的传授，而另一方则以自我忏悔和自我谴责的方式向着解放区的革命文学模式认同。

自此以后，诸多继承了"五四"新文学自由的、创造的和多样的文学传统的大师，都不同程度地实行了以自我改造为方式的艺术否定。鲁迅战斗精神的核心———一种对现有秩序的怀疑性格受到了忽视。中国知识分子的软弱性格——似乎除了鲁迅是一种例外——大幅度地覆盖了知识者群。他们怀疑的是自己，而不是环境和秩序。一个又一个的思想改造运动，使他们一步又一步地进行严酷的自我否定。更为不幸的是，即使是他们在进行自我否定，但如果不是用规定的方式而是自有的方式，则这种自我批判也不被理解，甚至引来灾祸。穆旦为埋葬旧的自我而唱的《葬歌》，却宣告了期待新生的歌者的被埋葬，即是无数悲剧中的最平凡的一出。

他们有的心甘情愿，有的并不心甘情愿地抛弃了个性，开始写自己不熟悉的生活，开始在作品中驱逐非工农兵的形象，开始"净化"自己的人物。我们几乎是在十分不自觉的状态下，造成了与"五四"光辉的文学时代的断裂。断裂的基本原因，在于把特定时代、特定地域的文学指导方针当成了永恒的和普遍的文艺范式。

这一范式对所有文艺形态都予以"削足适履"的改造。改造作家和作家自我改造形成的自我否定与对已有一切文艺形态的怀疑，使所有的巨匠与大师都失去了智慧。他们几乎无一例外地告别了艺术创造的最辉煌的时代。一代人创造了前面述及的文学的辉煌，同样一代人也创造了迄今为止于我们记忆犹新,甚至历久不逝的文学的不辉煌。

文学的发展不仅取决于国内有效的环境,也有赖于国际的交流,这种交流能够从横向的地平线上得到最佳的参照。但在新中国成立之后,在我们实行有计划的文学建设中,我们自行取消了广阔的国际文化背景。这依然受制于意识形态的革命化的指导方针。我们按照当时制定的国际交往的模式,并把这种模式原封不动地照搬为文艺借鉴和介绍的方针——文艺上的"一边倒"。

我们在对外文化交流上也按照"净化"的原则进行严格的选择。开始是革命的和进步的选择标准,随后又根据意识形态斗争的需要,按照"反帝"和"反修"的标准进行选择。我们对体现人类文明的异常复杂的文学作品构成,进行了一贯的"政治第一、艺术第二"的标准的切割。这种政治的和阶级的切割的结果,只能是一种自我拒绝。

新中国成立初期,我们把从高尔基《母亲》开始直至《青年近卫军》《卓娅和舒拉的故事》《钢铁是怎样炼成的》一系列苏联作品奉为楷模和经典。全面学习苏联的结果,更加强化了文学艺术社会功利的观念。视艺术为革命的教科书和世界观改造的教材的观念,与解放区文艺的为政治、为现实服务的观念形成完全一致的契合。

信念于是更为坚定,贯彻于是更为有力,随之而来的是选择也更趋于窄狭和单调的严酷。开始的时候,还允许苏联以外的作品。特别是西方古典浪漫主义的作家的作品出版和流传。后来,则分别按照这些作家所属的国家社会制度的形态,按照封、资、修、帝的标准分别采取冷淡乃至弃绝的方针。正是在这样的指导方针下,我们最后切断了与外国历史上一切有益的借鉴的联系,造成了中国文艺与世界文艺空前的断绝。

中国文艺终于由"一边倒"而最后转向与世隔绝的全封闭状态。这当然是农民文化心理的体现,建立于小农经济形态之上的文化形态,必然承受它的自足心理的约定。这种局面最终导致文学营养的匮乏，它更为有力地推动文学向着贫困化的恶性发展。

也许更为严重的问题还不在于文艺指导方针的误差，而是那种人为的阶级斗争观念的引入文艺领域，并且不遗余力地贯彻实践造成的结果。这是一种文艺的自戕。愈来愈频繁的政治对于文艺的干预，每一次干预都是一阵大阶级斗争的旋风。随即是宣布一整批的作家、诗人和评论家为阶级敌人，从而宣告他们的消失。这种人为的自我毁灭，造成文艺彻底地走向单调和贫乏。

第二章　巨大的标准化工程

一、文化观念的偏离

　　偏狭的文艺指导方针塑造了偏狭的文艺性格。数十年来，我们几乎不遗余力地重复着一个动作，即不断地创造出适合各个时期社会形态的标准，对文艺实行统一。这种统一的出发点在于我们从来认定，一定社会形态必定存在某种与之相适应的文艺形态。我们几乎不论付出多么沉重的代价仍一往无前地向着这个目标逼近。在我们的观念中，有一种自天而降、从零开始的属于某一社会历史阶段或某一阶级的文化和文学。这种文化是与一切剥削阶级的和一切历史上存在过的有着本质区别的文化，而社会主义文化或无产阶级文化天生地是以一个与旧文化相对立的形象出现的，文学亦如此。

　　从荒凉的山野进入大城市，农民的眼光所及，自然包括皇帝的宫殿在内都是剥削的象征。这种观念扩展到一切的大屋顶，例如对北京城的"无产阶级改造"当然意味着拆除城楼和城墙，以及阻碍城市发展的各式的牌楼。我们嘲笑过那些为无力阻挡破坏城墙工程而抱头痛哭的"封建遗老遗少"，我们的重要诗人曾经满腔的热情为这种破坏叫"好"——

> 一天早上，我从东四牌楼路过，
> 忽然觉得马路很宽，很亮，
> 原来那挡在十字路口的四个牌楼
> 被工人们呼嚷着锤击着拆掉了，
> 我朝着十字路口大喊一声"好！"
> 这真是从我心腔里发出的一声呼叫。
> 但听说有人为了这件事哭泣，
> 泪水模糊了他的老花眼镜；
> 由此可见人的爱好是不一样的，
> 当一些陈旧的东西消失的时候，
> 会引起陈旧的灵魂的暗暗叹息。

这首题为《"好！"》的诗最后这样结束：

> 应该让所有阻碍我们的东西滚开，
> 因为我们是多数，是广大的人民。

（艾青《"好！"》）

这里体现了一种新的价值观念，广大人民的爱好与剥削者和"陈旧灵魂"的爱好截然不同。新文化的建设以旧文化的"毁灭"为代价，它们之间的继承和联系是可以忽视的。我们正是在这种"重新建立"的观念支配下进行我们的统一文艺的工作。这种统一文艺工作的实际表现形态，就是我们几乎愈演愈烈地以新造的枷锁给文学以形形色色的限制。特别不幸的是，在我们的观念中这并非是一种破坏，乃是一种建设。我们的决策部门以一种最良好的心情进行着一种不见积极成效的"关心"。其结果是决策部门愈是表现出巨大的热情，文艺的生态便愈是失去平衡。这种决策与效果之间的分离现象，造成了一场又一场的文艺悲剧。

但更严重的还是我们自以为是的而且是不可动摇的观念。一方面我们制定百家争鸣的方针，表现出某种宽宏，但立即又予以不可思议的解释，即所谓百家，其实就是两家：无产阶级一家，资产阶级一家。既然对这两个阶级的褒贬如此明显，不言而喻就只能肯定一家。我们开始提出双百方针，随即又继之以政治性的条款对这一方针实行限制。其结果"百花"也好，"百家"也好，一切都成了幻影。

这种观念的顽强性，几乎无处不在且历久不衰，而且表现为不容讨论的僵硬。说是普及与提高并重，却又规定"普及第一"；说是政治标准和艺术标准并存，却又规定"政治第一"。在这个意识形态的框架之中，不说第一，人们本来就会自然地推出第一，何况已经指定。这样，几乎所有理应表现出"宽容"的地方，同时又都表现了绝不宽容。

二、极端的模式

我们规定文学家应该写什么——应该写"重大题材"。我们拒"非重大"的一切于文学之门外。应该写"英雄人物"，即既高又大且全的"超人"，而不应该写那些"中间状态"的人物。我们宣布那些"不好不坏，亦好亦坏"的人物为异物。可以写落后，但应该如此这般地写，等等。1966年以后，更进一步完善了如何写出充满仙气的"高大全"超人的程式，即"突出""陪衬""铺垫"那一套假药——神的咒语。这是一次最极端的模式的制定，即保证如何使活生生的人离开人的自由的本性，而变为僵死的、没有活人气味的一套模式。到了这个极端，以往一切的争论不休的中间人物存在不存在，可以写不可以写，等等，全成了无须讨论的过去。

我们又规定文学家应该怎么写——应该用"最好"的创作方法来写。这个"最好"的方法，各个时期又都有各自的称呼，开始叫作"现实主义"——据说这是古今中外千年文学史概莫能外的最好的、主流的创作方法。后来时兴革命的词，叫作"革命现实主义"，这当然除了最好之外，还有个"革命"的规定词。后来"一边倒"了，觉得"革命"还不能表现出倾向性，于是干脆与他人认同，起用了"社会主义现实主义"。再后来，开始"反修"了，既然人家已经"变修"，我们应该表现出革命的独立性来，于是取消了"社会主义现实主义"，改用中国化的现实主义概念。这时不知什么地方兴起了"共产风"，"浪漫主义"的高谈阔论开始盛行，于是干脆发明了叫作"革命的现实主义和革命的浪漫主义相结合"的创作方法。又是现实主义又是浪漫主义，而且又都是"革命的"，这真是一个两全其美的方法。

当然又是"最新最好"的。于是又要求文学家们一体遵照。但包括发明这个创作方法的人也并没有说清楚，它们是如何体现出"革命"，又如何进行"结合"的。但忙坏了全国上下的诠释者，当他们陷于困惑时终于发现了一个样板的形式——这就是号称"共产主义萌芽"的"大跃进民歌"。这种较"样板戏"更早出现的样板诗，成了要求对文学和诗歌进行新的统一的符咒。

原先写民歌体的诗人们当然不发生适应的困难，但那些受到西方诗歌熏陶或是较为严格地继承了"五四"新诗传统的诗人，他们在这些相当古老的诗歌面前感到手足无措。但那时把这种诗歌形式称为"新诗发展的方向"，这个方向是不论什么样的诗人都需遵循并实行的。也产生了一些在"方向"前游移不定的心情和议论，例如关于新民歌有无局限性问题的讨论。我们不难从何其芳、卞之琳等人发出的委婉的异议中，看到了诗人面临这种统一的样板的忧虑和困惑。

这种讨论的结局是可以想见的。在中国文艺的这个既定格局之中，可以说，当时任何号称自由争鸣的讨论，都不会是真正自由的，也不会是纯粹学术性的。不少诗人为这次诗的统一付出了代价。其中最富戏剧性的情节应属于蔡其矫。这位以相当自由的形式写着南国的红豆以及欢呼"少女万岁"的诗人，迫于形势，不得不逆着自己的艺术习性写起别别扭扭的"新民歌"体诗。不知是无心还是有意，他在一首题为《改了洋腔唱土调》（显而易见，"洋腔"是不革命的，"土调"是革命的，因此这种"改"便是进步的）的诗中用了"今天且把山歌唱，明天再唱新诗歌"。敏锐地掌握动向的批评家一下子便看出了弦外之音，坚决地堵死了将来故态复萌的后退可能，指出："我们希望诗人不是把'山歌'看成'新诗歌'以外的一种姑且唱唱的样式。我们希望诗人在群众生活和斗争中，取得我们民族所具有的那种真正属于我们民族、我们时代的气魄和感情。我们希望诗人明天的新诗歌，正是在这样的根底上成长的新诗歌。"（见《诗刊》，1958年5月号）此类事例甚多，先是逼你改变诗风，改变了又不像样子，于是又批评你的诗不像样子。如卞之琳的《十三陵水库工地》便是："蓝图还只有一张，红旗就插到山岗；红旗在一面接一面，蓝图就日长夜长……不打仗先定了胜负！向碧海青天报个喜。指点了蓝图看地图：这里就涂个蓝标记。"

不知从何时开始，流行着一种文字基调的规定。据说一个天空晴朗的时代只能存在一种与这种天空相一致的调子。共和国文学的调子在为向上的发展的时代所决定，一切与此不符的都将宣布为"背时"，于是文学的情绪色调也被做了统一的规定。我们自然地把作品中有无"亮色"当成了一个批评的标准。"亮色"说来自鲁迅，"亮色"以及"愈是民族的就愈是世界的"一类语录被赋予实用的指导性的含义。其意义如同鲁迅不断地站在"反修""反帝"乃至"反右倾回潮""反右倾复辟"前线"指挥战斗"一样，用"亮色"来审视近年来出现的作品，不只舒婷的诗，甚至整个伤痕文学，推而广之甚至近十年文学，本身就构成了背反。昔日的豪言壮语和欢乐的调子，如今陷入了哀伤忧愁的大海之中，它只留下某些怀旧者的慨叹。

三、自我节制的绝境

中国当代文学作家个性和作品风格的萎缩，究其根底在于此种人为的粗暴而愚昧的砍伐与戕害。文学如同植物自然的体态，被那些好心但相当粗暴的花匠加以修整。修整的结果，是所有的树木都长成了同样的枝干。它们因各种因素促使不整齐的、大小疏密各异的枝叶形态全都消失，造出来的是千篇一律的统一的树木。在这一片划一整齐却免不了单调的林子里，我们听不到那些鸟儿的叽叽喳喳的叫声。那些音色优美的黄鹂和那些音色粗陋的乌鸦都自豪地发出各自的声音，但这里没有，这里连选择词汇的可能性，以及形容一个物件的自由度都莫名其妙地被限制和自我限制。

时间久了，文学不再需要他人来施加统一的标准予以限制，文学自身就会培养出一种自我节制的惯性。自觉地实施和维护这种统一的秩序，到了不需他力而依靠自身来维护的时刻，这才是文学的绝境。前面谈到诗的样板、戏的样板，其实并不需要特别提倡，文学自身就会推出种种的样板。散文就是如此。出现了两三个散文大家，众人竞相模仿，于是散文就只有对于两三种模式的反复仿效。更为可悲的是大家本身就是在各式各样的命题中自我重复。他们只是用各种甜蜜和精致的套子不断套那个万古不移的人云亦云的哲理。

再过一段时间，人们就会重新发现这么一个不可思议的封固的王国。这里连描写落日都曾是禁区。这里每天每时每刻都看得见日出的盛典，但那是极具象征意味的充满狂热的宗教情绪的场面。当人们触及这一庄严的场景，人们的思维定式立即产生作用。人们看不到真正的日出，人们只看到一种准宗教仪式，一种公式，那必须是"一轮红通通的"或是"一轮最红最红的"，连它上升的方式都是早已被规定的——那就是也只能是"冉冉升起"。

第三章　文化性格的悲剧性

一、东西文化撞击的惶惑

外国学者论及中国在19世纪中叶以后的文化状态时，有如下分析：

当西学在日本迅速成为全民族注意的中心之际，它在中国却于数十年中被限制在通商口岸范围之内和数量有限的办理所谓"洋务"的官员之中。在1860年以后的数十年间，基督教传教士向中国内地的渗透，就思想交流而言，收效甚少；但事实上，这种渗透引起了社会文化的冲突，扩大了中国和西方之间心理上的隔阂。中国大多数的士大夫仍然生活在他们自己传统的精神世界里。[①]

论文列举事实证明：一位在1870年到日本一所普通学校从事教学的美国人，对于西方所占有的显著地位以及学校收集西方书籍的规模有深刻的印象。但即使是在20年后访问一所典型的中国书院时，他也几乎难以发现任何表明西方影响的证据。中国文化封闭的硬度

[①]《剑桥中国晚清史》下卷，323-324页。

和抗拒力是惊人的。

在中国，西方教会的文化渗透和交流活动只能以极为缓慢的速度进行着。外国的研究者不得不惊叹，在1860年到1900年之间"教会的传教活动很少成功"，"事实上，从中国士绅文人在19世纪后期经常发生的反洋教事件中扮演领导角色这一点看，基督教教士在填补他们与中国社会精英之间的文化裂缝上似乎收效甚小"（《剑桥中国晚清史》）。

西方的洋枪大炮终于惊醒了这个古老帝国的传统梦。先进的知识界感受到了世纪末的危机，于是奋起引进西学，以图光大。作为这个文化觉醒的伴生物，中国从那时开始便经历着无尽的心理意识上的磨难。在五四新文化运动以前，几乎所有的文化变革的意图都以失败告终。"五四"创造了奇迹，但也是于重围中血战取得的成果。但从"五四"的文化上的革命到20世纪60年代后期，这一次巨大的旧文化回潮究竟是证实了胜利，还是证实胜利的背面？这一答案是不言自明的。

中国感到非如此的选择便没有出路，却有更为强大的力量阻挠这一选择。"五四"那一次大的搏斗，正是东西方文化交流产生冲撞的表现形态。"五四"以后，有一个长的延展期。这个延展表明了质的变异，一个大动乱之后的重新起步。导致这一起步的是又一次更为沉痛的觉醒。当前文学新思潮所展现的骚动不宁，正是东西方文化在20世纪后期中国的更为深刻的一次冲撞。与文学变革诸问题纠缠在一起的文学论辩（例如关于对待西方现代派艺术的态度的激烈论争，便是其中之一），其实质依然是这一文化冲撞的派生物。

中国传统的文化观念遇到外来事物时所表现的惊恐万状，从特定的环境氛围考察，是由于鲁迅所说的处于衰弊陵夷异常不自信的状态。因为自己肠胃不健，因此害怕一切杂物。因为自己不强大，因此排拒外来的侵扰。衰弱的世代，此种倾向格外浓厚。

若国势隆盛如汉唐时期,则大多表现为漫不经心。但毕竟盛世如汉唐者寥寥,于是恒常的文化心理状态则是忧心忡忡的"小家子气"。

当前阶段大体处于受大动荡的摧残之后的衰落期——这种衰落感的猛醒是由于中国重新与世界沟通而通过比较获得的。曾经有过的"世界革命中心"的闭锁造成的癫狂,噩梦醒后出了一身冷汗。于是颓丧之感猛然袭来,不得不打开门户。而门户打开之后,又挡不住强劲的风。在这种两难之中,文化的警惕表现为一种病态。某些论者谈到外来影响而担心"盲目崇洋"将导致"我们自己的声音、自己的相貌、自己的性格,慢慢地会完全没有了,我们会自惭形秽地倒在外国人面前连头也不敢抬了",便是这种心理的表明。这里表现的一切,是就特定的环境氛围说的。

就一般的恒定状态而言,中国由于自身文化传统的富有而有着不可动摇的自豪感。愈是殷实的家族,自我保护的心理便愈是浓厚。富足使它无须求助他人,它自身就是一个自足的实体,由此形成一种自然而然的封闭性格。自足导致了自大。长久的封闭使中国缺乏对世界的了解,于是往往表现为无知的愚妄。这种情况在飞速发展的现实面前,往往表现得具有喜悦色彩。

不论是哪一种状况,或由于自足而封闭,或由于自卑而惊疑,中国有着一个不轻易放弃的自卫武器,即"民族化""民族传统""民族性""民族特点"等等。各种名目都含糊地指向一个含糊不清的事物。不信只是因为强大或是因为弱小,对于这个民族,保护主义是一种长久的需要。

当上述那个自卫武器变成了抗拒的借口时,这一文化心理就不断制造出可怕的后果。

二、保护主义的排拒性

每当文学面临变革，特别是要向外域寻求一种新的引进时，它便会从古老的柜子里取出这个武器。"五四"要废除文言文，便有一些论者出来宣扬文言文是多么美妙的"宇宙古今之至美"。有人阐述西方现代象征诗某些艺术优异之处，但有人论述现代派的诗歌，包括他们"读不懂"也并不赞成的作品如朦胧诗，我们也是古已有之的。

形成中国传统的文化性格的基本原因在于传统文化。世界上很少有民族能够如中国这样拥有如此富足的文化遗产。越是富翁便越是怀有保存遗产的心理。对于贫困者，因为没有，于是也无须保存。要想说服富翁改变一种文化心理结构几乎是不可能的。因为自己拥有，于是便对外物的"侵入"充满警惕。一方面是"家传秘方"的保藏，一方面是打破头也不愿给黑屋子开一扇窗子。

中国的强大与弱小的"混合"，造成了它的特殊的文化性格。这性格基本上是一种变态，既自信又自卑。神经的过分警觉造成了一种普遍的对于外来影响的排拒。这几乎是一种条件反射式的反应。面对一个奇怪的新生物，抗拒它仅仅是因为它是外来的，一旦发现了它也有长处，又会以心理平衡的方式论证这也是"古已有之"，或论证这异物压根就是从我们这里传出去的。

中国人对于文化的保护主义，使它在新的事物面前表现了变态的悭吝。最初，它顽强而无理地抗拒，对"侵入者"怀有敌意。它为抗拒这些事物寻找理由，"不合国情""不合欣赏习惯""失去自己""数典忘祖"，继而又可以寻找各种理由，说明外来者本来就不怀善意，或本来就有问题。文化抗拒心理的最有效的心理平衡，就是给所有外来者贴政治标签，从资产阶级、小资产阶级到修正主义、帝国主义。这种方式造成了十年的内乱，这是有目共睹的事实。

但这种方式毕竟不能持久，于是便难堪地被迫地接受。久之，也就似乎忘记了那种难堪。在当前新诗的论争中，最初几乎是对一切的不合于已有欣赏习惯的创新，都不能忍受。从艺术、思想，甚至提高为政治的谴责连绵不绝。从"崇洋媚外"到"不同政见"，表现出狂热声讨的热情。后来，又有更新的新、奇、怪出现，舆论对先前的朦胧或怪诞便表示了某种程度的和解，甚至把他们当初谴责的异端"改造"进了"现实主义传统"的构成之中。异类于是变成神圣。他们便掉转头来，以更多的精力和更大的义愤对待那些新来的魔怪。

这样，我们这些反"侵略"的文化"白细胞"，便陷入了无休止的恶性循环之中。因为文学发展的基本规律乃是无间歇地寻求新的创造，以刺激文学的消费市场。这对于一切常态发展的文学艺术几乎是无一例外的规律。艺术家的弃旧图新，根本受制约于欣赏者的喜新厌旧。既然如此，则一个开放社会的文艺一旦恢复了常态的运行，而不改变思维惯性的"文化卫士"们的命运，只能是永远处于如此这般的尴尬处境：开始是断然拒绝，后来又无可奈何地悄悄接受。

在文学的其他领域，情况也大体相似。开始拒绝王蒙不合常规（这个常规即指《组织部新来的青年人》的模式）的变革，在一阵纷扰之后，终于不再激动，默默认可了《春之声》《海的梦》一类怪异的合理性。想想张洁《有一个青年》《谁生活得更美好》一类作品赢得了多少喝彩声，再想想她的《拾麦穗》《爱，是不能忘记的》换来了多少怀疑的目光和责难，便知道这乃是一个普遍的病症，而不是一个医学上的"特例"。

不独文学如此，在艺术的其他门类，这种尴尬的拒绝主义也是随处可见的。邵大箴时一篇文章中有一段相当精彩的描述：

因为受传统文化的熏陶，中国知识分子的文化性格偏于保守，在理论观念与理性信仰上多持绝对主义价值标准，对于相对的、多元的价值标准往往采取排斥的态度。在个人与社会关系这一点上，缺少积极的文化参与意识。在与外来文化碰撞的情况下，由于受传统文化的影响，又容易产生盲目的民族自尊心、民族自卑感和优越感。其表现，就是以为自己民族的一切创造都优于其他民族的创造……对于那些"看不惯"、与本民族传统文化观念相异的东西，往往不加分析地予以排斥。

（《当前美术界争论之我见》）

论文作者列举了如同我们在前面论及的那种美术界的尴尬：齐白石崭露头角，由于他大胆从民间艺术中撷取了艺术观念和新鲜、活泼的表现手法，为此引来了维护传统方式的画界的惊呼，这些人认定齐白石背离了传统。接着轮到徐悲鸿，他从西方绘画造型中引进了写实的手段而与中国彩墨画融汇，达到形神高度统一的效果。一些绘画界的保守派视之为违逆。李可染的绘画革新被斥之为"野怪乱墨"。在一些人的眼光中，这位艺术大师属于"传统功力不深"的画家之列。至于黄永玉、吴冠中的画，在一些"传统卫士"的眼中，本来就很难得到认可，更不用论及立志于国画改革的不满现状的那些青年了。

在音乐界，情况也是一样，对于那些"异端"性质的创新，一味地进行排斥和谴责，而那些不"离谱"的模式以及相当平庸的民间唱法，不论是如何"照虎画猫"，却无一例外地得到嘉许。

文化偏见导致文化的无批判的兼收并蓄，以及无分析的粗暴拒绝。这就是：只要是遗产和传统，则可以不论其为糟粕或精华；只要是外来影响，则可以不问是否真有价值。这种分析给中国文化的现代更新造成了极大的危害。这是文化性格悲剧性导致的一个消极结果。

三、对固有文化的奴性依附

文化的排他性最基本的思想根基，即保护民族文化的不致中断与失落。这个使命感的背后，是极浓厚的弱小民族的自卑心理。大而言之，是对中华文化的维护，小而言之，则是对于自身参与其中落伍文学的自警，总的说是一种变态的敏感反应。

构成这一文化变态的另一因素，则是一种特殊意识的极端影响导致的心理倾斜。我们不仅为文学划定各色的阶级属性，而且也把文学服务于那些较少文化的人群当作文学唯一正确的方向性的体现。我们把文学的重心放在文盲或半文盲的欣赏者那里，以那些欣赏者乐于接受的形式和内容来宣布文学的成功，成为一种惯例。文学的普及性事实上成了衡量文学价值的标准。

与此相关的，是另一种方式的排斥。常谓的"脱离实际"，指的是另一种或另几种形态的文学不适于特殊的中国社会（如战争时期，革命高涨时期，对文化进行"革命"的时期，等等，都会宣布某种艺术为不适宜的），以及特殊的中国接受者。许多的文化珍品和艺术奇葩都在这样的名义下受到拒绝。

常谓的"为艺术而艺术"，一般指的是艺术与宣传效用的违离。在偏狭的艺术观念那里，艺术的价值即宣传的价值，与宣传相脱离的艺术几乎就是精神的鸦片。无益即有害，它们的准绳是宣传的效用。在这一名目中受到抑制的艺术品种之繁、数目之多是惊人的，而它造成的艺术生态失衡以及由此产生的消极影响，在短时间内难以估量。

许多迎合某一特殊群体欣赏趣味的艺术品，很难判断其必定为高尚的或崇高的，甚至很难判断其必定为无害的。民间流传的跑旱船或踩高跷一类艺术节目，由同性扮演的打情骂俏，其间有不少恶俗成分，却得到了各方的认可。庸俗在这里得到不庸俗的宽待。一成不变且趣味不高的《猪八戒背媳妇》的经久不衰，若肯定认为唯有它方能体现出正确的阶级立场或艺术方向，这只能构成一种反讽。对于这些，人们不仅毫无所察，并且津津有味地提倡，这同样是偏见构成了谬误。

传统文化确是民族智慧和世代创造的宝库，但同时也可能是思想和艺术糟粕的"宝库"。对于传统文化中的封建主义成分，只有"五四"初期进行了一番表面的冲击，而后风流云散，大抵以悄然不语的方式慢慢地又"浸润"了回来。《三国演义》中有多少封建思想体系的产物？《杨家将》中有多少封建道德的说教？人们只忙于为它们的宣传开放绿灯而无暇细察。特别具有讽刺意味的是在"反对资产阶级自由化"的高潮中，我们却无保留地默许了上述封建毒菌的蔓延。1987年6月，仅以北京几个电视节目而言，其中《乾隆下江南》《赵匡胤演义》的连续播出，都是引人注目的现象。

民间初级的文艺形态中存在瑰宝，亟待有心人去挖掘，它不是如同过去那样赋予政治意义之后再加以偶像化。正确的态度是从遗产整理出发的认真开掘，不是照搬不误，而是得其精髓，予以现代更新的再创造。王平的红土陶雕《雨》《山里的人》、灰土陶雕《牛背上的孩子》、木雕《父子》，均得益于她所生活的贵州红土高原以及带有浓厚地域色彩的民间艺术的滋润（当然，她的灵感也得到非洲艺术、印第安艺术的启示），但她有效地驾驭并改造了这些原生态的艺术品质而使之完全个人化。王平的艺术不是民间艺术，她也不是民间艺术的奴隶，而是独立的艺术家。更为重要的是她把她所吸收借鉴的一切现代化了。王平的艺术是现代艺术，而不是古代艺术或民间艺术。我们从她的作品中，可以感受到艺术家作为现代女性所拥有的那种自由、无拘无束的心理状态和活泼的充满了生命冲动的激情。王平的作品唤醒了我们沉睡的本原生命意识，体现了现代人对于生命复归的愿望。现代意识在这里顽强地反抗着现代"文明"。我们从这些艺术的探求中得到对于现实生活状态的反抗的满足。

对于民间初始文化形态的奴性膜拜，是一种消极的文化品格。这种品格再加上道德化的考虑，加重了它的庸俗倾向。一种对于外域文化的不加分析的美化和臣服，是一种奴性的表现；而由于非艺术的考虑而对固有文化（包括民间文化艺术）的无批判的接受与美化，同样是一种奴性的表现。媚外和媚俗同样构成了中国文化性格的劣质。而从历史发展的事实看，对于传统文化形态的无批判意识，以及对于民间艺术的局限性的无分析倾向则是主要的。

对于这种文艺迎合趣味不高的欣赏倾向的批评，我们通常听到的是关于流行音乐和抽象画方面的内容。中国的怪现象在于，一种低级趣味若是与"民族形式"保持了关联，那种低级趣味便受到了纵容和庇护。1986年春节，电台播放了《济公传》主题歌。那位肮脏褴褛而且疯癫的酒肉和尚且歌且舞，唱的是这样的"民间小调"：

鞋儿破，帽儿破
身上的袈裟破
你笑我，他笑我
一把扇儿破
南无阿弥陀佛
…………
走哇走，乐呀乐
哪里有不平哪有我

天南地北到处走

佛祖在我心头坐

…………

笑我疯，笑我癫

酒肉穿肠过

南无阿弥陀佛

这个小调引起全国性轰动。1987年春节，西南某著名的省城举行歌星的荟萃演唱，最后一个节目是曾经演过《海港》中马洪亮的著名演唱家登场演唱。他唱了《大吊车》《夫妻双双把家还》，又唱《济公》主题歌。他且歌且舞，引起了全场的兴味。据亲历者描述，台下至少有一半听众随着演员的节奏击掌齐声应和，群情激动的场景给所有与会者留下了深刻的印象。

事情并没有结束。1987年6月9日，中央电视台《新闻联播》观众信箱节目播出一封来信。来信对鹤壁市用高音喇叭在全市"报时"提出批评，而播出的内容是早上播送《济公》主题歌，晚上播《大侠霍元甲》主题歌。这种泛滥的推广已经引起群众的极大反感。更为惊人的消息来自1987年9月26日的新闻报道。那晚在沈阳举行的奥运会足球预选赛，东亚区第二阶段第二场比赛现场直播，中国队以12∶0胜尼泊尔队。从电视屏幕可以看到主方啦啦队的有力助威，而啦啦队唱的竟是济公和尚的咒语，全场至少数千人起而应和。

以上所举，作为一种文化现象，不能不引人深思。济公形象在今日中国的复活，有着极为深刻的历史的和现实的诱因。尽管不乏合理的因素，但包括这种因素的作用在内，这一切都是畸形的和变态的。

而最大的变态则在于，我们的几乎一切的指导者和批评家都在这种变态面前无动于衷而扮演了一场默许的哑剧。这如果也是一种"喜闻乐见",那么,这里所体现的"群众性"不正好表现了一种极为可悲的文化性格吗?鲁迅说:"我们此后实在只有两条路:一条抱着古文而死掉,一是舍掉古文而生存。"(《无声的中国》)鲁迅为何这般悲观和愤激?那正是鲁迅穿透中国腑脏的洞察力。

四、破坏被解释为建设

中国文化性格由于特定社会条件的影响,特别是"左"倾教条主义政策的长期规约,以及伴随社会改造过程而来的一个又一个学术的和文艺的批判运动。这种批判运动的粗暴和摧毁的后果,已为社会所共知。但它对于文化性格的消极影响则没有受到注意。一方面我们对于封建主义的文化思想体系并没有认真地整理和认识;另一方面我们又标榜和高扬批判精神。这种批判实际上指向了新文学革命的成果,以及与借鉴西方文化有关联的领域——我们笼统地称为资产阶级和小资产阶级的文化和文学、帝国主义和修正主义的文化和文学。

极为丰富的新文学传统实际上只剩下一个鲁迅受到圣人般的供养。极为丰富的世界文学被扫荡得干干净净。无数次的狂风暴雨般的政治运动和派生而出的文学批判运动,针对的几乎都是中国社会最有文化和才智的精英之士。这些运动的发展到最后就是那十年浩劫、口号是"横扫一切""打倒一切"。它把一切的文化传统和文化遗产统统视为应当"横扫"和"打倒"的"封、资、修"。

长期的约定俗成,培养了一种前所未有的"新"的文化品格。人们用来衡量立场是否坚定、方向是否正确的,不是他对于实践和理论建树的创造性，而恰恰是他的非建设性。即以他是否能在别人的创造中找到可以攻击并施以破坏的可能性。而且，一旦发现了这种可能性，他是否能够坚定地以非正常的方式进行有效的实现，并以能置该人、该作品于死地的"批判"方式证明批判者的心迹。当然这类大批判有的是自愿的，有的则是不由自主的。

所谓的"破字当头，立在其中"或"先破后立"的学术指导方针，都旨在养成这种文化性格。破是破坏，立是建设，破坏一切是前提和先决。"文革"前后的相当长的时间内，我们在文学、文化的各个领域，都在创造和提倡破坏的气氛，并以此做价值的衡量。舆论的倡导和实际的体会，使整个氛围受到污染和毒害。人人竟以破坏为能事——而从事这种破坏均能享有与此实践相反的美名。这样，从事这一恶行时，从来不以为耻，反以为荣。借助所谓大批判以保护自己者有之，以图仕途进展者有之，卖身投靠者亦有之。

这种配合"运动"造成的"大批判"，后来发展为一种非运动也无时不在进行的常态。正常的建设性文化批评变成了非正常破坏性的文艺批评。

尤为可悲的是人们往往视这种破坏为建设，这就造成了一般的和普遍的受害。人人身处其中而不以为异常。久之，就自然地养成了面对一切文学、艺术现象的"条件反射"——用一种至少是不信任、不尊重创造的挑剔的、恶意的甚至是敌对的眼光，进行对文学艺术劳动成果的破坏。它不仅直接破坏了一种人们应有的对于艺术创造的心境，使艺术创造的美好情绪和氛围受到摧残，而且也直接地摧残了一个社会的良好风气。创造者和面对这种创造的人都紧张疑惧，而且彼此怀有敌意。

这种变态的气氛直接导致破坏性文化性格的滋长和蔓延。因为创造必遭厄运，而"大批判"的破坏则直接可以占据"精神优胜"和取得实际好处。于是人人思为大批判的先锋和勇士，而不思在艺术上进行新奇的独创性劳动。它不仅是一场灾难性的文化毁灭，而且造成文艺生态的恶性循环。几代人的文化建设性格都受到了最严重的扭曲。这一严重后果一直延续至今,它并不随社会的转变而有明显的转变。在相当一部分人那里,他们依然以破坏的目光和方式面对他们所不能适应的和不能同意的创造性劳动。他们的潜在心理状态依然是大批判的,包括思维方式和语言习惯。

五、不求创造的趋同

中国人消极文化性格的形成有着历史的和现实的诸种因素的促使。这些现象造成了一个最严重的后果,那就是在这个基本上以个体方式进行的最具有个性特征的精神生产领域,却弥漫着一种强大的基本是群体的而非个体的气氛。本来是非常自由的毫无拘束的,而且是以个人才能和灵感的充分发挥,从而形成不断求新求异的独创性劳动,变成了最循规蹈矩的,如履薄冰、如临深渊的小心翼翼的"创造"。

这种情景的最极端现象就是"样板戏"的出现,即所有的文艺创作都可以用一种毫不走样的对于"样板"的模仿来代替。几个"样板"一旦用"十年磨一戏"的形式(这种特殊形态的"磨",是一种作坊式的集体劳动,是一种"添加"式的磨平一切独具特色的艺术成分而把艺术创作变成一个最无特色的"最大公约数")制造出来,这就成了一种机械的形态。于是,所有的"移植"和"学习"都呈现为一种诚惶诚恐的"复制"。这种严酷的现实最直接地导致了创造性性格的萎缩。

不过,若把中国当今文学这一病态仅仅透过于"样板戏",这未免失之简单。作为中国人创造思维严重弊害的趋同性,实非一朝一夕的偶发现象。这个古老的国家，为了维护这个艰难的统一事业，历代统治者无不要求一种对于社会和思想统一规范的约束。这种约束对于形成政权的统一和文化的融合起着积极的作用。中国长期封建社会形成的政治结构和意识形态结构的一体化，是一个相当突出的现象。

一体化概念是从社会组织方式角度提出的。一体化意味着把意识形态结构的组织能力和政治结构中的组织力量耦合起来，互相沟通，从而形成一种超级组织力量。我们知道：统一的信仰和国家学说是意识形态结构中的组织力量，而官僚机构是政治结构中的组织力量。中国封建社会是通过儒生来组成官僚机构，便使政治和文化这两种组织能力结合起来，实现了一体化结构。

（金观涛《在历史的表象背后》）

这段话指出了中国封建社会的文化与政治力量的纽结。文化服从政治的要求，而形成大一统的实质。这种文化大一统当然受到政治大一统的鼓励。大一统"忠君保民"的政治素质决定着大一统的匡时济世的文化素质。社会和民众都遵循这一素质考察它的对象。文化的认同感和政治认同感的联姻，促成了这种保守文化性格的顽强性。

封建时代的结束并没有消除这一文化遗传的因子。在新的社会形态中，这一遗传因子与现实的政治条件的结合演变为一种新的大一统的品格。尽管作为封建时代联结政治与文化纽带的儒生制度消失了，而中国传统知识分子以及新时代的作家艺术家的保守性文化性格依然潜在地决定着和影响着中国文化和文艺的发展。

这种品格由于特殊的社会条件下产生的那种"文化警惕"异常心态的投入，更形成一种宁肯墨守成规而不愿自行其是的消极心理。文化与政治认同，加上特殊政治环境中形成的不求创新的趋同性，形成了进入20世纪以来的文艺实践和文艺批评中的顽症。它极大地摧毁了制约文艺发展的本有规律的不断变化和革新的自由精神，使本来最具创造性、最为充盈着生命力的艺术，变成了一具徒然维持生命的失去灵魂的躯壳。

没有笑容的不仅是那些怒气冲冲的服务人员，在电视播音员中笑容也罕若黄金。体育播讲员，都是一色的"宋世雄"。趋同性造成了各行各业的新模式，这才是自由创造的"癌症"。十多年前，环顾这片广阔的大地，除了几个"样板"敲打着寂寞的锣鼓，几乎就是一片由口号和标语充填的死域。那时不知从什么地方传来了一首《洗衣歌》，掺入一种小有情趣的军民友爱，配合以欢快的藏族民歌调子，各种有效的"保险"促成了它的通行。可怜的中国之大却无歌可唱，于是《洗衣歌》便受到了超常的宠爱。从南到北，从西到东，一首《洗衣歌》造成了欣赏的灾难。有人挖苦说："这样反复地洗，衣服早破了。"

对于这一现象的评论，固然尽可尖锐，但在不合理的总体中容易受到忽视的则是那星星点点的"合理"。中国没有戏，没有歌，没有诗，没有文，于是偶尔出现的那个戏，那支歌，那首诗，那篇文便成为奇珍。不是中国不会创造，而是中国不能和不想创造。创造在这里曾经是一种冒险——政治的、生命的、灵魂的冒险。于是人人视创造为畏途，为绝路。无创造只好模仿，最好是照搬，因为照搬最不担风险。

要是把一种耳朵与眼睛的腻烦和疲倦，以及心理的逆反因素再添加进去，则上述那种全体一致的流行与推广，便有了更为合理的理由。例如歌曲，人们厌恶那种板着面孔的训导以及千篇一律的僵硬，于是软性歌如同软饮料便大受青睐。逆反心理可以把雄壮的队列歌改为流行曲。

在这样的气氛之中，即使当年严凤英在世时也不怎么流行的《夫妻双双把家还》，却几乎成了每一个晚会的高潮装饰物，以及每一个名角的保留节目。要是任凭这种情势发展下去，那么即使优秀的歌曲如《十五的月亮》和《血染的风采》有一天会成为大倒听众胃口的节目也不是没可能的。

第四章　失常时代及其解体

一、文学的失落

从辉煌到不辉煌，只有一步之隔，犹如真理与谬误为邻。文学曾经发生的失常，其根本原因在于观念的错误。走火入魔的观念把原应表现人类生活和情感的无限丰富性的领域，可以驰骋和容纳人类最宽广的自由的联想和梦想的领域变成了森严无比的禁地。文学的蜕变与文学的贫困成为同义语。

这种贫困其实并不难描写。其主要表现是文学日益严重地成为用来进行宣传的工具。政治愈是要求文学对它效忠式的配合，便意味着文学愈是失去自身的主体性。当文学完全地被政治所湮没时，它的依附状态便最终结束了文学自由的性质。

文学自身没有追求，政治的要求便成了文学的追求；文学自身没有运动，政治要求文学的运动便成了文学运动。我们只有反映土改的文学，反映互助组变合作社的文学，以及反映三大改造的文学。一句话，我们只有作为依附的文学。文学真的成了一面"镜子"，这面镜子中只有政治和社会运动的影子，文学自身成了隐形人。即使在那些被判定为最具异端性质的"右派"作品中，我们也可以从它们那些执着于现实问题的思考中看到文学自身的失落。

这里是一篇号称"毒草小说"的《太阳的家乡》（公刘），当那支军区抗疟队的队员们听完了为抗疟而献身边疆的名叫梁新的知识分子写的日记，而引起一番关于梁新是否是"好人"的争论时，队长有好几段长篇的"演讲"，其中一段是这样的：

另一方面，我们也应该看到，他至少有两大根本问题不能解决，也就是说，他有两大根本困难根本无法克服。两个什么困难呢？一个是当时的反动政府、不合理的社会制度，给他造成了困难，没有人支持他，帮助他，人民也不了解他。另一个困难是他自己给自己带来的限制，他没有正确的世界观和人生观。他不懂得科学本身不能成为什么目的，为人民服务才是科学的目的。他也不了解人民，他虽然看到了旧中国的"贫""病"现象，但他再也没有可能去挖挖"贫"和"病"的根子，他不懂得什么是阶级压迫和阶级斗争……

这段演说在当时的艺术作品中，属于心理和情绪都正常的正面人物的正常谈话。今天读来可能会以为语含讥贬，其实作者是以严肃而认真的心情下了这番笔墨的。人物本身不存在性格，人物只要能够传达正确的政治观念和政治意识就够了。在通常的作品中，这种说正确话的角度是安排给作品中水平最高，往往也是绝对正确的人物。值得特别注意的是，这里引用的作品是当时受到严厉批判的"毒草"。它的被定性为"毒草"不是由于概念化，而是由于不够概念化。不难设想，要是我们文学作品中的所有的人物都如此这般地思考，如此这般地发议论和居高临下地训导他的听众，我们的文学不产生贫困和枯竭才是奇迹。

就是这样，文学始终被比它强大得多的力量所支配。当文学没有觉醒的时候，它心悦诚服，认为自己本来就不是独立的。文学开始并不如此，但文学为"并不如此"而蒙受了过多的苦难，后来也

"只能如此"。久之，一些自认为是文学的哨兵的人，以"只能如此"来监督文学。文学稍不如此，立刻便有鞭影闪现头上。

于是，久而久之，文学本身也失去了艺术发展和追寻的轨迹。文学的分期就是社会的分期。曾有一个时期，甚至直至今天，某些当代文学史的划分便是：经济恢复时期，三大改造时期或第一个五年计划、第二个五年计划时期等。可以有各式各样的社会性划分，但任何一种划分对文学本身都没有意义。

真正的文学被放置于冷藏柜中。它没有死亡，但也未能发展。它被冻僵了，等待着有一天血脉恢复流通。但至少在那时，文学只是一具冻僵的躯体。它没有生命，当然也无所谓变化。就是文学的核心——人，也是被排除了一切杂质的人、木偶人或机器人。他们只会做一些众所周知的训示。空洞的辞藻把一个个活人装扮成了录音机。唯一缺少的便是如同拉奥孔那样撕心裂肺的痛苦和挣扎。他们没有情欲，而且视人间的情欲为罪恶。

二、试探：把冰川留在身后

我们终于结束了一个异常的文学时代。这个时代的结束，与其说是由于外力，不如说是由于自身。挖掘坟墓的人最终是为了埋葬自己。这样的愚昧状态的结束，意味着思维理智的恢复。文学终于回到正常的生存状态中来。我们有幸争取到这样一个健康的时代，也许这个时代并没有给我们什么实在的东西，但它给了我们以思考的自由。有了这样一个自由，那就足够了。

这是一场全面更新文学观念、重新确认文学价值、实行根本性变革但又以不事声张的方式体现的新的文学革命。十年中，中国文学和艺术悄悄地,同时又小心翼翼地通过一个又一个"布雷区"。它把一个又一个陷阱和地狱留在了身后。我们所做的一切恢复文学常态的工作,都似乎是在进行巨大的"反拨"。

我们的文学试探,就像是登山运动员手中的"冰锄",不断地敲击着充满艰险的冰板块和冰梯。我们随时准备迎接灾难的雪崩。我们一个一个的探索,其实就是一次一次的冒险。开始的时候,我们面对着的是一种反常的局面:我们从灵魂和肉体的蒙难中归来,却不能谈论和抚摸"伤痕"。在这样一个背景下,一个大学生写的短篇小说由于冲破了一个荒唐的禁区,而成为文学发展的里程碑。《班主任》这篇划时代的作品最激动人心的声音是"救救被'四人帮'坑害了的孩子"。这仿佛是六十年以前那位文学巨人呼救的回响。我们情绪激动地谈论它,是由于它触及一个文明古国的最年轻一代成为最不文明的畸形的故事。

新时期文学初潮的许多作品,似乎都没有超越固有的轨道。它们旨在对文学社会功利性质的匡复。我们至今还弄不清楚在电影《苦恋》(这是一部未及公开放映,包括许多批判者在内都没有看到的影片)上发生了什么样的过敏症。要是仅仅因为它对风靡中国的现代迷信提出了质问,那么,我们的反应便是失度的。电影的作者之一在一首诗中曾经表达了同样的思考,这种转发无疑有它的力量——

在社会主义国家由于渎神而判处死刑,
二十世纪中国竟会出现中世纪的奇冤。

(白桦《复活节》)

围绕《苦恋》所发生的一切,构成了对于文学家的社会责任感提倡的莫大的讽刺。

针对一批触及社会生活实际的剧本,如《假如我是真的》《在社会的档案里》《女贼》等的讨论以及《假如我是真的》演出所遇到的困难，说明传统的"颂歌"模式遇到了强烈的挑战，以及维护这一模式的观念力量的不可低估。

走向开放的社会带给文学的磨难依然是"传统"的。文学遇到的问题依然是：要么是这一条路走不通，要么是那一条路走不通。我们遇到的依然是无尽的"路障"。逐渐走向成熟的文学在巨大的历史惰性面前，以充分的耐心竭力不碰撞而绕开它走。无数自行其是的实践在悄悄进行，每一条新的不合规范的探索几乎都引起一番心绪不宁的骚动。20世纪70年代和80年代之交，文学几乎出现了一个全新的景观。当20世纪80年代到来的时候，诗人徐迟对现实发出"别想用锁把大脑锁住，那样做是徒劳无功的"警告，并且做出了令人鼓舞的预言：

一切都是极不平凡的，
一切都是极不平静的。

（《八十年代》）

我们显然是带着微笑向20世纪70年代告别。1979年是文学的社会功能发挥得最好的一年。现实主义文学的位置得到恢复，报告文学《人妖之间》和抒情诗《将军，不能这样做》以为人民的利益勇敢代言而极大地赢得了文学的荣誉，但为获得这一荣誉所付出的代价依然是沉重的。叶文福因这首诗而失去了第一次诗歌评奖获奖的机会，尽管它得票最多。刘宾雁因《人妖之间》而开始受到的磨难，至今尚没有结束。他的追求注定给他带来一个又一个磨难。他以难遏的激愤，触及了当今社会一个又一个令人揪心的和令人发指的腐败现象，结局却是自身的湮没。尽管中国很多文人如今都学会了韬晦之术，但一往情深地热衷于他认定的目标的人毕竟还有。生活似乎判定了这些人的尴尬处境：他不断地干预生活，生活就不断地干预他。在中国这样做的人本来就难，何况他们多半又缺乏自卫能力！

从局外人看，这种以入世的态度为文的人，究竟要有多大的耐力和韧性，才能站立在这片汗血和苦痛浸染的土地上。

但不管为了这个目的需要承受多少苦难，不少中年作家仍然心甘情愿地承担风暴的袭击。从维熙说："文学作品应该严肃地面向人生、面向现实生活，它……应当有外科医生手术刀的作用。"（《答木令耆女士》）冯骥才说："多年来非正常的政治生活造成的有待解决的社会问题，成堆地摆在眼前，成为生活前进的障碍，作家的笔锋是不应回避的。""我一直不大相信'远离政治论'或'避开政治论'卵翼下的作品才是有生命力的。"（《下一步踏向何处？》）蒋子龙说，作家要"选择符合生活真实的矛盾，反映真正能触动千百万人思想和情感的现实问题"（《关于"日记"的断想》）。王蒙说："人民需要说真话、敢于为人民请命而又切切实实为人民做一些好事的作家。"（《我们的责任》）刘宾雁对别人警言"刘宾雁不要命了"的回答则是简单明了的一句话："我们没有退路可走！"他的目标是"宁可做吃鲜活的肉活三十年的老鹰，不要为活一百年而做吃腐尸之肉的乌鸦"。

不管这些作家当初的言论今天已经或未曾产生什么样的变化，中国作家对于社会的使命感不应受到怀疑和忽视。我们的自豪之处正在这里，但我们深远的忧虑也在这里。这就是：时代的解放宣布了文学的解放，但宣布未必就是实现。要是文学的解放仅仅体现为上述的那个目标，那这种解放也未必令人鼓舞。好在我们在到达我们至今尚未明晓的那个目标之前，我们大家也还有一段路程要走。时代按照它的固定的框架，培养了这一代忠诚于它的信念的作家，他们以神圣的使命感履行着他们对人民和祖国命运的关切。当中国再一次获得了解放和自由时，人们纷纷上路，都自然而然地无可选择地走上了文学与时代和人民紧密联系的路。因此，新生活开始了，人们对于扑面而来的新的风云以及它对民族心态和文学性质的剧变的认识几乎处于一种茫然无知的状态。

三、作为惯性的怀旧病

这一场文学和艺术的悄悄革命,也许要追溯到距今十年之前。那时节,寒冻的雨雾中点燃的火焰,焚烧着由野蛮和阴谋混杂而成的政治,也点燃了20世纪又一次中国文艺复兴的热情。一个民族的生命更新,在于它清醒地意识到对自身现状的不满,从此萌发自我否定的意愿。这种热情的火种来自20世纪初叶那次为凤凰涅槃而点燃的冲天烈焰。我们迎接的是一个为死亡中的新生而欢唱,为创造精神在烈火中再生而欢唱的时代。

但在天安门运动之时,我们显然为一个突然降临的巨大喜悦所震慑。我们为它给予的重新生活的权利而感激万分,如同随后一篇小说的主人公——一个公社党委书记,他叫钱金贵,当人们告诉他已官复原职时的反应是"他捂着脸哭起来",嗫嚅着不清的口齿:"到底证明我是好……好人,我感谢党!"(杨干华《惊蛰雷》)感谢之后他依然按照他以天经地义的观念和思维在原有的轨道上运行。当他如同当年进入大城市不能忍受香水和坐在一条长椅上的亲热的男女那样不能忍受开始跃动的新生活,他终于给自己做了一间小小的木屋,把自己装进了小小的幽闭的盒子。这一情节是极富象征意味的。

这篇小说是把钱金贵的这种旧轨道运行归结为伪装革命者的引诱和破坏,即归结为唯一的政治的因素。其实乃是中国国民性中劣质的顽固表现。在近两年中国文化与人格的研究探讨中,有人认为,中国人的人格属于归属型。这种情态指当需要的优势达到归属的目标后,由于社会结构的限制,便往往不再进取。这是一种萎缩性的人格。历史上不少有志之士，一旦需要有了归属，便自行萎缩。这种人格的畸形造成了中国社会的长期停滞状态。

四五运动开启了民族的灵智。社会一旦打开了窗口，外面清新的风装填了原先充满霉腐气息的房间，空气开始流通。于是这种归属感便在相当一部分的中国人人格中产生了变化。据此，那种以积极进取的人生态度、独立自主的人权意识、竞争精神和效率观念为标志的自尊型人格开始生成。

显然，这种对于四五运动的潜在伟大意蕴的自觉，只是以后的事。在文学领域，一旦禁锢宣告解除，这种归属型的文化性格便重新显示出传统的力量。人们开始为恢复旧物而斗争。于是20世纪50年代乃至20世纪40年代的文学模式重新成为膜拜的对象，人们称其为文艺的黄金时代。于是文学的怀旧病开始传染和流行。

回想那时的文艺潮流，可以发现一个有趣的情感流动。首先是为当前自天而降的胜利狂欢，欢庆新的十月，用的是腰鼓、秧歌乃至高跷的古老方式。接着便是悼念刚刚去世的领袖，每一次的演出和朗诵都伴和着唏嘘和掌声。接着，是怀想那些去世更早的革命老人。一个一个地写，一直写到当时还没有恢复名誉的"沉默的安源山"。人们在这些怀想之中初步获得了对于失去的记忆的情感满足。

接着，开始了更为"古老"的情感追求。千家万户从"洪湖水，浪打浪"开始唱，一直唱到久别的《兄妹开荒》。那种为争当劳模的人为的误会和调侃，那些已变得异常陌生的陕北高原的开荒场面引起了轰动的兴趣。郭兰英成了最风行的歌星。她从《三绣金匾》一直唱到"北风吹，雪花飘"。一方面是禁锢太久，饥渴也太久，人们翻箱倒柜把能够满足食欲的东西统统挖出来。另一方面则是一种民族文化心理的积淀，这是更为潜在也更为强大的磁石般的"吸引力"，它把一切的欲念都吸引到那个最永恒的神秘的所在。

文艺全面的复苏，表现在对从20世纪40年代到20世纪50年代的文艺遗产的全面开掘。我们的欢乐的旋风是一种旧梦的寻觅。

我们开始手忙脚乱地清理遗产，并且发掘革命古董。油画《开国大典》，去掉一两个人像，修修补补，重新出版；我们唱《南泥湾》，唱《翻身道情》，唱《咱们工人有力量》。凡是记得起来、找得到的，我们都要搜集、寻找。而且是按照原来的样子重建生活。

1976年到1978年，我们沉浸在一片恢复旧物的激情之中。凡是历史证明是好的，凡是伟大的人物说过的、规定的和肯定的，就应当让它重新出现。文艺曾经是什么样子的，就应该恢复它曾经有的样子。我们当年的激情也是一种历史惰性的大发扬。这一段文艺的怀旧思潮，把本应开始的文艺变革的心理准备加以消极的导向。人们的目光投向过去的文艺，人们重新向着那个曾经造成巨大窒息的文艺范式表示认同。

接着是无法回避的文学惯性滑行的阶段。人们开始把文学真实性的恢复与文学为政治服务的总目标联系起来。《假如我是真的》究竟还是真的，但真的也不行。因为联系上政治，即使是真的也要考虑"社会效果"。对于这一概念的理论发明的估价，恐怕要留给后代人，社会效果即政治这样真实性的实现又在原先受阻的政治闸门前受阻。对《将军，不能这样做》最为有力的质疑便是：你究竟说的是谁？你说动用多少外汇经得起纪检部门的检查吗？诗人毕竟是诗人，他一旦遇到了这样的胡搅蛮缠，最后的出路只能是放弃辩论。当然，诗人也有愚钝之处，他也把诗看成了真实性的反映。他那时不会承认：诗人如同上帝，他可以创造天，创造地，创造男人和女人，创造世界。他不敢理直气壮地承认：诗人只崇拜自己的良知和心灵；诗人不负责说明和解释。这是那一代、那一类诗人的悲哀。

第五章 人性——从废墟醒来的灵魂

一、别无选择的选择

文学的社会功能对于中国作家来说几乎是一块富有魅力的磁石。不论你处于何种方位，这块永恒而神秘的磁石总会把你引向它的身边。处于时代大转折的通衢之口，文学本身有多种选择的可能，但是中国作家不假思索地把文学这艘久经风浪摧折的船驶向了曾给文学带来诸多磨难的河道。

定向的思维告诉人们：你别无选择。因为固有的价值判断认为舍此文学便失去了它的庄严。这样，动乱结束以后的重建，可以说是一种不同时期的重复。不同的是，人们开始用自己的经历和体验来充填和更新以往那种失真的乃至虚假的社会文学。

中国20世纪50年代以后的文学之舟曾在这条河道几遭没顶。其根本原因在于我们给予文学参与社会的自由度是非常有限的。文学没有自由港，只有当你把文学置于肯定意识的笼罩下，用于履行颂歌的职能时，社会方给文学以自由。反之则否。《组织部新来的青年人》所触及的，不过是美好生活最初投出的一道阴影，而且是那样轻浅。无非那是一个由几位口头挂着或不挂着"就那么回事"的干部组成的区委会，以及与之力量悬殊的两位年轻人的向着小小的（对比以后的现实确是"小小的"）官僚主义的冲撞。林震对"就那么回事"的回答，显示出青年的天真的锐气："不，绝不是就那么回事。"正因为不是"就那么回事"，所以人应该用正直的感情严肃认真地去对待一切。正因为这样，所以"看见了不合理的事，就不要容忍，就要一次两次三次地斗争到底，一直到事情改变了为止。所以绝不要灰心丧气……"

当年的林震正是当年的作家王蒙。只因为这篇小说的作者没有温顺地向着生活发出甜蜜的礼赞，因而他受到了惩罚。还可以举出无数这样受到惩罚的例证，但并无多大意外。最耐人寻味的是这种对着几道阴影的大惊小怪，从来也不会产生实际的效果，而随之而来的复仇女神却显得异常无情。当年许多作品对于现实生活的干预，大抵都采取了委婉的方式，并不是如后来蜂拥而上的批判说的那样怀有"刻骨的仇恨"。有的作品甚至只是一种学术性论点的阐发，并没有触及生活的真实，招来的报复却十分残忍。最富戏剧性的是王昌定的《创作，需要才能》的遭遇，三千字的文章使他付出了蒙受三千天苦难的代价。

但中国的作家对此的回答是"虽九死其犹未悔"（白桦语）；是梁南的《我不怨恨》——

> 马群踏倒鲜花，
> 鲜花，
> 依旧抱住马蹄狂吻；
> 就像我被抛弃，
> 却始终爱着抛弃我的人。

这种单恋式的苦苦的爱情，成为中国一代作家的最突出的品质。当然，这种品质也体现出受扭曲的性格特征。不论它是如何受扭曲，它的执着却极其动人。现实主义简直是一位让人疯魔的爱神，被它愚弄，乃至被它坑陷，却又被受到不公正待遇者一往情深的迷恋。获得解放的中国作家依然致力于一种现实热情，那就是把远离大地而飘浮于太空的那颗现实主义星球变为现实的存在。作家开始的社会文学的争取，其动力的神秘性即源于此。

　　从落实各项政策给那些受到不公正待遇者的平反，到及时再现改革面临的形形色色的社会问题，文学作品对于社会的参与和加入，为文学赢得了新的声誉。从小说《班主任》《乔厂长上任记》到《花园街五号》《沉重的翅膀》，诗歌《将军，不能这样做》《为高举和不举的手臂歌唱》《请举起森林般的手臂，阻止！》，再到电视连续剧《新星》，这些作品都以及时而大胆地表现国计民生以及民众的呼声而激动了全社会。由此也鼓舞了作家的信心，并促成他们为此次事业坚持的决心。一批中年作家作为当前创作实力中坚都体现了这种坚持的韧性，以至于当这种创作的稳固地位和重要性受到忽视时，他们表示出来的愤懑并非不可理解。

　　当时盛行的切入社会的文学以涉及揭露伤痕的作品收效显著。这类作品，散文如杨绛的《干校六记》，小说如卢新华的《伤痕》，诗如林希的《无名河》、李发模的《呼声》，戏剧如王培公的《WM（我们）》都是以求唤起人们的同声一哭。这类作品中的相当一部分，只限于揭露和控诉。这些作品被称为问题小说，说明它们在触及社会存在的问题时有独到的价值。当然也有缺陷，即往往不能深掘下去，接触历史的根由。陈忠实的《信任》写旧日农村中的恩仇推延至下一代，由于一位其中过去"挨整"今日掌权的支部书记罗坤的不记私仇的大度，以及人情的感化，终于使两家言归于好，全村复归于团结。《我的妈妈》（高尔品）就是这种社会功利目的坚持的结果。"妈妈像绷紧的琴弦突然断了一样松开手，瘫痪了，两只眼睛睁大着，盯住墙上，眼珠发直，一动不动，白发披散在脸上。"在那个年代，由失手摔破石膏像，到再度念错人名陷入自责与他责的交迫之中，最后因精神全面崩溃而死亡的悲剧，却是无数真实事件中的一件。《我的妈妈》把原是荒诞的作品写成了问题小说，正是当时一批问题小说的共同存在的现象。

可以认为，由于文学观念的约束，作家失去了许多可以创作更有价值艺术品的机会。《我的妈妈》这篇小说的结尾所透出的"理性的阳光"，留给人艺术局限的遗憾："我原来只觉得妈妈的遭遇很悲惨，后来看了一些指斥'现代迷信'的文章，这悲惨又添了一层意思，我们像白痴一样……透过重重阴霾，一线理性的阳光，照射着我的灵魂。"至此我们得知，仅仅从政治事件的角度，而没有更为深广的视野，许多"问题"是难以获得"理性"的认识的。当时人们没有意识到用另一种方式审视我们曾经经历和如今面临的一切，特别未曾认识到人应当面对自身，民族应当面对自身。

二、颠倒历史的颠倒

"伤痕文学"沿着社会和政治的轨道滑行，竟然创造了奇迹。由控诉暴虐野蛮进而抚摸自身的伤痕，乃是自然而然的导向，但它不经意地点燃了一个时代的文艺之光：一颗温热的心在黑暗中跳动，无数卑微的小人物开始胆怯地、小心翼翼地出现，并悄悄地进入了文学的很多领域。一颗又一颗受伤的灵魂，一个又一个饱经离乱的家庭，灯下烛前，痛定思痛，感慨唏嘘。从鲜花到墓场，又从墓场到鲜花，历史在这个不久的时间内，演出了无数感天动地的"六月雪——窦娥冤"！

"凡人琐事"冲向了旧日只有头上显示光圈的超人和神占领的文学圣殿。历史无疑地开始了一个大颠倒。这样，不是靠一种理论的驳难，例如对于"写中间人物论"的批判和校正，而是靠文学的事实，实行了堂堂皇皇的占领。这个占领产生了一个意外的巨效——它由倾诉苦难而唤起了自我意识的觉醒。这种觉醒远远地指向了人、人的价值及人应有的尊严。

从这个视点来看《我的妈妈》，导致她的死亡的除了政治性的逼迫之外，人性的歪曲和泯灭，人在神的光焰之下自我价值的萎缩，应该说是相当深刻地触及。诗歌是禁锢最严，但又是反抗最早的艺术品种。它也有一个在社会—政治传统轨道进行惯性滑行的时期，也有各式各样的欢呼和控诉，正是这种欢呼与控诉，构筑起诗歌的凯旋门。

但刚通过这个情绪激昂的凯旋门，艾青便发现了一条僵成了化石的鱼。《鱼化石》是诗人对自身存在的体验的凝聚，他把曾经是活泼泼的生命置放于一个突如其来的异变之中——也许由于地震，也许是火山爆发，其实不止一条鱼，而是把无数的鱼变成了化石。曾卓此时发表的《悬崖边的树》，这棵"保留了风的形象"的树，也是受一股"不知从哪里刮来的风"的摧残构成的树的化石。

要是说 20 世纪 50 年代的流沙河的《草木篇》和《白杨》等篇章因有异于统一规范的意象而体现他的个性化创造，那么他在新的历史时期因全面地倾诉个人和家庭的苦难则开启了诗歌"归来"主题的闸门。灾难中的爱情的温暖，受监视的惨淡的婚礼，受屈辱的父母对于儿子的伤心和抚慰。从九咏故园到让人震动的《妻颂》，流沙河这个时期的创作重现了 20 世纪 50 年代的个性光辉。他在新的社会环境中对于创作的贡献，是把那一块块"化石"和"出土文物"具象化了。他融进了个人的亲属的悲欢之泪和痛苦之忆，依然是化石，却赋予它以丰满的情感血肉。流沙河最动人的一块"化石"是他的《哄小儿》——

爸爸变了棚中牛，
今日又变家中马。

笑跪床上四蹄爬,
乖乖儿,快来骑马马!
…………
莫要跑到门外去,
去到门外有人骂,
只怪爸爸连累你,
乖乖儿,快用鞭子打!

这是弱者的人格在受屈的环境中自尊的显示:宁肯给儿子当马骑,以鞭打换取儿辈惨淡中的快乐,以免在外受辱。人格终于在血泪的浸泡中觉醒。

所以,新时代人的觉醒的大潮是一个不期而至的快乐的实现。它由抚摸伤痕引发出对自身生存状态的体验与审视。中国人普遍地发现自己活得不好,而且人际关系也十分异常。这时,那暗屋的破漏的一角传来了外面的丽日熏风,发现别人都活得不坏,于是悲凉之感顿生……舒婷在"青春诗会诗序"中用最明确的语言表达了这种人关于自身,以及人关于与他人关系的呼吁:"人啊,理解我吧……我通过自己深深意识到:今天,人们迫切需要尊重、信任和温暖,我愿意尽可能地用诗表达我对'人'的一种关切。"这位青年诗人视真诚为改善人际关系的至要,她对此显然怀有信心:"障碍必须拆除,面具应当解下,我相信:人和人是能够互相理解的,因为通往心灵的道路总可以找到。"

动乱年代,文化受到了血洗,文明受到了摧毁,但受害最深的还是人——人变成了非人、鬼、兽。中国文学界关于人的价值的再认识和对于人性的尊重的呼唤,比哲学界、思想界更为敏感。诗人不合常规的声音,听起来仿佛冬末滚过灰暗天边的沉雷:

我并不是英雄

在没有英雄的年代里

我只想做一个人

（北岛《宣告》）

"只想做一个人"，这是多么庄严的宣告。整个中国文学在这一宣告中开始了新的生命。中国人在往昔年代里的麻木，几乎是一种民族陋质的遗传，个体的价值被一种无所不在的群体意识所消融。在一个相当长的时期里，我们确认社会不存在悲剧，甚至可以取消悲剧的概念。个人没有痛苦，个人的痛苦也许恰恰在于个人未能为集体做出无私的牺牲。顾城的"机械我"语近苛刻，却是实情。

三、人性的证明

在新的文学氛围中，人作为文学的主体，人自身的全部丰富性得到了承认，不是作为群体意识，而是逐渐觉醒的作为个体的人的意识。这样，我们的文学打开了一角小门，那里站立着一座小木屋，木屋爬满了青藤，一个从外乡闯来的知道装天线、知道听收音机的"一把手"——一个只有一只胳臂的青年人，竟然唤起了和他同样年轻的过去只知道陪自己的男人睡觉，为他生娃娃、喂猪、洗衣、做饭的盘青青人的意识的萌动。作为一个人，盘青青需要了解外面的世界。她似乎也懂得了爱情——尽管还是相当模糊。由此，引起了她的丈夫野蛮的歇斯底里的报复。

古老的而且是平平安安的中国社会突然被一个闯入者搅乱了，于是产生了一番小小的暴动。这暴动的结果在我们看来是惊人的和新异的，但在另外的一个社会看来可能是异常平庸的和陈旧的。那便是：人终于发现了人自己。人为自己的别别扭扭地活着而痛苦，有一种敏感的诗人，终于发现了非我的存在：

在时间的流水线里，
夜晚和夜晚紧紧相挨
我们从工厂的流水线撤下
又以流水线的队伍回家来
在我们头顶
星星的流水线拉过天穹
在我们身旁
小树在流水线上发呆

星星一定疲倦了
几千年过去
它们的旅行从不更改
小树都病了
烟尘和单调使它们
失去了线条和色彩
一切我都感觉到了
凭着一种共同的节拍

但是奇怪
我唯独不能感觉到
我自己的存在
仿佛丛树与星群
或者由于习惯
或者由于悲哀
对本身已成的定局

再没有力量关怀

（舒婷《流水线》）

　　这原是人被别的力量推涌着，对自身没有力量关怀的失落感的表达，却被那些惯性的思维做了社会性的解释。这首相当深刻的诗，于是变成了对于某种现实秩序的不良反映。当然据此可以再组织一次振振有词的讨伐。文学观念的差异极大地妨碍了人们的沟通。中国的几种层次的人如今连对话都发生了困难——因为彼此不能听懂对方的语言。

　　现在我们可以说到张洁那篇至今还能引起人们谈论兴趣的，令人不能忘记的题目《爱，是不能忘记的》。有一个人，专门为此写过一篇文章《据说，爱是不能忘记的》，而且据说我们的女作家涉嫌鼓吹性解放——我们完全不理睬这种无法对话者的说梦。我们宁肯以正常人的思维百倍严肃地搜寻张洁的初衷。她是在对中国文学做一番新的冲刺。也许她有感于中国太过忽视人的复杂的存在，特别是人的情感的复杂的存在。人除了从事社会活动外，还有自己的心灵世界。这个世界之受到蔑视近于残忍。她想通过钟雨刻骨铭心的而且相当隐秘的爱恋提醒人们注意：人人都有的这颗心，它几乎无时无刻不掀起风暴和海啸。

　　要是从伦理道德方面谈论什么钟雨的爱是道德的还是不道德，这几乎是一种天真的误解。这篇小说是文学解放新时代继普通的小人物终于获得了过去只有神圣才享有的在文学作品中得到实现的机会——它是文学禁锢第一次的冲破——之后，更加深入的超越性发展，即纯粹属于个人的情感世界的庄严和神圣，第一次获得了肯定的描写。

　　《爱，是不能忘记的》所具有的"异端"性质，并不在于钟雨是作为"第三者"的存在，她并没有影响任何人，她只是一个人在那里暗暗地痛苦，深深地但又偷偷地怀念。与其说是胆怯，不如说是一种受到传统道德约束的自珍。钟雨甚至与她刻骨铭心所爱的人连手都没有握过。这种爱超凡脱俗到了不可理解的地步。也许生活在另一个社会形态的人们会诧异：这叫爱吗？然而，东方的观念不仅肯定甚至确认为可诅咒的存在——如同一些中国的批评家所持的态度那样。

　　但是，张洁的贡献不仅在于第一道防线——超人表现权的冲破，而且在于第二道防线——"无价值的情感"表现权的冲破。在以往的文学观念中，文学既然属于社会，则文学所具有的一切就都应当有价值，包括情感，有价值的情感只能属于有益于社会群体。而且必然以牺牲"小我"的情感世界而服务于完善"大我"的情感世界。纯粹属于个人隐秘的爱的痛苦的纠缠，究竟体现了什么样的社会价值呢？但的确，张洁把"无意义""无价值"换了一个价值观。麻木已久的中国文学，终于睁开惺忪模糊的睡眼，向着这个突然出现的"怪物"，探出了长长的脖子。

第六章 疏离化：秩序的反抗

一、逆反思维的抵抗

大变动的时代造就了一批按照社会思想家模型塑造的文学家形象。他们是身上流着屈原的热血的忧国忧民者。这些文学家的作品和人格，在经过大劫难的社会里，显示出无可置疑的崇高感。特别是对比那些贪婪和腐败，以及那些浑浑噩噩的大小人群，他们更是灿烂且辉煌的。

可贵在于明知不可为而为之。他们多半忠实于那种现实主义的创作思想，即以介入甚至干预社会生活的积极态度为文章和为人生。他们也多半明白现实主义在这个环境中只能是一种提倡而不可能是完全的实践，但他们理想化地要求实现。他们力图以自己的作品改造社会的落后，并抵抗黑暗的侵蚀。他们的文学态度其实也就是他们的人生态度。他们以先哲为楷模，从文学为人生的角度，完成他们的人生选择。他们手里举着剑和火炬。剑是战斗精神，火炬是实现热情。他们义无反顾地推动文学走向血淋淋的人生，他们希望以文学匡时济世。

这些人当然无意于承认自己的遗忘。但他们在不忘中国士大夫的高洁时恰恰有一种遗忘，即：中国社会历经数千年所建构起来的秩序和价值并不是那些感时愤世的"儒生"们一时所能摇撼和改变的。知识界可以以自己的学识顺应并完善固有的社会机制而不可能违逆,违逆便构成了一种触犯。时髦了很长一段时间的现实主义,当其以讴歌的形态来强化已有的社会秩序时,它当然成了宠儿。但若按照现实主义的基本素质,完整地履行它的责任——敢于掀起社会腐败的一隅,敢于在它的伤口上撒盐,并对之施行手术刀的疗治(这在很大程度上乃是一种想象)——那么,代表既定秩序的社会,便会反过来施加报复:十有八九会对这种天真烂漫的现实主义来点真的。这原也是屡见不鲜的故事了,但艺术家的纯真往往令他们遗忘。他们只是凭着自己的信念,一径地向前走去,"虽九死其犹未悔"。

历史的事实却是另一种样子。自有文学以来,从来还没有出现过如同进入20世纪50年代至70年代末期的那一段文学对于现实的社会生活的黏着状态。有诸多的历史因由造成了这样的局面。一是中国文学儒家言志载道的传统的因袭,他们的文学价值观建立在文学对社会的参与之中:对上"以诗补察时政",对下"以歌泄导人情","总而言之,为君,为臣,为民,为物,为事而作,不为文而作也"(以上引文分别见白居易《与元九书》《新乐府序》)。上述那一路文学观被中国文学奉为正宗,其中最积极的目标即是"惟歌生民病,愿得天子知"。追根溯源,无非是孔子说的"诵《诗》三百,授之以政,不达;使于四方,不能专对;虽多,亦奚以为?"这一观念以密切楔入实际为其主要特征。

传统的儒家文学观看来与外面传来的革命文学思想得到了结合。那些文学思想要求文学服务于社会和斗争,反映和干预体现出这一文学思想的最积极的价值观,这恰恰与儒家的文章入世思想获得了共鸣。

20世纪50年代以后,这种由最古老和最权威的两个方面合成的文学思想,造成了前所未有的独尊和全面涵盖的局面。文学和社会功利的黏着获得了变异的发展，即文学作为政治斗争的工具，要求丝毫不能游离地体现政治的需要并代表它的利益，不如此便有理由构成为异端。在政治的指令下，文学失去主动性及其自身。这种依附造成的破坏性后果，至今尚未完全消弭。这一文学界歧变与文学悲剧的噩梦记忆相联系，它成为一种潜意识，孕育着文学的反抗。

当然，正如我们不止一次声明过的那样，中国当今文学潮流的发展具有鲜明有力的导向，但与以往任何时期不同的是，它的导向不以任何文学样式和文学风格的消失为代价。它宽容地对待一切——除非该文学品式为世不容而自然地脱离竞争——从而广泛地包容一切。传统的文学观念中，注重社会功利目的自称为"现实主义"的潮流，依然是堪与一切较量的强大的潮流，但它确已为清醒的文学反思所围困。在它的周围，强烈的质疑和挑战正在进行。与此同时，一种逆反思维造成的抵抗，正以不事声张的艺术变革的方式，一浪盖过一浪地展开着，这就是自20世纪70年代末期以迄于今的十余年间文学剧变的最重要的现象。

二、淡化——有节制的距离

这现象便是文学的疏离化。疏离是对依附而言。文学的附着他物，最终失去了文学自身，尽管这种附着有它的合理性与优越之处，但在中国当代文学，由匡时济世到战斗武器，由空洞的号筒到虚妄的教化，它经历了完整的由正常到失常的过程。

进入文学新阶段，随着对于社会和文学的失误和悖谬的反思，当一部分文学作品以充沛的社会责任感和强烈的公民使命感，呼吁直面人生血泪的奋斗时，另一种方向的努力正在把历来的主流文学现象推到不很重要或不重要的位置上。这带来了我们最初提到的那些执着得有点痴心的愤世嫉俗者的疑虑乃至愤怒。但是文学的疏离化变换着方式和流向，在他们面前演出了一幕又一幕变幻莫测的生动戏剧。但不论这些戏剧如何曲折和不可预测，一个大的趋势便是对于固有秩序的反抗。这些不断涌现的文学潮流，大抵总以与直接社会现实的疏离为其基本特征。

文学疏离倾向造成了最具挑战意味的秩序反抗。习惯了文学与政治目标或阶级运动密切配合的读者和批评界对此大感不解，他们为文学的"走火入魔"而心绪不宁。而文学新潮却意态从容，一径地变换着花样，推进这种势头。

在文学的嬗变中，最引人注目的一个现象是文学的"淡化"。淡化的内涵相当广泛，其基本的构成在叙事性作品中则是人物的淡化、情节的淡化推及故事的淡化。可以看出这一发展势头有着相当确定的对应物。那就是包含了对于君临文坛数十年并认为是不可更易的文学创作原则的轻视和质疑。它对现实主义不可怀疑的确定地位提出了怀疑。

在以往，营造一个小说作品哪怕是短篇，受到的理论捆缚也十分严酷。即：凡小说务须有人，而人则须符合于典型，人所活动的环境也须一律地典型化。人物要在规定的环境中活动出他的性格来。在艺术教条最盛行的年代，人物形象以阶级划分，最为光辉的也是文学所要全力塑造的人物是英雄人物。英雄人物受到各色人物的"陪衬"和"铺垫"。陪衬体现出他的"深厚"，铺垫则体现出他的"高大"。中间状态人物的描写则是文学的犯罪，尽管生活中到处都是这类不好不坏的芸芸众生。在当日的艺术中，好就是绝对的好——高大完美的好；坏就绝对的坏——必须是彻底的坏人。在那里，一切都浓浓地脸谱化了。

淡化是对浓和深而言，它体现对二者的疏离。在过去因滥情主义造成的"浓墨重彩"的所在，它投去冷漠。这当然包蕴着强烈的反抗意识。淡化的不仅是现实主义的观念及原则，也不仅是哪一类由上述原则造成的文学现象。确切些说，其基本目标在于稀释政治对于文学的热情。在文学向着社会意识做出无条件的狂热奉献的地方，作为一种反拨，如今表现了有节制的距离感。属于新潮构架中的文学，已经不再服膺各色的附属性价值。文学就是它自身。文学不再是别人手中的石子。

这样说并不是确认当代作家一概地摒弃了社会意识和使命感，而是不属于和不满于文学依附他物的地位。这样说也不意味着中国文学否定了功利主义的价值。一部分作品只是把功利主义隐秘化——或采取一种潜藏的状态，或体现一种间接的价值取向，而弃绝那种简单直接的呈现。在中国，诗歌最早体现出这一大趋势。朦胧诗运动使诗朦胧化，目的之一即在于反对那种直接显示，不仅是形式上摒弃直接描写（它基本采取意象组接的方式），而且内容上也反对宣讲式的表达。但我们依然从那一代诗人的作品中发现，他们的困惑、忧患和焦躁中融合了强烈的时代情绪。

如今连最随和的作家和读者都会对那种标语口号的宣传嗤之以鼻。这说明了文学已在很大程度上获得觉悟。这只要截取中国文学复苏期的一段事实，便会得到有效的证实。张洁的出现似乎伴随着一种社会激情的奔涌，从那位"从森林里来的孩子"沐浴着新时期艳丽的第一线阳光起，到"谁生活得更美好"的思考，她的痛苦几乎诞生于随口唾向地面的一口痰，以及边远小城中那满地的蔗渣。她的楔入体现了中国社会文明化理想的执着品质，在当代作家中具有鲜明的共同性。张洁随后的变化令人不解，读者和批评家执意要在她的《拾麦穗》和《爱，是不能忘记的》中寻找传统的社会意义和社会价值，却感到了遗憾。

促成这一现象有许多原因，例如作家思维随社会进步的扩展与伸延而带来的主题的新变等，但疏离化作为一种积极的秩序的反抗，却是冥冥中的巨手。不然，我们便难以理解为何不是个别作家的行动，而是众多作家不约而同的创作变异。在新的历史阶段，诗歌发展的一个最热门的话题，便是自我表现或表现自我的问题。这个古老得再谈论便显得可笑的题目，在中国竟然成了最富挑战的异端的喧嚣。其实，去考证什么是自我、什么是自我表现或表现自我，以及大我与小我的差别等是一种愚呆。中国诗歌之所以热衷于此道，仅仅为了反抗长时期群体意识对于个体意识的吞噬。当文学或诗歌意识到自己不是自己时，便要求与吞噬者脱节，依然是一种破坏旧秩序与建立新秩序的必然。

三、向内转体现反拨精神

与上述现象密切相关的是中国文学的"向内转"。这是一个崭新的论题，曾引发一场热烈的争鸣。敏感的批评家捕捉到当前文学发展的一个重大现象："它们的作者都在试图改变自己的艺术视角，从人物的内部感觉和体验来看外部世界，并以此构筑起作品的心理学意义的时间和空间。小说心灵化了，情绪化了，诗化了，音乐化了。小说写得不怎么像小说了，却更接近人的心理真实了。新的小说，在牺牲了某些外在的东西的同时，换来了更多的'内在的自由'。"（鲁枢元《论新时期文学的"向内转"》）论者确认以"朦胧诗"和无情节、无人物、无主题的"三无小说"为代表的文学内向化，是当前文学整体动势中最显眼，也最活跃的部分。

文学创作由过去的一贯的口号连天和炮火动地的外在喧腾，转向了人自身的内心冲突；文学由客体真实向着主体真实的位移，从而发生了由被动反映到主动创造的倾斜。这一文学秩序的反抗导致了文学发展新局面的诞生，其功效巨大而可见。但显然人们对此持有不同的观点和判断。不少人为文学的向内转担忧——这种担忧也是一种必然，因为我们的文学一直受到向着社会的群体意识（是作家的个性意识），向着工农兵生活（不是作家自己熟知的生活，更不是作家的内心），向着阶级斗争的第一线（而不是人类自身无比浩瀚的内宇宙）的原则涵盖。

在固定的秩序中生活久了，也就觉察不出秩序的束缚。相反，对于束缚的冲破，哪怕是冲破的意向，却表现出异常的敏感。表达这种忧虑者再次强调和提醒人们注意马克思主义哲学的基本命题：离开了外在条件一味地"开掘人物的内宇宙，因而往往顾此失彼、重内失外、冀求真实而流于虚假，力图丰富反显单调，期望深刻终陷肤浅，使通过人物内部感觉和体验来反照外部世界的创作意图落空"。这位论者为此发出了新时期文学要警惕进一步"向内转"的惊呼，他反复强调的是如下一些我们相当熟知的论点："作为社会主义精神文明建设必不可少组成部分的新时期文学，为了服务于从基本上提高中华民族的思想道德素质和科学文化素质这一总目的，有所倡导还是极为必要的；那就是要倡导作家勇敢地直面生活、贴近现实，热情地反映和讴歌时代改革，真实深刻地表现改革时代不同人物的丰富性与复杂性。"

问题的实质即在于此，疏离化与反疏离化在我们的文学中同时尖锐地存在着。文学的向内转是对于文学长期无视和忽视人们的内心世界、人类的心灵沟通、情感的极大丰富性的校正。心理学对于文学的介入，使新的历史时期的文学极大开掘了意识的潜在状态的广阔领域。心灵的私语和无言的交通，人的潜意识的流动，都为文学提供了新鲜而丰富的表现可能性。可以说，文学内向化体现了文学对于合理秩序的确认，也包含着对于文学一味地"向外转"的歧变的纠正。

文学诚然应当注重客观世界的存在及变化的状态。文学的价值与不断变化的实有生活和运动的反映与描写关系密切。文学的病态不在于文学的外向寻求和实现，而在于因重视外向的反映和再现而排斥人的主体精神的活动，以及文学的社会性通过心灵折光的必然途径。很长一段时间内，理论家把文学触及和生发于人的心灵、精神、意识的思维活动统称为唯心主义。机械唯物论和庸俗社会学视文学为纯物质状态的块状活动。他们不理会也不理解作家创造活动中的情感和情绪的流动性。文学只能在外部空间中实行机械性的仿效和描摹。这种观念视文学对于实际状态的反映和再现为至佳至美的境界，而粗暴地排除它"看不见""摸不着"，乃至是诡异和神秘的另一种状态。这种状态却是自有人类以来都存在着的。

所以，文学向着内部世界和心灵宇宙靠近，一方面作为一种新的质体现着向着原有的硬固的附丽的疏远，一方面却是一种文学曾经有的，然而长期受到排斥的固有领地的新发现和新占领。要是拿王蒙的《组织部新来的青年人》和他的《海的梦》相比，便可发现同一个作家在不同写作阶段由于侧重点不同而显示不同的优点。前者展开的是一个区委会事务繁忙而作风慵懒的生活，两位对生活怀有热情的年轻人置身于其中的苦闷和慰藉，是通过赵慧文周末家中的谈话、雨衣夜馄饨铺里刘世吾和林震的谈话，通过几个人物的性格的刻画和情节的安排，展开了一幅幅动人的画面和1956年那个社会特定环境和氛围。而后者则是截取一位老干部在海滨疗养所的心理感受，糅合着对于噩梦的回忆和逝去青春的怅惘而展示一幅繁复交错的心理画面。

人物几乎没有对话，更没有复杂的情节，只是一个踽踽独行者心灵的私语。像如下这样的语言对于以往的描写习惯当然意味着某种反叛——

但他若有所失。天太大。海太阔。人太老。游泳的姿势和动作太单一。胆子和力气太小。舌苔太厚。词汇太贫乏。胆固醇太多。

梦太长。床太软。空气太潮湿。牢骚太甚。书太厚。

（王蒙《海的梦》）

那位作品中的主人翁终于要离开。送他的司机善解人意，他问这位缪可言："怎么样？这海边也没有太大的意思吧？"但回答出人意料（这可能是小说中唯一的一句对话）："不，这个地方好极了，实在是好极了。"这比过去的直接描写更为真实。它揭开心灵的密室，而这往往难以言传。王蒙的新小说大量采用的是这种直接自由式转述语和内心独白，他的基本倾向并非意识流。但不论怎样，对于以往唯一致力于直接描述和过于具体的模仿的这种脱节，确是一种意义明确的艺术模式的反抗。经过许多作家的积极实践，已取得效果。

四、悠远的追寻

新阶段文学发展中史诗的呼唤，是继反思文学之后又一引人注目的文学潮流。这一潮流的涌现，为文学对于时代的思考所指引。文学之所以提出这样的要求，最近切的原因是由于感到了仅仅着眼于现实的思索有着明显的匮缺。文学与现实黏着过紧未必能导致现实问题的解决，何况这个古老国度和古老民族还有着十分沉重的历史因袭。

文学觉悟到这一点也有一个过程。当初从狂潮中复活的文学，如前述及的，与它原有生命一道醒来的，是对于历史的使命和公民的责任。《今天》的最早成员之一的江河，写的是与传统表现了脱节的新潮的诗，但他的"宣言"并非"新潮"。参加了第一届青春诗会的诗人向公众宣称，"我的诗的主人公是人民""我和人民在一起，我和人民有着共同的命运，共同的梦想，共同的追求。我认为诗人应当具有历史感，使诗走在时代的前面……我最大的愿望是写出史诗"。江河在这里表达的依然是传统意义上的"黏着"。他那时未曾感到需要某种距离。距离的要求显然是由于思考的深入。由追求历史感而企及史诗，由史诗而触及历史。

一些原先对历史持有怀疑和批判目光的青年一代，在这位老人的深厚博大面前顿时屏住了气息。还是以江河为例，他为组诗《太阳和他的反光》写了一段前言：

诗为国魂。早有夙愿，将中国神话蕴含之气贯通至今。使青铜的威武静慑、砖瓦的古朴、墓雕的浑重、瓷的清雅等荡穿其中，催动诗歌开放。面对艺术，我有敬畏之感。诗的最高境界是和谐，生机静静萌动。我若能在这样的心境里站上一会儿，该有多好。

从那时到这时，这位现代意识很强的诗人，不仅在艺术把握的对象上发生了令人惊异的变化——从近切推向了遥远，更重要的是创造心态的推移——那时他谈的是"使诗走在时代的前面"，现有他谈的是："静静萌动……若能在这样的心境里站上一会儿，该有多好。"

这种心境的转换，说明了一种悠远怀想的兴起以及与现实疏离的趋势。造成文学的寻根这一文学气象的，仍然存在着十分复杂的动因。但对于以往文学依附和从属状态的逆反心理，不能不加以考虑。对过于政治化和社会化的反感，起于对他人也对自身缺乏文化意识的遗憾，一时间寻根之呼呼动地而起。

在中国算是拥有较多文化的作家们，纷纷发出了质疑和寻觅的意向。韩少功在《文学的"根"》一文中劈头就问："绚丽的楚文化流到哪里去了？""孔子与关公均来自北方，而释迦牟尼则来自印度。至于历史悠悠的长沙，现在已成了一座革命城，除了能找到一些辛亥革命和土地革命的遗址之外很难见到其他古迹。那么浩荡深广的楚文化源流，是在什么时候什么地方中断干涸的呢？"值得注意的并不是问题的本身，而是提问者的心理态势。一种对于原始文化的无可追寻的怅惘，和对眼前蛮荒化的贫瘠的失望，给人以深刻的"反现实"的印象。

应当说，这种对于一种文化丧失的怀疑的质问，以及对于自身缺少文化的怀疑的质问。例如郑义在《跨越文化断裂层》一文谈到的，"在自己的小说里，似乎觅不到多少文化的气息……发觉自己对民族文化缺乏总体的了解""惭愧之余，不免要认真检讨一番，发现无论怎样使劲回忆，竟寻不出我们这一代人受到系统的民族文化教育的踪迹""近年每与友人深谈起来，竟不约而同地总要以不恭之辞谈及'五四'，五四运动曾给我们民族带来生机，这是事实，但同时否定得多，肯定得少，有隔断民族文化之嫌，恐怕也是事实"。阿城也讲到类似的意思，他在《文化制约着人类》一文中讲："五四运动在社会变革中有着不容否定的进步意义，但它较全面的对民族文化的虚无主义态度，加上中国社会一直动荡不安，使民族文化的断裂，延续至今。"

当很多人发出了对于传统文化不驯的反抗情绪的时候，上述那一些议论代表了另一种倾向。这里有着某种绵长的眷恋，以及对于批判的否定和否定的批判。作为一种倾向，它倾斜的方向是明确的，却是异向的。这种明显的异质的呼声，可以看作是一种物极必反的必然。寻根文学所代表的现象更加和现实拉开了距离。

和以往的创作现象不同，我们在韩少功的《爸爸爸》中只看到一个几乎弄不清地域、年代、年龄，而只有明显的性别特征的小白痴，以及这个小白痴周围并不比他高明多少的愚钝、无知的一群人。他们说着一些半文半白的古语，过着浑浑噩噩的人生，糊糊涂涂地活着，糊糊涂涂地死去。不管经历了多少劫难，那个白痴却有顽强的生命力。我们只能从人物关于皮鞋钉钉子优劣的讨论中，得知这故事发生于有皮鞋的时代。

这是一部寻根的作品，它以极度与现实的疏离，一方面与以往的十分具体和现实化的现象做了区别，另一方面又由于这种与现实的"脱节"而更加接近了"现实"。那就是，由于它的抽象化而把我们的思考推向了悠远而古旧的历史的沉积层。这一现象在诗中早已露头。新诗潮涌现的当初以基于现实的呼喊和现实情绪的传达为主要追求，随后则有了普遍的转换。这种转换的基本特征便是与政治化和社会性的疏离。北岛从《回答》到《古寺》，江河从《纪念碑》到《太阳和他的反光》，舒婷从《祖国啊，我亲爱的祖国》到《慧安女子》，都以"超"现实和"超"具体的距离而获得了恒久性的价值。以北岛的《古寺》为例，我们同样难以觉察和了解它的时代，甚至朦胧中只获得一种启示——

> 消失的钟声
> 结成蛛网，在裂缝的柱子里
> 扩散成一圈圈年轮
> 没有记忆，石头
> 空蒙的山谷里传播回声的
> 石头，没有记忆
> 当小路绕开这里的时候
> 龙和怪鸟也飞走了
> 从房檐上带走喑哑的铃铛
> 荒草一年一度
> 生长，那么漠然
> 不在乎它们屈从的主人
> 是僧侣的布鞋，还是风

这样的诗与以往的诗的最大差别，是社会的和政治的具体性的消失。没有那种由具体事物和想象生发出来的鼓动目的的激情宣泄，也不对任何社会现象做指定性的描述。它只是一种泛指，通过那些冷漠的和麻木的意象获得某种象征性启悟。总的是一种对于固有秩序的反抗，有意地通过对于明确画面、明确情感、明确目的的模糊化的逆反，造成一种不驯的艺术气氛。

矫枉过正的倾向是存在的。由于对现状不满而产生的向往，导致了皈依感和崇拜欲的增长。这一倾斜令人忧虑。因为事情又回到了19世纪末20世纪初的"母题"上来。在寻根热和文化热中，一部分人"聚一起，言必称诸子百家儒禅道"，正如某位作家说的"久而久之，便愈感自己没有文化"。愈是自卑，便愈要向原先持批判态度的对象靠近乃至认同，你愈发感到当初的那种态度的失当。在疏离化过程中，逐渐生发出一种非批判品质，这自然是一种危险，但过滤显然没有必要。中国传统文化观中的功利性不会轻易地消泯。

正如人们意识到的，尽管文学向着远古蛮荒和深山老林走去，但并非从此断念于人间忧患而不食烟火。一颗忧国忧民忧世之心依然牵萦于尘嚣与市朝。很难说《爸爸爸》写一个呆子是无缘无故无思无为的，我们从阿Q的"我总算被儿子们打了"和丙崽除了"爸"以外的表示不满的那种言语表达，发现了遥远相隔的相通，而且其中都潜藏着某种批判的思考。《古寺》表面的宁静以燥热的反思为背景，即便是在寻根的意向中，对传统文化表现了热情向往的作家，转向古老和悠远也并不意味着对于人生的遁逃。

郑义的向往是艺术和思想的自由。他在《远村》后记中对自己的创作思想有一个回顾："写了若干篇被称作'小说'的东西，说不了解什么是文学，似乎有些矫情。确切地说，是始终被一种非纯文学的'观念文学'的文字观所束缚。……社会与人生的沧桑变故，使我们一代思想上、政治上早熟，我们深为不满传统的似是而非的理论，勇于辩驳，急于表达，诉诸文学，则思想大于形象。所有一切似乎崭新的东西,一次又一次'突破',不过落入了古老陈旧的'文以载道'的渊薮。"即使这样,他的一些典型的寻根作品,依然不断绝于这个"渊薮"。

《远村》中最令作者担心和揪心的是"人不如狗"的命题。在太行山区,作者认识了一只忠于职守的牧羊狗,它却往往撒下羊群独自涉水跋山去寻找爱情。作者深有感慨:"这自由不羁、勇猛狂放的个性,自然而然地与男女主人公那扭曲的个性产生了强烈的反差。"他依然在为他的人民和乡亲痛苦思考,以求自己的文学能够惊动那些沉睡的灵魂。

也有比《远村》还要遥远,比《老井》还要古老的作品,即使是陶罐也依然是黄土地上的陶罐。郑万隆那首以《陶罐》命名的小说,确是远离了现实性的命题。但赵民劳子那只神秘的空罐也不"空",里边满满地装进了对于生存的思索。带有玄妙色彩的洪水中的夺取,到头来却是一只空罐,其间寄寓的对于民族命运及文化遗传的严肃转发相当明显,依然不是毫无目的的文字游戏。

文化的寻根是因感到文化的匮缺而做出的补偿,其间当然表达了某种批判和扬弃的意愿。我们几乎到处都可以看到一种如同郑义在《向往自由》中所描述的那种对于既定观念造成的既定秩序的厌恶和反抗。中国当代文学正是在这种强烈的反抗情绪支配之下,以逐步实现的热情终究在文学废墟之上重建了一种秩序。这种秩序当然不是我们以往所习惯的那个样子。

五、非禁欲的兴起

疏离化作为一种时代的潮流,其范围相当广泛。它漫无际涯地冲击衡定的价值，终于以造成骚动而引起普遍的不安。全方位的反抗行动中不仅包含对大题材和大功利的疏远和否定，也包括了文学的情调和品格。自从文学受到一种观念的浸润和统御，便迅速地附着于社会功利的母体。至此，文学不仅改变内容，而且也改变形式。多种风格急速地为一种统一的风格所取代，多种方法也受到规约。一种被派定为"最好的"方法驱逐了与之有异的方法。因为文学作品所表现的内容越来越严肃，也越来越有教育作用，慢慢地也就排斥了娱乐和审美的功效。

于是风格日趋僵硬。风格"硬"化的问题，造成了接受者的拒绝。于是文学复苏的第一个措施，便是对"硬"化文学的反动。文学和艺术受到整个开放形势的鼓励，以及随广泛的经济文化交流而来的世界性现代文明的影响，它在获得自由之后便是对于上述秩序的否定。这种否定的方式便是推进文学艺术的"软"化。

文艺软化现象其实即是刚雄之气的减弱和轻柔之风的增长。事情似乎可以追溯到一些大型歌舞节目的演出，那时引起轰动的是华彩的场面、鲜丽的服饰、迷乱耳目的音色。这一切似乎是对于刻板的僵硬的着意反抗，但获得了成功。禁锢甚久的"严肃"化了的艺术禁欲主义，一下子找到了非禁欲意识的突破口。艺术原先被忘却的目的和形态得到了新的承认。这时，宣传的唯一目的性便受到合理的怀疑。"非宣传"的意向于是蹑手蹑脚地走到了前台。

艺术的开放不会不受到阻隔，但难以抗拒。李谷一的一曲《乡恋》从词、曲乃至演唱，都遇到一个接一个的挑战。起而反对这一现象的，大都是素有名望的权威。《乡恋》以缠绵的柔情牵动人心，再加上新颖的发声方式，它让人感到亲切是自然的。因为与之前不同，传统的评判使它一度受禁。然而艺术的"野性"从此萌动。邓丽君的歌声以完全让人兴奋的内涵和形式蜚声大陆艺坛，于是渐有微言，邓小姐也因而在听众的过度疯魔之下受到委屈。此后，轮到了程琳。她早露的才华受到年龄数倍于她的长者不适量的严责乃至奚落。

　　但门户的大开受到既定国策的支持。中国国门并不单单为经济交往而开放。文化风的流通本是自然而然的趋势，但文化警觉的偏见极为深刻。从来的阶级批判与"纯化"的选择性机制，并不因开放政策的制定而受到任何挫折。于是，新的困惑和烦恼带来了连续性的震撼。间歇性的抑制往往借取政治的或准政治的方法进行。这种抑制无可置疑地付出了沉重的代价（当然不仅仅是艺术或文化上的），但抑制的要求和行动不曾断绝。因为经济开放的补偿的需要，文学一如往昔，乃是平衡天平器上的重要砝码，它的价值是非文学的。

　　一位诗人的诗句谈到了阻隔东方和西方的有形的墙。但无形的墙似乎更为坚固和顽健。不论有形还是无形，作为墙并不能阻挡天上的云彩、风、雨和阳光，也不能阻挡飞鸟的翅膀和夜莺的歌唱。文学的"硬质"（这种硬质的重要构因是文学艺术的高度政治化和宣传功效的强调。长期教条化的结果，是它的居高临下的训示习性）在弱化。从金庸到琼瑶，文学的娱乐性因它的商品品格而受到社会无形的保护。通俗文学的兴起是"软"文学发达的重要标志。通俗文学的大发展的态势引起的惊惶带有某种夸张的性质。原有文学的无挑战的地位受到了挑战。它意味着一个单一的文化消费市场的消失。

　　最突出也最惊人的现象是军歌的软化。对于这一现象的叙述似乎应追溯到苏小明演唱的《军港之夜》（当然，这主要是词曲的风格，而不是由于她的演唱风格）：海风轻吹，海浪轻摇，远航水兵睡觉。过去威武雄壮的人民水兵在前进的动态的钢铁旋律，如今却化为了梦境的浅唱低吟。这当然不是一种个别的偶发现象，而是一种自然的反拨的流向。早在《闪闪的红星》中，李双江的演唱体现了男性不常有的柔婉，他的颤音的装饰给人以深刻印象，在当日硬邦邦的乐音舞态中，这当然是迷人的。《再见吧，妈妈》的凄迷缠绵，创造了一个高峰现象。

还有《泉水叮咚》，因寄传统的诗情于委婉而风靡全国。现行军歌中历久不衰的两首——《十五的月亮》和《血染的风采》，其动人心弦的魅力原是人情的温软所造成。人们容易发问：坚强雄伟的队列歌曲哪里去了？甚至人们进而质问：为什么这些歌曲全受到一路绿灯的优厚待遇？但是需要提醒这些质问者的是，一种文化逆反的潜心理并非一日所能形成的。

事实上这是一种惩罚，它不意味着全部的合理性，却有效地证明了不合理性。应该承认文字和艺术的生态平衡受到了长期的人为的破坏。文学艺术沿着一条极端的路走得太远了，便造出这样一个畸形的发展。它自掘坟墓。无视文艺自有品性以及粗暴的强加，是导致产生这一悲剧结局的基因。

不能说这一切已成为历史。悲剧的因素并未泯除。例如迄今为止尚在津津有味地演唱或演奏、演出"打虎上山"之类的文艺怪胎所体现出来的怪癖好便是一例。不论正直或正义的舆论如何愤怒地呼吁禁止这种恶戏，而演者兀自演出，动肝火者依然动肝火。最近的一次是1988年2月8日首都作家、艺术家在人民大会堂宴会厅举行迎春联欢，第一个节目中便有"打虎上山"。这种"拧着来"正说明一种顽症。

由此我们亦可理解那种更加顽强的对于秩序的反抗，它不是偶发现象，而是受到了中国文艺现实约定的愤激的实现热情的驱遣。既然它的产生不可阻扼，则它的存在亦不可抗拒。

六、破坏与平衡的重建

文学的疏离现象是中国文坛的特产，但受到了文艺一般规律的约定。一个社会的文艺若长期受到非艺术因素的干预，甚至由于偏狭意愿的驱使而提倡或扶植某一特定品类而抑制其他，文艺的生态就会被破坏。其结果是事与愿违，文艺因片面的社会提倡而彻底地背叛了社会，并脱离它的接受者。文艺于是成为一座孤岛。它只能依靠行政力量生存而无法自立。

结果是由文艺自身来纠正这一病态发展。它的第一步便是平衡的重建。这种重建首先要求弥补以往的缺陷。为此，就要打破以往的恒定秩序。

批判的目光是一种必要，包括不科学或不够科学的反抗也是一种必要。这就产生了以上所述的正常的和非正常的对于原有文学生态的脱节和疏远。为了校正历史的偏离和误差，它往往采取偏激乃至反叛的姿态。这种反叛造成的积极结果，便是长期受到压抑和制裁的文学现象和文学实践的恢复。

这种反抗的补充目标经历了非常艰难的抗争，要是没有整个社会发展态势的支持，它也不会奏效。中国文艺进入近十年发展中的纠偏与反纠偏、运动与反运动的校正的事实，充分说明了这一点。秩序的反抗造成了某种补偿，但并不等于秩序的重建，它只是一种校正和修复。

它自身不说明合理性，但它的行为是合理的。以上述及的几个方面，我们均可确认其为成就，亦可确认其为不同程度的偏颇。从每一个实践看，疏离都是合理的，但疏离又造成了新的不合理。例如非政治化对于极端政治化是合理的，但若因此而无视国计民生，所有的文艺都去营造自身的象牙塔，便是一种新的失衡。寻根若是一种寻觅和求索，以求疗治民族之劣根劣性于万一，其积极用心可感天地。但若是由于文艺生计的艰危而唯求逃遁，则消极之心意显而易见。

据此类推，所有的文字都板着面孔得了"硬化症"当然是病态，若为了反抗这种病态而一味地浓抹脂粉，满身珠宝而全面"雌化"，则萎靡之音不足以兴国安邦却也是一种灾难。

总而言之,秩序并不因反抗而建立。反抗是一个过程,建立也是一个过程。

第七章　从现代更新到多向寻求

一、秩序的网

仿佛是一个梦游者，中国文学在自己的深厚传统造成的梦的迷宫中冲撞。那迷宫布满了无边而坚韧的无形之网，以无所不在的笼罩与涵盖，束缚了这个渴望自由但又无法到达这个自由的梦游者。几乎每一投足都是一次冒险，几乎每一步想超越规范的试探，都可能发生地震——除非你只按照前人和他人为你规定的方格行走。

传统是一种强大的存在，但传统又是一种脆弱的存在。它不期望对它进行任何的怀疑，它对任何的不驯都心怀警觉。这已成为全民族的心理积淀。每一个属于此民族的一分子，都成了一个"白细胞"，面对每一个"入侵者"，它都会为了维护这个母体而扑向前去。在中国，可以把本来是传统的逆子先歪曲成传统的护卫者，最后再把他塑造成传统的偶像。此种现象已非仅见。这正是中国传统文化作为一只大泥潭的博大之处。它可以把投入的一切变成了同样的一味糨糊。一旦偶像的塑造完成，它便以保卫一切传统偶像的韧性来保卫这个新创的偶像。

鲁迅生前受到围攻和危害并不是他的灾难，鲁迅死后被捧为偶像才是这位战士真正的悲哀。不知道什么时候开始，鲁迅与孔丘同样地成了圣人,同样被供进了圣贤祠。以至于在每一个有关政治斗争的"关键时刻",这位当今圣人都会受到邀请,讲一些支持邀请者的行为的"关键"的话。尽管这些邀请者的所作所为可能是历史的逆动,例如所谓的"反克己复礼""批林批孔"等等。对这位圣人供奉的香火自然是永恒的赞美诗,而不允许甚至在一个漫长的时间里也不存在对他批评乃至腹诽。

但一个思想解放的时代难以保持这个恒定。《青海湖》——一个并不出名也很少引起注意的刊物,于1985年第8期发表了一篇从作者署名到内容都令人陌生的文章:《论鲁迅的创作生涯》。仅仅因为对鲁迅的生平作品谈了些与众不同的看法,这篇文章因此便构成了一个真正的"事件"。据说此文引起了比文学界更为广泛的方面的关注,各报刊纷纷刊出名家对这个小人物进行的"讨论"。现在我们可以退一万步来看这一事件,即使该小人物所写的小文章全都是错的,且不论这一篇文章与成千上万的赞扬肯定的文章相比究竟会不会对鲁迅造成损害,单就究竟有没有谈论乃至非议鲁迅的权利和自由这一点提出质问,便深觉此中的大谬。

几乎谁都无法挣脱这个网。这个文学秩序由久远的因素所促成,但一路流去,添加了许许多多的沉积物。这个传统到了现在便成了混杂而难以辨清的统一体。它自相矛盾,又以不容讨论的面目出现在所有人的面前。例如《在社会档案里》的受挫,据说是由于作家的社会责任感,那么,作家难道不正是由于这种责任感才投入对于社会档案的探求吗?这真是一个中国式的永远弄不清的文学怪圈。

这一类作品的"触雷"并不足奇,因为它对已成定式的颂歌模式不自觉反抗,必然引发更为强大的反抗力量。在这个网中,一切已经被确认的秩序,都必然带有真理的性质。既然如此,它就是不容怀疑的,不论这种秩序是由权威或是非权威做出。数年前,淹没已久的新月派重要人物徐志摩的诗集出版,并有人做出新的评价。紧接着便有人不以为然,其原因即:关于徐志摩的评价,前二三十年已有某要人做过结论云云。这种思维方式从来不被怀疑。以至于前不久刚刚去世的美学家朱光潜，因为说了句"国外熟悉的中国作家只有老舍、从文"而遭到报复，人们不禁要据此发问：一位年愈八旬的文坛宿老，难道连这样自如地而又委婉地转述一个小小见解的权利都要受到干涉吗？究竟是什么样的一种心理动机触发了如此不见容的偏狭？的确很难说带有这种文化性格是不是丑陋的。它造成了这个民族和这个社会的封闭。向后看的墨守前例和成规，被视为是正常的，而怀疑已有的结论却被视为失常。

二、传统文化心理面临挑战

　　幸好这种局面已面临危机。文学伴随着时代的觉醒已开始不安地冲撞。这形势犹如白桦那首著名的《阳光，谁也不能垄断》所宣告的，"觉醒的鹰"已不能忍受那约束它血肉之躯的"蛋壳"，它正在用嘴啄破那层薄壁，它的翅膀要挣扎，那有形、无形的网：

　　一点就破呀！
　　云海茫茫，太空蔚蓝，
　　我们的翅膀原来可以得到那么强大的风，
　　就在这透明的薄壁外边，
　　再使点劲就冲破了！
　　我们就会有一个比现在无限大的空间。

　　这只不满"蛋壳"的鹰的觉醒，是由于外面世界迷人的阳光的吸引。它曾经习惯于黑暗，如今受到了光亮这个魔鬼的引诱。如同吃了禁果，人终于能够像人那样活着，但禁果也是那个恶魔引诱的。

七十年前中国文学的觉醒，就是由于这种引诱。那时没有选择，也无所谓挑选。于是各色影响一起涌进，犹如八面来风充斥了这间黑暗的老屋。于是霉腐之气全被冲走，清新的风充满了整个房间。中国文学家们在这个令人眼花缭乱的自由市场上自由地挑选自己心爱的物件。于是冰心认识了泰戈尔，鲁迅认识了契诃夫，郭沫若认识了惠特曼。

那时，我们的视野向着世界开放，没有人来跟我们谈话，说此人可以亲近，此人可恶；说此书可以招财进宝，彼书则使人晦气倒霉；健康的还是有毒素的全由挑选者自行选择。那时并没有产生乱子，反倒繁荣了中国文坛。西方从古典主义到现代主义的一切，由于不怀偏见的自由择取，反倒造就了一代中国作家的审美情操和艺术素养。我们吸收食物的肠胃也在这种"遍尝百草"的实践中锻炼得异常强旺。中国并没有在这种兼收并蓄中变成"殖民地"，民族的品质也未曾沦亡。

随后我们开始挑食，继而因为害怕不卫生，害怕病从口入而忌食。我们于是开始营养不良，继而开始贫血。我们"净化"食物的结果，造成了过多的营养补给的短缺。正如前面所述及的交流的偏狭选择，造成了文学的贫困。这使中国文学这个贫血的婴儿，产生了严重的发育不良症。这个众所周知的历史事实，如今已成了重要的经验为今人所记取。

这次我们重新把目光投向域外的世界。我们的心态已经适应了当前世界总的发展格局，即第二次浪潮的标准化所产生的文学的单一选择已告结束。我们乐于接受如下新概念："艺术：多种选择的缪斯。"约翰·奈斯比特在《大趋势》中说："对于今天的艺术——所有的艺术来说，如果说有什么特点的话，那就是有多种多样的选择。"

文学借鉴的"一边倒"和净化的过滤，曾经造成了它的时代性的灾难。如今我们宁肯承受那种"崇洋媚外"或"数典忘祖"的恶谥而不再屈从于历史的歪曲。我们改变了过去那种单向的模仿。多种选择的目标鼓舞中国当前文学向着世界文学做多向的寻求。这历经痛苦如今变得格外幸运的一代人,唯有他们足以获得如20世纪初叶那批先行者享有的为中国文学盗取世界文化圣火的普罗米修斯的美称。我们的文学的新觉醒是由于又一次获得世界性进步文学的启蒙。

三、现代接近的必然

此次启蒙有异于前的突出特点,在于明确而自觉地寻求现代艺术的冲击,而不再一般地接受外来文化,使之融于古老的民族文化。这是一次新的新文化运动。这次新文化运动的性质,依然要从中国社会的变革要求寻求解释。中国要求结束这种全封闭的与世隔绝造成的可怕的落伍——一个世界巨人居然跑在了世界竞走的后列,中国人有着不亚于他的先辈的深重忧患。他们别无选择,只有向着世界的现代文明打开大门。

我们显然期待着这可能是最后一次的机会。基于这样的前提,我们确定了对外开放的国策。至于对内的方针,一般都提到活跃经济的若干重大措施,但更为重要的应该是把中国从现代迷信的桎梏中解放出来,给言论和意识形态以更多的民主与自由。我们把20世纪末的目标确定为社会的全面现代化。这样背景下出现的文学变革,当然只能是文学向着世界现代化艺术潮流的推进。

为了求证中国文学接近现代艺术潮流乃是一种必然,有些论者直接把当前的社会现代化与艺术现代派相联系,这未免失之粗略。但不能不承认中国最近数十年的生活现实,有诸多因素使之与西方现代主义相呼应。中国人久经动乱,归来普遍地产生了失落感。他们从传统的自满自足的小农心境中猛然醒来，为梦中所经历的一切而冷汗涔涔。

惊恐之余，眼前出现的是经济的凋敝与精神的颓败这两个实在的废墟。这些废墟尽管与西方出现的战后的废墟文学不尽相同，但因而引起的"废墟感"，却有着某种切合之点。加上生活中的积重，随后就会想到我们的居处也实在是一所"荒原"。这就自然地疏远了以往对于欧洲浪漫主义的那种热情洋溢的情趣，甚至是那种唯恐有什么疏漏对于再现现实的热情。

人们宁肯舍弃那种对于人生世相的享受观以及摒除那种轻飘飘的、甜蜜蜜的情感空间的陶醉，而自然地致力于这个奇大无比的荒原的耕耨。许多正常的生活秩序遭破坏而失常，人们对此无能为力，于是真切地感到了自身受到异化。人为自己的尴尬的生存而焦躁，于是感到了生活秩序的荒唐，于是他们不再单一地追求用一种认真严肃的态度对待社会生活以及人际关系。这就构成更接近于西方现代派艺术的某些作品出现的心理和情绪背景。

中国人习惯于生活在一种恬然自安的生活环境中。祖代相传的小生产者意识，使他们乐于为自己制造田园诗的氛围和环境。他们在这里获得了恒久的安全感。这个人造乐园的倒塌，使中国人中的敏感者感到了荒原的存在。首先是礼仪之邦的子民觉察到了居然可以互相吞噬，人与人之间的关系可以变得无情无义，可以丧尽天良。一种怅惘于人情的失落的心情，使他们到人类之外去寻找慰藉。韩美林的水墨画《患难小友》写的是比人更有情意的小狗。而宗璞的《鲁鲁》，可谓借故事而比喻当今。那只抗战时期后方屡抛屡归的鲁鲁，真可以一慰人情冷淡的今日的唏嘘。

这里有一首短诗，表达了人与人的距离感：

你，
一会看我，

一会看云。

我觉得,
你看我时很远,
你看云时很近。

这是顾城的《远和近》。意思是共同的：生活的失常,人与人反而远了,人与兽、人与自然,在以往不能沟通之处反而有了亲近感。这是失落向着文学的补偿。在此种背景下,卡夫卡的作品当然会重新赢得今日中国人的同情与理解。他的《变形记》成了中国知识界最风靡的作品之一。宗璞的《我是谁》写中国当代人终于也变成了甲虫。它痛苦地爬行着,一步竟如千里之遥,拖着血污。透过这些浓浓的血痕,人们看到中国也有自己的"恶之花"。

  人们普遍地感到了自我的消失乃至异变。由个人的失落乃至异变,思及中华民族近代以来的落伍,作家们普遍地受到了历史感的催促。他们愿意以崭新的目光来审视我们处身其中的这个民族——它的优秀之处过去是讲得充分而又充分的了,它的丑陋之处过去则根本未曾涉及。我们的国民性是否有值得重新探讨的必要呢？这样,像马尔克斯《百年孤独》那样充满魔幻色彩的作品,就自然地进入了我们的视野。

  中国作家雄心勃勃,要在短时间内把一切富有启示的本领学到,并且向着世界性的不朽文学巨著进军。但最根本的问题仍然是现实的阴影和沉重感无时无刻不在压迫着我们。中华民族的忧患实在是太深重了,我们几乎都得到了遗传的忧郁症。但现实的网罗有待我们去冲破。

  此种艰难时刻使我们顿悟于我们不能始终沉湎于柔弱的艺术氛围之中。我们需要男性的力量以战胜那无尽的苦难。我们希望把握自己生存的命运。这种关于民族的生存与个人战胜险恶命运的思考,使我们自觉地从海明威那里获得了老人与海的启蒙。

四、多向选择的寻求

　　这个阶段中国文学向着世界的寻求是有选择的,而且是多向的。中国人的目光和胸怀从来未曾如此睿智和豁达。我们不再需要那些描红的字帖,我们也不需要那些充当先生的保姆告诉我们应该这样或应该那样。我们如同一个大愈的病者,一旦病痛消失,禁食之令解除,饥不择食之感使我们成了饕餮。

　　我们的"青草"不仅是海明威、卡夫卡、马尔克斯。其实,一切过去宣布的禁果,如今都是我们采撷的对象。我们的诗人不仅对惠特曼重新有了兴趣,而且对波德莱尔,对兰波,对聂鲁达,也对新朋友埃利蒂斯报以贪婪的目光。后者作为爱琴海文化诞生的儿子,他的开放的目光,他为古老文化与现代艺术的融汇与改造的魄力,极大地鼓舞着中国的当代诗人。

　　对于中国当代的理论批评界和文学史界,中国文化顽强的生命力,以及它对一切有生气的力量的消融与吸附力同样是惊人的。这块奇大无比的磁石,可以把流散在任何一个地方的铁屑加以吸引。它造成了中国人的认同感,这是它的大贡献。但它同时也造了一个恶魔,那便是中国人的皈依感。中国人的思维定向不是前瞻的,而是频频回顾,以旧日的繁荣为心理平衡的杠杆。

　　中国人正是在这种自我陶醉的满足感中,忘记了向前行进。许多新文化的斗士,始于对旧文化保持警惕而反叛,而终于向它做最后的认同。这已是屡见不鲜的事实。新诗运动兴起以后,无以计数的旧诗叛逆者、建立了一代丰功的新诗人,到了晚年大都不约而同地作起了旧诗。这充分证明了旧有文化磁场之可惊可怖。新的文学变革时代的初始，便是怀着对中国旧有文化的深深的警惕而把目光转向了西方。

现代化与现代艺术并不是同义语，开放政策却与现代艺术存在着亲缘关系。文学结束标准化滑行之后，它的目标是通往世界文学的现代化进程。这当然不能无视中国文学向着世界现代艺术潮流的接近。中国文学的缺陷或致命点是它的"古老"。"古老"是深厚的象征，而"古老"也是凝滞的象征。向着现代艺术的接近，可能意味着给这个古老的肌体注入青春的激素。它也将会带来骚动，却是打破平静之必须。

诗歌"无师自通"。它最先向文学推出了一个怪物。"朦胧诗"这个怪名称如今已经不怪，在数年前却是一个带有明显讥讽意味的"雅号"。当年围绕这个"怪物"引发的论战，相当地惊动了文学界内外，原因在于它不合常规地对传统的"反叛"。对于传统的文学，这真是一声不及掩耳的迅雷。也许敏感的人们意识到将有一些事要发生，但绝不会想到以如此激进的方式向着当时正为"现实主义复归"的"拨乱反正"而兴高采烈的人们。人们被激怒是当然的，中国这个显得有点霸道的"传统"，可以将一切消融，但并不容许哪怕一点点侵入。它的超稳定体系不允许哪怕一点点对它的"摇撼"。它是一个孤僻的什么习惯都不准备改动的怪老头！这样，当诗歌的弄潮儿如几个顽童居然敢来揪这个老头的花白胡子的时候，他的暴怒可想而知。但事情显然只是一个开端。

1982年，几位作家一时兴起，借《上海文学》和其他几个刊物搞起了关于中国需要现代派的通信。参加的有王蒙、冯骥才、李陀、刘心武、高行健，另外还有两位文坛耆老徐迟和叶君健，他们分别著文谈论现代派文学。叶君健把文学变革的动因放在深刻的时代背景中考察，认为人类的历史已从蒸汽机时代跨进了一个新的历史时代——电子和原子的时代，机械手已经代替了"流血流汗"的体力劳动，自动化成为我们时代生产方式的特征；在这样的背景下，文学艺术必然要出现与蒸汽机时代不同的流派、表现形式和风格。他认为我们当前出版和推崇的外国作品,主要还是蒸汽机时代的,甚至从新华书店的订货和印数来看文艺阅读出版的行情,有些欣赏趣味还大有封建时代的味道。"充分掌握当前世界文学的潮流和动态,与世界的文学交流,进而参与世界的文学活动,无疑也是我们从事各方面'现代化'不可忽视的一个方面。"对此,叶君健真诚地希望:"我们是一个十亿人口的大国,我们当代的文学在当今世界上不仅不能'哑',还应该发出较大一点的声音来。"(叶君健《现代小说技巧初探·序》)

徐迟公允地对西方现代派文艺做了评价之后反顾中国,尖锐地指出:

在我们这里,很不少人仍然欣赏古琴、花鸟、古诗、昆曲之类,迷恋于过去,是过去派。另一些人还不能区别那严重污染环境的近代化与高度发展的四维空间的现代化的差别,他们其实还是近代派,他们所向往的是过去化,或自足自满于近代化,并无或毫无现代化的概念。我们的现代化既有一个特别困难的进程,看来我们的现代派的处境也将很快是比较困难。

(徐迟《现代化与现代派》)

李陀、冯骥才等几位作家为高行健的《现代小说技巧初探》传达的信息而兴奋。冯骥才"像喝了一大杯味醇的通化葡萄酒那样",比喻这本书的出现"好像在空旷寂寞的天空忽然放上去一只漂漂亮亮的风筝"。但事情的发展不幸被徐迟所言中,这一文学潮流的处境很快就表现为"相当的困难"。

文学界受到这几只美丽的风筝的惊扰,一些对此忧心忡忡的人们事实上把对这一思潮的批评,当作了一场郑重其事的"空城"。这次关于现代派的论争,后来被纳入关于"清除精神污染"的运动。

许多文艺界重要人士都公开发表言论表明自己的立场。一位老资格的文学家对新华社记者发表谈话称"当前文艺界资产阶级自由化是以'现代派'思潮为代表"。有两种绝对互相对立的见解。一种见解是担心文艺向着西方开放之后"盲目崇拜",结果是"我们自己的声音、自己的传统、自己的性格,慢慢地完全没有了,我们会自惭形秽地倒在外国人面前连头也不敢抬了""我们不是不要外国的东西,但总不能弄得中国的东西难以生存""我们有的人连起码的爱国主义情感和民族自尊心都淡薄了。"夏衍针对人们这种惊恐病,引用了鲁迅写在1929年的一段话,过了将近六十年而仿佛是针对今日中国某些外物惊恐病的人说的一样:

汉唐虽然也有边患,但魄力究竟雄大,人民具有不至于为异族奴隶的自信心……凡取用外来事物的时候,就如将彼俘来一样,自由驱使,绝不介怀。一到衰弊陵夷之际,神经可就衰弱过敏了,每遇外国东西,便觉得仿佛彼来俘我一样,推拒,惶恐,退缩,逃避,抖成一团……

(《鲁迅全集》卷一)

《上海文学》发表了巴金给瑞士作家马德兰·桑契女士的一封信,回答她的问题称:"我们在谈论文学作品,在这方面我还看不出什么'西方化'的危机。"巴金的观点和中国绝大多数坚持开放的文学家的观点完全一致:

现代交通发达,距离缩短,东西方文化交流日益繁烦,互相影响,互相受益,总会有一些改变,即使来一个文化大竞赛,也不必害怕"你化我,我化你"的危险。

(《上海文学》1983年第1期)

数年来国内文学家和学术界所进行的这方面的工作,包括袁可嘉主编的四册八卷的《外国现代派作品选》，陈焜撰写的《西方现代派文学研究》，高行健撰写的《现代小说技巧初探》，以及柳鸣九编辑的《萨特研究》，充其量不过是对于我们所陌生的艺术世界的启蒙性的介绍。所谓的现代主义对于现实主义的威胁完全是一种言过其实的夸张。中国经营了数十年的现实主义文学传统，如果会被现代主义的初始的启蒙所击倒，那不仅证明现代主义的强大生命力，而且证明中国式的现实主义的脆弱性。这种不便声明的脆弱性也实在被那些患有脆弱症的人们所夸大了。

但中国文学不管面临什么样的狂风巨浪，例如各式各样的运动的批判或批判的运动，或是变换名目和形象的准批判和准运动，都不会使中国已经获得的自由的自主意识后退。作家、艺术家、批评家也都如此。一个无可否认的事实是中国正在造成的新的文化性格，此种文化性格受到了整个开放社会的鼓励。它正在形成一种"硬质"，足以抵抗中国文化界有着悠久历史的"软骨症"。

第八章　潘多拉魔盒的开启

一、历史大裂谷的生成

开始那些魔鬼是被关闭的，一切的"邪恶"和"异端"当然无法成为现实。中国文学选择这一步——开放的一步，显然是要承担风险。任何对于文学既定事实的改变，都必然置自己于异常不利的位置上。不管你是否意识到，或者不管你是否愿意，你总是在那个不容置疑的传统的规范化文学的对立面。因为你的行为有悖于祖宗的"成法"，你注定将受惩罚。但不论这种人文环境何等险恶，中国文学显然不准备改变自己的走向。

敏感的理论家们支持了这一魔盒的开启，他们旨在促成那幽禁千年的群魔的舞蹈。的确，那魔盒的盖子一旦打开，那些异物将不再回到盒中。由此开始的两个大的文化系统——东方和西方的文化系统——继20世纪初叶那一次大冲撞之后，又一次带给中国文化界以震动。对于业已习惯文化封闭的大一统秩序的人们，这有如一场八级大地震，地震造成的崩裂和错位又一次带给中国文化以阵痛。概而言之，是由于长久的阻隔而产生的相互警惕和不能适应而产生的痛苦。

中国新文学革命，最初瞩目于西方的浪漫主义和现实主义文学传统的效法。两大文学潮流迅速为中国新文学运动所吸收，并融入了中国新文学的生命体而构成了新的传统。从郭沫若、徐志摩的作品中我们可以看到浪漫主义的生成和深入，而茅盾、巴金的作品，同样显示了现实主义的强大力量。鲁迅对于中国文学的影响，除了是展现实绩的力量，更重要的恐怕还是启蒙的开拓力量。他于中国古文化了解最深刻，故批判最尖锐，由于深知此中积弊，故变革的意识最强烈，对于新潮的接引也最大胆。

中国新文学运动兴起与西方现代主义的兴起，时间更为接近。许多现代主义大师当时正处于创造旺盛期，有的就是中国新文学运动作家的同代人，但是由于中国文学当时的主要兴趣在于借用文学的力量以改造社会，因而或为人生而表现或为理想而疾呼，而对当时影响强烈的具有异质的现代主义艺术思潮不甚关注。对于现代主义的关注产生于新文学的创立立定脚跟之后。

全面开展的文学势态，使之有可能把视角转向新异艺术方式的寻求与借鉴上。这时对于艺术效用的关注超过了对于社会效用的关注。受到现代主义影响的中国象征派与中国现代派的实践方始起步。最早取法西方象征主义作诗的是留法的李金髪。他因写了与当时风尚迥异的作品而获得"诗怪"的称呼。从1925至1927年，中国象征派诗歌实践，除李金髪外，尚有由后期创造社转向象征主义倾向的穆木天、冯乃超、王独清以及蓬子、胡也蘋等。小说中的新感觉派因系间接自日本影响下引进，故较诗的出现晚，但也是在20世纪20年代后期，由1928年刘呐鸥创办《无轨列车》起始，集合在这一刊物周围的撰稿人除刘呐鸥外，尚有戴望舒、徐霞村、施蛰存、杜衡等，以及随后在《新文艺》上发表力作的穆时英等。这时的作品表现了以主观感觉印象和潜意识的着意刻画为特色的半殖民地都市的病态社会场景，体现了现代主义艺术的若干基本倾向。

20世纪30年代初中国创立《现代》杂志，出现了以戴望舒为代表的诗人群,开始有力地推行现代派倾向的艺术实践。至此,中国诗歌始于李金髪以至戴望舒,开始形成了一股与现实主义、浪漫主义并立的现代主义艺术潮流。这一潮流的出现一直伴随着特殊而坎坷的命运。20世纪30年代以后,中国社会矛盾重重,民族的忧患、国计的艰危,社会现实不断提醒文学艺术服务于现实需要的觉悟。社会效用极高度的强调,驱使文学向着人生和社会的目标进一步逼近。审美的价值观成为非主要的,文学的个人化和内心化成为不合时宜的。中国现实的情势迫使文学做出抉择,即以停止诸多艺术渠道的开辟为代价的封闭式的抉择。此后在文学史中得到大量描述和肯定的文学的现实主义精神、文学的社会使命感,即新的社会功利价值的概括,正是这一抉择的最简要的证明。从20世纪30年代后半期开始,延续了数十年之久的文学单一选择的结果,产生了一贯的批判命题:"为艺术而艺术。"其中对于现代派的宣判与对于资本主义腐朽性的宣判是始终联系在一起的。

20世纪20年代至30年代初的现代艺术思潮的兴起及消隐,是中国文学的"彗星现象"。中国几乎是自愿地放弃了与全世界艺术发展的同步性而自由落伍(长时期以来,它视这种落伍为前进)。它把自己封固起来,闭目不看世界,在数十年间脚步匆匆地向前走去。此后,虽有一些诗人,特别是20世纪40年代后期在大后方以西南联大师生为中心开展的再度引进西方现代艺术的创作活动,但毕竟是总体一致的格局中极少得到舆论支持的艺术支流而已——尽管其中一些文学现象在事隔数十年后的今日已引起了人们的重视。

中国由于自身严酷的生存环境,使它采取摒绝有益于艺术自然生成与发展的决策,为着民族意识和阶级意识的传播与发散,宁取社会主义的单向选择而弃绝多向审美的寻求,这正是数十年来人所共知的事实。在这样的情态之下,中国在"五四"新文学运动短暂的全方位展开之后,便自然而然地关闭了开放的形势。于是,便在新文学运动初期的大繁荣与20世纪30年代以后的长时间文学一体化之间造成了一个大裂谷。裂谷的两岸壁立千仞，它给予中国文学以封闭型的新特征。它终于成为中国呼唤艺术开放这一遥远的梦的潜在历史动因。

二、觉醒：秩序的怀疑

怀着极为复杂的心情告别20世纪70年代的中国，由于自身的痛苦醒悟，再加上对于世界的了解，开始对已成定局的文学秩序产生怀疑。于是有了诸如上述那种魔盒的开启。中国文学进入20世纪70年代后期的转向，对于已不新鲜的西方现代派思潮发生兴趣。这情景颇有点像学生的补课。经过大动乱之后回归世界的中国，望着这世界的一切都有一种惊喜之感。这是一种需要，而不是某些偏见认为的那样，是追求时髦的"时装表演"。

这种文学自身的内驱力，有点像20世纪英美诗中的意象派运动。它的跃起是对于当时统治英美诗坛后期浪漫主义维多利亚诗风的反拨。当年极度繁荣的浪漫主义诗歌发展到20世纪已近尾声，它的因循刻板和华靡空洞加上陈旧的说教和抽象的抒情已使读者厌倦，这种厌倦创造了意象派兴起的契机。中国20世纪70年代后期的形势与此有相似之处。20世纪50年代后期开始的"浪漫主义"诗风，以将近二十年的时间沦落。它的最后装饰是千篇一律的华靡修饰。内容的脱离人间忧患和形式的僵硬单调，直接创造了艺术反抗的心理基础。

1976年爆发的天安门运动中群众广泛采用古典诗歌形式，说明了对于当时奉为圭臬的已有形式的摒弃，仓促间无以应对，只好采取了原已弃绝的形式。但随后开始的诗歌变革即朦胧诗运动，便广泛采用了接近西方现代主义的意象诗，说明了对于业已异化的现实主义和浪漫主义，并由此形成巨大约束力的艺术教条的反抗。整个中国新时期文学艺术的变革的动机，几乎都可以从艺术反抗主义这一原因得到解释。一种对于已有秩序的怀疑导致对于另一艺术世界的寻觅，于是出现了北岛、舒婷、顾城那一群令人惊骇的艺术反叛。读惯原先那种充满了矫情的甜得发腻的殿堂艺术的读者，如今猝然面对这样的句子和这样的表达方式——

> 地平线倾斜了
> 摇晃着，翻转过来
> 一只海鸥堕落而下
> 热血烫卷了硕大的蒲叶
> 那无所不在的夜色
> 遮掩了枪声
> ——这是禁地
> 这是自由的结局
> 沙地上插着一支羽毛的笔
> 带着微湿的气息
> 它属于颤抖的船舷和季节风
> 属于岸，属于雨的斜线
> 昨天或明天的太阳
> 如今却在这里
> 写下死亡所公证的秘密
>
> （北岛《岛》）

开始人们不免震惊，继而就能容忍并谅解。敏感的读者逐渐理解了这些新奇意象的组合，"说"出了以往"说"不出的情绪和事实。心灵的重创、现实的复杂变形以及人们对这一切的纠缠不清的态度都在这里得到了传达的满足。

　　以诗歌的现代倾向的实践为发端，中国文学开始了超时空的向着"五四"新文学的传统大裂谷的对接。这种对接伴随着文化背景和文学观点差异而产生的大折磨，事实上修复了20世纪初叶开始的东西文化大交流的通道。中国为了挽救文学的人为衰颓，特别是解脱现实的大痛苦，重新向着西方现代文明燃起了引进火种的热情。这一切原都是古老的题目，但在噩梦醒来的人那里却获得了新鲜感。

　　把中国现时文学失去平静的经历解释成青年人的追求时髦，乃是一种不谙世事的焦躁心情的反映。一切都应从现实和历史的状态寻求根本的解释。这不是一般单纯照搬和模仿西方的现代派运动，这是中国基于自身原因生成的艺术变革。这一运动当然受到了一种强大力量的驱使，那便是中国已经醒悟到自我禁锢便是自我毁灭。中国面对西方现代艺术思潮的新的热情，与其说是由于对现代主义的兴趣，不如说是中国希望改变自己的世界弃儿的形象而重返世界的愿望的体现。在文化上和文学上，便是结束隔绝和要求沟通、吸取和融汇。

三、荒园的"遥感"

　　中国的这一切自有深刻的社会的和历史的因由。如同许多论著所已经阐释的，西方的现代主义思潮的共同特点是对资本主义文明和传统价值观的怀疑。第二次世界大战以后，对现实的失望和精神危机更促进了现代主义的复苏和发展。高度发展的物质文明和精神的失去皈依，普遍地呈现出社会的畸斜。暴力、吸毒以及笼罩天空的核阴云，使人们对现实失望。人对自身的存在感到荒唐，他们面对的是荒园。他们寻找精神的故乡但无所获。

在这基础之上诞生的艺术现象，再一次引起了中国的兴趣和同情。与"五四"那一次相比，这次对西方现代派的关注具有了更为强大的动因。"五四"是一种作为艺术全景介绍的不可缺少的必要，应当说，刚刚从封建桎梏挣脱出来的中国，完全缺少对于都市病的厌倦和反抗，以及对于资本主义的怀疑和仇视的条件。尽管当时中国由于年代的接近而"置身其中"，却缺少对此深切的感同身受的效果。而现在的中国，尽管是时过境迁，却有着与这一文学思潮同向的理解的基础，这是一种"遥感"。

长达十年的政治动乱，加上比这还要长的年代里的社会禁锢，使噩梦醒后的中国是一片精神焦土，原先的罗曼蒂克的理想之光开始黯淡，急切间又不知路向何方伸展。以十年乃至二十年为代价换来的失落感，人们开始寻找时间和希望。人口大膨胀造成的拥挤和摩擦、贪污和贿赂、陷阱和特权使人们在现实的积重面前感到了无能为力。社会的病态发展了人与人的吞噬和隔膜，作为现代社会的孤独感亦随之而去。废墟的沉思和召唤、荒园的展延和凭吊，神圣的外壳剥落之后，人们发现了滑稽和荒诞。这些，都使中国与西方现代思潮产生了遥远的认同感。

不同历史时代的相似的经历和遭遇，使中国与异时异地但又是孕育于不同社会文化背景的文学产生了"共振"。二十世纪七八十年代之交产生的这一次中国向着西方的"盗火"行动，与二十世纪二三十年代不同，那次是全景展现与引进的文学自身的必然，而这次却是一次情感和理智的需要。

中国一方面感到旧有艺术方式的完全不能适应，一方面感到这一曾经长时间发展但仍然新异的艺术方式对于表达特定阶段的社会、自然和人的协调与适宜。最明显的例子来自原先写着雍容典雅作品的那些已获得声誉作家的艺术变异。王蒙以《夜的眼》《春之声》《风筝飘带》《深的湖》为起始，开始了新的艺术领域的开拓。他的杂乱无章、漫无头绪的叙述方式，使熟悉他的《组织部新来的青年人》

的情调,并对他的复出寄予厚望的读者大为吃惊。如下这样的一段文字是他们所热爱的小说家以前的作品中所未曾见到的——

大汽车和小汽车。无轨电车和自行车。鸣笛声和说笑声。大城市的夜晚才最有大城市的活力和特点,开始有了稀稀落落的,然而是引人注目的霓虹灯和理发馆门前的旋转花浪。有烫了的头发和留了的长发。高跟鞋和半高跟鞋,无袖套头的裙衫,花露水和雪花膏的气味。城市和女人刚刚开始略略打扮一下自己,已经有人坐不住了。这很有趣。陈果已经有二十多年不到这个大城市来了。二十多年,他待在一个边远的省份的一个边远的小镇,那里的路灯有三分之一是不亮的。灯泡健全的那三分之二又有三分之一的夜晚得不到供电。

(《夜的眼》)

人们为这种不合章法的小说艺术而不安,不免异常深情地回想当年那个年轻的林震和同样年轻的赵惠文在飘满槐花清香的夜晚那抒情诗般的甜蜜的对话。那情景已经消失,代之而来的正是《夜的眼》或《风筝飘带》中那种对于拥挤和焦灼的敏感,那种用不经心的调侃排解痛苦的睿智,从而显示了某种成熟的智慧。王蒙的创作倾向受到了广泛的关切,报刊开始讨论他的这种不合常规的艺术变异是否合理和是否值得。王蒙显然不在乎人们的七嘴八舌。作为一位成熟的作家,他已经觉察到以往艺术秩序中的弊端。他勇敢地迈出了一步。这一步是靠近了现代艺术的某些技巧,但显然不准备以放弃他的"少共精神"和现实主义的基石为代价。

另一位作家宗璞与她的处女作《红豆》一起曾留给读者雍容华贵的印象。 在这个艺术新时期到来的时刻,她采取了比王蒙更为大胆的步骤,继获奖作品《弦上的梦》之后,宗璞写出了《我是谁》。不纯熟地,多少有点胆怯地借用变形的心理描写的方式,使她写出了一篇当时很引人注目的"怪小说"。在那里,人变成虫子:"四面八方，爬来了不少虫子，虽然它们并没有脸，她还是一眼便认出了熟人……它们大都伤痕累累，血迹斑斑，却一本正经地爬着。"

驱使这些写出了优雅风格作品的作家，放弃甜蜜和美丽而趋向扭曲和丑陋的，是一种比文学自身更为强大的力量。现实生活的不宁和痛苦，使作家感到新的方式更为贴切和更富表现力，这是一种"遥感"的力量。当然，这篇作品从卡夫卡类似的作品那里得到了启示，它在写实基础上的荒诞和变形，两种因素不和谐地相加造成了某种生硬和拼凑的感觉。

到了《泥沼中的头颅》，文章传达出来的无边沉闷和麻木、缠绕和黏糊、森森的冷气，竟让人想道：

许多小虫顺着触角往上爬。"我们爬到你的头顶上，就也是思想家了。"它们仰着头大叫。小小的头很像甲虫，又像戴着面具。向上爬一段就变得更像人。有的爬得很快，变化的速度惊人。有的爬着爬着掉了下来，搅在泥浆里不见了。

头颅觉得自己正在腐烂。他必须从腐烂里挣扎出来。他大张了嘴，一面吐着涌进来的泥浆，一面大声喊叫："我还要去找钥匙，好冲洗泥浆，你们不觉得不舒服吗？"

…………

头颅有些飘飘然，想要发表一通演说了。这时他看见不远处有一个模糊的人形。这人形飘忽不定，忽而附在各个不同的人身上，忽而凝聚为一个人……头颅从盘中跌出，一直向泥沼最深处落下去。哈！四周涌来一阵笑声，这是看见人跌落时最时兴的伴奏。

可以看出这种非情节化的象征笔法，把十分沉痛的内容，托之以虚幻和荒诞，我们不难从爬行的小虫，爬得越高越像人，以及跌落的小虫在泥浆中消失，头颅跌落后笑的伴奏等等中看到倾轧、阴谋、陷阱以及冷漠无情。中国作家向着现代主义借取艺术经验的热情，受到痛苦的潜在要求的促使，他们感到唯此方能释放某种重压和积郁的深刻愿望。

这种要求不单属于个别作家，而是一种趋势，首先出现在那些服膺19世纪的现实主义和浪漫主义传统的那一批有成效的作家笔下。张洁的出现伴随着一种对于理想的眷怀以及美好的丧落的痛苦，"痛苦的理想主义"是对她早期作品的精彩的概括。现在她痛苦依旧，但已自觉摒弃抒情诗的情调。她变得焦躁而苛刻，于是笔端频频出现恶语和丑陋的事物。《方舟》已露端倪，《他有什么病？》以变形表现激愤和沉重给人以深刻印象。张洁当然有她的想法，这不能不说是她的觉醒的坚定追求。过去她一直发掘美，《方舟》感到了丑的存在；到了《他有什么病？》，终于以揭示病态作为自己的追求。这对于现代艺术的接近是自然而然的。谌容是一位坚定的写实作家，但她的近作多倾向夸张荒诞，这说明她从"现实"中看到了"现代"。

四、异向接近的契机

现阶段中国文学的现代主义趋向，起源于对中国文学从表现内容到表现方式的教条的反感。徐迟把这种追求叫作文学的现代化，是对于"古代化"和"近代化"的抗争。这有点像英美意象派扫荡维多利亚甜得发腻的颓风而引动一场艺术变革，中国文学的现代倾向，目标在摧毁同样甜得发腻再加上浮夸得可憎的"假、大、空"艺术神殿。

从英雄到平民，从"高大全"到"小人物"，从视人间为天堂，到省察社会的异常和扭曲，这一切孕育着艺术创作的新意向——传统的艺术方式对产生剧变的现实已经不能适应。现代主义的确解释了中国文学面对现实那种苦于难以表达的困窘。它为长久凝固的中国文学提供了新的艺术思维和艺术手段，对于艺术观点的扩展具有重大变革的意义。

传统的文学格局的根基，是对于现有秩序的绝不怀疑和坚信，因此"颂歌"成了最基本的文学体式。对于科学而言，发现和创造都来自怀疑。文学艺术的灵感产儿应与此不悖。再加上生活自身的失去常态，人们的质疑更合乎常情。鲜明展示否定意识的北岛的《宣告》，对于中国文学的现代倾向表现了诗人的敏感和聪慧。"我不相信"最早表达了对于世界的怀疑。当然，中国文学受制于中国人对现实社会的关注和思考，它的怀疑同样生发于社会使命感而并不"空灵"。

应当说，传统文学致力于肯定生活的进步和美好，曾经起过而且现在也在起着重大的作用。但对生活的另一面——丑陋的揭示和表现，却是现阶段中国文学相当的缺陷。这一领域的延伸无疑丰富和拓展了文学表现的世界，扩大了人们的视野，使之对人生世态的识见有一个全面的展开。

残雪的世界的变态和丑陋富有启示性。她是继刘索拉之后把文学推向更为接近现代意识的一位。《山上的小屋》《苍老的浮云》《瓦缝里的雨滴》《阿梅在一个太阳天里的愁思》以及《黄泥街》系列——她的世界是非现实的，但其间尽情暴露的丑恶是非常可信的。无数的变态和失常，有力地暗示着世界上的某一处的生活和人们心灵的某一个角落的精神裂变。这是《黄泥街》的开头，开头就让你感受到其间难以忍受的氛围，这黄泥街的确难找，因为它不存在，却是无处不在的丑恶的折影——

我来到一条街，房子全塌了，街边躺着一些乞丐。我记起这好像就是黄泥街，但那老乞丐说："什么黄泥街呀？今年是哪一年啦？"一只金龟子那么大的绿头苍蝇从他头发里掉下来。

黑色的烟灰像倒垃圾似的从天上倒下来，那灰咸津津的，有点像磺胺药片的味道。一个小孩迎面跑来，一边挖出鼻子里的灰土一边告诉我说："死了两个癌病人，在那边。"
　　我跟着他走去，看见了铁门，铁门已经朽坏，一排乌鸦站在那些尖尖的铁刺上，刺鼻的死尸的臭味弥漫在空中。

　　烟灰是实在的，倒塌的房子和朽坏的铁门也是实在的，拼合起来却构成一个大荒诞。作家无意于再现甚至也无意于阐释什么，她只是通过一个个画面的组接，造成一个让人可以意会却无以言传的象征世界。这个世界与其说是按照某种实有模式的仿效描写，不如说是按照特殊心理感受对于世界的变异性重构。
　　对于中国作家而言，这种既非写实也非理想的艺术方式是新颖的，但它只是一种"移栽"。中国作家不管怎样崇尚现代意识，仍有根深蒂固的传统观念，即使最年轻的一代也如此。残雪的荒诞不单来自内心，更主要的是来自外界。像《拆迁》中的"开五个月的会讨论全区的绿化问题，然后再开三个月的会讨论黄泥街的垃圾问题"以及一个偶然的响声都引发"你们发现什么可疑的迹象吗"的非常态的人生，《没有屁股的婴孩》中一间发霉、腐烂、到处都倒挂着蝙蝠的老屋，老屋纠缠不清地对着"迫害案"的追查与疑惧，都证明了残雪的这个世界虽是虚构却并非杜撰的世界。这种艺术方式对于表达对恶的敏感以及由恶造成的普遍的惊慌、惶恐、缺乏安全感等精神病状格外切实。
　　中国文学接受现代主义的影响，溯其源，不是由于中国社会和西方社会获得了同步的发展，恰恰相反，是由于中国的惊人落后。不是由于社会物质文明的高度发展造成人的隔膜，因无根而飘浮，从而产生的孤独感，恰恰是由于物质的贫困造成愚昧和残忍，人与人因相残而相互隔离，也是一种别有因由的孤独。物质废墟造成精神废墟，人因无保障和受凌虐而自行裂变，于是只能是泥潭中头颅的滚动般的浸沤。

自从闻一多发现的死水作为一种象征在精神世界中存在，中国文学与西方现代主义经由两极的异向而在精神上生发出神妙的认同感。但中国的一切都生根于东方的黄土地。一切都是土生土长的，包括变异，包括绝望，包括滑稽和荒诞，都是中国土地里生出的一枝苦果。这里有一首诗，有一个美丽的小题目《圣诞节》（蓝色），内容却并非美丽的：

总觉得塞进邮筒的信
对方不会收到
放在街旁的自行车
会被别人偷掉
总觉得端在手上的高压锅
马上就会爆炸
转播足球赛的电视机
会出什么故障
如果撞上了什么东西
那一定得了脑震荡
如果这班车她还不到的话
我就要一个人被撇在世界上

一个成熟的男人
身上为什么会有
那么多的分量

敏感的诗人首先把中国人特有的这种潜在的危机和孤独感大胆地呈现了出来。《想起了捷克电影想不起片名》（王寅）、《出租汽车总在绝望时开来》（王小龙），单看这些诗的篇目，便可感受到那种饱受生活愚弄的人们对于自身命运不可把握的特殊感觉。一对等待出席婚礼（这在今日中国是带有某种虚荣意味的豪华之举）的男女总是等不到他们的出租汽车：

> 像一对彩色的布娃娃
>
> 装作很幸福的样子
>
> 急得心里出汗
>
> 希望是手表快了一刻钟
>
> 会不会摘错地址
>
> 也不知从南边来还是从北边来
>
> 只好一人盯着一边
>
> 想象着反特电影中的人物

诙谐背后的伤感，与其说是嘲弄他人，不如说是嘲弄自己，自虐是由于被虐。这是中国普通人的小小的烦恼，却渗透了深深的痛苦。借助异域的方式写对于本土的特殊感受，特别是与那些过去极少得到表现的生存情状，中国当前文学受惠于现代主义者良多。它为展开另一个世界和另一种画面，向中国文学提供了行之有效的手段。我们过去用平面反光镜得到对于世界的认识，如今借助这种凹凸镜取得了另一种对于世界的认识——在这种变形和扭曲的透视之下，我们看到了过去难以窥及的五颜六色的社会内脏。它甚至喷吐着可怖的血腥气。

五、潜在心态的现代透视

仅仅提及上述一点很不够，也许更为重要的是，现代主义为中国文学深刻表现中国人的潜在心态提供了有益的手段。

影响现代主义发展的某些哲学观念,例如世界的荒诞感、人生的悲剧意识以及心理分析学派对于潜在心理的把握等,与现代西方社会体现为和谐呼应的状态,当人们在得了高度物质文明的恩惠后,接着便是更高层次的不满足,现代派文学对于表现西方社会病显得十分自如。

中国文学长期崇奉反映和再现的原则。文学注重于外在的活动和环境的描写,情节的构筑、人物的设置,以及彼此关系的连续和中断,他们的兴衰和消长,总的是一个外向化的过程。文学对于人的心理活动的潜在状态,以及对于人的习性和品德的另一些方面往往忽视。加上颂歌形态文学对光明的强调,使文学很少关注生活的另一种表现,例如某种以常见的合理方式出现的荒诞,民族性格中的驯顺有时表现为麻木、迟钝、愚昧的品性等方面。鲁迅传统中的讽刺性在正式文学体式中中断了,因此中国文学中关于类似阿Q性格和阿Q心态的揭示和表现受到阻碍。

由于文学向着现代主义的延伸和接近,这些遗憾得到了补偿。李陀的《余光》和《七奶奶》都传达出中国人传统心态的承继以及其面对新生活的困顿。《余光》中那位长辈"盯梢"者,以及七奶奶对于儿媳妇的警惕,都表现了中国的历史承受对于外界变动产生的惊惶。这些都依仗人的恶的心理活动的描写得到完成。

文学的向内转倾向得到现代艺术的有力启示。王安忆在《小鲍庄》中交错展现了一个古旧村庄中多个家庭的众生相。通过结构的力量,把带有原始性的人的内在情绪予以空间的展开。莫言的《透明的红萝卜》展示无声的感觉世界。依靠主观的心理视线向着纯物象的现实世界提供新鲜的效果。中国作家的艺术触角变得复杂而多样。它的最积极的结果便是揭示了另一个世界——人的心理和感觉的非物象世界。

正是这样的艺术嬗变,最终造成一个大的成绩。那就是对于中国人的传统心态的微妙的表述,特别是终止于鲁迅时代的阿Q心态——国民变态心理的揭示。在韩少功的笔下,《爸爸爸》的环境和氛围,既让人不感到陌生,又让人惊怵。丙崽给人的感觉是阿Q没有死。昔日阿Q胜利时便认出了自己的"儿子",如今丙崽则把所有的人都喊作"爸爸",不仅是愚昧和麻木,而且是养不大又死不了的白痴。至于仁宝和他的父亲关于皮鞋优劣的争论,仁宝反驳他爹"千家坪的王先生穿皮鞋,鞋底还钉了个铁掌子,走起来当当地响,你视见否",他身上把鲁迅的假洋鬼子和阿Q的精神神奇地融汇在一起了。"听说他挨了打,后生们去问他,他总是否认,并且严肃地岔开话题:'这鬼地方,太保守了。'"——一切都让人想起阿Q的"革命"。

过去为"英雄""正面人物"的颂歌所淹没的另一片陆地,在特殊艺术方式的诱引下浮现了出来。在那里,作家有意无意的开掘,使读者了解了古旧传统心理的积淀。中国人的压抑和变态以及中国人的悲哀,诗人很早就开始了这一特殊意义的严肃"寻根"。终于发现了令人伤感的《中国人的背影》(蓝色)——

> 人生就像街头的暮色
> 美好得真想让人痛哭一场
> 回到家你总是含着眼泪对我说
> 只有中国人的背影显得那么苍老
> 中国人,唉,中国人的背影
> 难道中国只有背影
> 他们总是匆匆地离去
> 从不把头回过来
> 即使深夜,也有很多沉重的背影在你
> 面前闪过

这种发现借助中国传统艺术方式甚难实现，因为传统的观念要求文以载道。这种责任的承担决定了文艺的正面价值，即它必须传达一种有补于世的情态。因此，文学的任务在于发掘和表现美好，便是一种由来已久的必然运行。

如今伴随着现代艺术思维的兴起，艺术把它的触角伸向了过去难以触及的部位。中国终于又一次继鲁迅之后有机会窥及自身的"背影"，由此透射出衰颓乃至丑陋。那种令人哭笑不得的灵魂重负，那种令人感慨唏嘘的痛苦和屈辱，文学把民族的思考导向了深刻，从而有可能把从来诿过于时势和境遇的推卸导向自身。现代艺术为这个民族的痛苦的反思和沉重的忏悔提供了可能和恰当的方式。

这就是由于不同历史大背景的相似而产生的艺术共鸣，而导致了不以社会制度和人文环境的差别来划分的认同感。接触和渗透的结果导致中国当今文学的两个方面的积极结果：另一种世态的揭示和另一种心态的剖析。这是现代倾向的艺术引进促成的中国文学内涵的变化。

第九章 结构的错动

一、异质的进入与渗透

中国最近十年的文学是真正运动着的文学。文学这一球体过去是被各式各样的观念黏着并固定了的,如今它恢复了动态的运行。和以往人为的和外在的非艺术的运动迥异,当前中国文学最具实质的动态变化是艺术内在结构的变异与新生。

艺术视点的空前扩展导致艺术结构的引爆。造成这一形势的当然有众多的原因: 现实主义的复苏和深化;中国传统美学的兴旺和实践;而最具实质性的原因是另一种艺术思维和艺术方法的重新加入。异质的进入与渗透造成了旧有秩序的"混乱"。这种大错动实际是由于内在结构的"改组"或"重组"所造成的,其结果是革命性的。

运动着的艺术首先把不平静的气氛带给中国文坛。"朦胧诗"的崛起给传统的读者和批评家来了一个下马威,几乎使全部诗国的公民一下子"读不懂"他们引以为自豪的诗了。一位写了几十年诗的人,拿着杜运燮的诗《秋》(一首二十行的短诗)苦吟不解,结论是"不懂"——他气闷地写了一篇《令人气闷的朦胧》,算是谴责诗的走火入魔的檄文。这还仅仅是事情的开端。

当北岛、芒克、多多一班人涌现的时候，中国的欣赏和批评惯性一下子便认出了他们的"异端"性质，于是长达数年之久的朦胧诗论战发生了。这当然是由于创作者和接受者的障隔所造成。原因自然是复杂的。对于造成障隔的原因的探究可以写成一本书，但有一点十分明显，那就是自从中国文学进入历史的转折点，由于社会的开放，特别是西方现代主义思潮的影响，文学的表达方式在一个相当广泛的领域中发生了重大的变化。

二、叙述系统的破坏

这种变化使适应了传统表达的人不能适应。在诗歌、散文、小说，也在戏剧文学中，中国传统的方式是文学向着它的大部分接受对象的欣赏心理习惯的迁就。以朗朗上口、明白易懂的抒情（主要是诗），以"欲知后事如何，且听下回分解"的连环式"叙述"（主要是小说），以始于磨难而终于大团圆的、有始有终的情节安排（主要是舞台剧和影视文学），这些因素构成了中国文学艺术叙述方式的稳定系统。

这个系统在新的时代中被无情地打乱而代之以情节淡化或非情节化的"杂乱无章"的结构方式，跳动的、颠倒的、无条理的和互不攀附的叙述方式。大部分作品从中国过去擅长以人物的选出以及以动作和行动来展现内容的注重外在描写的特点，而走向人物的心理和情绪的中心，特别是借重意识流的方式。王蒙最早实践在人物的情绪和意识的流动中展示现实的另一个世界的图景。茹志鹃的《剪辑错了的故事》开始把不同时空的事件和人物，不是按表层的次序来安排，而是在"错乱"的"剪辑"和不断"跳动"中展示一个以上的事象、人情、性理,从而多面地、多向地展现繁复的人生。

而在这一场艺术变革中,诗歌探险者始终走在前面。顾城的几道"弧线",让中国大多数诗歌欣赏者惊愕——在那里,不表达也不宣泄情感,不说明也不阐释事理,只是互不关联地用植物,用人和飞鸟,也用大自然的海浪画出四道或美或不美的弧线让你"猜"。由于他完全摒弃了20世纪50年代开始的那些方式,因此围绕这首《弧线》展开各种各样的评价和诠释。

中国文学艺术表达方式的新变,就这样悄悄地在人们尚未意识到的时候开始了。中国散文的历史渊源仅次于诗歌,也极为深厚。散文始于司马迁《史记》的叙述方式,到唐宋八大家至晚明小品,散文的表现模式相当稳定。在新的历史阶段,散文和散文诗的稳定性依然是突出的。但即使这个相对寂寞的角落也开放着令人惊异的花朵。这篇散文的作者不是青年,却十分新颖地传达了散文变革的先声:

看着你的画像,我忽然想起要举行一次悄悄的祭奠。我举起了一个玻璃杯。它是空的。你知道我的一贯漫不经心。

我有酒。你也知道,那在另一个房间里,在那个加了锁的柜橱里。

现在我只是单独一个人。那个房间,挂满了蜘蛛网,积满了厚厚的灰尘。我没有动,只是瞅着你的面容。

我由犹豫转而徘徊。

我徘徊在一个没有边际的树林里。

…………

一片黄色的木叶在旋转着飘飘而下,落在我的面前。也许这就是他,他失落在我的面前,我张口呼喊。然而我听不见自己的声音。一片寂静。难道我也失落了?我又失落在谁的面前?

如果真有那么一个人,我很想看见他。只有一阵短促的林鸟嘶鸣,有些凄厉,随即消失。那不能算回答。

那飘忽不定的是几个模糊的光圈,颜色惨白。那一定是失落到这儿的太阳。

有微小的风在把树林轻轻摇晃。

(严文井《啊,你盼望的那个原野》)

传统的优美和连串消失了,只是场景在更换。情绪在闪跳,那种变幻不定的意绪在自由地流动并突然拐弯。这篇被当作一个小说选本的序的散文,从内容到形式,乃至它的实际效用,都给人以惊异之感。原有的次序被"搅乱"了。叙述的颠倒和跳动,完全随作者的心意进行。不是听从事件首末的召唤,而是作为主体的作家的情绪和意念的启迪。

有时有意的省略和切割会造成非常动人的效果。那种将梦境、幻觉、神话、此时或彼时的现实,将想象的世界和人间现世综合的显示,会凭空地为作品提供多达数倍的表现空间。当然,要用习惯的方式对那些作品的主题加以归纳则几乎是不可能的。因为也许它原就不是由单一的主题所构成,或者根本就是若干意绪的飘动。它创造了新的艺术样式,断续的、无定向的交叉、闪跳所造成的扑朔迷离,凭空地给艺术增添了迷人的魅力,而这在正统的艺术那里很难做到。

三、变形的占领

现代艺术方式给中国文学带来的另一个重大变化,则是变形的广泛应用。中国当代文学中的人物造型,以往多半由两类人物构成:一类是专门宣讲义理的教化别人的正人君子;一类是怀着灵魂的创伤，始终以忏悔的心境接受改造从而成为"新人"的人物。前一类人物后来发展为"高大全"的英雄，即超人；后一类成为自身并无价值的"烘托者"，从而最后也消失了。这类人尽管内心可能已变态，但外在形貌总是匀称完整，甚至是辉煌的。文学进入发展时期，由众多原因促成，主要是中国社会现实给予人的映象，提供了艺术变形的契机。文学描写的外形进入内心的扭曲和不和谐的形象营构成为一种可行的方式。

在过去，那种"不好不坏，亦好亦坏的芸芸众生"曾经被认为是文学的妖孽。今天，他们已不再成为异端，因为有了更多的"不正经"的人物形象正向文学蜂拥而来。如刘索拉《你别无选择》中的那些大大咧咧的年轻人，他们中的每一个人几乎都是扭曲的和失常的。那位叫作李鸣的音乐学院学生，他决心不再上琴房是由于"他觉得自己生了病"，而生病的症状之一则是"身体太健康，神经太健全"。

这是一种明显的"变形"，正是通过这种青年人不正常的心态，我们有可能窥及社会大变动带给人们心灵和思维的震撼的后果。这种艺术倾向较早出现在张洁的《拾麦穗》中。不论是那位卖灶糖的老头还是那位在想象中希望嫁给他的拾麦穗的姑娘，可以说，都是一种畸形，却传达了最纯真的人性。对比十年前那些满身金光的舞台人物，尽管个个显得英武雄壮，但内在心灵是畸斜和残缺的。旧时代的结束要求表现那个时代给予一切的变形，于是，宗璞从卡夫卡那里借来了变形的手法。作家看到了"我"如同虫子那般的卑微的蠕动。

当代戏剧也在鼓动着这种形象变异的尝试。王培公的话剧《WM（我们）》，取材于历史与现实的真实的故事，人物也是我们熟悉的一群蒙受苦难的青年。但是剧中人物，那些叫作将军、大头、鸠山、板车、公主、修女、小可怜的一群人，他们奇怪的服饰和粗鄙的言行、夸张的动作和剧情，极真切地传达了生活的变态。而这些效果都是通过变形取得的。

诗作为中国文学变革的先行者，最早进行了对于传统正面和高大形象的反叛。它最早发出了对于矫情的"甜美"的诗的挑战。朦胧诗不仅以它的模糊意象叠加冲破先前的完整和匀称，而且表现了对于一贯怀疑的美丽的淡漠。这是一位诗人的"自画像"，北岛的《履历》：

点着无声的烟卷
是给这午夜致命的一枪
当天地翻转过来
我被倒挂在
一棵墩布似的老树上
眺望

人们曾经为舒婷的《自画像》中那个天真烂漫的女孩子焦躁不安，而且斥之为"玩弄男性"的挑逗。但她对关于爱情的"恶作剧"，却是传统方式的传达。而北岛这里是丑陋的变形。

外形的畸变和内心的扭曲，使非常态的描写形成一股冲击传统审美习惯的恶潮。恶心和丑陋、破碎和残缺，举目低头、外观内审，均是"不美"的形象、意象、情绪和感觉。人们已经看惯了实际生活的变态，人们感到传统的艺术不能表达内心的愤懑和抗议，他们在这些变形的艺术中得到满足。

这是一种与前不同的观照。这种倾斜、破碎和残缺，能够表现那真有事象的特定侧面及内在品质，这是中国当代文学受惠于世界现代主义文学的一个重要方面——它改变了文学只能如实地写或理想地写，而成为也能变形地"歪曲"地写的格局，同时也改变了文学只能是审美的观念，而意外地发现了丑中原来有"美"，从而极大地拓展了文学表现的空间。

四、调侃的取代

文学在中国,从来都是庄严的事业。著名的曹丕《典论·论文》讲文章是"经国之大业,不朽之盛事",因此,构成中国文学的基本倾向是庄严肃穆的教化,它总是这样那样地与匡时济世的重大命题相联系。而杂文、漫画、讽刺诗等品种一方面是作为不主要的样式加入了总的文艺构成中;另一方面,它以一种非正式的样式而同样地承担正式的教化功能。

中国文学先前并没有用嘻嘻哈哈的游戏态度对待人生的文学传统。《阿Q正传》有诙谐和风趣,却十分严肃。中国文学的荒诞感和调侃色彩的增强,受到当前阶段西方文学引进的启悟。中国不是由于它和西方现代文明的同步发展而发展了它的现代社会危机感,而恰恰是由于它的东方式的生产方式和思维方式造成的时代落差。

当太阳向西方滚去的时候,留给东方的是长夜的暗黑。现实的逼迫使中国人感到困窘,而地位特殊的中国青年对此尤为敏感。他们将那种特殊的无能为力而产生的尴尬处境传达得颇为传神。不可参与构成了孤独;无所祈求构成了绝望;无所驻足构成了飘浮;无可言说的愤激导向了玩世不恭。

世界本应比如今看到的更为美好,但一剖开现实生活这只橙子,发现的却是失望。于是只好以不正经的态度面对它,这就是中国式的嬉皮士精神或流浪文学产生的原因。马原小说中的游戏精神很是突出,传统的文学庄严感在这里消失。他在不断地设置语言的迷宫和叙述的圈套。马原关于小说的"无意思"的表达,最鲜明地反抗了传统的庄严意义的教化。

文学在这样的观念制约之下表现了强烈的无拘无束状态。诗和各种文学样式都有表现，但它依然是中国式的。调侃的背后，往往表现深刻的抗议或是浮沉的忧患，很少有绝对的和完全的不负责。王小龙的《心，还是那一颗》用的几乎就是希克梅特的《还是那颗心，还是那颗头颅》，但消失了后一首诗中特有的悲壮和坚定。他随心所欲地用非常随意的语言谈论人们认为的严肃的话题，例如——

  再说一个三流演员都在当总统
  你想会有什么好事
  走在街上疑心自己也是一出戏里的角色
  男孩子瓦文萨突然长大了
  保姆就得换上制服
  马岛终于在早餐时变成了茶点
  撒切尔这才想起了丈夫
  电线杆和精神病人打了起来
  妈妈下车发现雨伞没了
  而我结婚了
  总之，这些都让人纳闷

一切看来都不重要，表现出极大的虚无。但是中国毕竟有自己的忧患，开够玩笑的诗人最后还是回到了痛苦的伤口：

  可是记忆，该死的
  记忆是牙齿掉了留下的豁口
  总让你忍不住去舔舔

第十章　没有主潮的文学时代

一、文化选择的逆转

　　中国文学自身变异的事实，唯有经历过大动荡之后的冷静的回顾，才会得到确认。五四运动展开的破坏旧文学建立新文学的文学革命，这一历史性的壮丽戏剧是在两个大的背景下展开的，即中国新旧两种文化的大冲撞和东西两种文化的大交流。五四运动的伟大胸襟和视野，对旧文化表现了严厉的批判性，对外部文化则表现了宽广的包容性。对历史冷峻的思考，使那一运动对封建文化体系采取了警惕的对策；而为疗治民族病痛的目标所指引，体现出对于西方文化以及世界文学的引进借鉴的热情。这无疑受到古老民族要求接受现代文明的洗礼从而成为现代民族这一宏大愿望的鼓舞。那时的"别求新声于异邦"，是与疗治和改造国民灵魂的要求相联系的。学医的鲁迅和郭沫若先后弃医就文，直接指明了这种立学疗救的动机。

　　这种明确的动机决定了当年开放的和自由的文化策略。这一策略的实施是在科学与民主这两面大旗帜下进行的。因为高扬科学，因而摒绝愚昧；因为崇尚民主，因而鄙弃文化专制。中国终于获得了新的建设性的文化视野。这使中国在批判旧文化旧文学根基的同时，对汲取世界先进文明表现了极大的主动精神与宽容态度。从"五四"文学革命的深入过程来观察：为再现民生的疾苦而选择现实主义；为争取理想境界而选择浪漫主义；为表现内心的丰富复杂以及拓展艺术的疆域而选择现代主义。不怀偏见的兼收并蓄，造成了"五四"文学的自由和多元的品格。它的百川奔流的壮观场面，至今还体现着惊心动魄的气势。

由于中国社会的特别契机，这些契机首先是中国国势的艰危、战乱频仍、民生多艰，严酷的现实赋予文学以严酷的选择，文学不能不贴近社会和人生，甚至不能不归附战争和政治并服务于它们。再就是俄国十月革命以及俄国文艺理论和文艺斗争事实的广泛影响。中国先进的知识文化界，为了救国救民的理想而倾心于这场革命。这导致一个结果：自然地对意识形态和文学理论做了不容怀疑的选择。

自此以后，中国文学面对惨痛的社会实际，总是以犯罪感的心理回避文学审美这一与生俱来的艺术规律。一方面不断强调文学与现实社会、阶级斗争、民族解放甚至政治运动的必然关系，一方面不断批判文学的脱离现实斗争、形式主义、为艺术而艺术诸种歧途。这局面在新中国成立之后，由于行政力量得到空前强化，我们自然而然地制造了一个统一的文学潮流。统一潮流的出现是渐进的，不知不觉的，它的形成却做了一个重大的宣告——"五四"的传统发生了大的变异。

这就是通常所说的新文学的断裂。对这个断裂现象的大约描述就是新文学运动的自由的、创造的，特别是鼓励并事实上实行多种选择的格局，已逐渐改变为行政的、指令式的和严格意义上的单一选择的格局。构成单一选择的基础和前提，就是为既定原则所决定的文学主流或文学主潮思想。这种思想体系的基本特性是排他的，它信奉自身无可怀疑的真理性。它的唯一正确性当然地代表了文学的历史走向并决定文学的命运。与之相异的一切当然都只能是支流或逆流。基于这个前提，随主流思想而来的，就是被称为革命性质的批判文化性格的提倡和形成。

在一个相当漫长的时间里，文艺批评和文艺理论的中心命题，是文学应当如何忠实反映生活并服务于理想的定型化阐释。无休无止的文艺斗争和文艺批判，均可溯源于此种文艺的社会性与它的审美性、文艺生态的多元性与行政的一统性的根本分歧。批判者与被批判者不断地互换位置，他们彼此折磨以致精疲力竭。大多数文艺理论家终生更迭着批判者与被批判者的角色，正是这种根本性观念的分歧与矛盾所导致。特殊的环境造成了特殊的两重文化性格。一种是清醒地理解到中国文化和文学开放与交流的必要，以及中国文学纳入世界文学格局的必要；另一种则是在高扬和强调民族性和民族特性的前提下，事实上对自己实行禁锢的趋向。

一批理论家和作家彷徨在巨大的裂谷之间，严峻的环境使他们无法进行自主的选择，只好听凭于一致性的召唤。于是便有了中国历史上最频繁但又是最单纯的文学潮流的更迭和涌现。文学自身并无运动，社会的和政治的需要制造着一个又一个"文学运动"，这些名目各异的"文学运动"，均以整肃和矫正创作的异向选择为自身的目的。尽管是各式各样，但均是批判运动。因而它的指归不具建设性，充其量是在不断强调和维护已经得到确认的那些原则性的非艺术成分。所谓的不破不立，先破后立等原则，目的都在对于破坏性后果的强调。

批判亦即破坏一切不适应于构成主潮的文学现象。许多参与了"五四"文学革命的繁荣和发展的流派、社团、作家纷纷被判定为不革命和反革命的，小资产阶级和资产阶级的，唯美主义、为艺术而艺术和形式主义的性质，并在文学史著作中对这种判定加以肯定。这种判定的结果，就是制造了孤立的、清一色的，以及没有竞争对手的主流文学的奇观。

这些运动促进的文学思潮，极大地改变了"五四"开始的文学发展的格局。从自由而多向的汲取，到自由而多向的竞争构成的中国新文学的诸种创作思想和艺术风格的辐射性展现的状态，改变为整齐划一的、自上而下的发动和开展一个又一个文学运动的线性发展状态。"五四"时期并无一致性的文学指导思想，也没有形成压倒一切的拥立和独尊的文学现象，它只是在对抗旧文学的过程中组成的松散的文学艺术同盟。

自从具有统一的指导方针统御的文学主潮出现，文学运动的基本表现是"奇政府"状态。这种状态的极限发展是文学成为一个统一体以及走向愈来愈禁锢和僵硬的过程。一个方法：现实主义；一种风格：革命风格；一个题材：重大题材；一种人物：英雄人物。这就是对于发展到1966—1976年期间的中国文学潮流的概括性描述。很长时间内，由于我们对这一切变异的现象采取了肯定的态度，因而造成无数的悲剧性结果。

二、线性发展的终结

"五四"时期的建设和发展结束之后，中国文学便进入线性发展的长阶段。这一文学潮流的行进不是采取自我调节的方式，而是采取人为组织的方式。以切合社会的现有情势的需要为动力，要求文学据此组织一个与之相应的创作环境和秩序。一旦特定的文学环境和秩序形成之后，文学的自身规律也开始潜在地运转。当艺术的规律一定程度地影响文学运动的实际时，社会性的力量便出来纠正它的"偏差"和"谬误"。于是便有了一次又一次的校正这些偏离的批判运动。原有的那次运动结束了，在新的批判的基础上又开展另一次文学运动。如此首尾相接，周而复始，源源不断地呈现一条长线。

　　长达十年的政治动乱结束以后，文学有了新的推进。人们为了描写这一时期文学的繁荣，对它进行了阶级性的划分，例如伤痕文学、反思文学以及改革文学等。这种划分反映了文学发展的实际状况，并为文学史家的总结提供了行便。但这种描状多半未能揭示它仍然在文学发展的原有轨道上滑行的性质。

　　政治动乱的结束以及经济改革的开始，事实上并没有要求制造出与之相适应的新的文学形态，依然是传统的文学推动力支配着当时的文学运动。因为社会的发展带给人以伤痕，传统的现实主义的阀门自然启动，要求文学再现和反映这些实际的伤痕以控诉社会的变态；因为感到了仅仅反映伤痕的表象还不是剖析问题的实质，现实主义的机制主动要求深入揭示造成悲剧的一切动因。这便是由伤痕而反思两个阶段的顺理成章的发展。

　　至于改革文学的提倡和号召，乃是由于中国社会对原有结构进行体制上的变革的社会的、政治的、经济的形势所需要的文学服务和文学配合。它是传统文学价值和文学观念的正常性的体现。与此相适应，对淡化生活和距离说、"向内转"及表现自我的指责和批判，以及关于作家的社会责任感的强调等，都是由固有的文学社会性和现实主义原则派生而出。

　　不论是提倡还是抑制，目的都在于维护数十年来不断维护的主流思想。它是总体的文学一体化和文学规范化的努力的继续。这种继续当然对现实主义文学的发展具有切实的效果。它有力地推进了本已异化的现实主义传统的修复和扩展，这是它的积极的结果。通过这些强调展现的威力，却提醒人们对于固有的统一化文学构架的充分警惕。

　　中国文学事实上很难改变它自身营建起来的秩序，不仅是行政力量，不仅文学家和批评家，甚至是受到欣赏训练的各阶层读者群，都成为这个秩序的构成成分，它们都自觉地成为秩序受到危害时自觉出战的"白细胞"。

中国文学当然需要反映改革的作家和作品。但改革的中国与中国的文学改革，显然不是以改革文学的出现和滋荣为自己的终端目的。中国文学改革的基本使命是纠正文化选择的历史倾斜，使之改变逆转的局势而为顺转。其目标旨在恢复时代大背景下的世界性文学交流以及各民族文学经验融汇。从近观看，则是对于"五四"以后出现的文学大裂谷的充填和沟通，使原已开始但迅即消匿的文学的自由创造和多样竞争的格局在中国重现。

因此，几乎就在强调文学和现实保持密切联系以及强调作家的社会责任感的同时，中国文学几乎以河流决口的气势进行了让人猝不及防的全国拓展和嬗变。在短短的时间内，在已经相当凝固化的基础上出现了这样空前的思想艺术、内容形式、题材风格的变异，没有与之相适应的内外的动力和助力，是完全不可能的。

若究其原因，首先仍然是对一个久远存在的巨大力量的认识，即本已相当政治化的中国文学的盛衰总受制约于政治的明晦。既然造成文学衰颓的直接原因是政治的失常，则改变这一局面的基本动力只能是政治的清明与豁达。中国文学当然不会也不应忘却从结束动乱到确定改革开放这一激动人心的人文环境的巨大变动。尽管十年多来曲折坎坷，曾经痛苦并继续经受痛苦，但若离开明智的政治决策以及给创作、评论、出版以适当的自由度，我们当前所获得的一切必然无存。目前我们依然不能预见并保证未来不会再生违逆，但闸门既已升起，则今后谁都不能不考虑重新降闭所将付出的代价。

当然更为本质的因素是文学自身的觉醒。文学异化的极端，不仅宣告了文学的歧途，而且创造了文学的毁灭。中国如今活着的几代人，不论他肯定或是怀疑乃至否定当前的开放态势，也许还有极少数的人例外，但就绝大多数正常的人而言，无不憎恶和唾弃文化禁锢和文化专制。社会的大倒退惊醒了麻木温顺的灵魂，绝望的再生、废墟上的痛苦觉悟,鼓涌着一种不屈不挠的冲击力。

中国文学很难重入地狱,因为它已窥及人间的曙明。即使有再大的折磨,它也不再眷恋那一方黑暗。这就是为什么即使冒着风险,中国文学依然一往无前地朝着开放的平野上奔跑的缘由。

从文学视野来看,中国人此时获得的是一个基本没有遮拦的20世纪世界文学的全景。19世纪已经退居幕后。尽管它依然为中国人所潜心崇拜,但已在十年间变成了历史。21世纪近在眉睫,它已成为中国人决心加以把握的文学现实,中国文学对世界不再隔膜。中国人不仅熟悉马克·吐温、惠特曼,不仅熟悉瓦雷里和卡夫卡,而且熟悉《等待戈多》《第二十二条军规》《恶心》《嚎叫》和《百年孤独》。和世界文学的广泛交流,使中国绝大多数文学很难再返回那自我幽闭的黑暗王国。它不会甘心忍受那种不可忍受的幽闭。这已成为中国文学思想解放的极大冲力和中国文学"后退无路"的可靠的保证。

在这样的总趋势之下,中国文学之河已经奔泻到一个漫无际涯的巨川入海口的河网地带。在这里,先前的一线黄河或是三峡锁住的长江为夺取一条通道而愤怒地奔突的情景已经不再存在。这里的水流尽管湍急,但因舒展而显得从容;这里气势异常雄伟,却不是巨流夺取的一条出口。先前的单一河道,已在到达大海之前消失,这里出现了一种水流入海之前最庄严的气势和情调。一部诗一样的中篇小说,多次写到已经到达的和即将出现的动人风景。这些文字赋予我们某种暗示的启悟:

他看见白皑皑的雪原吞没了起伏的沙洲和纵横的河汊,在雪盖的冰土地和沼泽上,稀疏的灌木丛刺破积雪,星罗棋布地、黑斑斑地布满荒原。开冻吧,黑龙江!他喊道,你从去年11月就封河静止,你已经沉睡了半年时光,你在这北方神秘的冬季早已蓄足了力量,你该醒来啦,裂开你身上白色的坚甲,炸开你首尾的万里长冰,使出你全部的魔力,把我送到下游,把我带到你的入海口吧!

(张承志《北方的河》)

  目标已经可见,船道自行开辟。不紧不慢,不争不抢,所有的小水流都埋头于自己的河道。它们不及他顾,只是朝着一定目标奔去。首尾相接的那条直线已经不存在,出现了无数的线。它们以各自的姿态弯曲着迂回着如同诗人笔下的那些莽原和覆盖坚冰的两河汊。它们彼此区别又彼此串联,构成了一个巨大的网络,但最终都向着海洋倾泻。

  这就是20世纪末叶中国文学的自然景观。这一景观出现的时候,周围依然如同往昔,呼唤着并力图维护着那种前已有之的单一主潮的文学构成。这一主潮当然也是前已有之的现实主义的,为当前政治服务的文学。改革文学的提倡最接近此种文学主潮的召唤。这自然有其不容忽视的价值,因为它是与当前社会现象以及人民利益密切关联的文学主题。但明智的看法已认识到中国文学不会重复指令式的单线运动构成的格局。作为一个与文学生态相悖谬的异常时代已经成为过去。不管产生多大的痛苦,都要痛苦地面对文学剧变的现实,那就是面对这些令人眼花缭乱的文学之网。

三、网络作为形态

  获得解放的文学的发展,已不听从一体化的召唤。推动着它的是属于艺术自身的规律,不再是其他力量,是文学对自身的引导造成了文学的自由。这种局面促成了有史以来的深刻矛盾的公开化,其中:千差万别的求异性与思想艺术一律化;为灵感驱使的创造性与教条化的领导；始终处于跃动变革的文学生态与程式化的僵硬规范；艺术变革超前意识的脱离欣赏惯性与迎合浅文化或无文化的消费对象；以文学为斗争或宣传的工具论与文学的多种功能的确认……种种现象，归根结底则是文学观念与文学价值观的重大分歧。

对这种重大分歧最简括的综合，则是一切矛盾都将归宿到决定中国文学命运的切近现实与疏远现实（其中最重要的焦点则是现实中的政治）、文学价值的第一性与这一价值的多样性这些根本问题上。因为文学一体化召唤的减弱和失去权威，文学家更多的是听凭艺术潮流的推涌、创造灵感的启迪以及创作个性的驱使。而且由于一个最基本的和最重要的艺术规律即弃旧从新规律的制约，文学如同一群脱缰的马在没边际的地面完全杂乱无章地奔闯。这就是失控状态的文学景观的出现。

对于严受束缚的文学，这种失控是它获得自身生命的表现，因而是令人兴奋的前进。中国文学窒息过久，它一直在完全被动状态听凭他力的驱遣，而不能支配自己。不是文学家要自己干什么，怎么干，而是别人要文学家干些什么，这样或那样干。自从主流河道消失，出现茫茫千流，网络贯通。这新局面令弄潮的文学家自身都感到了"六神无主"，更不用说那些忧心忡忡的人了。

所有的文学探索者从四面八方送来了自行其是的作品，也从四面八方发出令人瞠目的言论主张，有的简直就是向着传统的挑战。下列的话引自马原的《哲学以外》：

> 读者和评论家问得最多的就是"你什么意思？"……我要是说我没有什么意思，非难就更多，你没有意思干吗要写？你不要故弄玄虚！……你是人，人总是有感情有倾向性，你的小说里没有是非好恶感情倾向，因此不明白你这么写是什么意思。你不会没有意思，你可以没有主题，不可以没有任何意思。

文学的传统价值观往往体现在它的"意义"和"意思"上，马原现在反复饶舌的就是无意义和无意思的艺术本体。这种由有到无的转化说明了艺术观念的大错位。

当人们以异常焦虑的心情告诫作者不要躲进艺术象牙之塔忘记人生血泪的时候，一些文学者在追寻远古的文化之根。相左的各方各有充足的道理和难以说服的合理性。事实上，文学很难取消它对现实社会和人们的生存状态的关心，因而现实主义的倡导至今仍有强大的吸附力和感召力。但寻根文学被理解为跑进深山老林、不问人间烟火、意在回避现实的严酷的文学，至少是一个误解。

像这样截然相悖的文学现象在近十年的文学发展中触目皆是。开始人们感到不能适应，久之就见怪不怪。我们从千奇百怪的千差万别之中进行最大公约数的归纳，则是诸种现象的两极发展状况。这种现象的出现，为有新文学以来最为动人，也最为引人困惑的文学奇观。

这里有壮烈的激情宣泄的方式，这里也有完全排除了情感显现甚至情绪因素的"纯冷"状态的表达。例如张洁的《爱，是不能忘记的》那种无言表达而又刻骨铭心的挚情，如宗璞《鲁鲁》那样寄深爱于鱼虫鸟兽的隐衷，都是文学新时代的激情显示。但如谭甫成的《高原》，不仅开启了情节淡化的先声，而且也不诉诸抒情，缓慢的甚至是沉闷的叙说中，让大海涌起了一片高原，象征式地托起了一个孤独的但已会梦想的灵魂。邓友梅的《那五》《烟壶》《寻访"画儿韩"》以及汪曾祺的系列作品，开启了对于民俗以及小说风土画的兴趣。小说的寻根虽不同于此，却是由此上溯的创作运行，由此构成作为文化学的文学运动。在诗歌中巨大如敦煌、半坡、大雁塔，微小如古陶罐、碎片都引发了诗人的纠缠不清的情绪和架构宏大建筑的愿望。

与此同时，另一种文学潮流也在推涌。这种潮流鄙薄那种对于文化现象的皈依感。作家以激愤的态度攻击文化崇拜欲，以此表示他们由积郁生发的抗议。当一些人对着大雁塔阐释和引申时，他们漠然地说:"有关大雁,我们又能知道些什么?"典雅和崇高依然坐在文学殿堂的正中,它们的地位稳固,轻易不会动摇。但中国式的"嬉皮士"已经打着金钱板向他们走来。由于生活的失常只好玩世不恭,因为郁积过深而启悟了荒唐感。

敏感的诗人们早已开辟了诗歌的另一种"风情"。在那里,诗美竟已消失得无影无迹,或者需要对传统的诗言情做新的诠释。总之,他们在努力以"不美"的文字传达"不美"的事象,传统的诗美观在这里断流。这里是新诗潮一个诗人的名作:

我曾正步走过广场
剃光脑袋
为了更好地寻找太阳
却在疯狂的季节
转了向,隔着栅栏
会见那些表情冷漠的山羊
直到从盐碱地似的
白纸上看见理想
我弓起了脊背
自以为找到表达真理的
唯一方式,如同
烘烤着的鱼梦见海洋
万岁!我只他妈喊了一声
胡子就长出来

(北岛《履历》)

《履历》是一种自我解嘲,在这种嘻嘻哈哈的背后,则是可悲经历的血泪。使人感到了唯有此种表达,才能写出特定的悲凉感,以及对于无能为力境遇的抗议。当作家感到了过于沉重的情感和情绪的负荷，于是对甜蜜的描写产生一种逆反心理。他们竭力要破坏这种美好的装饰，于是在庄重和美丽的另一极出现了轻狂和丑陋。一方面有人为审美的创造竭尽心力，另一方面有人却开辟了文学的另一个潮流。他们把丑陋的表现第一次带给了中国当代文学。我们有幸欣赏当代那些最有才能的美文家，用从古代、"五四"新文学最有成就的散文创造的美文传统写成的光华四射的文字。如冯骥才那篇极受冰心称赞的《珍珠鸟》，那么美好的文学传达的美好的情感，人与鸟类由信赖达成的默契。这样的文字是可令心灵美丽地颤动的，但是文学已把它的触角伸向了丑陋。

残雪的世界似乎就完整地是一个丑的世界。她的笔仿佛是哈哈镜，一切都在这里变形。她创造的是前所未有的扭曲的环境和扭曲的人物，《山上的小屋》写的是精神裂变者：我突然顿悟，"原来父亲每天夜里变成狼群中的一只，绕着这座房子奔跑"，母亲则"一直在打主意要弄断我的胳膊，因为我开关抽屉的声音使她发狂"。这体现文学的发展，它能以一种非常态的、非理性的方式把握生活。无疑，残雪的方式较之当年的《狂人日记》更易为当代经历过灵魂蒙难的读者所理解。

论及文学潮流，过去一直受到歧视并基本绝迹的俗文学的突发性繁荣，不仅是一阵冲击波，而且构成了对于纯文学或俗称的雅文学的威胁。一方面，是文学迅速地高雅化。诗歌的贵族倾向已是明显的事实，许多作品和理论已发展到令受过高等教育的读者大伤脑筋的地步。另一方面则是形形色色的书刊迅速市民化，从金庸热到琼瑶热，外界的影响直接促进了本土的繁盛。过去大谈普及化而未能达到，如今不用号召却已超过。继20世纪30年代大繁荣之后，20世纪40年代国统区留有余响，但业已基本绝迹的通俗文学的骤兴，正是文学恢复它的各种功能以及文学市场对于创作制约的事实。这当然只能发生在文学不再是他物，而只能是它本身的剧变以后才能出现的现象。

四、文学魔鞋的旋舞

中国文学不再从一个渠道取得它的素材。这个渠道是社会，生活是文学的唯一源泉，文学家不能也不应须臾稍远离这一母乳之源。由于社会的政治化，因而很长时间，文学的素材也迅速政治化，为政治服务是文学的基本职责。如前所述，这造成文学的畸形发展。这一发展的最大后果，就是文学的失落。

这一情况业已消失。文学为求得生存和发展无所羁束地冲突。在错综复杂的探索试验中，它改变过去的单一选择为多种选择。文学不仅从社会的政治途径取得材料，而且从各式各样途径和层次以多种方式取得材料和表现的手段。哲学对文学的影响变得极为明显，尼采和叔本华，海德格尔、萨特以及弗洛伊德的学说，使文学蒙上了多种哲学的光照，由此也派生出以感觉和潜意识的心理描写为特点的创作实践。人对于生命的认识，人生的荒诞感和悲剧感，无疑受到了特定哲学的影响。性意识在文学中的表现，使文学的范畴得到拓展。对文化的重视，形成作为文化的文学特性，民俗学、人类学、社会学，文学对语言学的研究，凡此等等，令人目不暇接。

自有文学历史以来，从来也没有如同当代作家这样在创作上随心所欲。他们一旦发现了自己，便如穿上魔鞋的舞女，一发而不可止地疯狂旋转。各种各样的文学探索可以说是在不再犹豫的状态中，勇猛地创新和探险。由于刊物的众多，为求生存而需要吸引名家的名作以及别出心裁的创新，于是探索和试验便成为这种创新求异的必然的途径和手段。作家不断推出各种各样的风格和题材的作品。他们不断地变换着表达的方式，他们丰富自己的风格。他们玩魔术似的迷惑读者，让人们在人群中认不出过去的他。

王蒙和张洁，茹志鹃和宗璞都是这样的魔术师。王蒙从《组织部新来的青年人》到《海的梦》，再到《活动变人形》，以及他的突然变成诗人，而且以组诗《西藏的遐想》获得诗歌古邦意大利的蒙太洛特别奖，他的变幻莫测的艺术实践典型地概括了中国文学潮流自由而多变的无定向发展的模式。

要是把张洁给人最初印象的处女作《森林里来的孩子》的那分清丽而充满人情味的风格，对比《方舟》以及《他有什么病？》的带有扼制不了的激愤的爆发，例如下面这段文字，这里是等候起飞的胡立川眼中的中国人——

一百几十张面孔相似得难以区分。个个似听非听，似看非看，似睡非睡，似醒非醒，这种麻木的状况，即使恐怖分子扔颗炸弹，也不会有所改变。……一百几十张面孔，没有一张因飞机不按时起飞显示出过烦躁、焦急、疑虑、气愤。……胡立川想，如果这一百几十个人生病，恐怕也只能生同一种病。

这里是另一则关于中国人的精密的愚蠢——

问题之所以简单，是因为经过区、市各级医院的检查，丁小丽的处女膜，仍旧安然地长在该长的地方。这说明新婚之夜，她丈夫压根儿没把她怎么着。如此这般，丁小丽又值钱了；如此这般，丁小丽又从小淫妇，变成了节妇烈女；如此这般，她丈夫又从法庭撤回了离婚起诉；如此这般，丁小丽的丈夫又爱丁小丽了。

（张洁《他有什么病？》）

再与她的产生广泛影响的《沉重的翅膀》加以对比，便可以看出这位外表文静雍容的女作家创作思想的多样而复杂。

宗璞的生活圈是北京的高层文化界，她一贯地显示着一种大家闺秀的风范。自从《红豆》一文奠定了她的艺术个性，人们原以为她将循着这条路一径走去。《我是谁》《废墟的召唤》已令人骇奇，但如《泥沼中的头颅》又摆脱了《我是谁》那种拘泥于写实的、荒诞的"放大小脚"的幼稚感而体现出某种"地道"的成熟性。读来沉闷滞涩，正是它的老练圆正之处。她以象征的笔触暗示生活也包括自身的"泥糊"情状。这里是混浊的一片，泥沼吞噬一切，什么都黏糊着，不做清晰的判断。这里和那里，此物与彼物互相纠结着，这种阴森的氛围给人以压迫感。

至于谌容，她的现实主义创作素质是稳定的，但近期作品如《减去十岁》《大公鸡悲喜剧》等也有着艺术新潮的影响。

各种艺术实践都在寻找自己的位置。它们确定自身的流向或笔直或弯曲或迂回，但又彼此汇流和渗透。在这个时代，各个艺术个体不再过滤自身的安全。的确存在不安全的因素，但粗暴吞噬或取消的可能性已减弱到极低。在这个开放的艺术世界里，我就是我，你就是你，但又是相互制约的和彼此影响的。这是一个我中有你和你中有我的世界。

因为置身于一个开放的时代，要继续实行禁锢和自我幽闭是不可能的。互相影响甚至无情淘汰，将是这里的正常秩序。对话变得困难了，因为自由的艺术家更相信自由的追求，也不再祈求其他力量的庇护。所有的艺术都处于抛掷状态。这里的秩序是恒动的，而不是恒静。混乱和失控把"正统"的艺术家和批评家弄得神志恍惚，莫衷一是，哀叹人心不古，走火入魔。

但深受中国文学的僵顽规范之苦的人们，都从当前这种"杂乱无章"的状态中看到了新生命的跃动。一条代表主流的河道消失了，却出现了叶脉般伸展和充盈的血管的网络。在这种自由的搏动之中，文学肌体进行着最广泛的新陈代谢。有识之士无不为这种"失控"而兴奋。这是挣脱，是期待，更是获得。

五、"混乱"的价值

中国文学艺术的标准化现象是第二次浪潮在中国文学中的超前实现的特殊现象。未来学中的第二次浪潮，世界性工业文明标准化是一个重要特征。"不管人们怎样地议论，前进中的第二次浪潮的思想家们，明确地坚信标准化是有效率的。因此在许多方面第二次浪潮通过无情地运用标准化原则，把千差万别的东西统统都拉平了。"基于中国社会发展的缓慢现实，中国工业生产和社会机制的标准化现象与发达的资本主义社会所已达到的标准化现象相距甚远。但中国文学艺术由于自身的特殊机遇而奇迹般地造出了精神生产的标准化的产物。

觉醒的中国一开始便以结束此种非正常状态为目标。文学实践中以对原有大一统的文学格局的怀疑为先导，终于获得了一个当今这样失去秩序的文学环境。这是一个不再按照指令的意图发展的文学，尽管强大的传统力量仍然要求它应当如何，但文学可能就是最可怕的魔鬼。一旦乱花迷眼，它便心猿意马，于是难得再禅心如水。

况且当前的中国文学又是这样一个无情的竞技场。墨守成规而不图精进的，注定要被淘汰。在这样生死攸关的环境中求生存，无形的力驱使每个作家甘心充当艺术的探险者。于是，不用传统的号召或发动的方式，艺术自身的规律导致空前规模创作的涌动。看不到过去那种秩序井然、前后有序的"常态"，这里体现出不顾一切的超前性竞争。每个竞技者使出全部才智，思谋如何出奇制胜地赢得读者和舆论。题材的开掘，表现的方法，艺术的风格，每个人都有了一种空前的自觉，那就是不仅不重复自己，而且要震惊他人。

于是不仅出现了新题材的开掘,新体式的试验,新趣味的刺激,不仅造成主题的模糊和无主题,而且造成文体的混淆和渗透。最大胆的创新和最惊人的混乱造成了当今中国文学的最动人的风景。

这是一个否定偶像因而也失去偶像的文学时代;这是一个怀疑权威因而也无视权威的文学时代;这又是一个不承认既有秩序,因此失去秩序的文学时代。所有的文学参与者都有一个自以为是的文学信念,他们匆匆往前赶去而不再左顾右盼。艺术家的独立性和"狂妄"的艺术自信构成一个自以为是的新秩序:无序化、动态结构、多元体系。

这一新秩序首先要论及的因素便是无序化。那种为一个统一的秩序所策动的文学秩序已成隔世,甚至由一篇名作或一个名家的出现而立即造成一种轰动,从而竞相模仿的秩序也成了昨日。文学不再由哪一位个人或哪一篇作品划分阶段。可以说文学已失去了明确的阶段划分。结束动乱之后的文学初潮,我们大体上还能从伤痕、反思等惯性滑行的文学现象中得到阶段性的说明,但谁又能说得清当前是什么文学阶段,是什么样的文学主流?批判"淡化"和"向内转",但它们并不因而消失;提倡"贴紧"和"深化",但它们也无力再造统一的主流现象。

这倒有点像戏剧散场后的观众,其间出现的无先后和无排列、非组织,便是散场后剧场的次序。众人总是一径匆匆走出,又匆匆投入屋外的人流。也许人们也有模仿,但很难承认这种模仿;也许人们都在创新,但不好遽然判断为成功。这里有一股气氛足以感动所有的人,即不论这种艺术探索成功或不成功,他们都有属于自己的权利和位置。尽管事实上仍然存在着文学艺术的某些模式,但人们似乎厌倦了对主流模式的肯定。每个人都在选择自己的起跑线。这个竞技场不再只有一条跑道,而是有众多的跑道。姿势和速度、规则和标准也没有统一的规定。

文学理论批评的发展也是如此,初期为配合全社会拨乱反正的历史社会学的批评家为文艺的拨乱反正做了大量的工作。运动结束之后的调整，则主要着眼于社会政治的意图，对文艺自身的规律则不暇他顾。

自从批判的批判过去之后，文学理论批评除了号召和发动政治和准政治的批判、"讨论"运动之外，同样开始了相比于创作实践毫不逊色的文学批评的反规范运动。原先的批评模式——那种以非艺术批评因素为主要特征的批评模式受到了冷落。所谓的文学批评"方法热"指的是重新学习并热心引进若干不同于传统批评模式的批评方法，如从系统论、信息论、控制论等引进的批评方法等。一批富有锐气的批评家从事和支持了这一理论批评创新的举动。

当前的文艺科学方法论的变革，大体上经历着几个层次构成的内容：首先是引进和借鉴现代西方各流派批评方法以改变当前中国文学批评的贫乏、僵硬与单调。一时间关于心理批评、原型批评、形式主义批评、语义学派批评、结构主义批评、接受美学批评、比较文学批评等介绍和实践盛极一时。另一个突出的现象是取法自然科学概念和方法为拓展文艺批评开辟了新途径。通过其他学科的渗透改革文艺批评的素质，这为开放的文学批评体系的建立做出了贡献。再一个努力就是运用系统科学方法论，促进文艺思维方式的革命。

文学批判经历了短时间的对于文化专制主义的清理和批判调整之后，立即开始了近半个世纪以来绝无仅有的批评大繁荣。不同年龄层次和不同观念、不同方法层次的批评家共同创造了这个繁荣，它为无序性开放的中国文学提供了新的内涵。

无序性是对当前文学的横向描写。而对中国文学总体把握中动态结构的归纳，则是一种纵向考察的结果。曾经长时间凝固和停滞的中国文学，仅仅是因为挣脱了禁锢而获得自由，受到魔力似的迅速旋转起来。文学的实践以异常的速度更迭着。一二年前还是超乎人们接受能力的艺术实践，顷刻间变成了被超越和挑战的对象。

臆胧诗运动中的先驱者一个一个正在变成传统。曾经呼唤人们理解的舒婷，已经从难以理解的"古怪"变成了谁都能够理解和接受的"古典"。北岛面对着的是一批又一批怒气冲冲的后来者，大家在感叹自己前进的路被挡住了。舒婷还是温婉的，她对那些立志要超过她的年轻人说："对于年轻的挑战者，我要说，你已经告诉我们，你将要做什么？那么让我们看看，你做了什么？"（《潮水已经漫到脚下》）

诗歌界的艺术更迭最迅速，人们还来不及适应朦胧诗造成的诗歌观念和诗歌审美习惯的大冲击，它已变成了即将过去和已经过去的艺术时代。新生代正在雄心勃勃地向着北岛、舒婷挑战，使得他们不得不以年长一代的身份和更新的一代人对话。在小说界，同样存在着激动人心的场面和情景。从王蒙引用意识流的手法开始，到在"清除精神污染"运动中因《在同一地平线上》等作品而受到批判的张辛欣的创作意向，正当人们为他们作品中的"现代派侵入"而大惊小怪的时候，创作界几乎是以小步跑的姿态接受了刘索拉、徐星和残雪的三人旋风的冲击。

人们终于从残雪的作品中看到真正的现代主义的身影。对比此前对着那些作品的怪叫，未免为自己的过敏反应感到报然。批评界也被这种艺术的快速更迭提高了胃口。他们不满意同代人的自我重复，他们希望看到作家们穿着红舞鞋不停地魔舞。作家面对那些贪得无厌的刊物和编辑，处心积虑地多产多销。但是他们难免因高产而自我重复。艺术的急剧变动带来了普遍的危机感，这种危机感更大地刺激了艺术的嬗变，这就宣告了良性循环的艺术生态的形成。

上述纵横两个方向的综合考察，使我们有可能窥见当前中国文学艺术变革的立体交叉的全景。中国的文学在急匆匆的演变中失去了过去我们熟悉的格局。我们的文学不再是单一的文学。尽管现实主义依然拥有强大的实力，但人们已不再承认现实主义为唯一的文学潮流。即使从创作方法的摒弃单一选择的结果来考察，从现实主义、浪漫主义、现代主义、象征主义到魔幻现实主义、黑色幽默、超现实主义等的一时呈现来看，就已是一种多元文学的规模。

中国文学由于它的历史悠久和传统深厚，在诗歌、散文、戏剧、小说各个门类都保留有生动丰富的"活化石"。古典的传统影响依然存在。以古典诗歌写作的现代旧体诗、民歌体新诗，以及大量的戏曲艺术作品、章回小说等，都是这一传统的延续和发展。"五四"新文学革命的成果在这里体现了中国文学的新传统。其间又划分为解放区的文学传统和大后方的文学传统。这两方面的文学分支都各自拥有实力雄厚的作家群，以及相当深远的影响。

上述三个方面构成了中国中年以上作家的不同层次。再加上最近十年形成的受到西方现代主义和后现代主义影响的、以变革与创新为主要特征的创作实体。中国文学艺术已经成为世界上最丰富最全备的艺术博物馆。由于中国特殊的历史背景和文学经历，它以短短十年的无拘束延展，集中显示出极自由的择取性。它创造奇迹，即把全世界文学历史做一种神奇的处理。驱遣一切的艺术方法和艺术风格，不论是写实的、抒情的、象征的、讽喻的、幻觉的、心理的……统统来到东方这个最古老也最年轻的国家中，从而构筑起了繁衍多彩的多元文学殿堂。

高知识层的人们可以从中获得精深和现代的精神享受；最少文化的那部分劳动者，有为数众多的通俗文学提供需要的满足；青年知识分子和青年工人也能够在公共出版物和自己采取的方式中满足需求。中国文学如同中国当前的经济一样，原先的僵硬的统一石块已经解体，体现出清晰的层次感。一个统一的读者市场已宣告解体。现在不是市场规定读者，而是读者要求市场。中国新的读者构成呼唤的是多层次的多元的文学体系，这个体系已经在疑虑重重的公众视界中涌现。

无序化、动态结构和多元体系，三者组构而为当前中国文学艺术失控的混乱。如同布瓦格说的，这是美丽的混乱。所有的人都应当学会适应这种多样选择和自由竞争构成的新秩序，并学会互相宽容。这是一个毋庸置疑的合理现象,不论你是否愿意承认。不然,你的痛苦将是永恒的。

一个统一的太阳已经破碎。这些碎片在天空中美丽而自信地旋转。这些闪闪发光的星体认定自身是一个又一个崭新的太阳。中国文学的天空,如今显得空前富有,不是一个太阳,而是千万个太阳在照耀、闪光、旋舞!

第十一章　不做宣告的革命

一、比较：历史的追溯

在中国新文学的历史上，"五四"那一场文学革命不仅是轰轰烈烈的，而且以它的明确而大胆的主张留给后人深刻的印象。一批勇敢的叛逆者，为着改造旧文化和旧文学而奋起呼吁奔走。那时的文化及文学革命的火种自西方引来。高扬现代文明精神以反抗中国的封建文化和封建文学，成为当时明确的目标。

1915年，陈独秀发表于《青年杂志》第一卷第一号的《法兰西人与近世文明》，表现了对于东方文明审慎的批判态度，而对以法兰西为代表的西方文明则加以热情的肯定。他认为代表东方文明的印度和中国文化"其质量举未能脱古代文明之窠臼，名为近世，其实犹古之遗也"。而他所谓的近世文明即我们现今讲的现代文明"乃欧罗巴人之所独有，即西洋文明也，亦谓之欧罗巴文明"。陈独秀认为由人权说、生物进化论以及社会主义组成的近世文明"最足以变古之道，而使人心社会划然一新"。同期《青年杂志》还登了汪淑潜的《新旧问题》，文章认为今日之弊在于"新旧之旗帜未能鲜明"。他的所谓新，就是外来的西洋文化，所谓旧，就是中国固有之文化。新文化尊重自由，反对专制，主张宪政，与旧文化无折中调和之可能，

"新旧之不能相容，更甚于水火冰炭之不能相入。"

新文学革命把它的奋斗目标集中在两个重大的问题上。第一是文学工具革新的"活的文学"的争取。胡适等人力主以白话代替文言，认定将来的白话文学必为中国文学的正宗："与其用三千年前之死字，不如用二十世纪之活字。"（《文学改良刍议》）文学运载工具的革命在中国文学史上的意义是空前的。先行者基于一种文学的历史进化观开展的用白话文代替古文正统的变革，胡适对此有一段相当痛快的描述，即："使那'宇宙古今之至美'，从那七层宝座上倒撞下来变成了'选学妖孽，桐城谬种'！从'正宗'变成了'谬种'，从'宇宙古今之至美'，变成了'妖魔''妖孽'，这是我们的'哥白尼革命'。"（《中国新文学大系·建设理论集·导言》）

第二个目标便是进行文学内容的革命——"人的文学"的争取。周作人发表于《新青年》第五卷第六号的《人的文学》被认为是当时文学内容革命的一篇"最平实伟大的宣言"。周作人提出："我们现在应该提倡的新文学，简单说一句是'人的文学'。应该排斥的，便是反对的非人的文学。"这不仅与旧文学加以截然的划分，而且也与新文学运动的一般涉及社会人生的主题相比有了质的提高。周作人旗帜鲜明地提出排斥的十类非人的文学中就有《西游记》《水浒》《七侠五义》诸书。他为此做出结论是非常动人的："还须介绍译述外国的著作，扩大读者的精神，眼里看见了世界的人类，养成人的道德，实现人的生活。"

胡适针对"五四"初期的文学革命的最具实质性的内容，对这个革命的价值做出了概括。他的概括突出了那一场划别古今，并把中国新文学运动导向世界格局的性质加以肯定的判断：

> 《新青年》的一班朋友在当年提倡这种淡薄平实的"个人主义的人间本位"，也颇能引起一班青年男女向上的热情，造成一个可以称为"个人解放"的时代。然而当我们提倡那种思想的时候，人

类正从一个"非人的"血战里逃出来,世界正在起一种激烈的变化。在这个激烈的变化里,许多制度与思想又得经过一种"重新估价"。

(《中国新文学大系·建设理论集·导言》)

从以上叙述中可以看到"五四"那一代人那种开辟文学新时代的革命精神。他们要求于文学的,是一种以最新的思想和观念对以往的文学做一番决断的清算。用革命的方式批判旧的,创造新的。他们把中国传统文化和旧文学放置在一个已经获得世界性视野的参照中决定一种旧价值的弃置和新价值的确认。这是一个以鲜明的态度、果决的精神弃旧图新的文学时代。它的创造精神,从创造社的诗宣言中可以得到概括:

> 我幻想着首出的人神,
> 我幻想着开辟天地的盘古。
> 他是创造的精神,
> 他是产生的痛苦,
> …………
> 我要高赞这最初的婴儿,
> 我要高赞这开辟鸿荒的大我。
>
> (郭沫若《创造者》)

当时的诸多因素决定了这批创造者的前无古人的气概和精神。他们把自己想象成一个创造新世界的人或神。他们感到了自身担负沉重的创造使命以及诞生新事物的痛苦。一个基本事实就是对于当时的文学,不仅工具的陈旧不能适应时代的发展,而且文学内容的陈旧和没落也亟待一个新的变革。这样的事实决定了形势、位置以及方式。完全的时代悖谬造成人们对于旧文化和旧文学的不妥协的对抗态度。这是一种没有退路的决战。这就造成了当年那种革命性的发动和发展。在中国文学的发展史上，像这样的文学革命，即完全以新的取代旧的，不仅从形式上而且更从内容上毫不妥协的抗争的变革，罕有可堪比拟的。

二、和平的方式——修复和肯定

中国文学当前阶段（主要是政治动乱结束以来）的十年发展，在整个新文学运动中具有一种特殊的性质。从总体上说，它是新文学运动内部形成的一个阶段。中国新文学的质，在这个特殊阶段里，保持了它的延续性。当初提出的任务依然有待承继和完成。尽管前此阶段有了相当程度的疏离并造成断裂，这恰好证明当前阶段的任务不是另建体系，而是一种对于已有和曾有的文学的重新肯定。修复这种历史性变异的断裂，成了和五四新文学运动保持延续性和承继性的合理纽带。这就决定了当前的中国文学根本使命是匡正偏离之后的发展，而不是任何新方向的取代。

但考虑中国文学问题又必须不脱离社会和文学实有状态的考察。历史的事实决定了一种必要的严峻的态度。正如在以前各章谈到的，由于中国当代社会的诸多实际的因素，文学在进入20世纪40年代后，1976年产生了一次长时期的"滑坡"现象。渐渐加剧的"泥石流"造成的崩坍，使文学有了很大的变异。其中一个显著的特点是文学运动以及文学结构的变异。文学运动由一种原先的自由调节的状态进入了一种行政指令的状态。这种状态最具特色的表征，是以非此即彼的选择原则的线性发展，代替了网络的并存与互渗的交错状态；文学结构则由明显的多元结构退化为单一的结构。

"五四"后不到十年，多种风格流派并峙的局面逐渐消隐。伴随文学意识的革命化而来的，是现实主义地位的特殊化。由于与意识形态的提倡相联系，各种名目的"现实主义"成为中国现代文学的受到特别看待甚至是唯一提倡的一种创作思想和创作方法。进入20世纪50年代以后文学风格和艺术方式的贫困化与此不无关系。

单一提倡和文学严重政治化的结果，造出了一个空前的文学规范。这种规范不说明文学的繁荣和充满活力，恰好说明它的僵硬和对于丰富人生和复杂情感的不适应。僵硬的公式造出的最大文学奇观，便是文学语言形象的假、大、空。无限丰富的中外古今文学传统受到了宣判、驱逐和否定。文学的无限可能性蜕变为全中国数亿人只能享受几出现代京剧。事实提供了最充足的理由，说明文学现状的不合理。更为严重的是文学内容的严重异化。长期粗暴批判文学的人学属性，无端地排斥人性和人道对于文学内涵的充实。更有对于人在文学中的鲜活而自在的生存状态的教条规定，包括对题材、处理情感以及情调的刻板而琐屑的指定。甚至在对于"样板"作品的移植和模仿中举手投足都不允许"走样"。把作品中的人物无限制地英雄化的结果，只能是作为人的变态的超人和神的普及。这是文学中的人性和人的再现的最严重的扭曲和异化。

中国文学已经无出路可走，也无退路可寻。由于至少长达十年的大批判和大规模焚书，在这场浩劫中，一切人类优秀的文化遗产都被打上了"金印"。它们成了原罪的象征。历史上的遗留被人为地"消灭"，现有的一切不仅极为贫乏又迅速地模式化。这些事实已为人们所共识，原也无须细说。一件事情的极端，往往是另一件事情的开始。中国文学仿佛是受了重伤的巨兽，它失去了昔日的威风，躺在血泊之中抽搐，它期待着灭亡之中的奇迹般再生。

一切仿佛是冥冥之中的安排，终于出现了一个扭转局势的契机。1976年宣告了一个封闭和禁锢时代的结束，同时也宣告了一个开放和流通的时代的开始。中国文学慢慢地打开了全部的窗子。它在惊异于世界的陌生的同时，也对自己陌生了起来。文化的日益开放，翻译作品的日益增多，国际文化交往的频繁，宣告了原有的状态的不可继续。中国人这时方才感到文化噩梦的不可思议，先是怀疑，继而否定了这种非正常状态。中国文学开始发生动荡。动荡是从对于已有状态的怀疑和否定开始的。但一种强有力的参照系的出现，是这一文学变革的最直接的催化剂。要是没有获得最直接的对于世界文学现状的认识，要是没有外界提供的这种强刺激，中国的文学变革可能还要推迟很长的时间。

以上的分析说明，走向极端和绝路的文学的觉醒，有力地证明文学的革命性变革是一种无可选择的必然。而社会开放带来的外界的参照，更刺激了这种变革的坚定性。

三、建设的内涵

由于这一场革命是震惊于"五四"文学传统的严重断裂，故以恢复断裂和恢复新文学传统为自己使命的革命性质是建设的。它当然也包含了破坏,但破坏的是那些改变了文学革命性质的消极成分。如上所述，纠正文学的变异和摆脱文学的沉沦，决定了新的一次文学革命是一种必然。但如下几点基本目标决定了这场革命的和平性质：（一）新的文学革命旨在改变文学在以往的被歪曲的扭变。它的目的是中国文学优良传统的修复、光扬和发展。（二）中国觉察了文学老化现象，它亟待注入现代精神以实行文学的现代更新，中国文学新的一场革命旨在用这种建设性的现代意识的充实和更新，为争取中国文学加入世界走出切实的第一步。（三）中国新文学原是对于封建主义的旧文学革命的产物。这个文学的性质后来逐渐产生了变化，革命文学终于成为一种受到人为扭曲的状态，如今是由此再回到文学革命。这一次新的文学革命对于原有的文学,当然不意味着某种轮回,而是匡正谬误之后的革命性进展。

以上数端建设性的内涵给予这场新的文学革命以和平的性质。因为有了文学的异化,于是才有对于异化匡复的努力。匡复决定了这次革命的非破坏性。和平方式的采取乃是由于事实性质的决定。

这次新的文学革命同样受到了时代的驱策。要是没有气势宏大的思想解放运动,要是没有对于社会异化的全面拨乱反正,文学的革命性变化也就不会以如此突进的姿态发生和进展。社会革命的建设性决定了文学变革的建设性。从性质到方式,文学运动无不受到社会运动的制约。

新时期的文学运动并没有一个预定的目标、策略、步骤和方法。它是社会发展的"跟随现象"。如同全社会的变革和进步带有极大的实践性一样,文学的变革也带有极大的实践性。它的最鲜明的特点是不做宣告的默默的运动。以自然形成的一个又一个的文学变革的实绩,证实这一运动的存在。1976年那一次给中国社会带来生机的政治运动,也给中国文学带来了复兴。

新的中国文艺复兴,迄今为止已显示出它的极大的革命性。而这种革命性是以不事声张的方式进行的。它的建设性实绩,体现在首先以批判方式进行的对于文学创作和文学理论批评的变质予以纠正。这是一种对于谬误的拨乱反正的实践,这一实践对于扭转原有的文学恶性发展起了根本的抑制作用,从而为中国文学从废墟中的新生打下了基础。

其次,对于中国革命文学传统,特别是从延安文艺座谈会上的讲话开始的那个为工农兵服务的大众化文学传统进行了有效的修复。这个修复的全过程是我们称为的文学的惯性运动阶段。这一阶段的基本任务在于对已有的文学实践进行一番历史性的还原和释放。这次选择对自20世纪40年代以来的文学指导方针和文学创作、批评的实绩,做了一次鉴定。主要是对于极"左"路线的否定做了否定。

这一文学运动的特殊阶段的最大功效，是对于现实主义精神作为传统的恢复、发展和深化。文学重新确认了对于时代和人民的忠实，对于社会生活的忠实。以真诚的态度说真话，是惯性运动时期的鲜明的旗帜。

而最为重要的事实却发生在惯性运动结束之后（大约是1978年底）。文学由于思想解放运动（主要体现为现代迷信受到怀疑和否定）的启示和诱发，而默默地进行着划时代的进步和发展。这一发展可分为两个方面加以描述：一是禁锢解除之后，文学的自由本性得到了恢复。听凭创造激情和公民使命感的驱使，文学行进在布满地雷的禁地上，一步一步地审慎地前进。随着各种创作禁区的被跨越，文学也就自然地划开了各种各样的创作阶段。最明显的是由伤痕文学、反思文学，再到改革文学的线性演进。其间虽夹杂有试图做某种突进但受阻而未能奏效的如《假如我是真的》所代表的对于社会阴暗面的控诉，《苦恋》所代表的对于现代迷信的批评，以及《将军，不能这样做》所代表的对于特权主义的揭露等，但即使如此，文学发展的事实足以说明它的无可辩驳的前进。

另一方面则是对于规范化束缚的反抗，它的反传统、反权威、反依附的努力为自身争得了空前的自由度。这个争取导致线性发展的终结。文学反思阶段以后，事实上开始了一个无序状态的发展过程。这个阶段的文学受制于文学竞争的规律，而摆脱了行政指令的运动状态。它的基本形态是网络结构的出现和多元体系的确立。

从此，中国文学开始形成了文学自身运动的格局。这是这一场不做宣告的文学革命的最主要的成果。它不仅导致了文学生态的根本变化，即自由竞争代替了行政指令，多元建构代替了单一格局，自然调节代替了人为取代，而且导致文学对所有地域空间的无所不在的占领。它支持了文学无禁区的趋向，更重要的则是对于文学观念的重新建立和重新审视，这突出表现在传统的文学价值观和功能体系的否定后果。

四、选择是这里的上帝

我们把这一场悄悄进行的文学革命称为文学的"绿色革命"。绿色革命是一种比喻性的借用。这一词汇原先是用来说明农业上的变革运动的。20世纪60年代针对水稻、玉米等农作物倒伏、不耐肥、产量低等问题，利用矮化基因材料育成该类作物的矮秆、耐肥、高产品种。这一科研成果使相当多的缺粮国家实现了粮食自给。这一革命性措施被称为农业上的绿色革命。

借用这一词汇的用意在于暗示这一场关于中国文学艺术的革命的和平性质。绿色相对于红色而言，是非暴力、非强制性的象征。它是绿色的，但又是革命的。它改变了以往的革命含义，以往的文学革命运动，除了"五四"那一次以外，其基本形态都带有使文学离开自身的倾向，使文学更加明确地成为阶级、政治的从属，从而成为特定阶层的利益和意识形态的替身。唯有充分体现它所寄生的主体的价值，寄生体才有价值。绿色革命唤回了文学的自我灵魂，它使文学回到自身，成为自行选择的自然的体现。它可以为别物服务，也可以只表现自身。但艺术规律的制约在这里已成为无可替代也无所匹敌的力量。文学在自身土壤上吸取阳光、空气和水分，将自由地塑造自己。这是一种绿色的生态环境和绿色的生命状态。

这一革命之所以是绿色的，还在于它不以人为的方式对文学世界进行淘汰和扶持。中国文学在相当一段时间里实行的是一种非此即彼的生存法则。一个新的文学现象的出现，意味其他一种或几种文学现象的人为消失。这种生态环境造成了恶劣循环，即它的"单性繁殖"不可能出现新的转机。

当前的文学变革旨在建立一种新的秩序。这个秩序承认各自的价值，建立一种和平共存的多元并立的环境。以这个革命作为起点，中国文学不再以行政的方式取消什么和建立什么，文学的自在消长状态将促成文学的长期繁荣。中国文学艺术首先在诗歌领域创造了这样的存在。现今的中国诗歌已呈现出世界上最丰富的"诗歌博物馆"：从最古老的诗歌形式到最新潮的诗歌形式，从最正统的诗歌观念到最激进的诗歌观念，都在现今这个中国诗歌博物馆中共时地展出。其他文学艺术品种也将陆续仿效诗歌。这里存在竞争，并将有淘汰，但竞争和淘汰都将是和平的，它基本上采取了自然调节的方式。

在这个生存环境中，将排除暴力和排除强制性。一个竞技场上的失败者，将自行退出竞赛。他要是不甘于永远充当被遗弃的角色，就会以更加急剧的艺术变革重新进行角逐。读者市场是竞技场，而欣赏者和舆论的选择是这里的上帝。

五、全面展开的试验性

中国文学界流行探索的观念是最近数年的事。诗歌最早实行了探索。"朦胧诗"的出现曾被支持者称为"崛起"，又被反对者称为"癌症"。共是一物，毁誉交加。它的名称"朦胧诗"，却由明显的否定嘲讽意味无情地成为肯定的名称。这一广泛深刻的探索获得成功，是诗歌以绿色的方式（尽管伴随它生成的曾有过危险的政治干预的意图）进行革命性发展试验的成功。1980年创立的诗歌理论刊物，干脆名为《诗探索》。随后有上海文艺出版社的《探索诗选》，又有春风文艺出版社的《中国当代实验诗选》，都证明了这种试的大胆而隐秘的存在。

悄悄地探索和实验，在实验的基础上推出一些或众多的诗风和流派，而后引起一番震惊和骚动。这种骚动是由于不能适应和不可容忍。经过一番情绪激动的论辩甚至攻击，直到双方都疲惫不堪，无力再战，于是不再论战。过了一段，那些情绪激烈的，看看它周围竟然有那么些支持者，于是心境变得平和起来，进而以直接的或间接的方式肯定并接受了他原先反对的。这就是异端的侵入与加入。中国现今的文学有极大的胃的容量，它不断地抗拒这种"异物"，继而无可奈何地接受了它。这是一个奇大无比的"异端收容所"和"异端改造所"。不断推出的文学和艺术的"异端"，又不断地被吸取和消化。这就悄悄地充实并改造了中国的现有文学格局。这是以和平的方式进行的文学艺术的革命。

在现今中国文学艺术界，这种探索和试验正在无所遮拦地全面地展开。不再单单是诗歌一类——诗在中国当前的文艺变革的功绩已被历史所记取。中国新文学的革命史，凡是涉及重要的转折关头，几乎总是由诗做出勇敢的贡献："五四"的白话诗的血战；天安门诗歌点燃的火种以及引发的政治爆炸；朦胧诗运动宣告了文学绿色革命的开始——而后是各式各样的文学艺术的加入。

在文学中，除诗以外最引人注意的是小说。小说自王蒙悄悄发难，到张辛欣初步传达现代人的意识，随后有刘索拉、徐星等的大胆实践。他们每一位迈开的陌生的一步，无一例外地都伴随着习惯势力的谴责。到了刘索拉《你别无选择》和徐星的《无主题变奏》，谴责追踪而至。一篇指责《无主题变奏》的文章，抨击了它的荒谬感和多余人的形象。这篇文章最后告诫作家："历史在召唤各式各样英雄主义的献身精神和崇高情感。愿我们的作家正视自己的道义责任吧。"由这些措辞可见一种"不动声色"的，同时又是"语重心长"的谴责之情。

但中国文学显然已做好充分准备，在这样一次又一次的不能适应中进行一次又一次的适应。残雪的出现并没有引起更大的情绪骚动，便说明了中国传统的适应能力已大为加强。这说明这种悄悄的加入并悄悄的包容达到了一个相当宏大的程度。试验和探索已把它的能量扩展到了更为宽泛的领域。

美术界的变革几乎不是以悄悄的方式进行的。延续数年的新潮美术的冲击，已吸引了众多人的注意。明智的人士提醒人们注意它的积极意义："他们希望用艺术的手段参与社会的变革，推动社会的进步；想创造出一种80年代的有世界意义的绘画来，用他们自己的话来说，想超越现代派，使中国的绘画走向世界，为世界所注目，所承认；想冲破旧框框，打破旧模式建立有活力的美术表现体系。"（邵大箴《当前美术界争论之我见》）在音乐界，青年作曲家以及不断涌现出的流行音乐，正在以不同于传统的方式吸引越来越多的倾心爱好者。程琳曾被排斥，但排斥似乎造成了更大的引力。《让世界充满爱》这样的音乐方式能够得到喜爱和流传，证明音乐的悄悄变革也在并不缓慢的进行之中。电影受到的干预最多，这已是公认的事实。但电影的创新能够冲击那重重有形无形的网并取得进步，足见潜力的坚深。不可低估《黄土地》一类影片所造成的电影新潮的冲击。

可以用全面的试验的展开这样的概念来概括当前的中国文学艺术变革的总形势。几乎一切领域都在鼓动着这种不平静的气氛，也都在一步一步地试探着进行有异于前的新的艺术方式的实验。一种不事声张的悄悄的变革正在大幅度展开。这种"和平的侵入"相当完整地体现了当前正在进行的这一新文学革命的温和性质。试验的实践以渐进的和逐步深入的方式在积极地进行着。这是一个不会因为客观情势的影响而停止的进展，因为它建立在一个不可逆转的全民觉醒的可靠基础之上。中国文学艺术利用了这个历史大转折的有利时刻，又得到了政治、经济总趋势的支持，因而有可能把这一文学艺术的新生态有效地进行下去。这个进程将是漫长的，是一个无限延长的过程。这个过程恰恰能够以植物的绿色生长作为象征。

六、巨大规模的反规范运动

我们以上的论证，集中在与"五四"文学革命那一场内容上的公开决裂和方式上的公开宣战不同的新时期文学运动的和平性质的分析上。原有传统的承继和修复，新的艺术思想实践的探索性，战略上的建设和策略上的试验性质，使当前这一场中国的新文艺复兴充满了温和的色彩。加上传统的习惯势力的强大，以及不够稳定的人文环境，艺术新潮始终处于受抑制的地位。在强大压力中的生存和发展，艰难的处境决定了这一场巨大深远变革的"静悄悄"性质。走一步，看一步，慢慢地却是坚定地走，是对于当前局势的通俗的描绘。

上述特性的描述，相信不会影响对于这一场广泛持久的文学运动的革命性质的判断。我们曾经论证过中国文学艺术数十年来营造的巨大的统一化工程。这一营造收到两方面的奇效：一个是在幅员如此广大、历史如此悠久、文化如此深厚，而居民的状况又如此复杂的国家，终于造出了一个与统一的消费标准相适应的统一的精神消费市场。而这一文化现象的出现，居然能够在较长的时间中生存并发展，本身同时构成了奇迹。另一方面的奇效则是，历史公正地对文学的极端化做出了宣判。不再是出于行政的意愿，而是文学自身宣告了发展的极限。这种宣告无疑为文学的合理生态的出现奠基。当前这一场变革，正是以此为基础开始的新的行进。

作为合理的革命运动，它面对着一个必须进行变革的对立性实体。对于当今中国文学来说，这个实体便是大一统造成的文学艺术规范。这个规范曾经体现为与特定时代的和谐而取得划时代的成就。但它同时造出了一个让人震惊的欣赏和批评的大一统。创作实践、理论批评以及奇大无比的欣赏习惯，组成一个庞大而全面的文学规范。这一规范形成于中国新文学运动以后三四十年间，文学观念、文学价值观到文学表现形态，在此期间形成了稳定而僵硬的系统。

这次文学的巨大变革，便是以规范化的大一统的文学现实作为自己的对抗目标。总的目标是结束封闭，走向开放；结束单一，走向多元；反对文学的自我幽闭和自我孤立，以参与意识促成中国文学走向世界。这一文学变革的基本任务则是对固有文学的现代更新。它格外地关注以西方现代文学的优长之处来弥补中国文学的空缺。在这个文学的现代更新的过程中，文学的现代化是一个基本的追求。

为了向这个长期形成的僵硬文学规范进行冲击，新进的文学潮流采取了以"新、奇、怪"对抗"假、大、空"的基本战略。文学的"假、大、空"实际上是对于上述文学规范的最低劣、最恶俗的品质的一种概括。"假"即文学脱离社会生活和社会理想的虚伪性，不敢触及生活的真实血泪的虚假现实主义，以及歪曲崇高理想和丑化优美情怀的同样流于虚假的浪漫主义。"大"形象、"大"题材、"大"场面、"大"思想、"大"人物对于文学的全面的灾难性覆盖，使文学向着虚夸、自我扩张和神化的歧途滑行，这是"大"弊端的呈现。与社会生活实有状况与人民真实情感相脱离造成了文学的空泛化。上述数端，是文学反规范抗争的基本对象。

当前进行的反规范革命的意义，仅次于以白话文代替文言文，以新文学代替旧文学的那次文学从内容到形式的革命。两次革命都面对强大的对立物。放在五四新文学运动面前的，是数千年形成的文学规范。这一僵硬的文学存在，当时及以后均有充分的论述。放在新时期这次文学变革面前的文学规范，其形成的时间较之前者要短得多。但后者"质"的硬度并不亚于前者。由于它的高度系统化，受到了高度统一的社会政治的规定，并通过强大的行政力量的鼓励和制约，这一约束文学的力量日益倾向"左"倾教条化，而表现为不断强化的破坏力。

新时期文学变革的新内容和新形式，连同说明和体现他们的新观念和新方法所遇到的困厄和阻挠，大体是由于上述那些破坏力——当然也包括了对在它的特定氛围下形成的欣赏惰性。新时期文学中由朦胧诗运动体现出来的有意忽略传统和权威的倾向，其实质是对于现有的文学——诗歌规范的不满和反抗。北岛宣告的"我不相信"，可以广义理解为对非正常秩序的怀疑。它鲜明体现一种对于秩序的批判精神。离开批判性这个文学蜕变期的内核，我们将无法理解当前文学所产生的烦恼和骚动。

贯穿着批判精神的反规范的文学运动，其任务的艰巨，前途的遥远，遭遇的曲折，都说明这是一场极广泛、极深刻的文学大转折。作为一项新的艺术革命，反规范使它与"五四"文学革命取得内涵的一致。由于它具有了以上述及的作为新文学传统的继承与延展的性质，以及它处在中国现今极其繁复的环境中的策略的考虑，又决定了它与"五四"文学革命方式的不一致。作为一场意义深远的新文学革命，它只能选择绿色，而且只能采取不做宣告的悄悄进行的方式。